BREVE
HISTÓRIA
DO
MUNDO

Ernst H. Gombrich

BREVE HISTÓRIA DO MUNDO

Tradução
MONICA STAHEL

martins fontes
selo martins

Esta obra foi publicada originalmente em alemão com o título
EINE KURZE WELTGESCHICHTE FUR JUNGERLESER
por Dumont Buchverlag, Colônia.
Copyright © 1998 Dumont Buchverlag GmbH.
Copyright © 2001, Livraria Martins Fontes Editora Ltda.,
São Paulo, para a presente edição.

1ª edição dezembro de 2001
1ª reimpressão fevereiro de 2012

Tradução
MONICA STAHEL

Revisão gráfica
Maria Regina Ribeiro Machado
Luzia Aparecida dos Santos
Produção gráfica
Geraldo Alves
Paginação/Fotolitos
Studio 3 Desenvolvimento Editorial

Dados Internacionais de Catalogação na Publicação (CIP)
(Câmara Brasileira do Livro, SP, Brasil)

Gombrich, Ernst Hans
Breve história do mundo / Ernst Hans Gombrich ; tradução Monica Stahel. – São Paulo : Martins Fontes, 2001.

Título original: Eine kurze Weltgeschichte für Jungerleser.
ISBN 85-336-1481-0

1. Civilização – História 2. História do mundo I. Título.

01-4816   CDD-909

Índices para catálogo sistemático:
1. Civilização : História   909
2. História do mundo   909

Todos os direitos desta edição reservados à
Martins Editora Livraria Ltda.
*Av. Dr. Arnaldo, 2076
01255-000 São Paulo SP Brasil
Tel.: (11) 3116 0000
info@martinseditora.com.br
www.martinsmartinsfontes.com.br*

Para Ilse

Sumário

1 – Era uma vez 17
Passado e lembrança – Quando não existiam seres humanos – Lagartos gigantes – Terra sem vida – Sol sem terra – O que é a História?

2 – Os maiores inventores que já existiram 21
O maxilar inferior do homem de Heidelberg – O homem de Neandertal – Pré-história – O fogo – As ferramentas – Os homens das cavernas – A linguagem – A pintura – A magia – A época glacial e o paleolítico inferior – O neolítico – As construções sobre estacas – Seres humanos como você e eu.

3 – O país às margens do Nilo 26
O rei Menés – O Egito – Um hino ao Nilo – O faraó – As pirâmides – A religião do antigo Egito – A esfinge – Os hieróglifos – O papiro – A revolução no velho Egito – As reformas de Akhenaton.

4 – Segunda-feira, terça-feira... 33
A Mesopotâmia hoje – As escavações em Ur – As tábuas de argila e a escrita cuneiforme – As leis de Hamurabi – O culto das estrelas – A origem do nome dos dias da semana – A Torre de Babel – Nabucodonosor.

5 – Um deus único 39
A Palestina – Abraão originário de Ur – O Dilúvio – Moisés, escravo do Egito, e o ano da saída do Egito – Saul, Davi e Salomão – A divisão do reino – Destruição de Israel – A profecia – Os prisioneiros babilônios – A volta – O Velho Testamento e a religião do Messias.

6 – V.O.C.Ê. S.A.B.E. L.E.R. 45
Os caracteres da escrita – Os fenícios e suas bancas.

7 – Os heróis e suas armas 48
Os cantos de Homero – As escavações de Schliemann – Reis piratas – Creta e o labirinto – A migração dos dórios – Os cantos dos heróis – As tribos gregas e suas colônias.

8 – Uma luta desigual 53
Os persas e suas crenças – Ciro conquista a Babilônia – Cambises no Egito – O império de Dario – O levante dos jônios – A primeira expedição punitiva – A segunda expedição punitiva e a batalha de Maratona – A campanha de Xerxes – As Termópilas – A batalha perto de Salamina.

9 – Duas pequenas cidades em um pequeno país 60
Os jogos olímpicos – O Oráculo de Delfos – Esparta e a educação espartana – Atenas – Drácon e Sólon – A Assembléia do povo e os tiranos – No tempo de Péricles – A filosofia – A escultura e a pintura – A arquitetura – O teatro.

10 – "O Iluminado", ou "O Bem-aventurado", e seu país 69
A Índia – Mohendjo-Daro, uma cidade contemporânea de Ur – A invasão dos indianos – As línguas indo-européias – As castas – Brama e a migração das almas – "Eis o que você é" – O filho do rei Gautama – A Iluminação – O nirvana – Os adeptos de Buda.

11 – O mestre de um grande povo 77
A China antes do nascimento de Cristo – O imperador da China e os príncipes – O significado da escrita chinesa – Cofúcio – O sentido dos usos e costumes – A família – Senhor e súdito – Lao-tse – O taoísmo.

12 – A maior das aventuras... 82
A Guerra do Peloponeso – A Guerra de Delfos – Filipe da Macedônia – A batalha de Queronéia – O declínio do Império Persa – Alexandre o Grande – A destruição de Tebas – Aristóteles e sua sabedoria – Diógenes – A conquista da Ásia Menor – O nó górdio – A batalha perto de Isso – A conquista de Tiro e do Egito – Alexandria – A batalha perto de Gaugamelas – A expedição à Índia – Poros – Alexandre, senhor do Oriente – A morte de Alexandre e seus sucessores – O helenismo – A biblioteca de Alexandria.

13 – Novos combatentes e novos combates.................... 94
A Itália – Roma e a lenda de sua origem – Luta entre as classes – As doze tábuas das leis – O caráter dos romanos – A tomada de Roma pelos gauleses – A conquista da Itália – Pirro – Cartago – A Primeira Guerra Púnica – Aníbal – A travessia dos Alpes – Quinto Fábio Máximo – Cannes – A última adição – A vitória de Cipião sobre Aníbal – A conquista da Grécia – Catão – A destruição de Cartago.

14 – Um inimigo da História... 103
O imperador Qin Tsin Huangdi – A destruição dos livros pelo fogo – Os príncipes de Tsin e o nome da China – A Grande Muralha da China – A família imperial dos Han – Funcionários letrados.

15 – Os senhores do mundo ocidental............................. 105
As províncias romanas – As ruas e os aquedutos – As legiões – Os dois Graco – Pão e circo – Mário – Os cimbros e os teutões – A guerra dos escravos – Júlio César – Os combates na Gália – A vitória da guerra civil – Cleópatra – A reforma do calendário – O assassínio de César – Augusto e o imperialismo – As artes.

16 – Uma grande nova 115
Jesus Cristo – O sermão da montanha – A Cruz – São Paulo
aos Coríntios – O culto do imperador – Nero – O incêndio de
Roma – As primeiras perseguições aos cristãos – As catacumbas – Tito destrói Jerusalém – A dispersão dos judeus.

17 – A vida no Império e em suas fronteiras 121
Casas pobres e mansões – As termas – O Coliseu – Os germanos – Armínio e a batalha na floresta de Teutoburgo – O limes – Os cultos estrangeiros das tropas – As batalhas de Trajano na Dácia – Os combates de Marco Aurélio perto de Viena – Imperador dos soldados – O declínio da Itália – A propagação do cristianismo – As reformas no Império por Diocleciano – A última perseguição aos cristãos – Constantino – A fundação de Constantinopla – A divisão do Império – O cristianismo religião de Estado.

18 – A tempestade 128
Os hunos – Os visigodos – As grande invasões – Átila – Leão o Grande – Rômulo Augústulo – Odoacro e o fim da Antiguidade – Os ostrogodos e Teodorico – Ravena – Justiniano – O *Corpus iuris* e Santa Sofia – O fim dos godos – Os lombardos.

19 – Começa a noite estrelada da Idade Média 136
"Trevas" da Idade Média? – Crença e superstições – Estilitas – Os beneditinos – A salvaguarda da herança da Antiguidade – O significado dos mosteiros no Norte – Batismo de Clóvis – Papel do clero no reino merovíngio – Bonifácio.

20 – Só há um deus, Alá, e Maomé é seu profeta 141
A região desértica da Arábia – Meca e a Caaba – As origens e a vida de Maomé – Perseguição e fuga – Medina – O combate com Meca – O último sermão – A conquista da Palestina – Persas e egípcios – O incêndio da biblioteca de Alexandria –

O cerco de Constantinopla – A conquista da África do Norte e da Espanha – A Batalha de Poitiers – A civilização árabe – Os algarismos arábicos.

21 – Um conquistador que também sabe governar 151
Os merovíngios – O reino dos francos – Os combates de Carlos Magno na Gália, na Itália e na Espanha – Os avaros – Luta contra os saxões – As lendas dos heróis – A coroação do imperador – O legado de Harun al Rachid – Divisão e declínio do Império carolíngio – Svatopluk – Os *vikings* – Os territórios normandos.

22 – Um combate para se tornar senhor da cristandade . 159
O Oriente e o Ocidente na época carolíngia – O desenvolvimento da civilização na China – A invasão dos magiares – O rei Henrique – Oto o Grande – A Áustria e os Babenberger – O feudalismo e a servidão – Hugo Capeto – Os dinamarqueses na Inglaterra – A vida religiosa – A questão das investiduras – Gregório VII e Henrique IV – Canossa – Roberto Guiscardo e Guilherme o Conquistador.

23 – Cavaleiros cavalheirescos.. 166
Cavaleiros e cavalaria – Castelos fortificados – Pajens, escudeiros e armamento – Deveres do cavaleiro – A arte de amar – Os torneios – A poesia cavaleiresca – A *Canção dos nibelungos* – A primeira cruzada – Godofredo de Bouillon e a tomada de Jerusalém – O significado das cruzadas.

24 – Imperador na época da cavalaria............................ 174
Frederico Barba-Roxa – A economia de troca e a economia monetária – As cidades italianas – O Império – Resistência e queda dos milaneses – A festa de investidura em Mainz – A terceira cruzada – Frederico II – Os guelfos e os gibelinos – Inocêncio III – *A Magna Charta* – A administração da Sicília – O fim dos Hohenstaufen – Gêngis Khan e as invasões mon-

góis – Uma época sem imperador e a lei do mais forte – A lenda de Kyffhäuser – Rodolfo de Habsburgo – A vitória sobre Ottokar – A fundação do poder da família dos Habsburgo.

25 – As cidades e os burgueses... 188
Os mercados e as cidades – Os comerciantes e os cavaleiros – As corporações – A construção das catedrais – Os monges mendicantes e os pregadores que chamavam ao arrependimento – As perseguições aos judeus e aos hereges – O cativeiro "babilônico" dos papas – A Guerra dos Cem Anos com a Inglaterra – Joana d'Arc – A vida na corte – As universidades – Carlos IV e Rodolfo o Fundador.

26 – Uma nova era... 197
Os burgueses de Florença – O humanismo – O renascimento da Antiguidade – O desenvolvimento das artes – Leonardo da Vinci – Os Médicis – Os papas da Renascença – As novas idéias na Alemanha – A imprensa – A pólvora – O declínio de Carlos o Temerário – Maximiliano, o último cavaleiro – Os lansquenetes – As guerras da Itália – Maximialiano e Albrecht Dürer.

27 – Um Novo Mundo.. 206
A bússola – A Espanha e a tomada de Granada – Cristóvão Colombo e Isabel, rainha da Espanha – O descobrimento da América – Os novos tempos – O destino de Cristóvão Colombo – Os conquistadores – Fernando Cortés – México – A queda de Montezuma – Os portugueses na Índia.

28 – Uma nova fé... 216
Construção da basílica de São Pedro – As teses de Lutero – Hus, precursor de Lutero – A bula papal lançada ao fogo – Carlos V e seu Império – O saque de Roma – A dieta de Worms – Lutero em Wartenburg – A tradução da Bíblia – Zwinglio –

Calvino – Henrique VIII da Inglaterra – As conquistas dos turcos – A divisão do Império Alemão.

29 – A Igreja militante 223
Inácio de Loyola – O Concílio de Trento – A Contra-Reforma – A Noite de São Bartolomeu – Filipe da Espanha – A Batalha de Lepanto – O levante dos Países Baixos – Elizabeth da Inglaterra – Maria Stuart – Naufrágio da Invencível Armada – Implantações comerciais inglesas na América – A Companhia das Índias – O início do Império Britânico.

30 – Uma época horrível 231
A defenestração de Praga – A Guerra dos Trinta Anos – Gustavo Adolfo – Wallenstein – A paz da Vestfália – A destruição da Alemanha – A caça às bruxas – O nascimento de uma concepção científica do mundo – As leis da natureza – Galileu e seu processo.

31 – Um rei infeliz e um rei feliz 238
Carlos I Stuart – Cromwell e os puritanos – O levante da Inglaterra – O ano da Revolução Gloriosa – A riqueza da França – A política de Richelieu – Mazarin – Luís XIV – Um levantar do rei – Versalhes – As fontes financeiras do governo – A miséria dos camponeses – As guerras de anexação.

32 – O que acontecia na mesma época no leste da Europa 245
As conquistas dos turcos – A rebelião na Hungria – O cerco de Viena – Johann Sobieski e a libertação de Viena – O príncipe Eugênio de Savóia – Ivan o Terrível – Pedro o Grande – O nascimento de São Petersburgo – Carlos XII da Suécia – A fantástica cavalgada sobre Stralsund – O crescimento do poder da Rússia.

33 – Tempos realmente novos.............................. 253
A filosofia das Luzes – Tolerância, razão e humanidade – Crítica do Iluminismo – A ascensão da Prússia – Frederico o Grande – Maria Teresa – O exército prussiano – A grande coalizão – A Guerra de Sete Anos – José II – A abolição da servidão e a pena de morte – Reformas precipitadas – A guerra de Independência na América – Benjamin Franklin – Os Direitos do Homem e os escravos negros.

34 – Uma revolução muito violenta........................ 260
Catarina a Grande – Luís XV e Luís XVI – Na corte – Jurisdição senhorial – O estilo rococó – Maria Antonieta – A convocação dos estados gerais – A Tomada da Bastilha – A soberania do povo – A Assembléia nacional – Os jacobinos – A guilhotina e o tribunal revolucionário – Danton – Robespierre – O reinado do Terror – A condenação do rei – A vitória sobre o estrangeiro – A Razão – O "diretório" – As repúblicas vizinhas.

35 – O último conquistador.................................. 269
Napoleão Bonaparte na Córsega – A vinda para Paris – O cerco de Toulon – A conquista da Itália – A expedição ao Egito – O Império – O Consulado e o Código Napoleão – O imperador dos franceses – A vitória de Austerlitz – O fim do Sacro Império Romano-Germânico – Francisco I da Áustria – O bloqueio continental – A vitória sobre a Rússia – A Espanha e a guerra civil – Aspern e Wagram – O levante alemão – O Grande Exército – A retirada da Rússia – A batalha de Leipzig – O Congresso de Viena – A volta de Napoleão da ilha de Elba – Waterloo – Santa Helena.

36 – O homem e a máquina 284
A monarquia burguesa – A máquina a vapor, o barco a vapor, a locomotiva, o telégrafo, a máquina de fiar e o tear mecânico – O carvão e o minério de ferro – Os destruidores de máqui-

nas – As idéias socialistas – Marx e sua teoria da luta de classes – O liberalismo – As revoluções de 1830 e 1848.

37 – Do outro lado do mar 292
A China até o século XVIII – A guerra do ópio – A rebelião de Dai-Ping – O desmoronamento da China – O Japão por volta de 1850 – A revolução em benefício do *mikado* – A modernização do Japão com ajuda estrangeira – Os Estados Unidos da América depois de 1776 – Os estados escravagistas – O Norte – Abraham Lincoln – A guerra civil.

38 – Dois novos impérios na Europa 300
A Europa depois de 1848 – O imperador Francisco José e a Áustria – A Confederação Germânica – A França sob Napoleão III – A Rússia – O declínio da Espanha – A libertação dos povos dos Bálcãs – Lutas pela conquista de Constantinopla – O reino da Sardenha – Cavour – Garibaldi – Bismarck – A reforma do exército ao encontro da constituição – A batalha de Königgrätz – Sedan – A fundação do Império Alemão – A Comuna de Paris – As reformas sociais de Bismarck – A destituição.

39 – A luta por uma nova partilha do mundo 309
A indústria – Os mercados e as regiões ricas em matérias-primas – A Inglaterra e a França – A guerra russo-japonesa – A Itália e a Alemanha – A corrida armamentista – A Áustria e o Oriente – Eclosão da Primeira Guerra Mundial – Novas armas – A revolução na Rússia – A intervenção dos Estados Unidos – As condições de paz – O progresso da ciência – Fim.

40 – O pequeno pedaço de história do mundo que eu vivi – Um retrocesso 320
O crescimento da população da Terra – A derrota das potências da Europa central durante a Primeira Guerra Mundial – A incitação à violência das massas populares – O desapareci-

mento da tolerância da vida política na Alemanha, na Itália, no Japão e na União Soviética – A crise econômica e a eclosão da Segunda Guerra Mundial – Propaganda e realidade – O genocídio dos judeus – A bomba atômica – Os benefícios da ciência – O desmoronamento dos sistemas comunistas – As medidas de ajuda internacional, fontes de esperança.

Biografia e publicações de Ernst H. Gombrich 334

1 – Era uma vez

Todas as histórias começam assim: "Era uma vez." Nossa História, então, só fala do que já foi. Você se lembra de quando era pequeno? Quando você ficava em pé, mal alcançava a mão da sua mãe. Sua história poderia começar assim: "Era uma vez um menininho – ou uma menininha. Essa criança era eu." Mas, antes de ser essa criança, você era um bebê. Disso você não se lembra, mas você sabe. Antes de você, seu pai e sua mãe também foram pequenos; seus avós e suas avós também, mais antigamente ainda. Você também sabe disso. A gente não diz que eles são velhos? Pois é, e eles também tiveram avós. E também diziam: "Era uma vez..." Assim daria para continuar recuando no tempo, cada vez mais. Atrás de cada "Era uma vez" haveria sempre um outro.

Você já se colocou entre dois espelhos? Então tente. Você vai ver uma fileira de espelhos, que vão se distanciando cada vez mais, vão ficando cada vez menores e cada vez menos nítidos. É uma infinidade de espelhos, e nenhum deles é o último. Mesmo que não dê mais para vê-los direito, há sempre um outro espelho depois daquele que a gente acha que é o último. Mesmo que não dê para enxergar mais nenhum espelho, você sabe que eles estão ali, um atrás do outro.

Acontece exatamente a mesma coisa com "Era uma vez". Essa volta ao passado não pára em nenhum momento. O avô do avô do avô... Deixa qualquer um tonto, não é mesmo? Mas agora diga de novo, bem devagar, e você vai conseguir ter uma idéia. Repetindo, logo vamos chegando a épocas cada vez mais antigas. Mergulhamos no tempo exatamente como no jogo dos espelhos. Nunca chegamos ao começo dos tempos, pois atrás de cada começo há sempre mais um "Era uma vez".

É como um poço sem fundo. Você fica com tontura quando olha para baixo? Eu também! Por isso, vamos pôr fogo

17

num pedaço de papel e jogá-lo dentro desse poço infinitamente profundo. O papel vai cair devagarinho, vai descer cada vez mais. E enquanto cai ele vai iluminando as paredes do poço. Está vendo o papel descer? Agora está tão longe que parece uma estrela no meio da escuridão. Depois ele vai se apagando mais ainda, até a gente não conseguir mais enxergar sua luz.
 Com a lembrança acontece a mesma coisa que com o papel em chamas. A lembrança ilumina o nosso mergulho no passado. Primeiro, a nossa lembrança ilumina o nosso próprio passado, depois nós apelamos para as lembranças das pessoas de mais idade, procuramos cartas de pessoas que já morreram. Procuramos outras luzes para iluminar um passado cada vez mais distante. Existem lugares onde ficam guardados documentos antigos escritos há muito tempo, chamados arquivos. Nesses arquivos, encontramos cartas escritas há muitas centenas de anos. Um dia, num desses lugares, eu dei com uma carta que dizia: "Querida mamãe, ontem nós comemos trufas deliciosas no almoço. Assinado: Guilherme." Essa carta foi escrita há 400 anos, por um principezinho italiano. As trufas são um alimento delicioso.
 Mas para ler essa mensagem levamos um tempo muito curto. E nossa luz continua descendo cada vez mais depressa: 1.000 anos, 2.000 anos, 5.000 anos, 10.000 anos... Naquela época, já existiam crianças que gostavam de coisas gostosas, mas eram crianças que não sabiam escrever. 20.000 anos, 50.000 anos. Naquele tempo, as pessoas já diziam, como nós: "Era uma vez." Agora nossa luz da lembrança está muito fraquinha. Chega um momento em que ela já não ilumina nada.
 Mas nós sabemos que as coisas continuam, até tempos mais distantes ainda, quando o homem não existia, quando as montanhas eram diferentes do que são hoje. Algumas eram mais altas, mas com o tempo foram sendo gastas pela chuva até se transformarem em colinas. Outras montanhas ainda não exis-

tiam. Foram surgindo lentamente dos oceanos, ao longo de milhões e milhões de anos. Antes de existirem essas montanhas, havia animais muito diferentes dos que existem hoje. Eram animais gigantescos e pareciam dragões. Como é que podemos saber disso? Às vezes encontramos seus ossos, enterrados profundamente no chão. Por exemplo, no Museu de História Natural de Viena, na Áustria, existe um diplódoco. Que nome estranho, não é mesmo? Diplódoco! Pois o animal é mais estranho ainda! Ele não caberia num cômodo da sua casa, nem em dois. Ele era da altura de uma árvore muito grande e tinha um rabo do tamanho de meio campo de futebol. Imagine só o barulho que esse lagarto gigante fazia quando andava pela floresta virgem! É isso mesmo, o diplódoco era um lagarto gigante.

Este lagarto gigante, o diplódoco, vivia na Terra muito antes de existirem os seres humanos e também as montanhas que vemos hoje. Mas ele se alimentava só de plantas.

Ainda não chegamos ao início dos tempos. Vamos continuar recuando milhões e milhões de anos. É fácil dizer! Pense um pouco. Sabe quanto dura um segundo? É o tempo que você leva para contar bem depressa até três. E quanto dura 1 bilhão de segundos? Trinta e dois anos! Agora imagine quanto dura 1 bilhão de anos! Naquele tempo, não havia animais grandes, só havia caracóis e conchas. E, se voltarmos mais ainda no tempo, não vamos encontrar nem plantas. A Terra inteira era "deserta e vazia". Não havia nada: nem árvore, nem mato, nem capim, nem flor, nem uma folhinha verde. Só um deserto de pedras e o mar. Um mar sem peixes, sem conchas e até sem limo. E o que dizem as ondas? "Era uma vez." Essa "uma vez" era uma época em que a Terra, provavelmente, era apenas uma massa gasosa, uma nebulosa, como aquelas bem maiores que hoje nós vemos pelo telescópio. Essa nebulosa girou em torno do Sol durante bilhões e trilhões de anos, sem rochas, sem água, sem vida. E antes? Antes o Sol, nosso querido Sol, também não existia. Só gigantescas estrelas desconhecidas e corpos celestes menores rodopiavam entre as nebulosas, no espaço infinito.

"Era uma vez..." Se eu me debruçar mais sobre o poço, vou ficar de novo com tontura. Venha comigo! É melhor a gente fazer meia-volta e voltar para o Sol, a Terra, os belos oceanos, as plantas, as conchas, os lagartos gigantes, as nossas montanhas e, finalmente, para os homens. Essa caminhada de volta não dá a impressão de que estamos voltando para casa? Para que o "Era uma vez" não nos leve de novo para as profundezas do poço, sempre que falarmos de alguma coisa vamos acrescentar: "Espere aí! Quando foi que isso aconteceu?"

Há uma outra pergunta que também nos leva à História: "O que aconteceu?" Claro, não estamos falando de uma história qualquer, mas daquela que chamamos de história do mundo. É essa História que vamos começar agora.

2 – Os maiores inventores que já existiram

Um dia, em Heidelberg, na Alemanha, cavaram um buraco. Enterrado bem lá no fundo encontraram um osso. Era um osso humano. Um maxilar inferior. Ora, hoje em dia ninguém tem um maxilar tão grande com dentes tão sólidos! Dá para imaginar que um homem com um maxilar daquele era capaz de morder com muita força. Provavelmente aquele homem viveu há muito, muito tempo, senão aquele osso não estaria enterrado tão fundo debaixo da terra!

Um pouco depois, também na Alemanha, em Neandertal, descobriram um crânio humano. Também era muito interessante, pois hoje em dia ninguém mais tem um crânio como aquele. Pode-se dizer que a testa não existia, pois era marcada só por duas saliências em cima do supercílio. Ora, por trás da testa fica o centro do pensamento. Dá para imaginar que, se aquele homem não tinha testa, ele não devia pensar muito, ou que para pensar tinha que fazer mais esforço do que nós. Então podemos dizer: "Era uma vez homens que tinham menos capacidade de pensar do que nós, mas, para comer, tinham uma dentição melhor do que a nossa."

Espere aí!, você deve estar dizendo. Não foi isso que combinamos. Eu quero saber quando esses homens viveram, quem eles eram e o que aconteceu.

Sua pergunta me deixa um pouco envergonhado, pois não posso responder. Isso ninguém ainda sabe ao certo. Mas algum dia vamos poder saber. Aliás, quando você crescer, vai poder ajudar a pesquisar. Ainda não sabemos direito porque não temos nenhum documento escrito desses homens, pois eles não conheciam a escrita. Além disso, nossa lembrança não alcança tão longe.

(Eu escrevi este capítulo há muitos anos. Agora, quando o leio de novo, já não fico tão envergonhado. Mesmo que algumas coisas não sejam exatamente como eu disse, não me en-

Ernst H. Gombrich

ganei nas minhas previsões. Nestes últimos anos nosso conhecimento progrediu, e hoje já sabemos muito mais sobre a época em que esses homens viveram. Devemos isso a cientistas que descobriram que alguns materiais, como a madeira, as fibras vegetais e as rochas vulcânicas se transformam muito lentamente, mas regularmente. O estudo desse processo permite calcular em que momento esses materiais surgiram. Depois dessas descobertas na Alemanha, muitas outras escavações foram feitas para encontrar outros ossos humanos. Principalmente na África e na China, encontraram ossos mais ou menos da mesma época do maxilar encontrado em Heidelberg. Esses homens com duas saliências no lugar da testa e de cérebro pequeno eram nossos antepassados que há 2 milhões de anos, talvez, começaram a usar pedras como ferramentas. Os homens de Neandertal surgiram há cerca de 100.000 anos e povoaram a Terra durante quase 70.000 anos. Quero pedir desculpas a eles. Embora tivessem só duas saliências no lugar da testa, o cérebro deles era muito pouco menor do que o da maioria dos homens de hoje. O grupo humano com características semelhantes às do homem moderno deve ter surgido há cerca de 30.000 anos.)

Mas você deve estar retrucando que falar toda hora em "há cerca de", sem nunca dar nomes nem datas exatas, não é o que a gente chama de História. Tem razão. Esse tempo é anterior ao da História. Por isso falamos em "pré-história", pois só temos uma idéia muito vaga da época em que tudo isso aconteceu. Porém, sabemos algumas coisas sobre esses homens, que são chamados pré-históricos. Assim como os homens da verdadeira História (dos quais vamos falar a partir do próximo capítulo), eles já tinham tudo o que temos hoje: roupas, casas e ferramentas; arado para lavrar a terra, trigo para fazer pão, vacas para tirar leite, carneiros para obter lã, cães para caçar e para lhes fazer companhia; tinham arco e flechas para atirar, capacete e escudo para se proteger. Você deve

Breve história do mundo

estar pensando que isso tudo deve ter tido um início. Alguém deve ter tido a idéia de fazer essas coisas! É verdade. É fantástico imaginar que um dia um homem pré-histórico teve a idéia de que era mais fácil comer a carne dos animais selvagens depois de assá-la no fogo. Ou será que foi uma mulher? Mas antes foi preciso alguém descobrir como fazer fogo. Você imagina o que isso significa? Fazer fogo! Você sabe fazer fogo? Sem usar fósforo, é claro... Fósforo ainda não existia. Com dois pedacinhos de madeira, que a gente esfrega bastante um no outro até eles se aquecerem muito e acabarem pegando fogo. Experimente. Vai ver como é difícil!
    Também houve o homem que inventou as ferramentas. As primeiras ferramentas provavelmente foram simples pedaços de pau ou pedras. Mas logo os homens tiveram a idéia de talhar as pedras para afiá-las como facas. Muitas pedras talhadas foram encontradas enterradas no chão. Essa época em que todas as ferramentas eram de pedra foi chamada de "idade da pedra". Mas os homens ainda não sabiam construir casas. Era muito desconfortável, é claro, pois nessa época o clima era diferente de hoje. Fazia muito mais frio. Os invernos eram mais longos e os verões muito mais curtos do que os que nós conhecemos. Até mesmo os vales podiam permanecer cobertos de neve o ano todo e as geleiras cobriam até as planícies. Por isso dizemos que a idade da pedra ocorreu na época glacial. Os homens pré-históricos certamente passavam muito frio e deviam ficar felizes quando encontravam grutas e cavernas para se proteger um pouco do vento e do frio. Por isso também são chamados de "homens das cavernas".
    Sabe o que mais esses homens das cavernas inventaram? Adivinhou? Pois foi o uso da fala, isto é, eles começaram a formar palavras. Os animais gritam quando sentem dor ou lançam chamados quando pressentem um perigo. Mas eles não sabem traduzir em palavras. Só os homens têm essa capacidade. E foram os homens pré-históricos que começaram a usá-las.

23

Ernst H. Gombrich

Eles também realizaram uma invenção particularmente bonita: a escultura em madeira e a pintura, o que mostram os inúmeros desenhos gravados e pintados descobertos nas paredes das cavernas. Mesmo hoje, um pintor não poderia fazer melhor. Nesses desenhos, vêem-se animais que já não existem desde tempos imemoriais. Há elefantes com pelagem longa e lanosa e enormes presas recurvadas (os mamutes) e outros animais da época glacial. Por que você acha que esses homens pré-históricos pintaram esses animais nas paredes das cavernas? Só como decoração? Parece pouco provável, pois essas cavernas eram muito escuras. Não se tem muita certeza, mas muitos acham que eles atribuíam um poder mágico a esses desenhos. Acreditavam que a pintura iria atrair os animais. Mais ou menos como quando a gente diz: "Falando do lobo, aparece o rabo." Não se esqueça de que esses animais eram uma caça preciosa, sem a qual os homens morreriam de fome. Pode ser então que eles quisessem inventar a mágica. Seria bom demais se tivessem conseguido. Infelizmente, até hoje ninguém foi capaz disso.

O período glacial durou um tempo inimaginável: muitas dezenas de milhares de anos. Até que foi bom, pois senão os homens não teriam tido tempo de realizar todas essas invenções, já que pensar exigia tanto esforço para eles. A atmosfera acabou se aquecendo e no verão o gelo só permanecia nas montanhas mais altas. Com o calor, os homens, que já se pareciam conosco, aprenderam a plantar as gramíneas das estepes, a moer seus grãos e fazer uma massa, que depois cozinhavam no fogo. Foi a origem do pão.

Logo aprenderam a fabricar tendas e a domesticar os animais que até então viviam em liberdade. Eles se deslocavam de um lugar para outro com seus rebanhos, como fazem os lapões até hoje. Naquele tempo, as florestas eram povoadas por muitos animais selvagens, como lobos e ursos. Alguns desses homens, que já tinham demonstrado sua capacidade

Breve história do mundo

de inventores, tiveram então uma idéia extraordinária. Construíram suas casas sobre estacas, por cima da água, criando assim cidades lacustres. Também aperfeiçoaram suas ferramentas de pedra. Colocaram um cabo na pedra talhada, depois de perfurá-la com uma pedra mais dura, assim confeccionando o machado. Decerto era um trabalhão. Imagine quando, no último momento, a pedra quebrava. Era preciso fazer tudo de novo.

Depois esses homens tiveram a idéia de fabricar recipientes de barro, que eles decoravam com desenhos e coziam no forno. Durante o neolítico, período mais recente da idade da pedra, eles pararam de pintar animais. No fim dessa época, que se situaria entre 6.000 e 4.000 anos antes de Cristo, eles imaginaram uma nova maneira de fabricar ferramentas, superior e mais eficaz do que a anterior. Acabavam de descobrir o metal. É claro que não descobriram todos os metais de uma vez. Tudo começou com umas pedras verdes, que se transformavam em cobre quando eram derretidas no fogo. O cobre, que tinha um brilho muito bonito, podia servir para fabricar machados ou pontas de flechas. Mas era muito mole e perdia o corte mais depressa do que a pedra.

Mais uma vez, os homens encontraram uma solução. Tiveram a idéia de juntar um outro metal ao cobre. Era um metal muito raro, mas ele tornava o cobre mais duro: o estanho. A mistura de cobre com estanho dá o bronze. Essa época em que os homens fabricaram a partir do bronze capacetes e espadas, machados e caldeirões e também pulseiras é chamada, naturalmente, "idade do bronze".

Tente imaginar aqueles homens vestidos com peles de animais, em canoas talhadas em troncos de árvores, remando para suas aldeias lacustres. Eles carregavam cereais e sal extraídos das minas. Bebiam em belas taças de cerâmica e suas mulheres e filhas se enfeitavam com pedras multicoloridas e até, já, com jóias de ouro. Você acha que desde então muita coisa mudou? Eles eram homens como nós, freqüentemente maus uns com os outros, capazes de se mostrar cruéis e desleais, como também acontece hoje, infelizmente. Mas, também como hoje, havia mães que se sacrificavam pelos filhos ou amigos que morriam por fidelidade um ao outro. Todos esses homens não eram nem superiores nem inferiores a nós. Está surpreso? Tudo isso acontecia há menos de 10.000 anos. Desde então, não tivemos tempo para mudar muito.

Às vezes, quando falamos ou comemos pão, quando usamos uma ferramenta ou quando nos aquecemos ao fogo, deveríamos agradecer aos homens da pré-história, os maiores inventores que já existiram.

3 – O país às margens do Nilo

Agora, conforme eu prometi, a História vai começar. Estamos em 3100 a. C., ou antes de Cristo (ou seja, 5.100 anos antes de nós), época em que, supõe-se, um rei chamado Menés reinava sobre o Egito. Se você quer saber mais sobre o caminho que leva ao Egito, aconselho que pergunte a uma andorinha. Todos os anos, no outono, quando chega o frio, as andorinhas voam da Europa para o sul. Passam por cima das montanhas, sobrevoam a Itália, depois um trecho do mar e chegam à parte da África que fica mais próxima da Europa. Perto dali é o Egito.

Na África faz muito calor e durante muitos meses não chove. Portanto, a vegetação é rara. Há várias regiões só de deserto. É o caso das terras que se estendem à direita e à esquerda do Egito. No Egito também não chove, mas o país não precisa de chuva, pois é atravessado em todo o seu comprimento por um grande rio, o Nilo. Duas vezes por ano, quando chuvas abundantes alimentavam suas nascentes, o Nilo transbordava de seu leito e inundava toda a região, obrigan-

do as pessoas a se deslocarem de barco em meio às casas e às palmeiras. Quando a água se retirava, a terra estava maravilhosamente irrigada e fertilizada por um limo muito rico. Então os cereais cresciam como em nenhum outro lugar, para depois se dourarem aos raios do sol. Por isso, desde tempos muito antigos os egípcios dirigiam preces ao Nilo, como se ele fosse Deus. Quer ouvir a canção que eles compuseram para o rio, há 4.000 anos?
"Louvado sejas, ó Nilo! Tu que sais da terra e vens até nós para dar alimento ao Egito. Tu que irrigas nossos campos e foste criado para nutrir nossos rebanhos. Tu que molhas o deserto, que está tão longe da água. Tu que fazes crescer a cevada e o frumento. Tu que enches os celeiros e abres as portas dos paióis. Tu que dás aos pobres. É para ti que tocamos harpa e cantamos."
Assim cantavam os egípcios daquela época. E eles tinham razão. Graças ao Nilo, o país se tornou muito rico e foi uma grande potência. Um rei reinava sobre todos os egípcios. O primeiro desses reis teria sido Menés. Você se lembra da época do seu reinado? Foi nos anos 3100 a. C. Sabe o nome que se dava então aos reis do Egito? Eles eram chamados de faraós. O faraó tinha muito poder. Vivia num imponente palácio de pedra, sustentado por colunas enormes e com muitos pátios internos. Todos os habitantes do país lhe deviam obediência e eram obrigados a trabalhar para ele.
Nos anos 2500 a. C., um outro faraó, chamado Quéops, ordenou a todos os seus súditos que trabalhassem na construção do seu túmulo. Ele queria que seu edifício fosse do tamanho de uma montanha – e isso aconteceu. Ainda hoje podemos vê-lo: é a famosa "pirâmide de Quéops". Com certeza você já viu fotos ou gravuras dela, mas essas reproduções não dão idéia de sua altura. Dentro dela caberia qualquer igreja enorme. Escalar uma de suas pedras enormes é como escalar uma montanha. E no entanto foram homens que

Ernst H. Gombrich

transportaram aqueles blocos enormes, que os colocaram um sobre o outro, sem máquinas complicadas, usando no máximo polias e alavancas. Puxar e empurrar eram tarefas feitas só pela força braçal dos homens. Imagine esse trabalhão debaixo do sol ardente da África! Durante trinta anos, quase 100.000 homens trabalharam para o faraó, fora do período de trabalho nos campos. Quando eles caíam de cansaço, o capataz os chicoteava para obrigá-los a voltar ao trabalho. Eles deslocavam e erguiam um peso colossal, à custa de um esforço terrível, para construir o túmulo do rei!

Que idéia esquisita, você deve estar pensando, mandar construir um túmulo tão gigantesco! É que isso faz parte da religião do antigo Egito. Naquela época os egípcios veneravam muitos deuses. (Os que acreditam em vários deuses são chamados "politeístas".) Acreditavam que alguns desses deuses eram antigos reis, que muito antes deles tinham reinado na Terra. Era o caso do deus Osíris e de sua esposa, Íris. Acreditavam que até o Sol fosse um deus, que chamavam de Amon. O mundo subterrâneo também tinha seu deus, chamado Anúbis, representado com cabeça de chacal. Em sua crença, o faraó era filho do deus Sol, por isso eles o temiam tanto e aceitavam obedecer cegamente a ele. Para venerar seus deuses, os antigos egípcios talharam na pedra esculturas majestosas, da altura de um prédio de cinco andares. Construíram templos do tamanho de uma cidade inteira. Diante desses templos, ergueram pedras de granito, talhadas de um único bloco, com a extremidade em ponta. Essas pedras têm o nome de "obeliscos" (essa palavra vem do grego e significa "lança pequena"). Em algumas cidades da Europa, como em Paris, na praça da Concórdia, existem obeliscos trazidos do Egito.

A religião do Egito atribuía caráter sagrado a alguns animais, como por exemplo o gato, e também representava certos deuses com a aparência de animais. A esfinge, com corpo de leão e cabeça de gente, encarnava um deus poderoso. A escultura que a representa ao lado das pirâmides é tão monumental que poderia abrigar um templo. Há mais de 5.000 anos, de vez em quando encoberta pelas areias do deserto, a esfinge vela sobre os túmulos dos faraós. Quem sabe quanto tempo ainda ela continuará montando guarda?

A característica predominante dessa admirável religião dos egípcios era a crença de que, depois da morte, a alma humana deixava o corpo mas continuava precisando dele, de certo modo. A alma não podia ser imortal se o corpo virasse pó. Por isso a conservação dos corpos era tão importante. Eles eram esfregados com bálsamos e sumos de plantas, depois eram envolvidos em faixas longas para evitar o apodrecimento. Esses corpos assim conservados chamavam-se "múmias". Ainda hoje, depois de milhares de anos, essas múmias continuam intactas. A múmia era colocada dentro de um caixão de madeira, que por sua vez era colocado dentro de um caixão de pedra. Este não era sepultado diretamente na terra, mas era colocado dentro de uma rocha, escavada com essa finalidade. Quem era rico, como o "Filho do Sol", o rei Quéops, mandava construir uma montanha de pedra para abrigar seu caixão, achando que dentro dela sua múmia estaria em segurança. Infelizmente, os esforços e o poder do rei Quéops foram inúteis, pois sua pirâmide foi encontrada vazia!

Por outro lado, em outros túmulos foram encontradas as múmias de outros faraós e de inúmeros egípcios daquela época. Os túmulos parecem aposentos em que as almas podiam visitar seus corpos. Neles foram encontrados alimentos, móveis, roupas e muitas pinturas, que representavam cenas da vida do falecido e também sua própria efígie, para que a alma não se enganasse de túmulo quando fosse visitá-lo.

Quando vemos as grandes estátuas de pedra e as magníficas pinturas de belas cores na paredes dos túmulos, podemos imaginar o modo de vida dos egípcios daquela época. Certamente as pinturas não são uma reprodução exata da realidade. Por exemplo, dois objetos que deveriam estar um atrás do outro em geral são representados um em cima do outro. Os personagens têm posturas rígidas. Seu corpo é visto de frente, mas as mãos e os pés são representados de perfil, o que lhes dá uma aparência de imobilidade. Mas o modo de vida de então é reproduzido nos menores detalhes. Vemos, à beira do Nilo, homens apanhando patos com grandes redes, remando seus barcos ou pescando com arpões. Eles também aparecem desviando água para os canais a fim de irrigar os campos, levando rebanhos de vacas e cabras para pastar, batendo o grão e cozendo o pão, confeccionando calçados e roupas, soprando vidro – isso já existia! –, fabricando telhas e construindo casas. Também vemos meninas jogando bola ou tocando flauta, soldados partindo para a guerra ou voltando dela com estrangeiros capturados, especialmente negros.

Nos túmulos dos nobres, vêem-se emissários estrangeiros chegando carregados de presentes, ou o faraó entregando condecorações a seus fiéis ministros. Vêem-se também defuntos rezando, com as mãos levantadas, diante de imagens de suas divindades. Também aparecem representados em sua casa, por ocasião de festins, no meio de cantores acompanhados por harpa ou saltimbancos fazendo cabriolas.

Ao lado dessas pinturas coloridas, geralmente se encontram pequenos desenhos representando tanto corujas como homens, bandeirolas, flores, tendas, escaravelhos, recipientes e também fileiras de linhas quebradas e espirais, umas ao lado das outras. O que será isso? Pois isso não são desenhos, mas sinais da escrita egípcia, chamados hieróglifos. Os egípcios tinham tanto orgulho de sua escrita que lhe davam um valor quase sagrado. Entre eles, a profissão de escriba era considerada a mais elevada.

Quer saber como se escreve com esses sinais? Com certeza não era fácil aprender a escrita por hieróglifos. Ela parece uma carta enigmática. Por exemplo, quando os egípcios queriam escrever o nome do deus Osíris – Wosiri, em egípcio antigo –, eles desenhavam um trono, que se dizia "wos", e um olho, que era "iri". Estava formada a palavra "Wosiri". E, para ninguém pensar que significava "o olho do trono", em geral desenhavam ao lado uma bandeirola, emblema próprio para designar um deus. É como quando desenhamos uma cruz ao lado do nome de uma pessoa para mostrar que ela já morreu.

Agora você já sabe como se escreve "Osíris" em hieróglifos. Mas já imaginou quanto trabalho para conseguir decifrar todos os sinais dessa escrita, quando os pesquisadores começaram a se interessar por ela, há 180 anos? Essa decifração foi possível graças a uma pedra em que havia um texto gravado em caracteres gregos (que já se sabiam ler) e em hieróglifos. Mesmo assim, foi uma verdadeira charada, à qual grandes eruditos dedicaram a vida inteira.

Hoje em dia, já existem pessoas capazes de ler quase tudo, não só o que está escrito nas paredes dos templos e palácios como também o que está escrito nos livros, mesmo que nem sempre os caracteres sejam muito nítidos. Isso mesmo, os antigos egípcios já tinham livros. Não eram feitos de papel, mas de uma espécie de junco do Nilo, chamado "papiro" em grego (daí vem nossa palavra "papel"). Esses livros eram apresentados em forma de grandes faixas, que eram enroladas e desenroladas.

Muitos desses "rolos" foram encontrados. Desde que se aprendeu a decifrá-los melhor, cada vez se descobrem mais coisas sobre a sabedoria e a inteligência dos egípcios daquela época. Quer conhecer um ditado escrito há 5.000 anos? Pois leia e reflita: "As palavras sensatas são mais raras do que a pedra de esmeralda, no entanto nós as ouvimos na boca das criadas humildes que fazem rodar a pedra do moinho."

Graças à sabedoria e ao poder dos egípcios, seu império se estendeu por um período de quase 3.000 anos. De todos os impérios conhecidos até hoje, o deles foi o mais longo. Do mesmo modo como eles souberam preservar seus cadáveres da putrefação, também souberam manter suas tradições ao longo dos séculos. Aliás, seus sacerdotes cuidavam para que os filhos fizessem exatamente o que os pais tinham feito antes deles. Tudo o que vinha dos antepassados tinha caráter sagrado.

Só em duas ocasiões as pessoas se rebelaram contra essa submissão autoritária à tradição. A primeira vez, um pouco depois do reinado de Quéops, por volta de 2100 a. C., homens do povo tentaram mudar tudo. Revoltaram-se contra o faraó, assassinaram seus altos funcionários e arrancaram as múmias de seus túmulos. "Aqueles que antes não tinham nem sandálias agora possuem tesouros, e os que vestiam belas roupas agora andam esfarrapados", lê-se num rolo de papiro. E, mais adiante: "O país gira como gira o torno de um poteiro." Mas esse episódio não durou muito tempo. Logo voltaram ao sistema antigo, um sistema talvez mais autoritário do que antes.

A segunda vez foi um faraó que tentou romper a tradição e mudar as coisas. Ele se chamava Akhenaton e viveu por volta do ano 1370 a. C. Era um homem notável. Duvidava da crença egípcia na existência de várias divindades e nas suas práticas misteriosas. Dirigiu-se ao povo, dizendo: "Só há um deus, o Sol, cujos raios são fonte de vida. Só a ele vocês devem dirigir suas preces."

Os velhos templos foram fechados e o faraó Akhenaton instalou-se com sua esposa num palácio novo. Como ele era contra tudo o que era antigo e a favor de qualquer idéia nova, mandou decorar as paredes de seu palácio de acordo com uma nova moda artística, substituindo a severidade, a rigidez e a solenidade tradicionais por formas naturais e flexíveis. Mas isso não agradava ao povo, que só queria aquilo a que estava habituado havia séculos. Assim, logo depois da morte de Akhenaton, os egípcios voltaram aos costumes e ao estilo dos tempos antigos, que perduraram até o final do império do Egito. Durante cerca de três séculos e meio, como na época do rei Menés, os egípcios continuaram a mumificar os mortos, a escrever com hieróglifos, a dirigir suas preces aos mesmos deuses. E continuaram a cultuar os gatos como animais sagrados. Pessoalmente, pelo menos nesse aspecto eu dou razão aos egípcios.

4 – Segunda-feira, terça-feira...

A semana tem sete dias, que se chamam... Não adianta continuar, pois é claro que você sabe! Mas sabe a partir de quando cada dia recebeu um nome e quem teve a idéia de agrupá-los em uma semana? Não foram os egípcios, não. Foram os homens de uma região tão quente quanto o Egito, atravessada não por um só rio, mas por dois: o Tigre e o Eufrates. Por isso era chamado "País dos dois rios". Como ele se estendia entre esses dois rios, também foi chamado de "País entre os dois rios" ou Mesopotâmia, nome derivado do grego. A Mesopotâmia não ficava no continente africano, e sim no continente asiático, embora não ficasse muito distante da Europa. Parte dela se situava na região que hoje chamamos de Oriente Próximo. Seus dois rios, o Tigre e o Eufrates, deságuam no golfo Pérsico.

Imagine uma planície muito ampla, atravessada por dois rios. O calor é arrasador, o solo alagadiço. Às vezes há inundações que fazem o país inteiro submergir. Nessa planície, aqui e ali há algumas colinas. Acontece que não são colinas de verdade. Basta escavar um pouco, que a gente dá com tijolos e fragmentos de todos os tipos. Escavando mais um pouco, descobrem-se altas paredes de argila. Na realidade, essas colinas são vestígios de cidades antigas. Algumas delas eram muito importantes. Tinham ruas longas e retas, casas altas, palácios e templos. Os mesopotâmicos, ao contrário dos egípcios, não sabiam fazer construções de pedra. Eles utilizavam tijolos, que pouco a pouco foram se desgastando sob efeito do sol, depois acabaram desmoronando e adquiriram o aspecto daquelas ruínas que, durante muito tempo, pensou-se que fossem colinas.

Uma dessas falsas colinas se eleva no meio de uma região de deserto. É a única coisa que resta da antiga Babilônia, que em outros tempos foi a maior cidade do mundo, cheia de homens que vinham de todos os países para negociar suas mercadorias. A montante do Tigre, no sopé das montanhas, ergue-se uma outra dessas colinas. É aí que se localizava a segunda maior cidade do país, Nínive. Babilônia era a capital dos babilônios, Nínive a dos assírios.

Diferentemente do que acontecia no Egito, a Mesopotâmia muitas vezes tinha vários soberanos ao mesmo tempo. Ela teve vários impérios, porém cada um deles durou muito pouco tempo e suas fronteiras se modificaram com freqüência. Sucediam-se povos diferentes, que a cada vez colocavam um novo soberano no trono. Desses povos, os mais importantes foram os sumérios, os babilônios e os assírios. Durante muito tempo, achava-se que os egípcios tinham sido os primeiros a dar origem ao que chamamos de civilização, com cidades, reis e príncipes, templos e sacerdotes, funcionários, artesãos e artistas, com uma escrita e uma tecnologia.

Agora se sabe que, em alguns campos, os sumérios se adiantaram aos egípcios. Escavações desses amontoados de ruínas na planície próxima ao golfo Pérsico mostraram que os habitantes daqueles lugares, em 3100 a. C., tinham tido a idéia de fabricar tijolos de argila para construir casas e templos. Escavando mais profundamente uma dessas colinas, descobriram-se vestígios da cidade de Ur, de onde a Bíblia diz que são originários os ancestrais de Abraão. Foram descobertas também muitas tumbas mais ou menos da mesma época da pirâmide egípcia de Quéops. Só que, enquanto a pirâmide foi encontrada vazia, essas tumbas estavam abarrotadas de uma quantidade enorme de objetos incrivelmente bonitos: jóias femininas de ouro, pratos de ouro para as oferendas, capacetes e punhais incrustados com pedras preciosas, harpas ornadas com cabeças de touro e – você imagina o que isso significa? – o que decerto era um tabuleiro de xadrez, com um belo trabalho de marchetaria. Também foram encontrados sinetes e placas de argila, chamadas tábulas, cobertas de inscrições. Sua escrita era completamente diferente da hieroglífica. Ela não utilizava desenhos, mas sinais de traço muito fino, separados uns dos outros e terminados em ponta, que lembravam pregos ou cunhas, donde seu nome de escrita "cuneiforme". Os mesopotâmicos não conheciam os livros de papiro. Com ajuda de canetas feitas de junco, eles gravavam seus sinais em tábulas de argila úmida e depois as coziam em fornos. Foram encontradas muitas dessas tábulas. Algumas contam lendas maravilho-

Um rei assírio parte para a caçada ao leão.
O animal alado com cabeça humana representado no montante do arco é o animal sagrado dos assírios.

sas, como a do herói Gilgamesh, que lutou contra monstros e dragões. Outras contam os feitos dos reis: os castelos que eles construíram para a eternidade ou os povos que conquistaram. Há outras tábulas nas quais comerciantes gravavam o que se referia a suas atividades: comandas de compra ou de venda, contratos, listas de mercadorias... Graças a essas descobertas, pudemos saber que os sumérios, e mais tarde também os assírios, eram um povo de comerciantes, que sabiam perfeitamente calcular e distinguir o que era legal do que era ilegal. Tábulas que datam da época de um dos primeiros reis babilônios, que então governavam todo o país, nos revelaram o livro jurídico mais antigo do mundo. Suas leis foram editadas pelo rei Hamurabi. Seu nome parece extraído de um livro de contos, mas suas leis mostram muita sabedoria, sendo ao mesmo tempo severas e justas. Hamurabi viveu por volta de 1700 a. C., portanto há 3.700 anos.

Os babilônios e, depois deles, os assírios eram pessoas muito violentas. Assim, eles não pintavam cenas da vida, alegres e ricas em cores, como os egípcios. Suas estátuas e desenhos geralmente representam reis caçando ou fazendo prisioneiros acorrentados se ajoelharem, carros de combate avançando sobre povos estrangeiros ou guerreiros atacando fortalezas. Os reis têm o olhar sombrio, imensas barbas pretas e cabelos compridos e ondulados. Às vezes também são representados fazendo oferendas aos seus deuses, a Baal, o deus-sol, e a Istar, ou Astartéia, a deusa-lua.

Pois os babilônios, assim como os assírios, veneravam o Sol, a Lua e as estrelas. Durante séculos, aproveitando as noites quentes e claras, eles observaram o curso das estrelas. Como eram inteligentes, notaram que o deslocamento das estrelas correspondia a um ciclo regular. Logo conseguiram identificar as estrelas que estavam todas as noites no mesmo lugar da abóbada celeste e que, portanto, pareciam imóveis.

Viram formas nas constelações e lhes deram nome, como falamos hoje do Cruzeiro do Sul ou da Ursa Maior. Também se interessaram pelas estrelas que mudam de lugar na abóbada celeste, como por exemplo aquelas que se aproximam ora da Ursa Maior, ora da Balança. Achavam que a Terra fosse um disco rígido e que a abóbada do céu fosse uma espécie de bolha oca que todos os dias girasse por cima da Terra. Certamente ficavam muito admirados ao constatar que nem todas as estrelas eram fixas, ou seja, que algumas não eram grudadas na abóbada celeste e podiam navegar de um lugar para outro. Hoje nós sabemos que são as estrelas que giram com a Terra em torno do Sol. São os "planetas". Mas naquele tempo nem os babilônios nem os assírios podiam saber disso. Por isso acreditavam na intervenção da magia. Deram nomes a essas estrelas e sempre as interrogavam. Pensavam que as estrelas fossem seres poderosos e que sua posição no céu tivesse um significado para o destino dos homens. Achavam então que fosse possível prever o futuro pelo estudo da posição dos astros. Hoje essa crença recebe o nome de astrologia, que vem do grego.

Esses povos acreditavam que alguns planetas traziam felicidade, outros infelicidade. Marte encarnava a guerra, Vênus o amor. A cada planeta eles atribuíam um dia. Só conheciam cinco planetas, que, somados ao Sol e à Lua, davam o número sete. Assim nasceu a noção de semana. Os planetas que eles conheciam eram Marte, Mercúrio, Júpiter, Vênus e Saturno. Em muitas línguas, o nome dado a cada dia da semana tem parentesco com os planetas, o Sol e a Lua. Por exemplo, segunda-feira, dia da Lua, em espanhol é *lunes* e em inglês é *monday* (*moon* é lua). Terça-feira, dia de Marte, é *martes* em espanhol e *mardi* em francês. Quarta-feira é dia de Mercúrio, quinta-feira é dia de Júpiter, sexta-feira é dia de Vênus. Em português, só o sábado guarda alguma semelhança com o planeta do dia, Saturno. Domingo é dia do Sol – em inglês, *sunday* (*sun* é sol). Você imaginava que os dias da semana tivessem uma história tão antiga?

Para se aproximarem das estrelas e também para enxergarem melhor suas terras envolvidas pelas brumas do pântano, os babilônios e, antes deles, os sumérios fizeram construções estranhas. Eram torres muito altas e largas, formadas por vários terraços sobrepostos, nas quais dava para subir por escadas estreitas. No alto dessas torres ficava o templo consagrado à Lua e aos outros planetas. As pessoas vinham de longe para ouvir as previsões de seu futuro feitas pelo sacerdote, e traziam oferendas muito valiosas. Ainda hoje ruínas dessas torres em terraço surgem das colinas, e há inscrições que reproduzem os relatos dos reis explicando como elas foram construídas ou restauradas. Não devemos esquecer que os primeiros reis dessa região viveram provavelmente por volta de 3000 a. C. e os últimos, por volta de 550 a. C.

O último grande rei babilônio se chamava Nabucodonosor. Ele viveu em 600 a. C. e ficou famoso por suas proezas de guerra. Lutou contra os egípcios e trouxe de suas campanhas militares muitos estrangeiros, que se tornaram escravos. Mas ele realizou feitos bem maiores que honram seu reinado: mandou fazer canais e represas para captar água, irrigar e tornar as terras de seu país cultiváveis. Depois que esses canais e essas represas foram aterrados, o país voltou a ser o que conhecemos hoje: uma planície desértica e alagadiça em que surgem aqui ou ali as colinas das quais eu falei.

Depois que a semana passar e chegar o dia do Sol, pode ser que a gente pense naquelas colinas no meio de uma paisagem tórrida e alagadiça e naqueles reis violentos de barba comprida e escura. Pois agora nós sabemos o que devemos àquele país e a seus homens.

5 – Um deus único

Entre o Egito e a Mesopotâmia se encontra uma região com vales profundos e grandes pastagens. Durante milhares de anos, tribos de pastores guardaram lá seus rebanhos. Plantavam vinha e cereais e, à noite, cantavam canções – como toda gente do campo. Por causa de sua localização, essa região foi invadida ora pelos egípcios, ora pelos babilônios, e sua população sempre foi expulsa de um lugar para outro. Seus homens também tinham construído fortalezas e formado cidades, mas não tinham a força suficiente para resistir às agressões armadas de seus vizinhos.

Você deve estar pensando que é tudo muito triste, mas que isso não tem nada a ver com a nossa História. Devem ter existido milhares de tribos como essa! Tem razão. Mas esse povo, mesmo sendo pequeno e indefeso, não foi esquecido, pois era diferente dos outros. E essa diferença vai marcar muito o curso da nossa História. O que distinguia essa gente era sua religião.

Até então, todos os povos veneravam vários deuses. Você deve se lembrar de Ísis e Osíris, de Baal e Astartéia. Ora, esse pequeno povo só rezava para um deus, um deus que o protegia e guiava. Quando à noite, ao pé da fogueira, os pastores cantavam seus feitos e seus combates, na verdade eles cantavam os feitos e os combates de seu deus. Cantavam que ele era melhor, mais forte e mais majestoso que todos os inúmeros deuses dos politeístas, que eles chamavam de pagãos. Afirmavam constantemente que seu deus era o único, o que tinha criado o céu e a terra, o Sol e a Lua, os rios e os campos, os vegetais, os animais e os homens. Era aquele que podia se zangar enraivecido e repreendê-los violentamente, mas também aquele que não os abandonava na tormenta, como quando foram expulsos do Egito pelos egípcios ou quando os babilônios os prenderam e os levaram como escravos. Tinham

TRÓIA

ATENAS
ESPARTA

ÁSIA MENOR

CRETA

PARA A ESPANHA

ÁFRICA DO NORTE

JOSÉ VAI PARA O EGITO CERCA DE 1500

MÊNFIS   MOISÉS DEIXA O EGITO

EGITO

NILO

DESERTO DO SAARA

É nessa parte do mundo, entre a Mesopotâmia e o Egito, que começa a história da humanidade, com batalhas sangrentas e viagens temerárias dos barcos de comércio fenícios.
Ao ler os capítulos seguintes, você poderá voltar a este mapa.

orgulho de sua religião e de suas certezas. Eles eram seu povo, ele era seu deus.

Talvez você já tenha adivinhado quem era esse povo. Era o povo judeu. Os cantos que louvavam seus feitos, que eles diziam que eram os feitos de seu deus, são os textos bíblicos do Antigo Testamento.

Se algum dia você ler a Bíblia com atenção, talvez compreenda melhor algumas de suas histórias, das quais algumas são transbordantes de vida. Você descobrirá, por exemplo, a história de Abraão. Lembra-se de onde ele era? Pois sua história está no capítulo 11 do primeiro livro do Gênese. Abraão nasceu em Ur, na Caldéia. Ur era aquela colina de ruínas perto do golfo Pérsico, onde há alguns anos foram descobertas tantas coisas: harpas e tabuleiros de xadrez, armas e jóias.

Abraão não viveu nos primeiros tempos da civilização mesopotâmica, mas provavelmente na época do rei babilônio Hamurabi, autor do mais antigo livro de leis que se conhece até hoje. Talvez você ainda lembre que isso foi por volta de 1700 a. C. Portanto, não é de surpreender que no Antigo Testamento se encontrem algumas leis desse grande legislador.

A Bíblia ainda relata muitas outras histórias sobre a antiga Babilônia. Com certeza você conhece a da Torre de Babel (Babel é o nome hebraico da Babilônia). Agora dá para imaginar melhor. Você deve se lembrar de que os babilônios construíam torres gigantescas, "que chegavam até o céu", conforme diz a Bíblia. Era para se aproximarem da Lua e das estrelas e observá-las melhor.

A história de Noé e do Dilúvio também se desenrola na Mesopotâmia. Muitas tábulas de argila, gravadas em escrita cuneiforme, relatam uma história parecida com a da Bíblia.

A Bíblia também conta a história de um descendente de Abraão, José, filho de Jacó. José foi vendido pelos irmãos ao Egito, onde se tornou conselheiro e ministro do faraó. Você sabe como continua essa história. Uma fome se abateu sobre seu país, os irmãos de José também partiram para o Egito para comprar cereais. As pirâmides já existiam havia mais de 1.000 anos. Imagine o espanto dos irmãos de José quando as viram pela primeira vez! Pois até hoje nós também nos espantamos! Em vez de voltar para sua terra, os irmãos de José e os filhos deles se fixaram no Egito. Mas logo sua vida ficou impossível e eles foram obrigados a fazer trabalhos muito duros para o faraó, como no tempo das pirâmides. No segundo livro de Moisés, no primeiro capítulo, a gente lê mais ou menos o seguinte: "E os egípcios reduziram os filhos de Israel a uma dura servidão. Tornaram sua vida amarga obrigando-os a fazer trabalhos duros com argila e tijolos..." Finalmente, Moisés os fez sair do Egito e os levou para o deserto. Isso deve ter acontecido por volta de 1250 a. C. A partir de lá, eles tentaram reconquistar a Terra Prometida, o país em que seus ancestrais tinham vivido, desde Abraão. Lá chegaram depois de lutas violentas e sangrentas, e naquele pequeno território construíram seu próprio reino, cuja capital foi Jerusalém. Seu primeiro rei chamava-se Saul. Ele lutou contra os filisteus, uma população vizinha, e morreu no combate.

Na Bíblia você também poderá encontrar muitas histórias sobre Davi e Salomão, os reis que sucederam Saul. O rei Salomão, homem sábio e justo, reinou um pouco depois do ano 1000 a. C., ou seja, 700 anos depois do rei Hamurabi e 2.100 anos depois do rei Menés. Construiu o primeiro templo, que era tão grande e magnífico quanto os monumentos egípcios e babilônios. Os arquitetos que trabalharam para ele não eram judeus, eram homens dos países vizinhos. Porém era um templo diferente dos templos politeístas. Não tinha representações de divindades, como a de Anúbis com sua cabeça de chacal ou a de Baal, a quem até eram sacrificados seres humanos. Dentro do templo, era proibida qualquer representação daquele deus que tinha aparecido antes de tudo ao povo judeu, aquele deus único e todo-poderoso. Só eram expostas as Tábuas da Lei e seus dez mandamentos. Através delas Deus tinha se revelado a seu povo.

Depois do reinado de Salomão, os judeus passaram por tempos difíceis. O reino se dividiu em um reino de Israel e um reino de Judá. Houve muitas lutas, e como resultado delas o reino de Israel, em 722 a. C., foi invadido e subjugado pelos assírios.

Surpreendentemente, todas essas desgraças aumentaram a devoção do pequeno povo judeu. Homens se levantaram. Não eram sacerdotes, mas pessoas simples que tinham o sentimento de que deviam falar ao povo porque Deus falava neles. Seus sermões repetiam incansavelmente: "Vocês são os únicos responsáveis por suas desgraças. Deus está punindo vocês por seus pecados." Através das palavras desses profetas, o povo judeu aprendia que todo sofrimento era castigo e provação impostos por Deus, mas que um dia haveria o Grande Perdão. Um dia viria o Messias, o Salvador, aquele que devolveria ao povo seu poder perdido e lhe traria uma felicidade inimaginável.

Porém o sofrimento e a infelicidade do povo judeu não tinham chegado ao fim. Você deve estar lembrado do poderoso rei babilônio Nabucodonosor. Pois bem, partindo para guerrear contra o Egito ele atravessou a Terra Prometida, destruiu a cidade de Jerusalém, em 586 a. C., furou os olhos do rei Sedecias e levou os judeus em cativeiro para a Babilônia.

Lá os judeus ficaram cerca de cinqüenta anos, até a destruição do Império Babilônio pelos persas, em 538 a. C. Quando voltaram à sua pátria, os judeus já não eram os mesmos. Sentiam-se diferentes dos povos vizinhos, que, em vez de reconhecer o verdadeiro Deus, cultuavam e idolatravam outras divindades. Então eles resolveram se isolar. Nessa época, portanto há 2.400 anos, foi escrito o Antigo Testamento, tal como

Breve história do mundo

nós o conhecemos hoje. Por sua vez, os outros povos aos poucos passaram a considerar os judeus como gente misteriosa e estranha. Por acaso não era estranho falar de um deus único, que ainda por cima ninguém conseguia ver, obedecer a leis e costumes extremamente rígidos e severos só porque um deus invisível tinha ordenado? Se por um lado os judeus foram os primeiros a se isolar dos outros povos, por outro lado estes últimos acabaram se afastando cada vez mais daquele punhado de homens e mulheres que se diziam um "povo eleito", que dia e noite estudavam as escrituras sagradas e meditavam sobre as razões pelas quais seu deus único os fazia sofrer tanto.

6 – V.O.C.Ê. S.A.B.E. L.E.R.

Como você lê essas palavras? Certamente você vai responder: – Isso é fácil! Qualquer criança que aprende a ler sabe soletrar! – Tudo bem, mas o que quer dizer soletrar? – Ora, a gente vê que tem um V, depois um O, um C, um Ê, formando "Você"! – E você sabe que com vinte e seis caracteres é possível escrever todas as palavras? – Todas as palavras? – Sim, todas! – E em todas as línguas do mundo? – Em quase todas as línguas do mundo!

Não é fantástico poder escrever tudo a partir de vinte e seis sinais, fáceis de desenhar? Coisas sensatas ou bobas, agradáveis ou desagradáveis. Para os egípcios, com seus hieróglifos, a tarefa não era tão fácil. Para os mesopotâmicos também não, com sua escrita cuneiforme, composta por um número imenso de sinais, que não correspondiam a letras mas, na maioria das vezes, a sílabas inteiras. Foi uma inovação incrível imaginar que um sinal poderia ser equivalente a um som (e que uma determinada letra teria uma determinada pronúncia) e que, a partir de vinte e seis sinais, seria possível formar qualquer palavra.

Os homens que descobriram isso tinham necessidade de escrever muito, fossem cartas, contratos comerciais... De fato, eles eram comerciantes que percorriam o mar para comprar, vender ou trocar mercadorias ao longo de todo o Mediterrâneo. Eles viviam não muito longe dos judeus, em cidades muito maiores e mais poderosas do que Jerusalém – as cidades portuárias de Tiro e de Sídon –, que lembravam a Babilônia pela quantidade de habitantes e pela agitação. Aliás, sua língua e sua religião tinham alguns pontos em comum com as do povo mesopotâmico.

Por outro lado, eles eram menos dados à guerra. Os fenícios, nome desse povo do mar, preferiam fazer suas conquistas de maneira diferente. Eles atravessavam o mar em seus barcos a vela e aportavam em terras estrangeiras, onde estabeleciam bancas, casas de comércio. Trocavam com as populações do lugar peles de animais e pedras preciosas por ferramentas, utensílios de cozinha e tecidos coloridos. Suas qualidades como artesãos eram reconhecidas e apreciadas até em regiões muito distantes. Aliás, tinham sido chamados a participar da construção do templo de Salomão, em Jerusalém. Seus tecidos em cores eram especialmente apreciados, sobretudo os vermelhos-púrpura, que eles levavam ao outro extremo dos mares.

Alguns fenícios se estabeleceram nas costas estrangeiras em que tinham aberto bancas e criaram cidades. Por toda parte eles eram bem acolhidos, tanto na África do Norte e na Espanha como no sul da Itália, pois sabia-se que traziam coisas bonitas.

Esses fenícios não se sentiam isolados de sua pátria, pois podiam enviar cartas a seus amigos de Tiro e de Sídon. Eram cartas escritas com caracteres muito simples, que eles tinham inventado – os mesmos caracteres que continuamos usando até hoje. É isso mesmo, quando você vê um B, pode saber que ele é muito pouco diferente daquele que os fenícios traçavam

Breve história do mundo

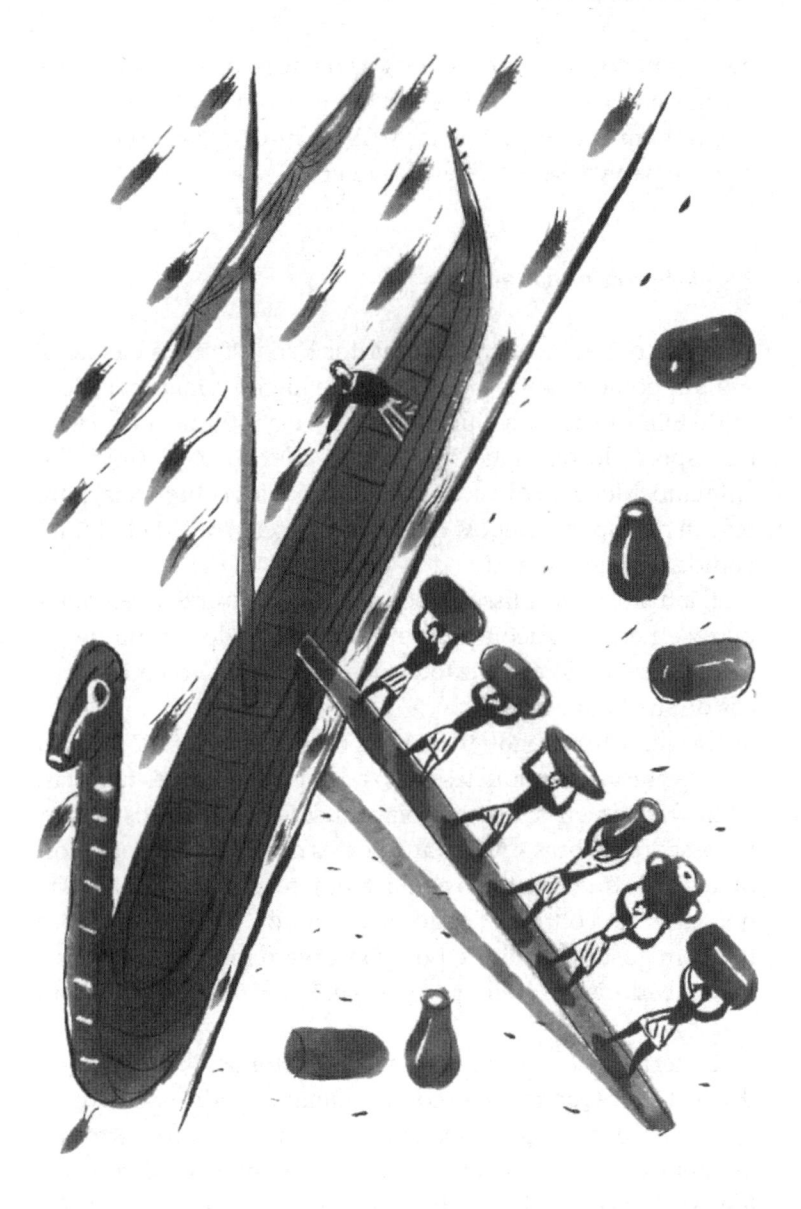

Fenícios carregam um barco comercial antes de partir para a conquista pacífica de novos territórios.

há 3.000 anos, quando escreviam de suas distantes cidades portuárias cheias de vida e atividade aos parentes e amigos que tinham ficado em sua terra. A partir de agora com certeza você não vai se esquecer dos fenícios.

7 – Os heróis e suas armas

Você conhece a história do pastor Páris? Um dia ele ofereceu um pomo de ouro a Vênus, pois a julgou a mais bela deusa do Olimpo. Com a ajuda de Vênus, ele raptou a bela Helena, esposa do rei grego Menelau, e a levou para Tróia. Enciumado, Menelau avançou com seus navios sobre Tróia, para resgatar a esposa. Depois de um longo cerco, a cidade foi invadida e incendiada.

E a história de Ulisses, você conhece? Durante longo tempo esse herói vagueou pelos mares, vencendo a fúria de gigantes e cedendo aos encantos das sereias, até voltar aos braços de sua fiel Penélope.

Os cantores gregos recitavam essas histórias ao som da lira, nas festas e banquetes realizados pelas grandes famílias. Como recompensa, eles recebiam suculentos pedaços de carne, assados na brasa. Mais tarde, esses cantos foram copiados, dizendo-se que um único poeta, Homero, era autor deles. Até hoje a gente continua lendo esses cantos. Certamente você também gostará de lê-los, pois conservam muita vida, colorido e sabedoria – e assim permanecerão até o fim dos tempos.

Decerto você vai dizer: "Isso são histórias. Não faz parte da História. Quero saber como e quando tudo isso aconteceu." Sua observação é exatamente a mesma que certo dia também fez um comerciante alemão, há mais de cem anos. Ele estava sempre lendo Homero e só sonhava com uma coisa: descobrir todos aqueles lugares lindos descritos pelo poeta e ter nas mãos pelo menos uma vez na vida as armas maravilhosas com que os heróis tinham lutado. Um dia, ele realizou seu sonho. Confirmou que tudo o que tinha lido havia existido de verdade. Não nos mínimos detalhes, é claro. Tal como os gigantes e as feiticeiras dos contos, os heróis evocados naqueles cantos não tinham existido. Mas as situações descritas por Homero, as taças e as armas, as construções e os navios, os príncipes que também eram pastores e os heróis que eram piratas – nada era inventado. Era o que achava aquele comerciante alemão, chamado Schliemann. Mas, quando dizia isso, as pessoas riam na cara dele. Mas ele não se deixou desanimar. Economizou durante toda a vida para um dia poder ir à Grécia. Quando juntou dinheiro suficiente, contratou operários e empreendeu escavações em todas as cidades mencionadas por Homero. Em Micenas, encontrou palácios e tumbas de reis, armaduras e escudos, exatamente como os que Homero havia descrito. Encontrou o local onde ficava Tróia e, também lá, fez escavações. Encontrou provas de que a cidade de fato tinha se incendiado. Mas as tumbas e os palácios não traziam nenhuma inscrição e, durante muito tempo, não se soube a que época pertenciam. Até que, um belo dia, por acaso, foi encontrado em Micenas um anel que não provinha daquela cidade. No anel havia inscrições em hieróglifos que davam o nome de um rei egípcio que tinha vivido em 1400 a. C., o antecessor do grande reformador Akhenaton.

Na época existia mesmo, então, um povo guerreiro, possuidor de muitas riquezas, que vivia na Grécia e também nas ilhas vizinhas e nas costas próximas. Portanto, não se tratava de um único reino, mas de um conjunto de pequenas cidades fortificadas, cada uma com seu rei que vivia num palácio. Esses reis eram antes de tudo navegadores, como os fenícios, com a diferença de que preferiam fazer guerra a fazer comércio. Com muita freqüência guerreavam uns contra os outros. Às vezes, porém, eles se aliavam para pilhar outras terras. As-

Ernst H. Gombrich

Decoração de um vaso da Grécia antiga representando os guerreiros heróicos cantados por Homero.

sim eles se enriqueceram muito possuindo ouro e jóias. Temos que admitir que eles eram corajosos, pois para ser pirata é preciso ter muita coragem e esperteza. Era uma tarefa que cabia às famílias nobres. O resto da população era de simples camponeses e pastores.

Ora, esses nobres, ao contrário dos egípcios, dos babilônios e dos assírios, davam pouca importância à tradição. Nas expedições piratas que realizavam e nas lutas contra povos estrangeiros, estavam sempre de olho em novos horizontes. Fascinados por tudo o que descobriam, eles entenderam que não mudar o modo de vida e de pensamento não era uma boa coisa. Então a história de seu país não parou de evoluir. E hoje, quando se descobre na Grécia ou em outro lugar da Europa um pedaço de cerâmica, pode-se dizer: "Isso deve datar de tal ou tal época, pois cem anos depois uma cerâmica como essa estaria fora de moda e ninguém mais iria querer."

Hoje em dia supõe-se que os reis das cidades gregas escavadas por Schliemann não foram os inventores de todos os belos objetos que eles tinham. Os vasos magníficos e os punhais ornados com cenas de caçadas, as armaduras e os escudos de ouro, as jóias e os afrescos das paredes de suas casas, tudo isso existia antes deles, não na Grécia nem em Tróia, mas numa ilha vizinha. Essa ilha se chama Creta. Já no tempo do rei Hamurabi – você se lembra quando foi? – os cretenses tinham construído suntuosos palácios reais, com um número imenso de salas, escadarias, colunas, pátios, corredores e porões. Eram verdadeiros labirintos!

Por falar nisso, talvez você se lembre da lenda do terrível Minotauro, metade homem e metade touro, que vivia num labirinto e exigia que os seres humanos todos os anos lhe trouxessem adolescentes como oferenda. Sabe onde isso acontecia? Justamente em Creta. Pois bem, talvez essa lenda tenha algo de verdade. Podemos muito bem pensar que os reis cretenses em outros tempos reinavam sobre as cidades gregas e que os gregos tinham que lhes pagar impostos regularmente. Seja como for, mesmo ainda não sabendo muita coisa sobre os cretenses, podemos dizer com certeza que eles eram um povo à parte. Basta observar as pinturas que eles faziam nas paredes de seus palácios. Não se pareciam nem um pouco com as que se faziam na mesma época no Egito e na Babilônia. Você deve lembrar que os desenhos egípcios, embora fossem magníficos, eram austeros e imóveis, como os seus sacerdotes. Ora, em Creta o estilo era completamente diferente. O importante era representar os homens e os animais em pleno movimento. E eles conseguiam fazer isso muito bem, por exemplo quando pintavam cães de caça perseguindo javalis ou homens pulando sobre o lombo dos touros. Sem dúvida nenhuma os reis das cidades gregas aprenderam muito com os cretenses.

Mas o período de esplendor dos primeiros habitantes da Grécia não foi além de 1200 a. C. A partir dessa data (cerca de

200 anos antes do reino do rei Salomão), lá se desenvolveram novas populações vindas do Norte.

Será que elas tinham algum parentesco com as que tinham vindo antes e construíram Micenas? É provável. Uma coisa é certa: essas populações destituíram os reis anteriores e tomaram seu lugar. Nesse meio-tempo, Creta tinha sido destruída. Mas os novos habitantes da Grécia guardaram na memória o esplendor da civilização cretense e souberam se lembrar dela quando fundaram novas cidades e construíram seus próprios templos. No decorrer dos séculos, a história de suas lutas e conquistas acabou se confundindo com a história, mais antiga, dos reis de Micenas.

As lendas e os cantos desse novo povo, os gregos, ouvidas na corte de seus reis eram justamente os cantos homéricos pelos quais começamos este capítulo. Eles foram compostos por volta de 800 a. C.

Quando os gregos entraram na Grécia, eles ainda não eram gregos. Você não acha isso estranho? Mas é verdade. Vou explicar. Quando essas populações vindas do Norte vieram instalar-se na Grécia, elas ainda não constituíam um único povo. Falavam dialetos diferentes e obedeciam a chefes distintos. Cada uma dessas populações pertencia a uma "tribo" (mais ou menos como os índios da América do Norte, como por exemplo os sioux e os moicanos, de quem certamente você já ouviu falar). As mais conhecidas dessas tribos eram as dos dórios, dos jônios e dos eólios. Elas eram quase tão valentes e combativas como as tribos indígenas, mas em outros aspectos eram completamente diferentes. Os índios tinham descoberto o ferro havia muito tempo, enquanto os homens de Micenas e de Creta só utilizavam armas de bronze, como escreveu Homero em seus cantos.

Essas populações do Norte chegaram então com mulheres e crianças. A primeira, a dos dórios, desceu até o extremo sul da Grécia, que se chama Peloponeso e no mapa parece uma folha de hera. Lá os dórios escravizaram os antigos habitantes e os mandaram trabalhar no campo, enquanto eles próprios se instalavam na cidade que tinham acabado de fundar, Esparta.

Quando os jônios chegaram à Grécia, não encontraram espaço suficiente para todos. Muitos deles se instalaram não muito longe do mar, ao norte do que seria a haste da folha de hera, a península da Ática. Lá plantaram vinha, cereais e oliveiras. Fundaram uma cidade que dedicaram à deusa Atena, que nos cantos de Homero tantas vezes ajudou o navegador Ulisses. Essa cidade é Atenas. Como todos os homens das tribos jônicas, os atenienses eram grandes navegadores. Aos poucos, também ocuparam as pequenas ilhas vizinhas, que desde então passaram a se chamar ilhas jônicas. Depois eles foram para mais longe ainda, atravessando o mar Mediterrâneo até a costa fértil da Ásia Menor. Essa costa muito recortada lhes oferecia uma grande quantidade de baías abrigadas, e lá também eles fundaram cidades. Quando os fenícios ouviram falar naquelas pequenas cidades, navegaram até elas para comerciar. Os gregos lhes vendiam óleo e cereais, e também prata e outros metais encontrados na região. No contato com os fenícios, os gregos logo aprenderam a navegar melhor ainda. Chegaram a costas mais distantes e fundaram cidades chamadas "colônias". Aprenderam com os fenícios sua maneira admirável de escrever. Você vai ver que os gregos também a adotaram.

8 – Uma luta desigual

Entre 550 e 500 a. C., aconteceu uma coisa surpreendente no mundo. Para dizer a verdade, eu mesmo não entendo muito bem como isso foi possível, mas talvez isso é que seja apaixonante. Nas altas montanhas do norte da Mesopotâmia, havia muito tempo vivia uma tribo de rudes montanheses.

Ernst H. Gombrich

Sua religião era muito bonita: eles veneravam a luz e o sol e achavam que essas divindades estavam permanentemente em luta contra as trevas, em outras palavras, contra as forças do Mal.

Esses montanheses eram os persas. Fazia séculos que eles viviam sob a dominação dos assírios, depois dos babilônios, até que um dia começaram a recusar aquela situação de dependência. Seu rei era um homem inteligente e de uma grande bravura. Seu nome era Ciro. Chefiando sua horda de cavaleiros, Ciro desceu das montanhas e chegou à planície babilônica. Quando lá do alto de suas muralhas os babilônios viram chegar aquele punhado de homens querendo tomar sua cidade, eles caíram na gargalhada. Não conheciam a esperteza e a valentia de Ciro. O punhado de homens fez cair a Babilônia, e Ciro tornou-se senhor daquele grande Império. Sua primeira decisão foi libertar todos os povos que os babilônios mantinham cativos. Isso permitiu que os judeus (você deve se lembrar, foi em 538 a. C.) voltassem para sua terra, Jerusalém. Mas Ciro não se contentou com a conquista desse grande Império. Queria mais, e rumou para o Egito. Morreu a caminho, mas seu filho Cambises assumiu a missão e conseguiu conquistar o Egito. Destituindo o faraó, Cambises pôs fim ao Império egípcio, que se mantivera por quase 3.000 anos! Foi assim que o pequeno povo dos persas tornou-se quase dono do mundo, pelo menos do mundo conhecido na época. Digo quase porque eles ainda não tinham conquistado a Grécia. Essa conquista aconteceu depois da morte de Cambises, sob o reinado do grande rei Dario.

No imenso Império Persa, que se estendia então do Egito até as fronteiras da Índia, Dario criou um sistema administrativo que lhe permitia impor sua lei por toda parte. Mandou construir estradas para que suas ordens pudessem ser levadas aos quatro cantos do Império e, fato muito especial, criou uma rede de espiões encarregados de vigiar os governadores de suas províncias. Esses espiões eram chamados "sátrapas". Dizia-se que eles eram "os ouvidos e os olhos do rei". Também foi Dario que decidiu estender o Império até a Ásia Menor, cujas costas estavam ocupadas por colônias de gregos de origem jônica.

Pela primeira vez na vida os gregos da Ásia Menor dependeram de um vasto império e tiveram que obedecer às ordens de um soberano que vivia em algum lugar do Oriente Médio. Esses gregos eram, na maioria, ricos mercadores, habituados a administrar seus problemas entre eles e com toda a independência. Não estavam dispostos a ser governados pelo rei dos persas e de lhe pagar tributos. Eles se rebelaram e expulsaram os funcionários persas de suas colônias.

Os gregos que tinham ficado em sua pátria, cujos ancestrais eram os fundadores dessas colônias, e principalmente os atenienses, apoiaram a rebelião de seus irmãos e lhes enviaram navios. Nunca tinha acontecido uma coisa daquela ao grande rei dos persas. Como? Colônias minúsculas ousavam resistir ao "Rei dos reis", ao "Senhor do mundo"? Em pouco tempo Dario derrubou a resistência das pequenas cidades jônicas da Ásia Menor. Mas não ficou nisso. Seu maior ódio era contra os atenienses, que tiveram a audácia de interferir em suas lutas. Armou uma importante frota de navios com a intenção de destruir Atenas e conquistar a Grécia. Porém a frota foi atingida por uma violenta tempestade e, lançada contra recifes, afundou. Evidentemente, a raiva de Dario dobrou. Dizem que depois desse fracasso ele ordenou que um escravo lhe dissesse, a cada refeição: "Senhor, lembre-se dos atenienses!", para não deixar sua cólera desaparecer.

Numa segunda expedição contra Atenas, ele enviou seu genro chefiando uma nova frota de combate, que aproveitou para conquistar de passagem um grande número de ilhas e destruir cidades. Ela acabou atracando não longe de Atenas, num lugar chamado Maratona. Lá, o exército dos persas desembarcou para marchar sobre Atenas. Ele devia ter perto de

100.000 soldados, mais do que o número de habitantes de Atenas. O exército ateniense era dez vezes menor (cerca de 10.000 homens). Portanto o resultado do combate parecia evidente. Mas achar isso era esquecer a personalidade do chefe do exército ateniense, Milcíades, homem corajoso e experiente, que vivera muito tempo entre os persas e conhecia perfeitamente sua tática de combate. Além do mais, todos os atenienses tinham consciência do que estava em jogo. Do resultado do combate dependiam sua liberdade, sua vida, a vida de suas mulheres e de seus filhos. Sob o comando de Milcíades, eles se organizaram em colunas perto de Maratona e assim avançaram, para grande espanto dos persas, que não sabiam o que era uma batalha em colunas. O pequeno exército dos atenienses venceu. Quanto aos persas, muitos morreram. Os sobreviventes subiram em seus navios e fugiram.

Depois de uma vitória como aquela sobre um exército tão poderoso, qualquer um se entregaria à alegria e não se preocuparia em pensar em mais nada. Porém Milcíades era experiente demais para se deixar enganar e esquecer a vigilância. Ele havia notado que os navios dos persas não partiram na mesma direção da qual tinham vindo, mas que rumaram para Atenas. Ora, nenhum soldado tinha ficado em Atenas. Portanto, os persas tinham campo livre para atacar a cidade de surpresa. Felizmente, para ir de Maratona a Atenas levava mais tempo por mar do que por terra. Os navios tinham de contornar uma longa faixa de terra estreita, que era fácil atravessar a pé. Milcíades não hesitou nem um momento. Despachou um mensageiro, ordenando que ele corresse o mais rápido possível, para avisar os atenienses do perigo. O mensageiro correu tanto que, imediatamente depois de cumprir sua missão, caiu morto. Essa é a história da famosa corrida maratona.

Milcíades e seu exército tomaram o mesmo caminho que o mensageiro e chegaram a Atenas rapidamente. No exato momento em que chegaram ao porto de Atenas, a frota persa surgiu no horizonte. Os persas não vieram! Sem nenhuma intenção de enfrentar de novo aquele exército valente, eles fizeram meia-volta. Não só Atenas estava salva como também toda a Grécia. Isso aconteceu em 490 a. C.

Dario, o Rei dos reis, deve ter ficado furioso ao saber da derrota de Maratona. Agora ele já não tinha possibilidade de lançar outras expedições contra a Grécia, pois precisava de todas as suas tropas para conter levantes que estavam ocorrendo no Egito. Pouco depois Dario morreu, deixando seu sucessor, seu filho Xerxes, encarregado de se vingar dos gregos de uma vez por todas.

Xerxes, homem rude e ávido por fazer conquistas, não esperou segunda ordem. Organizou um exército composto por homens de todos os povos dominados pelos persas. Cada um se apresentou vestido com seus trajes regionais, com armas, arcos e flechas, escudo e espada, lanças, carros de combate ou catapultas, oferecendo um verdadeiro espetáculo de um exército variado e multicolorido, e, sobretudo, muito numeroso. Eram mais de um milhão de homens! Como os gregos iriam reagir ao vê-los chegar? Desta vez, foi o rei em pessoa que assumiu o comando do exército. A uma certa altura, quando os persas quiseram atravessar por uma ponte constituída de barcos o estreito que separa a Ásia Menor da atual Istambul, o mar bravio, com ondas gigantescas, desmontou a ponte. Louco de cólera, Xerxes resolveu castigar o mar e mandou açoitá-lo com correntes. Não acho que o mar tenha se importado muito.

Uma parte do exército persa prosseguiu de navio até a Grécia, a outra parte foi por terra. No norte da Grécia, um exército de espartanos tentou bloquear seu avanço, no famoso desfiladeiro das Termópilas. Os persas intimaram os espartanos a depor suas armas. "Venham buscá-las vocês mesmos!", responderam os espartanos. Os persas se tornaram mais ameaçadores: "Nossas flechas são tão numerosas que irão cobrir o Sol", eles disseram. "Melhor!", gritaram os espartanos, "assim vamos lutar à sombra." Só que entre eles havia um traidor que mostrou aos persas um caminho através da montanha. O exército dos espartanos foi cercado. Os 300 soldados e seus 700 aliados morreram no combate. Nenhum tentou fugir, pois essa era a lei deles. Mais tarde, foi dedicada a eles uma frase que, em português, significa: "Passante, vá dizer a Esparta que morremos para obedecer às suas leis."

Depois da batalha de Maratona, os atenienses não tinham ficado inativos. Tinham agora um novo chefe de exército, Temístocles, homem hábil e lúcido, que lhes dizia constantemente que um milagre como o de Maratona só acontecia uma vez e que eles deveriam ter uma frota se quisessem continuar resistindo aos ataques dos persas. Os atenienses seguiram seu conselho e construíram uma frota.

Quando os persas se aproximaram, Temístocles pediu a toda a população que deixasse Atenas (naquele tempo a população da cidade não era muito grande) e se refugiasse na pequena ilha de Salamina, perto dali. Depois a frota ateniense tomou posição perto da ilha. Quando os persas chegaram às portas de Atenas, encontraram uma cidade deserta. Furiosos, eles a incendiaram. Mas restavam os atenienses refugiados na ilha, que de longe viam sua cidade ser destruída pelas chamas. A frota persa resolveu então cercar Salamina.

Conscientes do perigo, os aliados dos atenienses ficaram com medo e quiseram embarcar em seus navios para fugir e deixar os atenienses entregues a seu destino. Foi nesse momento que Temístocles deu provas de sua extraordinária habilidade e de sua lucidez. Compreendendo que seus avisos eram inúteis e que os aliados estavam resolvidos a partir na manhã seguinte, ele aproveitou a noite para enviar um mensageiro encarregado de dizer a Xerxes: "Apresse o ataque, senão os aliados dos atenienses vão fugir." Xerxes caiu na armadilha. Na manhã seguinte, sua poderosa frota de combate, equipada com uma multidão de remadores, lançou-se ao ataque... e perdeu a batalha. De fato os barcos dos gregos eram menores, mas por isso mesmo movimentavam-se com maior facilidade, o que era uma vantagem enorme para se deslocar numa região marítima cheia de ilhas e ilhotas. É preciso dizer também que os atenienses se lançaram de corpo e alma na batalha. Tratava-se de garantir sua liberdade. Além do mais, estavam muito confiantes, pois dez anos antes tinham conquistado a vitória em Maratona. Do alto de uma colina, Xerxes acompanhou em segurança o desenrolar do combate. Deve ter sido enorme sua sensação de impotência ao ver os pequenos navios gregos se lançarem a toda velocidade sobre as enormes galeras, perfurar seus cascos e fazê-las afundar. Arrasado, ele ordenou a retirada. Pela segunda vez, os atenienses obtinham a vitória e, ainda por cima, sobre uma frota muito mais poderosa do que a deles. Isso foi em 480 a. C.

Pouco tempo depois, perto de Platéia, as tropas gregas e suas aliadas derrotaram o exército persa em terra. A partir desse dia os persas não ousaram mais aparecer na Grécia. Mas, como eu já disse, os gregos eram um povo especial. Enquanto os grandes impérios orientais permaneciam fielmente ligados às tradições e aos ensinamentos de seus antepassados, a ponto de morrer sufocados, os gregos, e principalmente os atenienses, adoravam inovações. Quase todos os anos inventavam alguma novidade. Nenhum sistema estabelecido durava muito tempo. Seus chefes tinham o mesmo destino. Os grandes heróis das guerras contra os persas, Milcíades e Temístocles, tiveram seu momento de glória. Foram incensados e bajulados. Foram erguidas estátuas em sua honra. Mas então veio um dia em que os atenienses os apontaram, acusando-os de todas as vilezas, para finalmente os condenarem ao exílio. Essa versatilidade, que muitas vezes significava ingratidão, não era um aspecto bom dos atenienses, mas fazia parte de seu caráter. Estavam sempre de olho em tudo o que fosse novo e se mostravam insaciáveis, e isso explica por que a mentalidade grega, durante os cem anos que se seguiram às guerras pérsicas – também chamadas guerras medas –, evoluiu muito mais do que a dos grandes impérios do Oriente em mil anos. Até hoje nós meditamos sobre os pensamentos, os escritos, as imagens pintadas ou esculpidas e os grandes acontecimentos dessa época, os mesmos temas de reflexão que animavam então as conversas dos jovens nas praças públicas ou as dos homens em idade de votar nas assembléias. Não é surpreendente e extraordinário? Podemos imaginar que temas de meditação os persas nos teriam deixado se tivessem conquistado a vitória em Maratona em 490 a. C. ou em Salamina em 480 a. C. Evidentemente, é impossível responder.

9 – Duas pequenas cidades em um pequeno país

Já lhe contei que a Grécia, em comparação com o Império Persa, era apenas uma pequena península, com algumas cidades voltadas principalmente para o comércio e o restante das terras constituído por montanhas desérticas ou campos pedregosos que só davam para alimentar alguns poucos homens. Você também deve se lembrar de que a população grega era composta por diferentes tribos, sendo que as mais importantes eram os dórios, estabelecidos no sul, os jônios e os eólios, no norte. Havia poucas diferenças entre essas tribos, tanto quanto à língua como quanto à aparência. Embora falassem dialetos diferentes, elas eram capazes de entender umas às outras, contanto que quisessem, é claro. E geralmente não era o que acontecia.

Como acontece com freqüência, essas tribos, parentes próximas, não se suportavam. Passavam o tempo brigando uma

Estátuas de vencedores eram colocadas em volta dos estádios.

com a outra. Na verdade, elas se invejavam. É preciso dizer que a Grécia não tinha um único rei nem uma única administração. Cada cidade era um Estado por si mesma. Mas havia duas coisas que uniam todos esses homens: o esporte e a religião. Curiosamente, o esporte e a religião não eram considerados dois campos separados. Pelo contrário, estavam intimamente ligados. Assim, a cada quatro anos os gregos organizavam grandes competições esportivas em honra de Zeus, o pai de todos os deuses. Essas competições se realizavam em Olímpia, grande centro religioso em que tinham sido construídos vários templos e um estádio. Nessa ocasião, todos os gregos – fossem eles dórios, jônios, espartanos ou atenienses – reuniam-se em Olímpia para exibir sua habilidade em corrida, lançamento de disco ou dardo, em lutas corpo-a-corpo e corridas de carros. Vencer essas competições era a maior glória que um homem poderia ter em sua vida. O prêmio era um simples ramo de oliveira, mas que fama para os vencedores! Os maiores poetas cantavam suas proezas, os maiores escultores talhavam suas estátuas em pedra. Essas estátuas, colocadas em Olímpia, os representavam segurando as rédeas de um carro em plena corrida, lançando o disco ou passando óleo no corpo antes da luta. Essas estátuas de vencedores atravessaram os séculos e algumas delas estão atualmente expostas em museus.

Como os jogos olímpicos se realizavam a cada quatro anos, os gregos viram neles uma maneira prática de marcar o tempo, que pouco a pouco se impôs à Grécia toda. Assim como nós hoje dizemos "antes ou depois de Cristo", os gregos diziam "antes ou depois desta ou daquela Olimpíada". Como a primeira Olimpíada aconteceu em 776 antes de Cristo, você saberia dizer quando se realizou a décima? Atenção! Não se esqueça de que as Olimpíadas ocorriam de quatro em quatro anos.

O entendimento dos gregos não se fazia só em torno das Olimpíadas. Eles tinham mais uma coisa em comum: acreditavam que Delfos era um lugar sagrado, onde habitava o deus Apolo. Esse lugar tinha uma particularidade: lá havia uma fenda da qual saía vapor, como acontece com freqüência nas regiões vulcânicas. Quem respirava aquele vapor ficava meio zonzo, como se estivesse sobre uma nuvem! Sua mente se turvava e as palavras pronunciadas não tinham pé nem cabeça, como se a pessoa estivesse sob o efeito de uma bebida ou de uma febre alta.

Mas os gregos atribuíam um significado divino a essas palavras aparentemente sem sentido. Eles achavam que "o deus estivesse falando pela boca de um ser humano". Sentada num tripé, por cima da fenda, ficava uma sacerdotisa, que eles chamavam de Pítia, e outros sacerdotes interpretavam as palavras confusas que ela balbuciava. Segundo eles, essas palavras, chamadas de "Oráculo de Delfos", eram previsões do futuro. Em todos os momentos difíceis da vida, os gregos iam em peregrinação até Delfos para interrogar o deus Apolo. Muitas vezes, a resposta que eles recebiam não era clara e podia ser interpretada de diversas maneiras. Até hoje, o termo oráculo é usado para designar qualquer resposta ambígua e enigmática.

As duas cidades gregas mais importantes eram Atenas e Esparta. Neste livro já falamos dos espartanos. Eles eram aqueles dórios que, em 1100 a. C., escravizaram os habitantes do sul da Grécia e os fizeram trabalhar no campo. Ora, esses escravos eram mais numerosos que seus patrões, e os espartanos tinham que ficar vigilantes para não acabar sendo expulsos. Portanto, eles só tinham uma preocupação: ser guerreiros fortes e bem treinados para sufocar qualquer levante de escravos ou se proteger dos povos vizinhos, que eram livres.

Entre os espartanos essa preocupação era levada ao extremo e acabou sendo motivo das leis redigidas por um homem chamado Licurgo. Um recém-nascido de constituição fraca, que portanto não poderia mais tarde se tornar um guerreiro, era morto imediatamente. Por outro lado, o bebê que nascesse forte teria que se tornar mais forte ainda. Desde muito pequeno, o menino era obrigado a fazer todo tipo de exercícios físicos. Tinha que aprender a suportar a dor, a fome e o frio, só recebia alimentos ruins e não tinha direito à menor distração. Às vezes, era espancado sem razão, só para aprender a não chorar de dor. Ainda hoje fala-se em "educação espartana" para dizer que é muito severa. Você se lembra de que esse tipo de educação acabou trazendo seus frutos. Nas Termópilas, em 480 a. C., todos os combatentes espartanos, conforme mandava a lei, preferiram morrer a fugir. Saber morrer desse modo não é coisa fácil. Saber viver talvez seja mais difícil ainda: e essa era a preocupação principal dos atenienses. O que eles buscavam na vida não era que ela fosse agradável, mas que ela tivesse um sentido. Dar um sentido à vida significava deixar alguma coisa de si depois da morte, alguma coisa da qual depois as pessoas pudessem tirar proveito. Você vai ver como eles conseguiram isso.

Se não fosse o medo, e principalmente o medo de seus escravos, talvez os espartanos não tivessem se tornado homens guerreiros e corajosos. Ora, os atenienses tinham menos razões para ter medo. Sua situação era completamente diferente, embora no início Atenas tivesse leis muito rigorosas, como Esparta. Na época em que as famílias nobres detinham o poder, um ateniense, Drácon, tinha promulgado leis extremamente severas. (Ainda hoje o adjetivo "draconiano" é utilizado para definir um sistema ou uma lei de extrema rigidez.) Porém, depois de percorrer os mares e de ter visto e ouvido todos os tipos de coisas, a população ateniense se cansou daquele poder autoritário.

No entanto foi um nobre que teve a sabedoria de experimentar um novo sistema. Esse nobre se chamava Sólon. Em 594 a. C. (na época do rei babilônio Nabucodonosor), ele dotou a cidade de Atenas de uma constituição. Essa constituição estipulava que toda decisão referente à vida da cidade deveria ser tomada, a partir de então, pelos homens do povo, em outras palavras, pelos "cidadãos". Depois de deliberarem na praça pública de Atenas, eles faziam uma votação e a decisão adotada era a que tinha recebido a maioria dos votos. Em seguida, um conselho formado por eleitos era encarregado de supervisionar a aplicação dessa decisão. Esse tipo de constituição estabelecia o que nós chamamos de "democracia". É verdade que nem todos os habitantes de Atenas tinham direito ao voto, pois ele era reservado aos cidadãos. Para ser cidadão, era preciso ser de estirpe ateniense. Mas todos os que tinham esse título sentiam-se envolvidos no governo da cidade e se interessavam por tudo o que estivesse ligado à sua organização e à sua vida. Daí vem a palavra "política". Cidade, em grego, é *polis*, e política significa tudo o que tem relação com o governo de uma cidade e, mais amplamente, de um Estado.

A aplicação dessa constituição não resultou imediatamente na democracia. No início, alguns nobres que conseguiram ser eleitos pelo povo monopolizaram o poder. Foram chamados de "tiranos". Porém logo o povo se revoltou contra eles e os expulsou. A partir de então, os atenienses cuidaram mais para que só o povo tivesse de fato o poder. Eu já disse que os atenienses eram gente de natureza inquieta. Temendo perder a liberdade pela segunda vez, eles baniram da cidade todos os políticos que poderiam reunir à sua volta um número grande demais de partidários que acabassem por lhes confiar todo o poder. Assim eram os atenienses. Um povo livre, que havia derrotado os persas, e ao mesmo tempo um povo que mostrara tanta ingratidão para com Milcíades e Temístocles. Houve um político que não teve o mesmo destino. Chamava-se Péricles. Na Assembléia, mostrava grande talento como orador, sempre dando a impressão aos atenienses de que eles próprios estavam decidindo, mesmo quando na realidade só estavam aplicando uma decisão que ele já tinha tomado havia muito tempo. No início, Péricles não tinha uma função especial nem poder. Era um cidadão como os outros, porém mais inteligente e mais sensato. Aos poucos, ele se destacou graças a seu trabalho. A partir de 444 a. C. (esse número é tão bonito quanto a época que ele define), regularmente eleito pelo povo, ele se tornou chefe incontestável do Estado. Sua preocupação maior era que Atenas continuasse sendo uma potência naval, o que lhe permitiu fazer alianças com as outras cidades jônicas. Em troca da proteção que ele lhes oferecia, essas outras cidades pagavam tributos a Atenas. Os atenienses se tornaram ricos e puderam, finalmente, colocar seus dotes a serviço de grandes coisas.

    Vejo que você está curioso para saber que grandes coisas são essas. Pois eu respondo: os atenienses era grandes em tudo. Mas para eles o mais importante era a beleza.

    Em suas reuniões na Assembléia, os atenienses tinham aprendido a se expressar em público a respeito de tudo, a tomar posições expondo seus argumentos e seus contra-argumentos. Era um excelente exercício para aprender a pensar.

Ernst H. Gombrich

Logo esse modo de raciocínio "argumentos/contra-argumentos", que chamamos de "filosofia", deixou de ser aplicado só aos problemas do dia-a-dia, como a necessidade ou não de aumentar os impostos. Passou a se aplicar a todos os aspectos da vida. (Antes deles, outros já tinham iniciado essa maneira de refletir, especialmente os jônios estabelecidos nas colônias. Eles já se perguntavam como o mundo era constituído, ou qual era a causa deste ou daquele acontecimento.) Os atenienses refletiram e filosofaram sobre problemas bem diferentes. Queriam saber como os homens deviam agir, se uma determinada ação era boa ou má, justa ou injusta. Tentavam compreender para que o homem existia e como se podia distinguir o que era essencial em cada coisa. Naturalmente, nem todos tinham a mesma opinião a respeito desses problemas tão complexos. As divergências de opinião provocavam debates que levavam os homens a argumentar e contra-argumentar, como durante as sessões da Assembléia dos cidadãos. A partir de então essa maneira de refletir chamada "filosófica", com todas as discussões que resultavam dela, nunca mais deixou de existir.

Os atenienses não se limitavam a perambular sob os pórticos ou pelos campos de esporte para discorrer sobre o que era essencial no mundo, como isso poderia ser reconhecido e qual a importância que tinha para a vida. Não se limitavam a ver o mundo em pensamento. Eles também o viam com novos olhos. Quando vemos hoje a simplicidade e a beleza com que os artistas gregos souberam representar o mundo, temos a impressão de que antes deles ninguém soube enxergá-lo. Já falei antes das estátuas dos vencedores das Olimpíadas. São homens que não estão fazendo pose. Eles são representados com total naturalidade, como se estar naquela posição fosse evidente. É nessa naturalidade que está a beleza daquelas esculturas.

Os escultores também deram essa beleza e essa característica humana às estátuas dos deuses. O mais famoso desses escultores é Fídias. Suas estátuas de deuses nada têm a ver com os colossos dos templos egípcios, enigmáticos e quase sobrenaturais. Embora algumas também sejam de grandes dimensões, às vezes feitas em materiais preciosos como ouro ou marfim, todas têm uma beleza simples sem ser afetada, uma graça ao mesmo tempo nobre e natural, o que só podia despertar a confiança dos homens em seus deuses. Essas qualidades artísticas também são encontradas nas pinturas e nas construções dos atenienses. Infelizmente os grandes afrescos pintados nas paredes dos ginásios e das salas de reunião não se conservaram. Mas conhecemos as pequenas pinturas em pratos de cerâmica, nos vasos e nas urnas. São tão lindas que nos fazem lamentar as grandes pinturas que se perderam.

Quanto aos templos, eles continuam em pé. Alguns ficam em Atenas, especialmente na Acrópole, cidadela da cidade antiga. Esses templos de mármore foram construídos na época de Péricles para substituir os que tinham sido incendiados e destruídos pelos persas quando os atenienses estavam na ilha de Salamina. Até hoje a Acrópole é o mais belo conjunto arquitetônico do mundo. Não é grandioso nem pomposo. É simplesmente bonito. O menor detalhe é executado com tal pureza, tal simplicidade, que nos dá a impressão de que ele não poderia ser diferente. Desde essa época, a arquitetura nunca deixou de retomar as diferentes formas aplicadas então. Um exemplo são as colunas gregas, das quais existem várias ordens. Se você prestar atenção, poderá observá-las nas fachadas de casas e prédios das grandes cidades de hoje. Mas elas não são tão bonitas quanto as da Acrópole. Nos dias de hoje, são apenas elementos decorativos. Entre os atenienses, eram concebidas para suportar os tetos com elegância.

Os atenienses souberam juntar a sabedoria do pensamento e a beleza das formas num terceiro modo de expressão artística, a poesia, que os levou a uma outra descoberta: o teatro. Originalmente, o teatro, tal como o esporte, era ligado à religião. Para celebrar o culto de Dioniso, também conhecido

Ernst H. Gombrich

Do porto do Pireu, a 4 quilômetros de Atenas, viam-se brilhar as construções da Acrópole.

como Baco, os atenienses organizavam representações às quais hoje daríamos o nome de festivais. Em geral essas representações duravam o dia inteiro. Eram realizadas ao ar livre e os atores usavam máscaras enormes e saltos altos para que as pessoas pudessem enxergá-los melhor de longe. Muitas peças dessa época são representadas até hoje. Algumas são sérias, de uma seriedade grandiosa e solene. São as "tragédias". Outras, ao contrário, são engraçadas, mordazes, irônicas e espirituosas. Muitas vezes elas ridicularizam um determinado cidadão ateniense. São as "comédias". Eu poderia continuar divagando e falando dos escritores, cantores, pensadores e artistas. Mas é melhor que um dia você mesmo se empenhe em conhecer suas obras. Então verá que não estou exagerando.

10 – "O Iluminado", ou "O Bem-aventurado", e seu país

Vamos agora para o outro extremo do mundo. Primeiro vamos à Índia, depois à China, para saber o que aconteceu nesses países imensos na época das guerras pérsicas. Como na Mesopotâmia, na Índia existia uma civilização muito antiga. Por volta de 2500 a. C., no tempo da grandeza dos sumérios da cidade de Ur, uma outra cidade importante estendia-se às margens do grande rio indiano, o Indo, com seus templos, suas casas, suas oficinas, suas canalizações e seus esgotos. Era a cidade de Mohendjo-Daro. Até recentemente, ninguém imaginava que em tempos antigos um nível tão alto de civilização tivesse sido atingido. Essa descoberta remonta aos anos 1920. O que as escavações revelaram era tão extraordinário quanto o que havia sido encontrado no local da antiga cidade mesopotâmica de Ur. Ainda não sabemos tudo sobre seus habitantes. Mas sabe-se que outros povos chegaram muito mais tarde à região, os mesmos cujos descendentes vivem hoje na Índia. Esses povos falavam uma língua parecida com a dos persas e a dos gregos, mas também com a dos romanos e a dos germanos. Por exemplo, a palavra pai se dizia *Pitar* em indiano antigo, *Patér* em grego e *Pater* em latim.

Por causa das semelhanças entre as línguas de todos esses povos, eles foram chamados de "indo-europeus". Mas não se sabe se essas semelhanças lingüísticas também correspondiam a laços de parentesco. Porém, uma coisa é certa: esses povos que falavam uma língua indo-européia irromperam na Índia, tal como os dórios na Grécia. Certamente, também como eles, subjugaram a população já presente. Só que, diferentemente dos dórios, eles eram um pouco mais numerosos do que os autóctones e puderam dividir as tarefas. Uns eram guerreiros, e deveriam continuar sendo pelo resto da vida. Até mesmo seus filhos não podiam ter outra função, pois pertenciam à "casta dos guerreiros". A sociedade se dividia em

Ernst H. Gombrich

Colméias? Não, templos gigantescos e de formas estranhas, na Índia.

outras castas, quase tão fechadas quanto a dos guerreiros. Havia a casta dos camponeses e a dos artesãos. Quem pertencia a uma casta não tinha direito de sair dela. Um camponês, ou seu filho, não podia de jeito nenhum se tornar artesão, e vice-versa. Ele nem tinha direito de se casar com uma moça de outra casta, de compartilhar uma refeição ou um meio de transporte com alguém que não fosse de sua casta. Essas tradições existem ainda hoje em algumas regiões da Índia. A casta mais elevada da sociedade, até mais do que a dos guerreiros, era a dos sacerdotes, os brâmanes. Sua função era se ocupar das oferendas e dos templos, e também (como no Egito) do saber. Tinham que saber de cor os textos e os cantos sagrados, para transmiti-los oralmente de geração para geração. Isso se prolongou por alguns milhares de anos, até o dia em que esses textos foram escritos. A sociedade tinha então quatro castas, cada uma delas subdividida em quatro subcastas, igualmente separadas umas das outras.

Todavia, uma pequena parte da população não pertencia e não podia pertencer a nenhuma casta: a categoria dos párias, à qual cabiam as tarefas mais sujas e mais penosas. Ninguém tinha direito de ter contato com eles, nem mesmo os que pertenciam às subcastas, pois dizia-se que o simples fato de tocá-los sujava. Daí o outro nome pelo qual eram designados: "os intocáveis". Eram proibidos de tirar água da mesma fonte que os outros indianos. Também não podiam deixar que a sombra de seu corpo passasse sobre a de um outro indiano, pois considerava-se que mesmo sua sombra podia sujar. Como os homens podem ser cruéis!

Afora isso, os indianos não eram um povo cruel, muito pelo contrário. Seus sacerdotes eram homens extremamente sérios e profundos, que muitas vezes se retiravam para a solidão das florestas para meditar em paz sobre questões difíceis. Meditavam sobre seus deuses primitivos e sobre Brama, o deus supremo, criador do mundo. Sentiam o sopro desse

Ernst H. Gombrich

Ser superior manifestar-se em todas as formas de vida, dos deuses e dos homens, dos animais e das plantas. Sentiam sua ação por toda parte: na luz do sol, na germinação das plantações, no crescimento e na morte. Pois Deus estava em tudo no mundo, exatamente como a simples pitada de sal que você joga na água e, sozinha, faz toda a água ficar salgada, até a menor gotinha. Todas as diferenças que observamos na natureza, a mudança das estações, seu retorno cíclico, são apenas o aspecto aparente das coisas. A alma humana é imortal. E, depois da morte do corpo, ela pode se reencarnar no corpo de um tigre ou de uma naja. Só uma alma que tenha alcançado um alto grau de pureza escapa à reencarnação, pois unese ao Ser divino. Seja como for, a onipresença do deus supremo, Brama, insufla vida em tudo. Para fazer seus discípulos entenderem isso, os sacerdotes tinham uma bela fórmula, sobre a qual você pode meditar. Eles diziam apenas: "Eis o que você é." Isso significava: tudo o que você está vendo – os animais, as plantas e os homens – não é nada além do que você mesmo é: um sopro da respiração de Deus.

Para chegar a sentir essa grande comunhão com o Ser supremo, os sacerdotes imaginaram um procedimento espantoso. Sentavam-se num lugar da floresta virgem e se dedicavam apenas à meditação. Isso podia durar horas, dias, semanas, meses, anos. Sentados diretamente no chão, eles ficavam imóveis e eretos, de pernas cruzadas, olhos baixos. Respiravam o menos possível, comiam o menos possível. Alguns até se impunham outras formas de sofrimento para chegar à pureza de alma que lhes permitisse sentir o sopro de Deus.

Há 3000 anos, a Índia tinha muitos desses homens santos, ascetas e eremitas. (Até hoje eles ainda são numerosos.) Mas um deles era diferente de todos os outros. Era filho de rei e se chamava Gautama. Ele viveu por volta de 500 a. C.

Conta-se que Gautama, mais tarde chamado "O Iluminado", "O Bem-aventurado", ou ainda Buda, cresceu em meio ao luxo, ao ócio e aos prazeres de todo tipo, numa região do leste da Índia. Ele tinha três palácios: um para o verão, um para o inverno e um terceiro para o período da monção, em que se tocavam para ele as mais belas músicas. Da vida ele só conhecia o que via do terraço de seus palácios, pois seus pais não queriam que ele se aventurasse para fora. Queriam mantê-lo afastado de qualquer cena que pudesse entristecê-lo e até proibiam que os doentes e estropiados se aproximassem dos palácios. Mas um dia Gautama mandou atrelar sua carruagem e saiu. No caminho, cruzou com um velho, de costas arqueadas, que andava com dificuldade. "Quem é esse homem?", ele perguntou ao cocheiro. Obrigado a responder, o cocheiro explicou o que era um velho. Gautama voltou ao palácio, pensativo. Durante um outro passeio, ele cruzou com um doente. Também nunca lhe tinham falado em doença. Ao voltar para perto da mulher e do filho, ele estava mais pensativo do que nunca. Numa terceira saída, ele viu um homem morto. Dessa vez não quis voltar ao palácio. No caminho encontrou um eremita e resolveu ir também a um lugar solitário para meditar sobre os sofrimentos do mundo que a velhice, a doença e a morte lhe revelaram.

Mais tarde, lembrando esse episódio de sua vida em um de seus sermões, Gautama contou: "Ainda na flor da idade, radiante, desfrutando de uma juventude feliz, mal tendo transposto o limiar da idade adulta, contra a vontade de meus pais, banhados em lágrimas e se lamuriando, mandei cortar minha barba e meus cabelos, vesti roupas grosseiras e deixei minha casa para levar uma vida sem teto."

Durante seis anos Gautama levou uma vida de eremita e de asceta. Mas suas meditações eram mais profundas do que as de todos os outros eremitas. Durante suas meditações, ele quase não respirava, o que provocava dores terríveis. Comia tão pouco que muitas vezes desmaiava de fraqueza. Mas durante seis anos nunca conseguiu encontrar a paz interior. Ti-

Ernst H. Gombrich

Foi sob uma figueira que Gautama teve a "Revelação". Muitas estátuas representam o príncipe nessa posição.

nha tantos temas de meditação! Qual era a natureza do mundo? Será que tudo não era a mesma coisa? Ele meditava sobre os males e os sofrimentos da humanidade, sobre a velhice, a doença e a morte. Ora, apesar da sua vida de asceta, suas perguntas continuavam sem resposta.

Então ele resolveu começar de novo, aos poucos, a comer, a se fortalecer e a respirar como todo o mundo. Os outros eremitas, que até então o admiravam, passaram a desprezá-lo. Mas ele não deu atenção. E certo dia, quando estava sentado numa clareira, debaixo de uma figueira, teve uma iluminação. Subitamente compreendeu o que buscava havia tantos anos. Era como se uma luz interior lhe tivesse surgido de repente. Daí o nome que lhe deram desde então, "O Iluminado", ou Buda. A partir desse dia, ele percorreu o país para anunciar aos homens sua grande descoberta interior.

Acho que você gostaria de saber qual foi essa revelação que Gautama teve ao pé da "árvore da Iluminação" que dissipou suas dúvidas e finalmente lhe trouxe a paz interior. Vou dar algumas explicações, mas você precisa fazer um esforço para refletir sobre elas. Não se esqueça de que Gautama dedicou seis longos anos de sua vida a meditar somente sobre essa questão: como libertar o homem de todo sofrimento, de toda dor? Sua revelação poderia ser resumida assim: se quisermos escapar da dor, deveremos começar por escapar a nós mesmos. Pois de onde vem a dor? Do desejo, ou seja, do fato de desejarmos possuir. Vou dar um exemplo. Quando você fica triste porque não lhe deram o livro ou o brinquedo que queria, você tem duas possibilidades: ou tenta conseguir o que quer, ou renuncia ao seu desejo. Se de alguma maneira você consegue não desejar mais nada, já não vai sentir nenhuma tristeza. Foi isso que se revelou ao Buda. De fato, ele achava que, deixando de desejar todos os tipos de coisas bonitas e agradáveis, deixando de querer felicidade, bem-estar, gratidão, afeição, nós ficaríamos menos tristes no dia em que fôssemos privados disso. Quem não desejasse mais nada, nunca mais ficaria triste. Em outras palavras: quanto menos fôssemos exigentes, menos sofreríamos.

Eu até ouço você replicar: tudo isso é muito bonito, mas não impede que a gente sinta desejo! Tudo bem. Acontece que Buda achava que depois de fazer um trabalho consigo mesmo, que poderia durar muitos anos, seria possível a gen-

Ernst H. Gombrich

te ficar feliz com o que tem, sem querer mais. Em outras palavras, seria possível o homem se tornar senhor de seus desejos, como o cornaca domina seu elefante depois de muito treinamento. Então o homem chegaria, aqui na terra, a um "mar interior" que nada viria perturbar, chegaria a um estado de beatitude e de paz em que não haveria mais nenhum desejo. Teria a mesma bondade para com todos os homens e não esperaria nada de ninguém. Buda também ensinou que aquele que conseguisse dominar todos os seus desejos não voltaria à terra depois da morte. Só se reencarnariam as almas que se apegassem à vida. Quem deixa de ter apego à vida já não procura, depois da morte, voltar ao "ciclo dos nascimentos e das mortes". Funde-se no nada, em que todo desejo e todo sofrimento desapareceram, naquilo que os indianos chamam de "nirvana".

Essa foi a revelação do Buda sob a figueira: como aprender a se libertar dos desejos sem os realizar, como quando a gente esquece a sede sem a saciar. Você pode imaginar que o caminho que leva a essa paz interior não é fácil. Buda falava de uma "via intermediária", que está entre o excesso inútil de mortificação e um bem-estar despreocupado e irrefletido. O importante é encontrar um equilíbrio em tudo: em nossas crenças, nossas decisões, nas palavras que pronunciamos, em nossos atos, nossa vida, nossas aspirações, nossa consciência, nossas meditações.

Esses são os pontos essenciais em que Gautama insistia em seus sermões, que impressionavam muito as pessoas que o seguiam e o veneravam como um deus. Hoje, há quase o mesmo número de budistas e de cristãos no mundo. Eles vivem principalmente no sudeste da Ásia, no Ceilão (Sri-Lanka), no Tibete, na China e no Japão. Porém poucos são capazes de viver de acordo com os preceitos do Buda e de atingir a calma do "mar interior".

11 – O mestre de um grande povo

No tempo em que eu freqüentava a escola primária, a China nos parecia estar "do outro lado do mundo". Daquele país distante, nós conhecíamos no máximo alguns desenhos pintados em xícaras de chá ou em vasos, e imaginávamos homens do tamanho de anões, um pouco rígidos, com longas tranças nas costas, e jardins arranjados artisticamente, com pontes arqueadas e torrinhas cheias de guizos.

É claro que esse país de conto de fadas que nós imaginávamos nunca existiu, apesar de ser verdade que os chineses, até 1912, eram obrigados a trançar os cabelos nas costas, e foi assim que nós os vimos, observando os objetos de porcelana ou marfim, delicados e refinados, executados por seus melhores artesãos. Na época da qual quero falar, 2.400 anos atrás, tudo isso ainda não existia. No entanto, havia muito tempo a China já era um grande império. Esse império era tão antigo e tão imenso que estava prestes a se esfacelar. Nos campos, muitos milhões de camponeses plantavam arroz e cereais, enquanto nas cidades havia homens que se pavoneavam em trajes suntuosos. Durante mais de mil anos, a China foi governada por imperadores que habitavam o palácio da capital: eram os célebres "imperadores da China" que se faziam chamar de "Filhos do Céu", tal como os faraós se faziam chamar "Filhos do Sol".

Abaixo do imperador vinham os príncipes, encarregados de governar as inúmeras províncias desse imenso país, maior que o Egito ou que a Assíria e a Babilônia juntas. Esses príncipes tinham se tornado tão poderosos que o próprio imperador havia perdido toda a autoridade sobre eles, apesar de continuar sendo "imperador da China". Os príncipes com freqüência brigavam uns com os outros, sem se incomodar com o Filho do Céu. Como os chineses falavam línguas completamente diferentes de um extremo ao outro do imenso país, o império provavelmente teria se esfacelado se as populações chinesas não tivessem alguma coisa em comum. E essa coisa era a escrita.

Talvez você diga: – E do que adianta ter a mesma escrita? Se as línguas são diferentes, ninguém pode entender o que está escrito. – Pois bem, fique sabendo que com a escrita chinesa isso não é problema. Ela pode ser lida mesmo por quem não sabe uma palavra da língua. – Quer dizer que existe uma espécie de magia por trás disso? – Não, de jeito nenhum. Na verdade, a explicação é simples. Quando se escreve, o que se faz no papel não são palavras, mas desenhos. Quando queremos escrever "sol", fazemos este desenho: 日

Agora é só dizer o que estamos vendo. Um brasileiro vai dizer *sol*, um francês *soleil*, um inglês *sun*, um chinês *dscho*, pois todos entenderam o que o desenho quer dizer. Imagine que, agora, você queira escrever "árvore". Em alguns traços você vai desenhar: 木, que se diz *mu* em chinês. Mas você não precisa conhecer chinês para saber que é uma árvore.

Você pode dizer que não é complicado, mesmo, quando se trata de objetos. Mas e se, por exemplo, a gente quiser escrever "branco"? Usa tinta branca? E para escrever "leste"? Não dá para desenhar o leste! Pois bem, vou responder: nesse caso, a gente acrescenta um detalhe ao desenho de um objeto. Assim, para exprimir a idéia de brancura, nós nos referimos a alguma coisa que seja branca, no caso um raio de sol. Se acrescentamos um traço ao desenho do sol, 白, isso significa *bei* ou *branco* ou *white* etc., conforme a língua. E leste? Bem, como leste é o lado em que o sol se levanta, por trás das árvores, desenhamos o sol por trás da árvore: 東

Prático, não é mesmo? É claro que esse modo de escrever tem vantagens e desvantagens. Pense um pouco na quantidade de palavras e coisas que existem no mundo. Seria preciso aprender o sinal correspondente a cada coisa. Atualmente, há 40.000 sinais na escrita chinesa e, para algumas coisas, fica complicado mesmo. Você não acha que devemos agradecer aos fenícios por terem reduzido a escrita a 26 letras? Mas faz muito tempo que os chineses escrevem assim e, numa grande parte da Ásia, qualquer um consegue ler esses sinais, mesmo que não saiba uma palavra de chinês. E, graças a esse tipo de escrita, as idéias dos grandes mestres do pensamento chinês puderam se difundir muito depressa através do Império e marcar profundamente as mentes.

Na época em que Buda queria ensinar aos habitantes da Índia a não sofrer mais (lembre-se, isso foi por volta de 500 a. C.), na China também havia um grande homem que tentava ensinar a felicidade a seu povo. E ele era o oposto de Buda. Não era filho de rei, mas filho de um oficial. Não se tornou um eremita, mas um funcionário e depois mestre. Para ele, o essencial não era que um homem conseguisse deixar de sofrer libertando-se de seus desejos, mas que todos os homens conseguissem viver em paz. A base de seus ensinamentos era como viver uns com os outros em bom entendimento. Graças a esse preceito, os chineses conheceram durante séculos uma vida bem mais calma e pacífica do que os outros povos do mundo. Esse mestre chamava-se Confúcio, do chinês *Kong Fuzi*. Tenho certeza de que você vai se interessar pelo que ele professava. É fácil de compreender e de memorizar, também é fácil de pôr em prática, e isso explica o sucesso que ele teve. Talvez você ache engraçado, mas saiba que seus ensinamentos são muito mais profundos do que parecem.

Segundo Confúcio, a maneira de se comportar para com os outros tem mais importância do que se imagina, como o fato de se inclinar diante de uma pessoa de idade, de segurar a porta para alguém passar, de se levantar quando se fala com um superior. Confúcio enunciou uma grande quantidade de outras regras de saber-viver, muito mais numerosas do que entre nós. Ele estava convencido de que essas regras não tinham sido criadas por acaso, mas que elas tinham uma razão de ser, geralmente ligada a alguma coisa bonita. Aliás, ele

Ernst H. Gombrich

dizia: "Acredito nos tempos antigos e gosto deles", o que significava que ele acreditava no bom-senso e nos fundamentos dos usos e costumes transmitidos através dos séculos. A única ambição de seu ensinamento era lembrá-los para perpetuá-los e para que os homens continuassem a respeitá-los. Para ele, bastava seguir essas regras para que tudo ficasse mais simples. Então as coisas aconteceriam naturalmente, espontaneamente, sem que a gente precisasse refletir sobre elas. Esses modos não nos tornam necessariamente bons, mas nos ajudam a continuar sendo bons.

É verdade que Confúcio tinha uma opinião muito elevada a respeito dos homens. Considerava que todos os homens nascem bons e razoáveis, que essa bondade e esse bom-senso estão no fundo deles. Ele dizia que, se alguém vê uma criança brincar à beira da água, ficará com medo de que ela caia na água. A preocupação que temos com nosso próximo, nossa compaixão por quem está numa situação dolorosa, todos esses bons sentimentos são inatos em nós. Nossa única tarefa é cuidar para que eles não desapareçam. Pois quem dá provas de gentileza, de obediência e de solicitude para com seus pais – virtudes que o homem tem de nascença – irá comportar-se da mesma maneira com todas as outras pessoas. Obedecerá às leis do país tal como se habituou a obedecer ao pai. Por isso Confúcio dava grande importância à família e aos sentimentos que ela gera, como o amor entre irmãos e irmãs, o respeito pelos pais. Chamava a família de "as raízes da humanidade".

As noções de respeito e obediência não se referiam só a um inferior com relação a seu superior. A recíproca também era verdadeira. Por causa disso, muitas vezes Confúcio e seus discípulos entraram em conflito com os príncipes contrários a esses princípios, e não deixaram de lhes dizer o que pensavam deles. Lembravam-lhes que um príncipe devia ser o primeiro a dar o exemplo e devia respeitar todas essas regras.

Devia dar provas de amor filial por seu pai, mas também de solicitude e justiça para com seus súditos. Os príncipes que não davam atenção aos sofrimentos de seu povo mereciam que este se rebelasse e os derrubasse. O primeiro dever de um príncipe era servir de modelo a todos os súditos do reino. Pode ser que você ache que Confúcio só ensinou coisas evidentes. Mas era justamente o que ele pretendia. Queria ensinar coisas que todos pudessem entender facilmente e, além disso, que todos achassem justas e acertadas. Aliás, como eu já disse, Confúcio atingiu seu objetivo. Sem seus ensinamentos, o grande império chinês, com suas inúmeras províncias, certamente teria se esfacelado.

Mas não vá achar que a única preocupação de todos os chineses era viver em harmonia e entendimento uns com os outros. Também havia homens que, como Buda, estavam mais voltados para os grandes mistérios do mundo. Algum tempo depois de Confúcio, surgiu na China um desses sábios. Chamava-se Laozi. Nós o conhecemos como Lao-tse. Diz-se que ele era funcionário e, certo dia, ficou farto da vida agitada dos homens. Abandonou o emprego e foi para as montanhas solitárias, nas fronteiras da China, tornando-se eremita.

Na fronteira, um funcionário da alfândega, que era um homem simples, pediu-lhe que escrevesse seus pensamentos antes de deixar os homens, e Lao-tse aceitou. A história não diz se o alfandegueiro os compreendeu, pois são pensamentos esotéricos e complexos. A idéia geral é a seguinte: há uma lei principal que rege o mundo. Ela rege o vento e a tempestade, os animais e as plantas, a alternância do dia e da noite, o movimentos dos astros..., em resumo, o grande movimento natural do universo. Essa lei é o "Tao". Ora, o homem é muito absorvido por suas preocupações, sua agitação permanente, seus projetos, suas interrogações, e também pelas oferendas e pelas preces a suas divindades. Por isso, por assim dizer, o homem não deixa essa lei chegar até ele. Ele atrapalha seu caminho.

Lao-tse pensava então que a única coisa a fazer é "não agir". Em outras palavras, para encontrar a paz interior, não devemos olhar nem ouvir o que acontece ao nosso redor, não devemos desejar nem pensar em nada. Aquele que, tal como uma árvore ou uma planta, conseguir se libertar de toda ambição e de todo desejo sentirá em si a ação do Tao, essa grande lei que rege o universo, que faz o céu girar e a primavera chegar. Como você vê, é um ensinamento difícil de entender e mais difícil ainda de seguir. Talvez Lao-tse tenha conseguido isso não fazendo nada, na solidão das montanhas. Seja como for, é bom que Confúcio tenha sido o grande mestre da China, e não Lao-tse. O que você acha?

12 – A maior das aventuras

A época do apogeu da Grécia foi curta. Os gregos eram capazes de muita coisa, mas não de ficar muito tempo em paz. Era o caso principalmente dos atenienses e dos espartanos, que com o tempo acabaram por não se suportar. Em 420 a. C., eclodiu uma guerra entre os dois Estados. Ela foi longa e terrível, durando mais de setenta anos. Foi chamada "Guerra do Peloponeso". Primeiro foram os espartanos que lançaram uma expedição sobre a cidade ateniense. Eles devastaram toda a região e, principalmente, arrancaram todas as oliveiras, o que foi um desastre, pois uma oliveira leva muitos anos para começar a dar frutos. Os atenienses se vingaram lançando expedições contra as colônias espartanas no sul da Itália, na Sicília, cuja cidade principal era Siracusa. Os conflitos se sucederam, como se uma engrenagem tivesse começado a funcionar. Além de tudo, Atenas foi atingida por uma terrível epidemia de peste, que levou muitos homens à morte, inclusive Péricles. O conflito entre as duas cidades terminou com a derrota final de Atenas, cujas muralhas foram derrubadas. Como sempre acontece depois das guerras, o país estava completamente sem forças. Os vencedores também. Poderia ter ficado nisso, se um outro fato mais grave não tivesse ocorrido. Uma pequena tribo, das proximidades de Delfos, se apoderou do santuário dedicado ao culto de Apolo, o famoso santuário do Oráculo, e o pilhou, provocando grande comoção. Uma tribo estrangeira aproveitou o pretexto para interferir. Eram montanheses que viviam no norte da Grécia, chamados macedônios. Eles tinham parentesco com os gregos, mas ainda eram bárbaros, de índole violenta. Seu rei, Filipe da Macedônia, era um homem muito hábil, que falava perfeitamente o grego e conhecia muito bem os costumes e a cultura gregos. Sua ambição era reinar sobre toda a Grécia. A pilhagem do santuário de Delfos lhe ofereceu uma boa oportunidade para se manifestar, pois para ele, assim como para todos os gregos, o santuário tinha um grande valor simbólico. Porém em Atenas havia um homem político e grande orador, Demóstenes, que falava ao povo na Assembléia e que, em seus célebres discursos (mais tarde batizados de *Filípicas*), sempre prevenia os atenienses contra as intenções do rei Filipe da Macedônia. Mas a Grécia estava dividida demais para poder se defender.

Em 338 a. C., em Queronéia, Filipe venceu os gregos, os mesmos que cem anos antes tinham conseguido se defender tão bem contra o poderoso exército dos persas. Com essa derrota, os gregos perderam sua liberdade, da qual, aliás, eles tinham feito muito mau uso. Mas o objetivo do rei Filipe não era subjugar nem pilhar a Grécia. Sua ambição era bem diferente: desejava constituir um grande exército, reunindo gregos e macedônios, para conquistar a Pérsia.

Esse projeto de conquista era muito mais viável do que na época das guerras pérsicas. Fazia muito tempo que os reis persas já não tinham o empenho e a ambição de um Dario, nem a força de um Xerxes. Tinham perdido todo o controle da administração de seu país e se davam por felizes quando os sátrapas das províncias lhes mandavam bastante dinheiro. Com esse dinheiro, mandavam construir palácios suntuosos e viviam luxuosamente, comendo em louça de ouro e vestindo seus escravos, homens e mulheres, com roupas magníficas. Gostavam de boa comida e, mais ainda, de bom vinho. Os sátrapas, por sua vez, faziam o mesmo. Portanto, o rei Filipe tinha boas razões para achar que seria fácil conquistar a Pérsia. Porém ele foi assassinado antes mesmo de terminar os preparativos para a expedição. O filho do rei Filipe tinha então apenas vinte anos. Chamava-se Alexandre e, com a morte do pai, viu-se à frente da Macedônia e de toda a Grécia. Os gregos acharam então que poderiam facilmente dominar aquele jovem e, assim, recuperar a liberdade. Mas Alexandre não era um jovem comum. Desde muito cedo esperava com impaciência chegar seu momento. Conta-se que, quando menino, ele sempre chorava quando o pai conquistava uma cidade grega, e dizia: "Por causa do meu pai, não vou ter mais nada para conquistar no dia em que eu for rei." Desde que seu pai lhe tinha deixado a Grécia inteira e a Macedônia, ele fazia questão que todos o soubessem. Quando uma cidade grega quis se libertar do jugo macedônio, Alexandre mandou destruí-la e vendeu seus habitantes como escravos, como advertência. Depois reuniu todos os generais gregos na cidade de Corinto para combinar com eles uma expedição à Pérsia.

Para completar o retrato do jovem rei Alexandre, é preciso dizer que, além de guerreiro corajoso e ambicioso, ele era também um rapaz muito bonito, de longos cabelos cacheados, e ainda por cima dotado de uma cultura excepcional. Seu preceptor tinha sido o mais famoso pensador da época, o filósofo grego Aristóteles. Para você ter idéia de como isso era importante, basta dizer que Aristóteles não foi mestre apenas de Alexandre. Tornou-se também o de muitos homens no decorrer dos dois séculos seguintes. Quando eles não chegavam a um acordo a respeito de um determinado problema, consultavam seus escritos, que a seus olhos continham necessariamente a verdade. Aristóteles servia como árbitro. Em vida, ele havia coletado tudo o que supostamente se deveria saber e havia escrito sobre tudo: as ciências da natureza, os astros, os animais e as plantas; sobre a História com H maiúsculo, sobre a vida social no Estado – a política –, sobre a moral, cujo nome grego deu origem a "ética", e também sobre a poesia e sua beleza. Também havia escrito reflexões sobre um deus que estaria em algum lugar acima do céu estrelado, impassível e invisível.

Todo esse ensinamento Alexandre recebera de Aristóteles. Provavelmente ele foi bom aluno. Suas leituras preferidas eram as grandes epopéias líricas de Homero, *A Ilíada* e *A Odisséia*. Dizem até que à noite ele as enfiava debaixo do travesseiro. Mas Alexandre não passava o tempo todo com o nariz enfiado nos livros. Sua atividade preferida era o esporte. E o esporte em que ele mais se destacava era a equitação. Ninguém cavalgava melhor do que ele. Seu pai tinha lhe dado um cavalo, particularmente impetuoso, que ninguém conseguia domar. Esse cavalo, chamado Bucéfalo, derrubava sistematicamente todos os cavaleiros que o montavam. Certo dia, Alexandre compreendeu por que ele fazia isso: aquele cavalo tinha medo de sua sombra. Então ele o fez virar de frente para o sol para não ver sua sombra no chão, afagou-o, montou em seu lombo e partiu a galope, sob os aplausos de toda a corte reunida. Desde então, Bucéfalo foi seu cavalo favorito.

Quando os chefes de exército gregos viram Alexandre chegar a Corinto, o entusiasmo foi geral. Só um homem foi exceção: um original, um filósofo chamado Diógenes. Suas idéias eram muito semelhantes às de Buda. Dizia que possuir bens materiais prejudicava a reflexão e estragava a vida. Mais valia uma vida simples e sem preocupações. Ele havia renunciado a todos os bens materiais e vivia dentro de um tonel na

Ernst H. Gombrich

praça de Corinto, seminu, livre e independente como um cão sem dono. Alexandre ouviu falar daquele personagem curioso e quis conhecê-lo. Com trajes magníficos, o penacho do chapéu flutuando ao vento, ele foi visitar o filósofo e lhe disse: "Gosto de você. Faça qualquer pedido, eu atenderei." Diógenes, que estava se aquecendo ao sol diante de seu tonel, respondeu: "De fato, Sire, tenho um pedido a fazer." "Pois bem, qual é?", perguntou o rei. "Que você saia da frente do meu sol, pois está me fazendo sombra." Impressionado com a resposta, Alexandre teria respondido: "Se eu não fosse Alexandre, gostaria de ser Diógenes."

Logo o exército grego passou a ter por Alexandre uma admiração tão grande quanto a dos macedônios e aceitou lutar por ele. Foi então com maior confiança ainda que Alexandre lançou sua expedição contra os persas. Antes de partir, distribuiu tudo o que tinha aos amigos, que lhe perguntaram, preocupados: "Mas o que restará para você?" "A esperança", ele respondeu. Alexandre teve razão em acreditar em sua boa estrela. Chegou com seus homens à Ásia Menor, onde enfrentou o exército persa, que era maior do que o seu mas era desorganizado, sem um chefe de verdade. Os persas foram logo derrotados, pois Alexandre e seu exército lutaram com muita coragem.

Foi por ocasião da conquista da Ásia Menor por Alexandre que aconteceu a famosa história do nó górdio. Na cidade de Górdion, em um templo dedicado ao culto de Zeus, havia uma velha charrua real. Uma faixa, que prendia o jugo ao timão da charrua, dava várias voltas nela e estava atada com um nó muito apertado. Um oráculo havia feito a previsão de que aquele que conseguisse desatar o nó se tornaria senhor do mundo. Alexandre tentou desfazê-lo com os dedos, mas o nó resistiu. Alexandre fez então o que minha mãe, num caso como esse, não me deixaria fazer: pegou a espada e cortou o nó. Esse gesto significava muito. Seu sentido era: "Com a espada na mão, conquistarei o mundo e a profecia se realizará." E foi isso que aconteceu.

Observando um mapa, você poderá ter uma idéia melhor da extensão das conquistas de Alexandre. Na verdade, ele não começou pela Pérsia. Achou melhor neutralizar primeiro suas províncias, a Fenícia e o Egito. Os persas tentaram bloquear seu caminho perto da cidade de Isso, mas Alexandre venceu a batalha. Pilhou as tendas do rei persa e se apropriou de seus tesouros suntuosos. Aprisionou a mulher e a irmã do rei, tratando-as com cortesia e consideração. Isso foi em 333 a. C., uma data fácil de guardar.

A conquista da Fenícia não foi fácil. O cerco de Tiro durou sete meses. Quando a cidade caiu, foi pilhada sem clemência. Alexandre teve menos dificuldade com o Egito. Os egípcios, felizes por se livrarem dos persas, submeteram-se espontaneamente àquele que representava o inimigo de seus opressores. Para solidificar seu poder, Alexandre quis se comportar como verdadeiro soberano, à imagem dos faraós com que os egípcios estavam acostumados. Foi a um templo do deus-sol e pediu aos sacerdotes que proclamassem que ele também era "Filho do Sol", ou seja, um verdadeiro faraó. Antes de deixar o Egito, ele fundou uma cidade à beira do mar, à qual deu seu nome. É Alexandria, que existe até hoje e foi, em outros tempos, uma das cidades mais ricas e poderosas do mundo.

Agora Alexandre podia partir para a conquista da Pérsia. Nesse ínterim, o rei dos persas havia constituído um exército gigantesco e o esperava perto de Nínive, em Gaugamelas. Todavia, preferindo evitar uma batalha, enviou mensageiros a Alexandre para lhe oferecer a metade de seu império e sua filha como esposa se ele aceitasse não lutar. Dizem que o amigo de Alexandre, Parmênion, declarou: "Se eu fosse Alexandre, aceitaria." E que Alexandre respondeu: "Eu também, se fosse Parmênion." Desejando dominar o mundo todo e não só a metade, Alexandre travou o combate e venceu o que foi o último e maior exército persa. O rei dos persas fugiu para as montanhas, onde foi assassinado. Alexandre castigou os assassinos e subjugou a Pérsia.

Alexandre reinava agora sobre um vasto império, que englobava a Grécia, o Egito, a Fenícia com a Palestina, a Babilônia, a Assíria e a Ásia Menor. Ele tentou então instaurar em todos esses países uma nova organização. E pode-se dizer que as ordens de Alexandre estendiam-se do Nilo até regiões distantes da atual Sibéria.

Imagino que você e eu nos contentaríamos com essas possessões. Alexandre não. Ele queria reinar sobre novas regiões, ainda desconhecidas. Sonhava em ver aqueles povos distantes e misteriosos de que falavam os mercadores que voltavam do Oriente trazendo mercadorias raras. Queria, tal como Dioniso numa lenda grega, entrar triunfalmente na Índia e colher as ovações dos indianos de tez bronzeada pelo sol. Assim, não permaneceu muito tempo na capital persa. Em 327 a. C., enfrentando mil perigos, ele transpôs com seu exército os desfiladeiros de uma montanha em que o homem nunca pisara, entrou na Índia e desceu o vale do Indo. Os indianos não foram tão dóceis quanto os egípcios. Os ascetas e os eremitas pregaram nas florestas a resistência aos conquistadores vindos do Oeste. Alexandre teve de sitiar as cidades uma a uma, antes de conquistar cada uma delas, pois os combatentes indianos da casta dos guerreiros lutavam valentemente.

A valentia de Alexandre também era grande, conforme atesta seu encontro com um rei indiano, chamado Poros. Poros o esperava com seu exército de elefantes e de homens do povo, andando a pé numa das margens de um afluente do Indo. Chegando à margem oposta, Alexandre não teve alternativa senão atravessar o rio com seu exército, debaixo do nariz do adversário. Essa foi uma de suas grandes proezas.

Sob um calor úmido e abrasador, ele esmagou o exército indiano. Trouxeram-lhe o rei Poros acorrentado. Alexandre lhe perguntou: "O que espera de mim?" "Que você me trate como rei", respondeu Poros. "Nada mais?" "Não, não tenho absolutamente nada a acrescentar." Alexandre ficou tão impressionado com a resposta do rei indiano que lhe devolveu seu reino.

Alexandre desejava prosseguir suas incursões em direção ao leste. Queria partir para o vale do Ganges, à conquista de povos mais misteriosos ainda, mas seus soldados recusaram-se a avançar, pois não tinham nenhuma vontade de caminhar indefinidamente até o outro extremo do mundo. Queriam voltar para casa. Alexandre suplicou, ameaçou continuar sozinho. Recolheu-se à sua tenda e teimou com eles durante três dias. Finalmente os soldados tiveram a última palavra, e Alexandre se resignou a voltar, sob condição de não fazerem o mesmo caminho.

É claro que fazer o mesmo trajeto da ida teria sido a solução mais simples, pois atravessariam regiões já conquistadas. Mas Alexandre não parava de pensar em novas conquistas. Seguiu então o curso do rio Indo até o mar. De lá, enviou direto para a Macedônia, por mar, uma parte de seu exército. Com a parte que ficou, prosseguiu sua corrida desenfreada, em condições terríveis, através de desertos pedregosos e sem uma viva alma. Partilhou os mesmos sofrimentos e as mesmas privações de seus homens, recusando-se a beber e a descansar mais do que eles. Em todos os combates, ele lutava na linha de frente. Certo dia, escapou por pouco da morte.

Aquele dia, Alexandre cercava uma fortaleza. Escadas foram encostadas nas muralhas e ele foi o primeiro a subir. Assim que chegou ao alto, quando seus soldados se preparavam para segui-lo, a escada se rompeu e ele ficou sozinho. Seus homens lhe gritaram para descer e juntar-se a eles. Mas, em vez de voltar, ele saltou para dentro da fortaleza. Pôs-se

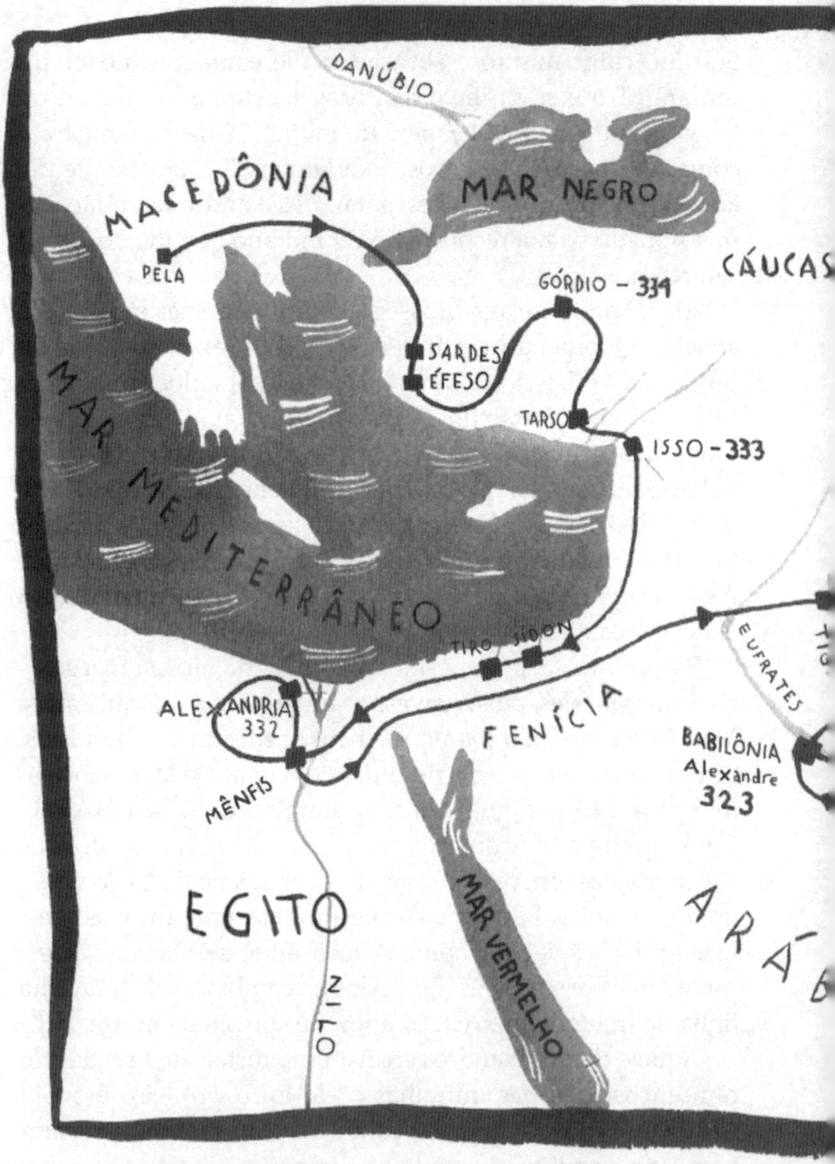
DANÚBIO
MAR NEGRO
MACEDÔNIA
PELA
CÁUCAS
GÓRDIO - 334
SARDES
ÉFESO
TARSO
ISSO - 333
MAR MEDITERRÂNEO
TIRO
SÍDON
ALEXANDRIA
332
MÊNFIS
FENÍCIA
EUFRATES
BABILÔNIA
Alexandre
323
EGITO
NILO
MAR VERMELHO

Siga as setas e acompanhe os passos
de Alexandre à conquista da metade do mundo.

de costas para a muralha e se protegeu com o escudo contra seus inúmeros agressores. Porém foi gravemente ferido por uma flecha. Sua vida foi salva pela chegada inesperada de seus soldados. Foi de fato uma história incrível.

Finalmente Alexandre voltou à capital persa. Mas, como a tinha incendiado por ocasião de sua conquista, ele resolveu instalar sua corte na Babilônia. Na verdade, podia escolher à vontade. Sendo o "Filho do Sol" para os egípcios e o "Rei dos reis" para os persas, tendo tropas na Índia e em Atenas, ele quis dar ao mundo a imagem esperada de um grande soberano.

Não era uma atitude comandada pelo orgulho. Aluno de Aristóteles, Alexandre conhecia a alma humana e sabia que ela era sensível aos sinais exteriores de poder, que são o luxo e a solenidade. Então resolveu resgatar os costumes das cortes persa e babilônia. As pessoas que se apresentavam a ele tinham que se pôr de joelhos e lhe dirigir a palavra como se ele fosse um deus. Segundo o costume dos reis do Oriente, casou-se com várias mulheres, entre elas a filha de Dario, o falecido rei dos persas, para se tornar seu verdadeiro sucessor. Não queria que os persas continuassem a considerá-lo um conquistador estrangeiro. Resumindo, Alexandre queria conciliar a sabedoria e as riquezas orientais dos persas com a lucidez e a vivacidade dos gregos para dar origem a alguma coisa totalmente excepcional.

Mas os gregos que o rodeavam não ficaram satisfeitos com a situação. Em primeiro lugar, eles se achavam mais importantes. Os conquistadores, ou seja, os patrões eram eles. Em segundo lugar, eram homens livres e habituados a essa liberdade e se recusavam a se ajoelhar diante de quem quer que fosse. Não queriam ser, como diz uma expressão conhecida, "lambe-botas". Sua presença na corte da Babilônia se tornou tão insuportável, que Alexandre teve que mandar de volta para seu país vários amigos e soldados. O esforço de fundir os dois povos foi um fracasso. Porém Alexandre havia oferecido uma festa suntuosa e um grande dote aos 10.000 soldados macedônios e gregos que tinham se casado com mulheres persas. Todavia ele tinha outros projetos. Sonhava em fundar muitas cidades segundo o modelo de Alexandria. Queria mandar construir estradas e esperava com o tempo, e se preciso à força, vencer a hostilidade grega para construir uma nova imagem do mundo. Imagine só se ele tivesse conseguido criar o que desejava, uma ligação postal que fosse da Índia até Atenas! Infelizmente, com a cabeça ainda cheia de projetos, Alexandre morreu no palácio de verão de Nabucodonosor, na idade em que a maioria das pessoas começa a viver de fato. Tinha apenas trinta e dois anos. Era o ano 323 a. C.

Quando Alexandre estava agonizando, perguntaram-lhe quem deveria ser seu sucessor. Ele respondeu: "O mais digno." Porém todos os príncipes e generais que o cercavam eram homens ambiciosos, esbanjadores e sem moral. Tanto disputaram o Império que ele acabou se esfacelando. O Egito caiu nas mãos de uma família de generais, os Ptolomeu. Os Selêucidas ficaram com a Mesopotâmia e os Atálidas com a Ásia Menor. As possessões indianas desapareceram.

Embora o Império estivesse esfacelado, aos poucos o grande projeto de Alexandre se realizou. A arte e o pensamento gregos se introduziram na Pérsia e avançaram ainda mais, até a Índia e a China. Os gregos aprenderam que o mundo não se reduzia a Atenas e Esparta e que havia coisa mais importante a ser feita do que a eterna luta entre dórios e jônios. Parece incrível, mas a partir do momento em que eles perderam o pouco poder político que tinham, tornaram-se detentores do maior poder espiritual que já houve. Esse poder é o que se chama geralmente de "cultura grega". Você sabe em que se baseava sua força? Na criação de bibliotecas. A de Alexandria chegou a ter o número fantástico de 700.000 obras. Em geral eram obras trazidas pelos soldados gregos, os mesmos que partiam agora para conquistar o mundo.

13 – Novos combatentes e novos combates

Alexandre foi apenas para o leste. A expressão "apenas para o leste" certamente não é a melhor, dada a extensão das suas conquistas, mas a verdade é que as regiões a oeste da Grécia não o atraíram. Nessas regiões, encontravam-se algumas colônias fenícias e gregas e um pequeno número de penínsulas cobertas de floresta e habitadas por camponeses rudes e violentos, entre as quais a Itália. No tempo de Alexandre o Grande, Roma era apenas uma pequena cidade de ruas tortuosas, protegida por muralhas, e sua influência se limitava a um pequeno território no interior da Itália. Mas seus habitantes eram homens altivos, que gostavam de se vangloriar de sua história e acreditavam num futuro brilhante. Diziam que sua história remontava à época dos primeiros troianos. Um troiano chamado Enéias, fugindo da sua cidade sitiada, teria chegado à Itália e se casado com a filha do rei do Lácio. Seus descendentes seriam os gêmeos Rômulo e Remo, amamentados na floresta por uma loba. Segundo diziam, mais tarde Rômulo teria fundado Roma. Até afirmavam uma data: 753 a. C. Os romanos contavam os anos a partir dessa data, como os gregos a partir das Olimpíadas. Eles diziam, por exemplo: isso aconteceu no ano tal depois da fundação da cidade de Roma. Assim, o ano romano 100 corresponderia ao ano 653 a. C., de acordo com a maneira atual de determinar as datas.

A respeito do início de sua pequena cidade, os romanos contavam muitas outras histórias envolvendo reis bons e maus que tinham lutado contra as cidades vizinhas – eu quase disse "cidadezinhas vizinhas". Havia, por exemplo, a história do quinto e último rei de Roma, Tarqüínio o Soberbo, assassinado por um nobre que era seu sobrinho, Bruto. Depois dele, os nobres se apossaram do poder. Eram chamados de patrícios, que significava mais ou menos "pais da cidade".

Não pense que eles eram verdadeiros citadinos, ou pessoas da cidade. Os patrícios pertenciam originalmente a antigas famílias rurais, ligadas à terra, que tinham grandes propriedades. Essa casta de privilegiados tinha um papel muito importante, pois eram eles que elegiam os responsáveis pelo governo da cidade desde que já não havia rei.

Os que tinham as responsabilidades mais elevadas eram chamados de cônsules. Eram sempre dois que compartilhavam o poder supremo. Eleitos por um ano, depois eram obrigados a se demitir de sua função. Além dos patrícios, evidentemente havia outros homens. Mas estes não pertenciam a famílias antigas e ilustres, só possuíam poucas terras e seus modos eram rudes. Eram chamados plebeus, ou seja, a classe popular. De certo modo, eles constituíam uma casta, como na Índia. Um plebeu, por exemplo, não tinha direito de se casar com uma patrícia e, menos ainda, de se tornar cônsul. Não podia participar nas assembléias que se realizavam no Campo de Marte, às portas da cidade, e não tinha nenhum direito de voto. Porém os plebeus eram numerosos e tinham a mesma firmeza de caráter e tenacidade dos patrícios. Por isso não aceitaram sua sorte com a mesma docilidade que os indianos. Mais de uma vez ameaçaram se exilar se não fossem tratados com maior consideração e se não lhes dessem uma parte das terras conquistadas, das quais até então os patrícios se apropriavam. Depois de um século de lutas constantes contra os patrícios, os plebeus acabaram impondo sua vontade, conseguindo ter os mesmos direitos que eles. A partir de então, um dos dois cônsules era um patrício, o outro um plebeu. Era mais justo. O conflito terminou mais ou menos na época de Alexandre o Grande.

Essa luta incessante já dá uma idéia do caráter dos romanos. Certamente eles não tinham o espírito vivo e inventivo dos atenienses e não buscavam, como eles, as coisas belas. A arquitetura, a escultura, os poemas épicos não eram sua preo-

Ernst H. Gombrich

cupação principal, nem as reflexões sobre o mundo e sobre a existência. Mas, quando tinham um objetivo, iam até o fim, nem que levassem 200 anos para atingi-lo. Tinham alma de verdadeiros camponeses, ligados a suas terras, e a vida itinerante pelos mares, como a dos atenienses, era totalmente estranha aos romanos. Sua única preocupação eram seus bens, seus rebanhos, seus campos. Viajaram pouco pelo mundo e não fundaram colônias. Em compensação, adoravam a cidade e as terras em que tinham nascido e faziam tudo para torná-las poderosas, não recuando diante da luta nem diante da morte. Uma outra coisa tinha um papel muito importante na vida deles: o direito. Não o direito que reconhece a igualdade entre todos os homens, mas o direito que implica um respeito idêntico de todos diante da lei. As leis dos romanos estavam gravadas em doze placas de bronze expostas em praça pública. Ninguém podia transgredi-las. A lei não comportava nenhuma exceção. Quem se afastava dela não recebia clemência nem compaixão. Como essas leis eram herdadas de seus ancestrais, elas só podiam ser justas.

Há muitas histórias bonitas que contam o amor dos romanos à pátria e sua fidelidade às leis. São histórias de pais que não hesitavam em condenar o próprio filho à morte porque a lei assim ordenava; histórias de heróis que sacrificavam a vida no combate ou no cativeiro para salvar seus compatriotas. Todas essas histórias não devem ser tomadas obrigatoriamente ao pé da letra, mas testemunham a intransigência dos romanos consigo mesmos e com os outros, quando a pátria ou as leis estavam envolvidas. Os romanos tinham mais uma virtude. Nunca se deixavam abater pela adversidade. Assim, quando em 390 a. C. uma tribo gaulesa vinda do Norte invadiu Roma e a reduziu a cinzas, eles não se entregaram ao desespero. Reconstruíram a cidade e fizeram novas muralhas. Então, pouco a pouco eles impuseram sua lei às pequenas cidades vizinhas.

Depois da época de Alexandre o Grande, os romanos já não se contentavam em guerrear contra as pequenas cidades e se lançaram à conquista de toda a península italiana. Não tentavam fazê-lo de uma só vez, à maneira de Alexandre. Procediam por etapas, conquistando uma cidade após a outra, uma região após a outra, com a obstinação e a resolução que os caracterizavam. Isso acontecia da seguinte maneira: como Roma tinha se tornado uma cidade poderosa, outras cidades italianas quiseram aliar-se a ela. Os romanos aceitaram essas alianças de boa vontade. Mas, quando os aliados deixavam de compartilhar suas opiniões e se recusavam a segui-los, os romanos declaravam guerra contra eles. As companhias romanas de soldados, chamadas "legiões", geralmente venciam essas guerras. Um dia, uma cidade do sul da Itália pediu ajuda a um príncipe e chefe de exército grego, chamado Pirro. Seguindo o exemplo dos indianos, Pirro logo chegou com seu exército de elefantes. Venceu as legiões romanas, mas perdeu tantos homens que, segundo dizem, exclamou: "Uma vitória como essa, nunca mais." Ainda hoje, quando uma vitória se faz à custa de muitas vítimas, diz-se que foi "uma vitória de Pirro".

Logo depois Pirro foi embora da Itália, deixando campo livre para os romanos, que se tornaram senhores de todo o sul da Itália. Porém eles quiseram avançar mais e conquistar a Sicília, atraídos por suas terras férteis e ricas em cereais. Colônias gregas tinham se estabelecido na ilha, mas a Sicília já não pertencia aos gregos; estava agora sob a dominação dos fenícios.

Lembre-se de que os fenícios, muito antes dos gregos, tinham estabelecido pontos de comércio e fundado cidades por toda parte, principalmente no sul da Espanha e na costa da África do Norte. Uma dessas cidades africanas, Cartago, ficava bem em frente da Sicília. Era a cidade mais rica e mais poderosa de muitas léguas ao redor. Seus habitantes eram fe-

GÁLIA

ESPANHA

EXPEDIÇÃO DE ANÍBA[L]

MAR MEDITERRÂ[NEO]

ÁFRICA DO NORTE

Cartago e Roma disputaram a posse da Sicília, levando
Aníbal, que estava na Espanha, a atravessar os Alpes.

nícios, chamados de púnicos pelos romanos. Seus barcos navegavam até muito longe, compravam produtos em todos os países e os vendiam nas cidades costeiras. Como Cartago ficava perto da Sicília, eles iam até lá em busca de cereais.

Os cartagineses foram então os primeiros verdadeiros opositores dos romanos. Eram adversários perigosos. Na verdade, geralmente não eram eles mesmos que lutavam, pois eram suficientemente ricos para pagar soldados estrangeiros, isto é, mercenários, que combatiam em seu lugar. No início da guerra contra os romanos na Sicília, os cartagineses levaram a melhor. Os romanos não tinham barcos e nem sabiam construí-los. Diferentemente dos cartagineses, eles ignoravam tudo sobre navegação, e mais ainda sobre combate naval. Um dia, porém, um navio cartaginês naufragou numa costa italiana. Os romanos se inspiraram nele e, em menos de dois meses, investindo nisso todo o seu dinheiro, fabricaram um grande número de navios. Equipados com essa frota, eles venceram os cartagineses, em 241 a. C., e se apoderaram da Sicília.

Era apenas o começo de um longo conflito entre as duas cidades. Para compensar a perda da Sicília, os cartagineses resolveram conquistar a Espanha. Na época, a Espanha era habitada por tribos muito rudes. Os romanos nunca tinham pisado aquelas terras, e mesmo assim ficaram muito desgostosos com a conquista da Espanha pelos cartagineses. Na Espanha encontrava-se um chefe de exército cartaginês cujo filho se chamava Aníbal. Era um rapaz extraordinário, que havia crescido entre soldados e conhecia melhor do que ninguém as estratégias de guerra. Era acostumado à fome e ao frio, ao calor e à sede, aos dias e noites de marcha. Era corajoso, hábil quando se tratava de surpreender o inimigo, incrivelmente cruel quando queria subjugar, e tinha a arte de comandar. Aos dezenove anos, não tinha nada de ousadia desmiolada. Parecia mais um jogador de xadrez, que reflete longamente antes de deslocar uma figura no tabuleiro.

Breve história do mundo

Além de tudo, o jovem Aníbal era um bom cartaginês. Odiava os romanos, que sonhavam em submeter Cartago à sua lei. Quando os romanos pretenderam tomar a Espanha, ele ficou furioso. Rumou imediatamente para a Itália com seus homens e um exército de elefantes. Atravessou rios, transpôs montanhas, depois atravessou o sul da França e os Alpes, para entrar na Itália. Supõe-se que ele tenha passado pelo desfiladeiro de Mont-Cenis. Certo dia eu passei por lá e a estrada era larga e sinuosa. É difícil imaginar como era possível atravessar aquele desfiladeiro sem estrada. Por todo lado só há abismos, escarpas rochosas, vales de paredes íngremes e escorregadias. Eu nunca me aventuraria por ali com um elefante, muito menos com quarenta. Era mês de setembro e os picos estavam cobertos de neve. Aníbal, no entanto, conseguiu encontrar uma passagem e chegar à Itália. Os romanos tentaram fazê-lo recuar, mas seu exército foi dizimado num combate violento. Um segundo exército romano veio em socorro, com intenção de invadir o acampamento de Aníbal em plena noite. Mas este último, avisado do perigo, imaginou uma artimanha. Amarrou tochas aos chifres de um rebanho de bois e os fez descer a montanha em que se localizava seu acampamento. Na escuridão da noite, os romanos pensaram que fossem soldados e saíram em sua perseguição. Quando "os" pegaram, perceberam seu erro. Imagino a cara deles!

Os romanos tinham um chefe de exército muito sensato, chamado Quinto Fábio Máximo. Ele sugeriu que se suspendessem os ataques contra Aníbal, convencido de que este último, num país que ele não conhecia, acabaria cometendo algum erro. Mas os romanos não tiveram paciência de esperar. Zombaram de Quinto Fábio Máximo, chamando-o de "cunctator", em outras palavras, "frouxo", e, desprezando seus conselhos, atacaram Aníbal. O combate aconteceu perto de Cannes, em 216 a. C. Entre os romanos, houve 40.000 mortos. Foi sua derrota mais arrasadora. Apesar da vitória de Aníbal, ele não avançou sobre Roma. Por prudência, preferiu esperar que lhe enviassem tropas que estivessem descansadas. Foi uma espera fatal. Os cartagineses não mandaram novas tropas e, com o tempo, ele perdeu autoridade sobre seus homens, que se desviaram para a pilhagem e o saque das cidades que eles atravessavam. Os romanos, que continuavam temendo Aníbal e seus homens, não ousaram mais atacá-los em suas próprias terras. Por outro lado, tomaram a decisão de a partir de então convocar todos os seus homens, inclusive meninos e escravos, para fazerem serviço militar. A cidade romana tornou-se uma verdadeira comunidade de guerreiros. Aqueles homens prontos para lutar nada tinham a ver com os soldados estrangeiros mercenários de Aníbal. Todos, ou quase todos, eram romanos, que defendiam sua própria pátria. Lutaram contra os cartagineses na Sicília e na Espanha. Não tendo Aníbal como opositor, saíram constantemente vitoriosos.

Depois de passar catorze anos na Itália, Aníbal tinha voltado à África para socorrer seus compatriotas. Os romanos estavam às portas de Cartago, sob o comando de seu chefe de exército Cipião, conhecido por Cipião o Africano. Dessa vez, Aníbal foi derrotado. Em 202 a. C., os romanos tomaram Cartago, obrigando seus habitantes a incendiar sua própria frota e a lhes pagar um elevado tributo de guerra. Aníbal fugiu e, algum tempo depois, envenenou-se para não cair nas mãos dos romanos.

Com essa grande vitória, Roma tornou-se ainda mais audaciosa e conquistou a Grécia. Esta última estava sob dominação macedônia, mas as cidades nem sempre se entendiam e estavam sempre brigando, o que enfraquecia seu poder e as tornava mais vulneráveis. Depois de pilhar as mais belas obras de arte de Corinto, os romanos puseram fogo na cidade.

O poder romano se estendeu também para o norte, com a anexação do atual Norte da Itália e da Gália Cisalpina, cujos habitantes, 200 anos antes, tinham destruído Roma. Muitos romanos acharam então que não podiam parar por aí. Pensavam especialmente em Cartago. Achavam intolerável que a cidade ainda estivesse de pé. O mais empenhado era um patrício chamado Catão, homem teimoso mas justo. Diz-se que ele sempre terminava seus discursos na Assembléia com as palavras: "Além do mais, penso que é preciso destruir Cartago." Foi o que os romanos acabaram fazendo. Encontraram um pretexto para atacar Cartago. Os cartagineses defenderam-se desesperadamente. Os romanos já tinham invadido a cidade e eles continuaram lutando nas ruas, durante seis dias, para defender uma por uma de suas casas. Finalmente, todos os cartagineses foram mortos ou presos. Os romanos destruíram as casas, nivelaram o local da cidade morta, depois passaram um arado por ele. Foi o fim da cidade de Aníbal, em 146 a. C. Roma tornava-se a cidade mais poderosa do mundo.

14 – Um inimigo da História

Se até aqui você achou a História meio aborrecida, acho que agora vai começar a gostar dela.

No tempo em que Aníbal percorria a Itália (ou melhor, a partir de 220 a. C.) reinava na China um imperador que, hostil à História, ordenou em 213 a. C. que fossem queimados todos os livros de história, todos os documentos e testemunhos dos tempos antigos assim como todos os escritos de Confúcio e de Lao-tse. Enfim, ordenou que se queimasse tudo o que, na opinião dele, era inútil. Os únicos livros tolerados eram os que tratavam de agricultura ou de considerações práticas. Ai daquele que era encontrado com alguma obra proibida! Era morto imediatamente.

Esse imperador, que se chamava Qin Tsin Huangdi, foi um dos maiores heróis de guerra que já existiram. Não era filho de imperador, mas filho de príncipe. Reinava portanto sobre uma província que se chamava Tsin, como sua família. Provavelmente é de seu nome que vem o da China atual. Talvez você ache que a relação entre Tsin e China é muito distante. Porém, pense em algumas palavras atuais que começam com "sin", como por exemplo sinologia, que é o estudo da história, da língua e das instituições da China. Veja como o som de "sin" e o de "tsin" se parecem.

Não é por acaso que o nome desse príncipe foi dado a toda a China. De conquista em conquista, expulsando os príncipes de seus reinos, Qin Tsin Huangdi tornou-se senhor de todo o país e conseguiu unificá-lo, apesar de sua imensa extensão, dando-lhe uma mesma infra-estrutura. Certamente você irá perguntar por que ele era tão hostil à História. Acontece que, para unificar todo o país, ele tinha de deixar de lado antigos particularismos, apagando qualquer lembrança deles e partir do zero. Ele queria que o nascimento da China fosse sua obra pessoal. Para conseguir a unificação daquele imenso país, ele mandou construir estradas através de todo o território e empreendeu uma construção gigantesca: a Grande Muralha da China. Até hoje podemos vê-la, imponente, com suas torres e suas ameias, escalando montanhas escarpadas e colinas, por uma extensão de mais de 2.000 quilômetros. Qin Tsin Huangdi mandou construí-la ao longo da fronteira de seu império para proteger o país e sua população laboriosa e tranqüila das tribos bárbaras vindas das estepes, de seus cavaleiros belicosos que passavam a vida percorrendo as vastas planícies da Ásia central. Ele queria que aquela gigantesca muralha acabasse com as invasões constantes daquelas hordas de cavaleiros que chegavam para pilhar e matar. Portanto, era preciso que a Grande Muralha pudesse resistir a seus ataques. Isso explica que ela tenha sobrevivido aos séculos, embora tenha sido necessário restaurá-la várias vezes.

Qin Tsin Huangdi não reinou por muito tempo. Um pouco mais tarde, uma outra família subiu ao trono dos Filhos do Céu, a família dos Han. Estes conservaram os princípios administrativos estabelecidos por Qin Tsin Huangdi. Sob seu reinado, a China continuou sendo um Estado estável e unificado. Mas, ao contrário de seus predecessores, os Han não eram inimigos da História. Lembraram-se daquilo que a China devia aos ensinamentos de Confúcio. Mandaram procurar seus escritos por toda parte e revelou-se que muita gente tinha tido a coragem de não queimá-los. De repente, todos passaram a se empenhar em reencontrá-los e redobraram seu interesse por eles. Aliás, para se tornar funcionário era preciso conhecê-los todos.

É importante notar que a China é o único país do mundo que, ao longo dos séculos, não foi governado por nobres, militares ou sacerdotes, mas por letrados. Hoje diríamos: por intelectuais. Para ser funcionário, pouco importava ser de origem modesta ou nobre. O essencial era passar nos exames. A mais alta função era confiada ao que se saía melhor entre os que tinham respondido às provas mais difíceis. É preciso dizer que, de fato, esses exames não eram fáceis. Os candidatos tinham que saber escrever muitos milhares de sinais. Ora, você lembra que a escrita chinesa não é simples. Eles também precisavam saber de cor uma grande quantidade de livros antigos e recitar sem errar os pensamentos e os preceitos de Confúcio e dos outros sábios.

Então, não adiantou nada Qin Tsin Huangdi mandar queimar todos os livros. Pode ser que você ficasse satisfeito se ele tivesse conseguido. Mas saiba que é inútil querer, de um modo ou de outro, proibir o acesso à História, pois não é possível fazer nada de novo se não se conhece o que foi feito antes.

15 – Os senhores do mundo ocidental

Diferentemente de Alexandre o Grande, os romanos nunca tiveram a ambição de criar um vasto império em que todos os homens dos países conquistados pelas legiões romanas – países cujo número não parava de aumentar – fossem submetidos a uma única legislação, a de Roma. Os países conquistados tinham uma condição à parte. Eram chamados de "províncias romanas". Eram ocupados por tropas de soldados e por funcionários romanos, que se consideravam superiores às populações autóctones, mesmo que estas fossem de fenícios, judeus ou gregos, que já possuíam uma cultura antiga. Aos olhos dos romanos, os autóctones só serviam para pagar. Eram submetidos a impostos esmagadores e tinham que enviar cereais a Roma regularmente. Se pagassem suas dívidas, eram deixados em relativa tranqüilidade. Tinham autorização, por exemplo, para manter sua religião e sua língua materna.

As províncias, por outro lado, aproveitavam essa presença estrangeira, pois os romanos traziam o seu conhecimento prático, tal como o de construção de estradas. Muitas dessas estradas, muito bem pavimentadas, partiam de Roma, atravessavam as grandes planícies italianas e transpunham desfiladeiros para chegar às mais distantes regiões do Império. É claro que os romanos não as construíam por amor a essas populações longínquas, mas porque viam nisso uma vantagem para eles. Graças a essa importante rede de estradas, podiam enviar rapidamente informações e tropas aos quatro cantos do Império.

Os romanos eram construtores admiráveis, destacando-se também na construção de aquedutos que captavam águas das montanhas e as levavam até as cidades do Império, onde alimentavam uma grande quantidade de fontes e termas. Os funcionários romanos que viviam no estrangeiro podiam ter, assim, o que tinham em sua terra.

Apesar de residir no estrangeiro, um cidadão romano tinha uma condição completamente diferente daquela de um autóctone. Ele continuava vivendo sob as leis romanas. Em qualquer lugar do grande Império ele podia se dirigir a funcionários romanos. Era só dizer: "Sou cidadão romano", e essas simples palavras funcionavam como uma espécie de fórmula mágica. Se até então ele tivesse recebido pouca atenção, agora passaria a ser tratado com cortesia e solicitude.

Os verdadeiros senhores do Império eram de fato os soldados romanos. Eles é que mantinham sua coesão, reprimindo se necessário os autóctones rebeldes, castigando severamente todos os que se revoltassem. Com a coragem, o treinamento para a luta e a ambição que eram característicos deles, os soldados, ao longo dos anos, multiplicavam suas conquistas, ao norte, ao sul, a leste. Quem via chegar com passo lento as colunas de soldados (às vezes se prolongando por vários quilômetros), marchando em fileiras cerradas, às vezes com as túnicas de couro revestidas de placas metálicas, seu escudo e seu dardo, sua funda e sua espada, suas catapultas para lançar pedras e flechas, logo compreendia que era inútil resistir. Os soldados sabiam e gostavam de combater. Cada vez que conquistavam uma vitória, voltavam à sua pátria, entravam triunfalmente em Roma, com os chefes do exército à frente, levando os prisioneiros e o butim. Desfilavam ao som de trompas, sob a ovação do povo, passando por pórticos de honra (às vezes feitos de simples galhos) e sob arcos de triunfo. Levavam imagens e tábulas em que eram gravadas suas vitórias, como em cartazes publicitários. O general ia em pé em seu carro, com a capa vermelha nos ombros e uma coroa de louros na cabeça, tal como Júpiter, deus dos deuses. Como se fosse um segundo Júpiter, também subia a rua íngreme que levava ao templo do deus, construído sobre o Capitólio. Enquanto ele agradecia ao deus com oferendas, ao pé da colina os chefes vencidos eram executados.

Os soldados eram tão apegados a seu general quanto ao seu pai. De volta das campanhas, o general vitorioso lhes distribuía uma parte do butim e lhes dava terras quando já não tinham idade para servir no exército. Dispunham-se a fazer tudo pelo general, não só em terra inimiga, mas também em

MAR DO NORTE
BRITÂNIA
MAR BÁLTICO
OCEANO ATLÂNTICO
RENO
GERMÂN
GÁLIA
ESPANHA
ROMA
MAR MEDITE
ÁFRICA DO NORTE
DESERTO DO SAA

Legionários montavam guarda em todas as fronteiras do vasto Império Romano. Um muro de fortificações também garantia a proteção entre o Reino e o Danúbio.

sua pátria. Para eles, um general capaz de obter grandes vitórias tinha naturalmente o mesmo talento para impor a ordem em seu próprio país. E isso muitas vezes era necessário. A situação em Roma nem sempre era fácil. A cidade tinha crescido desmedidamente. Os pobres eram incontáveis. Quando as províncias não enviavam cereais, instalava-se a fome. Por volta de 130 a. C. (dezesseis anos antes da destruição de Cartago), dois irmãos incitaram as massas populares, desprovidas de tudo e famintas, a irem se instalar nas terras da África para cultivá-las. Esses dois irmãos eram chamados de os Graco. Infelizmente, durante conflitos políticos os dois foram assassinados.

Tal como os soldados seguiam seu general, o povo se dispunha a se apegar e a seguir cegamente qualquer um que lhe desse cereais para se alimentar e belas festas para se divertir. Os romanos, de fato, gostavam muito de festas. Suas festas não se pareciam em nada com as dos gregos. Na Grécia, a própria elite se exibia, participando de competições esportivas e executando cantos em honra ao pai de todos os deuses. Para os romanos, isso era ridículo. Nenhum homem sério e digno ousava cantar em público ou tirar sua toga de cerimônia para lançar o dardo diante da multidão. Não, isso era coisa de prisioneiros. Eram eles que, na arena do teatro antigo, sob o olhar de vários milhares de pessoas, deviam lutar corpo a corpo ou com o gládio, ou enfrentar animais selvagens – leões, ursos, tigres ou até elefantes. Nem todos esses homens eram lutadores profissionais. Muitos estavam condenados à morte. Esses jogos eram muito cruéis e o sangue escorria pela arena. E era justamente isso que mais entusiasmava os romanos.

Portanto, bastava oferecer ao povo esses divertimentos grandiosos e lhe distribuir alimento para garantir seu apego e sua total submissão a qualquer coisa. Você bem pode imaginar que muitos homens ambiciosos tentaram assim agradar o povo para fins pessoais. Às vezes, dois rivais disputavam o

Breve história do mundo

poder supremo, um sustentado pelo exército e pela sociedade dos patrícios, outro pela camada popular da cidade e pelos pequenos camponeses. As hostilidades chegavam a se prolongar por muito tempo, e ora um ora outro dos rivais ocupava o poder. Houve dois inimigos célebres que se chamavam Mário e Silas. Mário lutou na África e, alguns anos depois, salvou o Império Romano de um grande perigo. Em

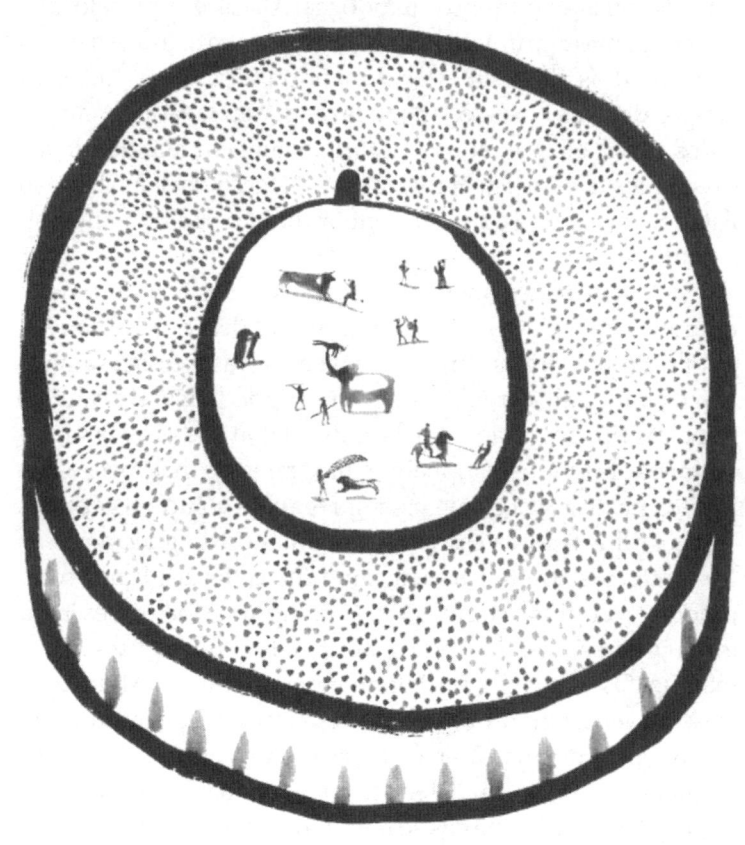

Sob um sol abrasador, escravos lutam
contra feras no imenso estádio do Coliseu,
em meio aos gritos da multidão.

113 a. C., tribos bárbaras e guerreiras haviam entrado na Itália (tal como, em sua época, os dórios na Grécia ou, 700 anos depois, os gauleses em Roma), os cimbros e os teutões, que têm parentesco com os alemães de hoje. Elas tinham lutado com muita coragem, a ponto de afugentar as legiões romanas. Foi preciso Mário chegar para deter seu avanço e vencê-las.

É de imaginar, então, a imensa popularidade de Mário. Tornou-se o homem de maior destaque em Roma. Ora, nesse ínterim, Silas continuou lutando na África e, um belo dia, também voltou triunfante. Uma luta violenta se travou então entre os dois homens. Mário mandou assassinar todos os amigos de Silas. Silas se vingou fazendo um levantamento de todos os amigos romanos de Mário e também mandando assassiná-los. Depois, generosamente ofereceu os bens deles ao Estado. Tornando-se o novo senhor do Império Romano, reinou até 79 a. C.

Ao longo desses anos de distúrbios, a sociedade romana mudou muito. Os pequenos camponeses desapareceram. Algumas famílias ricas compraram suas terras e utilizaram escravos para cultivar suas imensas propriedades. De fato, os romanos tinham criado o hábito de confiar todas as tarefas a escravos, fazendo-os trabalhar nas minas e nas pedreiras. Muitos patrícios ricos até os empregavam como preceptores de seus filhos. Esses escravos, prisioneiros de guerra e seus descendentes, eram tratados como mercadorias. Eram comprados e vendidos como gado. O comprador de um escravo tornava-se seu dono e podia fazer dele o que quisesse, até matá-lo. Os escravos não tinham nenhum direito. Alguns patrões os vendiam para os combates com gládio contra as feras, organizados nas arenas. Esses escravos eram chamados gladiadores. Certo dia, atendendo à convocação de um deles, Espártaco, os escravos se revoltaram contra sua condição. Espártaco também pediu que todos os que trabalhavam nas propriedades se juntassem a eles. Todos lutaram com a força do desespero e os romanos tiveram muita dificuldade para reprimir a insurreição. As represálias foram terríveis. Isso aconteceu em 71 a. C.

Naquela época, novos chefes de exército conquistaram o coração dos romanos, mais especialmente um deles, Júlio César. Como seus predecessores, ele tinha a arte de levantar quantias imensas para poder oferecer ao povo festas suntuosas e cereais. Mas havia uma arte que ele dominava ainda melhor: a arte das armas. Sem dúvida ele era um chefe de exército excepcional, como raramente houve outro. Certo dia, ele partiu para uma batalha. Pouco tempo depois, enviou a Roma uma mensagem simplesmente com estas palavras: "*Veni, vidi, vinci*", que significam "vim, vi, venci". Isso mostra a rapidez com que ele obtinha suas vitórias!

Júlio César conquistou a França, que então se chamava Gália e que se tornou uma província romana. Não foi uma vitória fácil. Os povos que habitavam a Gália eram corajosos, belicosos e determinados. A conquista da Gália durou sete anos, de 58 a 51 a. C. Júlio César teve de lutar contra suíços, na época chamados helvécios, contra gauleses e germanos. Atravessou duas vezes o rio Reno, para chegar à Alemanha, e uma vez o mar, para chegar à Inglaterra, que então os romanos chamavam de *Britannia*. Suas viagens tinham o objetivo de impressionar os povos vizinhos, para que aprendessem a respeitar os romanos. Apesar da valentia e dos esforços desesperados dos gauleses, Júlio César realizava uma conquista atrás da outra e, em cada região conquistada, deixava tropas para garantir seu controle.

Como a Gália tinha se tornado província romana, a população se habituou a falar latim, exatamente como na Espanha. A língua francesa e a espanhola, portanto, são derivadas da língua romana, de onde o nome de "línguas românicas".

Depois da conquista da Gália, Júlio César marchou com seu exército para Roma e tornou-se o homem mais poderoso do mundo. Lutou contra os outros generais romanos, dos quais antes tinha sido aliado, e saiu vencedor. Depois de seduzir a bela rainha egípcia Cleópatra, reuniu o Egito ao Império Romano. Então se preocupou em restabelecer a ordem no Império, o que para ele não era muito difícil. Sua cabeça era muito ordenada. Ele era capaz de ditar duas cartas ao mesmo tempo, sem se confundir. Imagine só!

Mas não foi só o Império que ele ordenou. Também pôs ordem no tempo. No tempo?, você deve estar perguntando. Isso mesmo, Júlio César reformou o calendário, que se tornou mais ou menos como o conhecemos hoje, com doze meses e os anos bissextos. Seu nome foi dado a esse novo calendário, chamado calendário juliano. Como ele era um homem ilustre, um dos doze meses do ano também recebeu seu nome: julho. Por trás do mês de julho, portanto, esconde-se a imagem de um homem de rosto magro, careca, que gostava de usar na cabeça uma coroa de louros e que, embora tivesse uma constituição fraca, era dotado de uma vontade vigorosa e de uma lucidez fora do comum.

Naquele tempo, o poder de César era incomensurável e ele poderia ter se tornado o senhor supremo do governo romano, o que não lhe teria desagradado. Mas os romanos tinham inveja dele. Até mesmo seu melhor amigo, Bruto. Não aceitavam submeter-se à sua autoridade. Temendo que César acabasse assumindo todo o poder, resolveram assassiná-lo. Durante uma sessão do senado, eles o cercaram e levantaram seus punhais contra ele. César tentou se defender. De repente avistou Bruto e exclamou: "Até você, meu filho?" Depois, já sem opor resistência, deixou que o apunhalassem. Isso foi em 44 a. C.

Júlio César tinha um filho adotivo, César Otaviano Augusto, chamado primeiro de Otávio. Depois de lutar por muito tempo em mar e em terra contra diversos chefes de exército, Otávio conseguiu tornar-se senhor único do Império, em 31 a. C. Era a primeira vez que se atribuía a alguém o título de "imperador romano".

O nome "julho" tinha sido dado em homenagem a Júlio César. Os romanos fizeram o mesmo por César Otaviano Augusto, dando seu nome ao mês, e passaram a chamar o imperador pelo nome de Augusto. Ele bem mereceu. Talvez não tenha sido um homem tão excepcional quanto César, mas era justo e ponderado, sabia se dominar em todas as circunstâncias e, portanto, tinha o direito de dominar os outros. Conta-se que Augusto nunca dava uma ordem ou tomava uma decisão quando estava encolerizado. Quando sentia a raiva tomar conta dele, obrigava-se a recitar lentamente o alfabeto. Depois disso, suas idéias ficavam mais claras. De fato, ele foi muito esclarecido e soube administrar o vasto império com sabedoria e justiça. Não foi apenas um homem de guerra e um espectador entusiasmado das lutas de gladiadores. Levava uma vida simples e gostava de belas esculturas e de belos poemas. Como os romanos não tinham o mesmo dom dos gregos nesse campo, Augusto mandou copiar suas mais belas obras de arte e as colocou em seus palácios e jardins. Os poetas romanos também tomaram os gregos como modelos. (Os mais célebres poetas romanos são da época de Augusto.) Os romanos consideravam que o padrão de beleza em tudo estava na Grécia. Em Roma, o máximo da distinção era falar grego, ler as obras gregas, colecionar obras de arte gregas. Para nós isso foi uma sorte. Sem os romanos, o que saberíamos hoje dos gregos?

16 – Uma grande nova

Jesus nasceu sob o reinado do imperador Augusto (que ficou no poder de 31 a. C. até 14 a. C.), na Palestina, que então era província romana. Na parte da Bíblia que se chama Novo Testamento, você poderá encontrar a história da vida dele e seus ensinamentos. Com certeza você conhece a idéia fundamental do que Jesus professava. Ele dizia que não importa que um homem seja rico ou pobre, de origem nobre ou modesta, que ele seja senhor ou escravo, um grande pensador ou um espírito simplório. Todos os homens são filhos de Deus. O amor de Deus é incomensurável. Todo homem é pecador, mas Deus, em sua misericórdia, tem piedade do pecador. Em vez de condená-lo, Deus lhe concede sua graça. Você sabe o que quer dizer "graça"? É o amor de Deus, um amor que se dá sem restrições e que perdoa. Também é o amor que devemos dar a todos os homens, o amor que esperamos que Deus, nosso Pai, tenha por nós. Por isso Jesus proclamava: "Ama teus inimigos, faz o bem a quem te odeia, abençoa os que te amaldiçoam, reza por aqueles que te cobrem de injúrias. A quem te bateu numa face mostra a outra face, dá tuas roupas a quem já pegou teu casaco. Dá a todos os que te pedem e não reclama teu bem a quem o tirou de ti."

Você também sabe que a vida de Jesus foi curta, que ele a dedicou a percorrer o país, pregando, ensinando, curando os doentes e consolando os pobres. E que depois ele foi acusado de ser um judeu rebelde e de pretender ser o rei dos judeus, e que por isso foi condenado a ser crucificado pelo procurador romano Pôncio Pilatos. Essa sentença terrível era reservada apenas aos escravos, aos bandidos e aos homens dos povos invadidos, o que excluía os romanos. Era considerada uma vergonha suprema. Mas Cristo tinha ensinado que a maior dor no mundo tinha um sentido, que os mendigos, os aflitos, os perseguidos, os doentes, apesar de sua desgraça, eram bem-aventurados pois seriam salvos. Assim, o filho de Deus, martirizado e dolorido, tornou-se para os primeiros cristãos o próprio símbolo de seus ensinamentos. Hoje é difícil imaginar o que era então uma crucificação. O suplício da cruz era mais terrível do que a forca. A forma da cruz se tornou símbolo da nova religião.

Podemos nos perguntar o que pensavam os funcionários, os soldados romanos ou os eruditos romanos adeptos da cultura grega, orgulhosos de seu saber, de seus dons de oratória e de seu conhecimento dos filósofos, quando ouviam um dos grandes pregadores de Cristo falar de seus ensinamentos. O que lhes dizia, por exemplo, o apóstolo Paulo? Em sua Primeira Carta aos Coríntios, no capítulo 13 (texto que você pode encontrar na Bíblia), ele dizia:

"Eu lhes mostro um caminho magnífico: mesmo que eu fale as línguas dos homens e dos anjos, se eu não tenho amor, sou apenas um bronze ressoando ou um címbalo tocando. E, mesmo que eu tenha o dom da profecia, a ciência de todos os mistérios e de todos os conhecimentos, mesmo que eu tenha toda a fé que me permita transportar montanhas, se não tenho amor não sou nada. E, mesmo que eu distribua todos os meus bens para alimentar os pobres e ofereça meu corpo para ser queimado, se não tenho amor, isso de nada me serve. O amor é paciente e generoso, o amor não é invejoso, ele não se infla de orgulho, não fere os costumes, não busca seu próprio interesse, não se irrita, não traz o mal em si, não se alegra com a injustiça, mas se alegra com a verdade. Desculpa tudo, acredita em tudo, espera tudo, tolera tudo. O amor nunca perece."

Ouvindo os sermões do apóstolo Paulo, os notáveis romanos, mais sensíveis à linguagem jurídica do que à linguagem do coração, decerto balançavam a cabeça. Mas os pobres e os oprimidos sentiam que alguma coisa nova acabava de subverter o mundo. Essa coisa era a extraordinária revelação da graça divina, que estava muito além das leis humanas e que se chamava a "boa nova" (que em grego se diz *eu-angelion*, "evangelho"). Logo o anúncio dessa grande e feliz nova da graça do Deus-Pai, desse Deus único e invisível, no qual os judeus acreditavam bem antes da chegada de Cristo entre eles, propagou-se através de todo o Império Romano e acarretou inúmeras conversões.

De repente, os dirigentes romanos prestaram mais atenção. Você deve lembrar que geralmente eles não se envolviam com as convicções religiosas dos outros e se mostravam tolerantes. Mas agora a situação era diferente. Os cristãos, que acreditavam em um só deus, já não aceitavam incensar a imagem de seu imperador. E isso tinha se tornado um costume desde que os romanos tinham um imperador. Como os soberanos egípcios e chineses, babilônios e persas, os imperadores romanos se faziam venerar como se fossem deuses. Todo bom cidadão devia depor alguns grãos perfumados diante de sua imagem pintada ou esculpida. Mas os cristãos se recusavam a isso. Então quiseram obrigá-los.

Cerca de trinta anos depois da morte de Cristo na cruz (portanto, nos anos 60), um imperador muito cruel reinou sobre o Império Romano. Seu nome era Nero. Até hoje a gente treme só de pensar naquele monstro assustador. Nero poderia ter sido um grande homem, mesmo sendo fundamentalmente mau e sem escrúpulos. Mas nem isso ele foi. Era um homem mole, vaidoso, desconfiado e preguiçoso. Embora gostasse de compor e cantar poemas e apreciasse as iguarias mais refinadas, ele não tinha nenhuma grandeza nem dignidade. Para se manter no poder, não hesitou em mandar matar a própria mãe, a própria mulher, vários parentes e amigos, e levou ao suicídio aquele que tinha sido seu preceptor, Sêneca. Era tão covarde que vivia constantemente com medo de ser ele mesmo assassinado.

Certo dia, um terrível incêndio se declarou em Roma; durou dias e noites, destruindo um após o outro todos os bairros da cidade e deixando milhares de pessoas sem teto. Na época Roma era uma cidade importante, com mais de um milhão de habitantes. Ora, o que fez Nero durante esse trágico incêndio?

Postou-se no balcão de seu magnífico palácio e, acompanhando-se na lira, executou um canto que ele tinha composto sobre o incêndio de Tróia. Certamente ele devia achar que era um texto de circunstância. O povo, que até então só tinha uma moderada antipatia por Nero, explodiu em fúria. O imperador, na verdade, sempre lhe havia oferecido belas festas, e quem o povo incriminava eram principalmente seus amigos e as pessoas que o rodeavam. Mas, nos dias que se seguiram à catástrofe, começaram a circular rumores. Dizia-se que o próprio Nero havia posto fogo na cidade. Nunca saberemos a verdade. Seja como for, Nero ouviu esses rumores e na mesma hora procurou um bode expiatório. E encontrou: os cristãos. Muitas vezes os cristãos haviam proclamado que o mundo devia acabar para permitir o surgimento de um outro mundo melhor e mais puro. Você entende, é claro, a que mundo eles se referiam. Mas, como as pessoas tinham o hábito de não prestar atenção ao que ouviam, as afirmações dos cristãos foram distorcidas e por toda a Roma ouvia-se dizer que "os cristãos desejavam o fim do mundo, que eles odiavam os homens". Não é uma acusação espantosa?

    Nero encontrou o pretexto que procurava. Os incendiários só podiam ser os cristãos. O imperador mandou prender todos eles para que morressem nas mais cruéis condições. Uns morreram na arena, devorados pelas feras. Outros foram queimados no jardim de Nero, como tochas vivas, por ocasião de uma grande festa organizada por ele. Durante essas perseguições e as que se seguiram, os cristãos suportaram todas as torturas com uma coragem inimaginável. Eles tinham orgulho de, assim, dar testemunho da força de sua nova fé. Testemunha, em grego, diz-se "mártir". Esses mártires tornaram-se mais tarde os primeiros santos da religião cristã.

    Os cristãos iam rezar nos túmulos de seus mártires, que estavam enterrados em verdadeiras galerias subterrâneas, escavadas às portas da cidade. (Essas tumbas chamam-se catacumbas.) As paredes das catacumbas eram decoradas com imagens simples, inspiradas nas histórias bíblicas. Essas imagens, como de Daniel no fosso dos leões, os três homens na fornalha ou Moisés fazendo brotar água de um rochedo, deviam lembrar aos cristãos a onipotência de Deus e a vida eterna.

Como os cristãos não tinham o direito de se reunir à luz do dia para celebrar seus cultos, eles o faziam à noite, nessas tumbas subterrâneas. Também comentavam os ensinamentos de Cristo, celebravam a Santa Ceia e se encorajavam mutuamente quando pesava a ameaça de uma nova perseguição. Apesar dessas perseguições, ao longo do século seguinte houve cada vez mais homens e mulheres que davam testemunho de sua nova fé e dispostos a sofrer, por amor a ela, o que Cristo tinha sofrido.

Os cristãos não foram as únicas vítimas das perseguições do Império Romano. A sorte dos judeus não foi melhor. Alguns anos depois do reinado de Nero, eclodiu em Jerusalém uma revolta contra os romanos. Os judeus queriam se libertar. Lutaram com uma determinação e uma coragem extraordinárias contra as legiões, que, para reconquistar cada cidade, tinham que cercá-la. Esses cercos chegavam a durar muito tempo. Jerusalém foi cercada e reduzida à fome durante dois anos por Tito, filho do imperador Vespasiano, que então estava no poder. Os que tentavam fugir eram capturados e crucificados diante da cidade. Finalmente, no ano 70 depois de Cristo, ou d. C., Jerusalém foi derrotada. Ao entrar na cidade, Tito teria ordenado que o santuário ao deus único fosse preservado, mas seus soldados não lhe deram ouvidos. Pilharam e incendiaram a cidade. Os objetos de culto foram levados triunfalmente até Roma. (Ainda hoje é possível vê-los reproduzidos no arco de triunfo que Tito mandou erguer para comemorar a tomada de Jerusalém.) Jerusalém foi destruída, e os judeus se dispersaram. Antes viviam em diversas cidades, exercendo principalmente o ofício de comerciantes. Agora eram um povo sem pátria, disseminados por Alexandria, Roma e outras cidades estrangeiras, reunindo-se em suas escolas de preces, expostos ao escárnio e aos vexames, porque, em meio a populações politeístas e idólatras, mantinham-se fiéis a seus costumes, liam a Bíblia e esperavam o Messias que deveria salvá-los.

17 – A vida no Império e em suas fronteiras

Para quem não era cristão, nem judeu, nem parente próximo do imperador, a vida no Império Romano podia ser tranqüila e agradável. Podia-se viajar da Espanha ao Eufrates, do Danúbio ao Nilo graças à admirável rede de estradas construída pelos romanos. Um serviço de correio atendia regularmente às fortificações isoladas, situadas nas fronteiras do Império, permitindo que as notícias circulassem sem dificuldade. Nas grandes cidades, como Alexandria ou Roma, podia-se desfrutar de todas as coisas agradáveis da vida.

Certamente nem todos os romanos eram privilegiados. Mediante uma taxa, as pessoas pobres viviam amontoadas em imóveis mal construídos de vários andares, que pareciam casernas. Em compensação, os notáveis moravam em casas e mansões suntuosamente mobiliadas e decoradas com as mais belas obras de arte gregas, com belos jardins e fontes. No inverno, eram aquecidas por meio da circulação de ar quente sob o piso, através de tijolos ocos. Os romanos mais ricos tinham uma ou várias propriedades de lazer, geralmente à beira do mar, cuja manutenção era confiada a escravos. Lá havia belas bibliotecas, com as obras de todos os grandes poetas gregos e latinos e adegas abastecidas com os melhores vinhos. Quando um romano se aborrecia em casa, ele ia ao mercado, ao tribunal ou aos banhos.

Os banhos, chamados termas, eram construções monumentais, luxuosamente decoradas, alimentadas de água por canalizações vindas das montanhas distantes. Nessas termas havia salas amplas, umas para banhos quentes ou frios, ou para banhos de vapor, e outras para atividades esportivas. Os vestígios dessas admiráveis instalações termais existem ainda hoje. As altas abóbadas sustentadas por pilares de mármore de todas as cores e as piscinas revestidas com as mais raras pedras nos fazem pensar num palácio das mil e uma noites.

Os teatros eram maiores e mais impressionantes ainda. O maior teatro de Roma, o Coliseu, tinha capacidade para acolher 50.000 espectadores. Dificilmente um estádio atual poderia conter tanta gente. Nesse teatro realizavam-se lutas de gladiadores corpo a corpo ou contra as feras. Você deve lembrar-se de que era nesse tipo de teatro que se sacrificavam as vidas dos primeiros cristãos. As arquibancadas do Coliseu, em forma de elipse, elevando-se quase verticalmente, davam a impressão de um enorme funil. Imagine o barulho infernal quando 50.000 espectadores assistiam ao espetáculo! O imperador sentava-se na primeira fila, no camarote de honra protegido do sol por um toldo, e dava o sinal para se iniciarem as lutas deixando cair um lenço na arena. Os gladiadores vinham então apresentar-se a ele e gritavam: "Viva o imperador! Os que vão morrer te saúdam!"

Não pense que os imperadores não faziam mais nada além de passar a vida no teatro nem que eram todos terríveis sanguinários que se compraziam, como Nero, no vício e na comilança. A manutenção da paz no Império ocupava grande parte de seu tempo. Além das fronteiras viviam por toda parte povos bárbaros e belicosos, que vinham constantemente pilhar as ricas províncias romanas. Ao norte, do outro lado do Danúbio e do Reno, viviam os germanos. Ora, eles davam muito trabalho aos romanos. César já tinha lutado contra eles por ocasião da conquista da Gália. Só de olhar para eles, verdadeiros colossos, os romanos não podiam deixar de tremer de medo. O país dos germanos, que hoje é a Alemanha, era então coberto de florestas e de terras pantanosas, nas quais os romanos freqüentemente se perdiam. É preciso dizer que os germanos não eram seres civilizados, habituados como os romanos a viver em belas mansões equipadas com aquecimento central. Eles eram camponeses, tal como os romanos tinham sido em outros tempos. Viviam em casas isoladas, construídas de toras de madeira.

Muitos romanos eruditos escreveram sobre os germanos. Destacavam seu estilo de vida extremamente despojado, seus costumes ao mesmo tempo elementares e inflexíveis, seu amor pelo combate e sua fidelidade ao chefe de sua tribo. Os pensadores romanos gostavam de se basear nesses testemunhos para comparar, para seus compatriotas, o modo de vida simples, sadio e natural dos germanos em suas florestas com seu próprio modo de vida, cujo excesso de refinamento havia levado a um relaxamento dos costumes.

Os germanos eram guerreiros temíveis. Sob o reinado de Augusto, os romanos já tinham tido uma cruel experiência com eles. Naquele tempo, a tribo germânica dos queruscos tinha um chefe chamado Armínio, ou Hermann. Ele havia crescido em Roma e conhecia bem a estratégia romana. Assim, conseguiu deter e aniquilar uma legião que atravessava a floresta de Teutoburgo. A partir de então, os romanos nunca mais ousaram passar por aquela região. De fato, para eles era mais importante proteger o Império das invasões dos germanos e, desde o primeiro século depois de Cristo (exatamente como havia feito na China o imperador Tsin Huangdi), passaram a erguer fortificações, chamadas de limes, ao longo das fronteiras que iam do Reno ao Danúbio. Essas fortificações eram paliçadas ladeadas por fossos e com torres de vigia de intervalo em intervalo. Os germanos tinham uma característica particular. Em vez de permanecerem sedentários, cultivando suas terras tranqüilamente, eles estavam sempre se deslocando. Carregando mulheres e crianças em carroças puxadas por bois, essas populações nômades mudavam constantemente de local de residência, em busca de outras terras, para caçar ou para cultivar.

Os romanos, então, eram obrigados a manter tropas na fronteira permanentemente, para garantir a segurança do Império. Essas tropas, dispostas ao longo do Reno e do Danúbio, eram constituídas por homens provenientes de todas as províncias romanas. Egípcios, por exemplo, estavam baseados não muito longe de Viena, na Áustria, e até tinham construído um templo à margem do rio Danúbio, dedicado à sua deusa Ísis. Nesse lugar, hoje há uma cidade, Ybbs, cujo nome perpetua a lembrança da deusa. Todos os tipos de diferentes cultos eram celebrados ao longo dessa fronteira, como a Mitra, deus persa do Sol, ou logo o culto ao deus único e invisível dos cristãos. A vida ao longo do limes não era muito diferente da que se levava em Roma. Ainda hoje encontram-se teatros e termas romanas na Alemanha e na Áustria (nas cidades de Colônia, Trier, Augsburg, Regensburg, Salzburg e Viena), na França (em Arles e Nîmes), na Inglaterra (em Bath), e também mansões para os funcionários imperiais e casernas para os soldados. Muitos desses soldados compravam uma propriedade nas redondezas, casavam-se com uma autóctone e se instalavam com ela fora do acampamento. Assim, aos poucos as populações das províncias romanas pouco a pouco se habituaram à presença dos romanos. Em contrapartida, as populações do outro lado do Danúbio e do Reno se agitavam cada vez mais, e os conflitos eram mais freqüentes. Logo os imperadores romanos começaram a passar mais tempo nas guarnições, perto das fronteiras, do que em seus palácios luxuosos de Roma. Entre eles, houve homens notáveis, como o imperador Trajano, que viveu no século I d. C. Muito tempo depois de seu reinado todos ainda elogiavam seu espírito de justiça e sua meiguice.

As tropas de Trajano atravessaram o Danúbio e avançaram mais, até as atuais Hungria e Romênia, para fazer daquelas terras novas províncias romanas, mas também para aumentar a segurança do Império. Essa região na época se chamava Dácia, por causa de sua tribo, os dácios. Depois que foi conquistada e sua população passou a falar o latim, a Dácia passou a se chamar Romênia. Trajano não se limitou a partir em campanhas. Ofereceu a Roma novas construções e novos palácios. Mandou devastar colinas inteiras para aumentar o espaço da cidade e permitir a criação de um imenso fórum. Contratou um arquiteto grego, que naquela praça enorme construiu templos, lojas, pórticos, anfiteatros espaçosos que serviam como salas de reunião, e muitos outros monumentos. Ainda hoje é possível ver seus vestígios em Roma.

Os imperadores que sucederam Trajano também se preocuparam com a segurança do Império e com a vigilância de suas fronteiras. O mais atento a isso talvez tenha sido Marco Aurélio, que reinou de 161 até 180 d. C. Ele passou grande parte do tempo de seu reinado nas guarnições à margem do rio Danúbio, em Carnuntum e em Vindobona (hoje Viena). Homem de temperamento calmo e suave, que não gostava de guerra, Marco Aurélio era um filósofo, que preferia ler e escrever. Hoje possuímos um diário que ele escrevia, principalmente durante suas campanhas. Na maioria das vezes ele escreve sobre o controle de si mesmo, a tolerância, a aceitação da dor e o heroísmo silencioso do pensador. Buda teria gostado de seus pensamentos.

Mas Marco Aurélio não podia se retirar para a floresta, como Buda, para meditar. Na região vienense, ele tinha que lutar contra os germanos, que na época tinham empreendido uma grande migração. Conta-se que os romanos levaram leões para expulsar os indesejáveis para o outro lado do Danúbio. Como nunca tinham visto leões, os germanos não tiveram nenhum medo e mataram aqueles "cães enormes"! Marco Aurélio morreu em Vindobona, num desses combates, em 180 d. C.

Depois disso, a ausência dos imperadores de Roma se intensificou ainda mais. Eles só ficavam nas fronteiras, nas cidades de guarnição. Eram verdadeiros soldados, que um dia eram eleitos imperadores por suas tropas, no dia seguinte eram derrubados ou até assassinados por elas. Muitos desses imperadores não eram romanos, mas estrangeiros, pois então as legiões eram constituídas apenas por uma minoria de romanos. Estava quase desaparecida a classe dos camponeses italianos que, em tempos mais antigos, tinham se tornado soldados para conquistar o mundo. As fazendas tinham se tornado imensas propriedades pertencentes aos ricos e a mão-de-obra era formada por estrangeiros. Até o exército era então constituído de estrangeiros. Você deve se lembrar dos egípcios acantonados às margens do Danúbio. Em seguida também houve muitos germanos entre os soldados. Como você já sabe, eles eram excelentes guerreiros. Então eram soldados estrangeiros, acantonados nos quatro cantos do imenso Império, nas fronteiras da Germânia e da Pérsia, na Espanha, na Grã-Bretanha, na África do Norte, no Egito, na Ásia Menor e na Romênia, que elegiam "imperador" seu chefe de exército preferido. Essas eleições, é claro, provocavam rivalidades constantes entre os eleitos, que na maioria das vezes terminavam em assassínios, exatamente como no tempo de Mário e Silas.

Ao longo do século III d. C., a confusão chegou ao auge. No Império Romano, quase só havia escravos ou tropas estrangeiras que não se entendiam uns aos outros. Os camponeses das províncias já não pagavam seus tributos e se rebelavam contra seus proprietários. Naqueles tempos de terrível miséria, agravada por epidemias de peste e pela insegurança cada vez maior devida à ladroeira, muita gente encontrava consolo nas palavras daquele que tinha trazido a boa nova, transmitida pelo Evangelho. Cada vez mais homens livres e escravos se convertiam ao cristianismo e se recusavam a se sacrificar pelo imperador.

No auge da crise, um homem chamado Diocleciano, filho de família pobre, conseguiu com muita luta o título de imperador. Ele tomou o poder em 284 d. C. e tentou recompor o Estado, então completamente desmantelado. Por causa da fome que se espalhava por toda parte, ele impôs uma limitação de preços a todos os produtos de alimentação. Reconheceu que não era possível governar o Império a partir de um só lugar. Designou então quatro cidades, às quais deu o título de capitais do Império, e nomeou quatro subimperadores, um para cada uma delas. Para devolver o respeito ao título de imperador, exigiu que as pessoas da corte e os funcionários se submetessem a uma etiqueta rigorosa e que usassem trajes ricamente bordados e confeccionados com os mais belos tecidos. Mas não gostava dos cristãos, sempre tão rebeldes, e passou a persegui-los impiedosamente em todo o Império. Essas perseguições violentas foram as últimas. Depois de vinte anos de reinado, Diocleciano renunciou ao título de imperador e, cansado e doente, retirou-se para seu palácio na Dalmácia. Nos últimos anos de vida, ele teve tempo de compreender o erro de sua luta contra os cristãos.

De fato, seu sucessor, o imperador Constantino, deixou de perseguir os cristãos. Conta-se que, antes da batalha travada sob os muros de Roma contra o imperador Maxêncio, sucessor direto de Diocleciano, ele teria visto em sonho a cruz e teria ouvido as palavras: "Vencerás sob este signo." Vencendo a batalha, ele decretou, em 313 d. C., a liberdade de culto e a proteção oficial aos cristãos. Ele mesmo permaneceu pagão durante muito tempo, e só se fez batizar um pouco antes de sua morte.

Para dirigir o Império, Constantino não se instalou em Roma. As ameaças à fronteira vinham principalmente do Leste. Os mais agressivos eram os persas, que novamente tinham adquirido muito poder. Constantino escolheu então para sua residência a antiga colônia grega de Bizâncio, às margens do mar Negro, e lhe deu seu nome: Constantinopla (a nova Roma).

Pouco tempo depois – a partir de 395 d. C. –, o Império já não tinha só duas capitais, Roma e Constantinopla. Também tinha dois Estados: o Império do Ocidente, que incluía a

Ernst H. Gombrich

Itália, a Gália, a Espanha, a África do Norte, em que se falava latim, e o Império do Oriente, incluindo o Egito, a Palestina, a Ásia Menor, a Grécia e a Macedônia, em que se falava o grego. A partir de 380 d. C., nos dois Impérios o cristianismo foi instituído como religião de Estado. Os bispos e arcebispos tornaram-se altas personalidades, exercendo grande influência, inclusive nos assuntos de Estado. Os cristãos já não precisavam se encontrar às escondidas nas galerias subterrâneas. Seus locais de culto passaram a ser grandes igrejas, magnificamente decoradas. Quanto à cruz, símbolo da redenção das culpas e da libertação de todo sofrimento, ela também se tornou o símbolo guerreiro das legiões.

18 – A tempestade

Você já viu uma tempestade se formar depois de um dia quente de verão? O espetáculo é grandioso, principalmente nas montanhas. No início não se vê nada, mas o ar se torna mais pesado e dá para perceber que o tempo vai mudar. Depois ouve-se um trovão rugir ao longe, não se sabe onde. De repente as montanhas parecem muito próximas. Não há vento, o ar não se move, mas a gente vê surgirem imensas massas de nuvens. Mais um instante e as montanhas quase desaparecem por trás de um véu de chuva. Então, de vários pontos do horizonte chegam nuvens velozes, embora não haja vento ainda. Os rugidos dos trovões se tornam mais freqüentes. Tudo em volta é meio assustador e fantasmagórico. É um clima de espera, de longa espera. E, de repente, a explosão. No início, parece uma libertação. A tempestade parte para ocupar o vale. Por toda parte só há raios e estalos. A chuva cai em pingos grossos. O vale estreito está tomado pela tempestade e suas paredes rochosas ecoam os trovões. O vento chega pela direita, pela esquerda, não dá nem para saber. Quando finalmente a tempestade se afasta, dando lugar a uma noite tranqüila e estrelada, a gente tenta descrever o que aconteceu, dizer onde estavam as nuvens, a que relâmpago correspondeu cada raio. Mas é difícil lembrar.

Assim foi a época cuja história vou contar agora. Um dia, eclodiu uma tempestade que varreu o imenso Império Romano. Já tínhamos ouvido os trovões. Eles tinham ressoado quando os germanos, os cimbros e os teutões chegaram às fronteiras do Império e quiseram transpô-las. Os exércitos de César, de Augusto, de Trajano, de Marco Aurélio e de muitos outros combateram para impedir sua invasão.

Depois desses trovões veio a tempestade. Ela começou do outro lado do mundo, quase na muralha que tinha sido erguida em outros tempos pelo imperador chinês Qin Tsin Huangdi, inimigo da História. No dia em que hordas de cavaleiros vindos das estepes da Ásia não tiveram nada mais para pilhar na China, eles se voltaram para o Ocidente, na esperança de encontrar um novo butim. Eram os hunos. Nunca se tinha visto aquele povo no Ocidente. Eram homens baixos, de pele amarela, olhos puxados e rosto marcado por terríveis cicatrizes. Pareciam homens-cavalos, pois quase nunca desmontavam de seus corcéis pequenos e rápidos como o raio. Quase sempre eles dormiam a cavalo, deliberavam a cavalo, comiam a cavalo a carne crua que amaciavam debaixo das selas. Partiam para o ataque soltando gritos assustadores, forçando as montarias a galopar e crivando os inimigos de saraivadas de flechas. Depois partiam tão rápido quanto tinham chegado, como se quisessem fugir. Se alguém tentasse persegui-los, eles se viravam na sela e recomeçavam a lançar flechas. Eram mais ágeis, mais espertos e mais sanguinários do que todos os povos que se conheciam até então. Obrigaram até os valentes germanos a fugir deles.

Os visigodos, uma das tribos germânicas acuadas pelos hunos, quiseram refugiar-se no Império Romano, que aceitou acolhê-los. Pouco depois, no entanto, esses próprios visigodos entraram em guerra contra seus hospedeiros. Chegaram até Atenas e a saquearam. Detiveram-se diante de Constantinopla. Finalmente, sob o comando de seu rei Alarico, em 410 d. C., rumaram para a Itália. Quando Alarico morreu, deixaram a Itália e foram se estabelecer na Espanha. Para se proteger de seus exércitos, os romanos tinham sido obrigados a chamar muitas de suas tropas defensivas instaladas nas fronteiras da Gália e da Bretanha, no Reno e no Danúbio. Para os outros povos germânicos, essa convocação das tropas romanas foi a oportunidade, há tanto tempo esperada, de irromper nos territórios do Império.

A maioria deles tinha nomes que ainda hoje podemos encontrar no mapa da Alemanha: suábios, francos, alemães. Eles atravessaram o Reno com mulheres, filhos e todos os seus bens amontoados em carroças sacolejantes puxadas por bois. Saíam vencedores de todos os combates que travavam. Sua tática era simples. Nunca permaneciam vencidos por muito tempo, pois novos combatentes apareciam constantemente, e isso até a vitória. Não importava que muitos fossem massacrados. Outras dezenas de milhares vinham substituí-los. Hoje nos referimos a esse período como a "época das grandes invasões". Foi a tempestade que, em seus terríveis turbilhões, aniquilou o Império Romano. Pois os povos germânicos não ficaram apenas no reino dos francos e na Espanha. Os vândalos, por exemplo, atravessaram a Itália e chegaram à Sicília. Transformaram a antiga Cartago numa cidade de piratas, onde embarcavam para invadir as cidades costeiras e incendiá-las. Em sua travessia da Itália, saquearam a cidade de Roma. Por isso, ainda hoje se fala em vandalismo, embora os vândalos daquela época não fossem mais temíveis do que muitos outros.

Depois dessas invasões germânicas, foi a vez dos hunos. Eles eram mais terríveis ainda. Tinham um novo rei, Átila,

Breve história do mundo

Átila, o poderoso rei dos hunos, conduzia suas hordas ao combate, pilhando e devastando tudo em sua passagem.

que subiu ao poder em 444 d. C. Você se lembra daquele que subiu ao poder em 444 a. C.? Era Péricles, em Atenas. Ele deu origem a uma grande e bela época. Ora, Átila era, em tudo, seu oposto. Dizia-se que por onde seu cavalo passava o capim não voltava a crescer. Suas hordas incendiavam e devastavam tudo em sua passagem. Porém, apesar da grande quantidade de ouro, prata e outros objetos preciosos pilhados pelos hunos, apesar do luxo e do gosto pelos belos enfeites de seus chefes, Átila continuava sendo um homem simples. Comia em recipientes de madeira e vivia numa tenda. Não sentia atração pelas riquezas. Só dava importância ao poder. Soberano temível, tinha conquistado a metade do mundo, e os povos que ele não dizimava eram obrigados a batalhar a seu lado. Seu exército era gigantesco. Tinha muitos germanos, principalmente ostrogodos (os visigodos já estavam estabelecidos na Espanha). Um dia, em 451 d. C., quando Átila estava em seu acampamento instalado na Hungria, ele mandou um emissário ao imperador romano do Ocidente com a seguinte mensagem: "Átila, chefe de nós dois, manda dizer que você deve lhe entregar a metade de seu império e a mão de sua filha." Como o imperador recusou, Átila resolveu interferir com seu poderoso exército para puni-lo e para tomar à força o que ele estava lhe negando. Na Gália, enfrentou os exércitos romanos numa famosa batalha, nos Campos Cataláunicos, perto de Châlons-sur-Marne. Todos os exércitos do Império, ajudados por tropas germânicas, encontraram-se ali para bloquear o avanço da horda selvagem. Não conseguindo vencer, Átila dirigiu-se então para Roma. A notícia espalhou o terror e o medo entre os romanos. Os hunos aproximavam-se dos muros de sua cidade, que já não podia contar com um exército poderoso para defendê-la.

Foi então que um homem ousou desafiar os hunos. Era o papa Leão, apelidado de Leão o Grande. Com padres e estandartes, ele foi ao encontro dos invasores. Todo o mundo imaginou que fosse acontecer o pior, ou seja, que eles seriam massacrados. Para espanto de todos, Átila deixou-se convencer a fazer meia-volta e até deixou a Itália. Dessa vez, Roma estava salva. Dois anos depois, o rei dos hunos morreu, no dia em que iria se casar com uma esposa germânica.

Se o papa não tivesse salvo o Império Romano do Ocidente, este teria deixado de existir. Na verdade, naquela época os imperadores romanos tinham perdido todo o poder. Os únicos que ainda tinham alguma autoridade eram os militares. Ora, suas tropas eram quase todas compostas por germanos. Um dia, os soldados germânicos acharam que o imperador já não representava nada e resolveram destituí-lo. O último imperador romano tinha um nome inesquecível: Rômulo Augústulo. Lembre-se de que Rômulo tinha sido o nome do primeiro rei romano, o fundador de Roma; Augusto, do primeiro imperador romano. Assim, em 476 d. C., foi destituído o último imperador, Rômulo Augústulo. Odoacro, um chefe germânico, proclamou-se rei dos germanos na Itália. O Império Romano do Ocidente, isto é, o mundo latino, estava extinto, e com ele terminava um período muito longo, chamado de Antiguidade.

Em 476 começa então uma nova era, a Idade Média. Ela recebeu esse nome simplesmente porque se situa entre a Antiguidade e a Renascença. Mas na época ninguém tinha consciência de que estava vivendo uma nova era. Os distúrbios continuavam numerosos. Os ostrogodos, que antes acompanhavam os exércitos dos hunos, tinham se estabelecido no Império Romano do Oriente. O imperador Zenão, que queria se livrar deles, aconselhou-os a expulsar da Itália o rei Odoacro e seu povo e a tomar seu lugar. Os ostrogodos aceitaram o conselho e partiram em 493, comandados por seu rei, Teodorico o Grande. Homens habituados a combater, eles conquistaram sem dificuldade aquele país tantas vezes enfraquecido por tantas pilhagens. Teodorico prendeu Odoacro. Prometeu poupar sua vida, mas não cumpriu a palavra e o apunhalou durante um banquete.

Sempre me espantou que Teodorico pudesse ter feito uma coisa tão abominável, pois ele era um soberano culto e de grande valor. Fazia questão de que os godos vivessem em paz com os italianos e só distribuiu aos seus guerreiros algumas parcelas de terra para eles cultivarem. Escolheu como capital Ravena, uma cidade portuária no norte da Itália.

Em Ravena, Teodorico mandou construir igrejas esplêndidas, decoradas com mosaicos admiráveis. Nunca os imperadores romanos do Oriente, instalados em Constantinopla, poderiam imaginar que um dia os ostrogodos construiriam no Ocidente um império poderoso e desenvolvido, que pusesse em perigo seu próprio poder no Oriente.

Ernst H. Gombrich

Justiniano, soberano do Império do Oriente, e sua esposa, Teodora.

Desde 527 vivia em Constantinopla um soberano extremamente poderoso, que gostava de luxo e era muito ambicioso. Seu nome era Justiniano. Sua ambição era ampliar seu poder retomando o antigo Império Romano do Ocidente. Em sua corte havia todo o fausto do Oriente. Ele e sua mulher, Teodora, ex-bailarina de circo, vestiam roupas confeccionadas de tecidos pesados de seda bordadas com pedras preciosas e colares de ouro e pérolas que tilintavam a cada gesto que faziam.

Em Constantinopla, o imperador Justiniano tinha mandado construir uma igreja gigantesca, com uma cúpula imponente, Hagia Sophia (mais conhecida por Santa Sofia). Ele tinha mais uma grande ambição: recuperar a grandeza perdida da velha Roma. Ordenou que fossem recenseados todos os inúmeros textos das leis editadas pela antiga Roma e também as observações que os eruditos e juristas de renome tinham feito sobre eles. Todos esses escritos foram reunidos no grande livro jurídico do direito romano, cujo nome em latim é *Corpus iuris civilis Justiniani*. Ainda hoje, todos os que desejam fazer carreira jurídica são obrigados a lê-lo, pois muitas leis atuais fazem referência a ele.

Depois da morte de Teodorico, o imperador Justiniano tentou expulsar os godos da Itália e conquistar o país. Durante dezenas de anos, os godos se defenderam com heroísmo exemplar. Não era fácil, pois também tinham os italianos contra eles. Afinal, estavam ocupando uma terra que não era sua. Por outro lado, embora fossem cristãos, não acreditavam exatamente nas mesmas doutrinas que os romanos. Por exemplo, não acreditavam na Trindade. Essas divergências faziam com que eles fossem combatidos e perseguidos como "descrentes" e "infiéis". Aos poucos, dizimados pelas lutas, quase todos foram eliminados. Depois de uma última batalha, seu exército, reduzido a cerca de mil homens, foi autorizado a se retirar sem represálias e desapareceu rumo ao norte. Assim terminava o grande povo dos godos. A partir de então, Justiniano acabou reinando também sobre Ravena. Também construiu igrejas magníficas, em que sua mulher e ele estão representados em seus belos trajes.

Os soberanos do império do Oriente não reinaram por muito tempo sobre a Itália. Em 568, novos povos germânicos vindos do Norte, os lombardos, conquistaram o país. Atualmente, uma região da Itália tem o nome deles: a Lombardia. Com eles ecoaram os últimos trovões. Depois o céu clareou, dando lugar à noite estrelada da Idade Média.

Ernst H. Gombrich

19 – Começa a noite estrelada da Idade Média

Você deve ter percebido que as grandes migrações dos povos foram semelhantes a uma tempestade. Mas talvez você fique surpreso em saber que a Idade Média foi semelhante a uma noite estrelada. Pois bem, foi isso mesmo. Já ouviu falar dos "tempos obscuros" ou das "trevas" da Idade Média? É o nome que se costuma dar ao período que se seguiu à queda do Império Romano. Foi de fato um período obscuro, pois na época a maioria das pessoas ignorava totalmente as coisas do mundo. Elas não sabiam ler nem escrever. Muito crédulas, gostavam de contar todos os tipos de mistérios e de histórias fabulosas. Viviam em casas pequenas e escuras. Da herança dos romanos só restavam caminhos e estradas decadentes. As cidades e as antigas praças fortes eram ruínas invadidas pelo mato. As boas leis romanas tinham sido esquecidas, as belas estátuas gregas quebradas. Tudo isso é verdade, e não tem nada de surpreendente, depois dos anos terríveis de guerras geradas pelas grandes invasões.

No entanto, apesar de tudo, a noite já não era totalmente escura. Era semeada de estrelas. De fato, as pessoas, em sua ignorância e com suas incertezas, tremiam como crianças que têm medo do escuro só de pensar que pudessem existir magos e feiticeiras, demônios e espíritos maus. Mas, acima da escuridão em que os homens estavam mergulhados, o céu salpicado com as estrelas da nova fé lançava suas luzes sobre eles e lhes mostrava o caminho. Assim como é menos fácil se perder numa floresta escura quando vemos as estrelas, a Ursa Maior e a estrela Polar, os homens não corriam tanto perigo de se perder caminhando no escuro. Pelo menos tinham uma certeza: eram todos filhos de Deus. Diante Dele eram todos iguais, fossem mendigos ou reis. Tinham aprendido que não devia haver escravos, tratados como simples objetos. O Deus único e invisível, que tinha criado o mundo e que, em sua graça, salvava os homens, esperava que todos fossem bons. Evidentemente, não havia só homens bons. Também havia guerreiros impiedosos e cruéis, que cometiam todo tipo de selvajaria, tanto na Itália como nos territórios germânicos. Esses homens eram pérfidos, violentos e sanguinários. Mas a partir de então pelo menos tinham a consciência mais pesada do que no tempo dos romanos. Sabiam que eram maus e temiam a vingança de Deus. Naquela época, muita gente quis viver totalmente conforme a vontade de Deus. Eram pessoas que queriam fugir da agitação das cidades e dos homens, onde com freqüência corriam o risco de fazer algo mau. Tal como os eremitas indianos, retiravam-se para o deserto para rezar e fazer penitência. Esses foram os primeiros monges cristãos. Eles surgiram primeiro a leste, no Egito e na Palestina. A maioria desejava acima de tudo levar uma vida ascética. Entre eles, estava presente a influência dos ascetas indianos, dos quais já falei. Alguns ascetas impunham a si mesmos penitências incríveis. Por exemplo, subiam até o alto de uma grande coluna, em plena cidade, e lá ficavam a vida toda, quase sem se mexer, mergulhados em suas meditações sobre os pecados da humanidade. Comiam muito pouco. Seu alimento era colocado num cesto, que eles içavam por meio de uma corda. Do alto de sua coluna, esperavam aproximar-

Acima da agitação dos homens, numa cidade do Império do Oriente, o estilita fazia penitência durante longos anos.

se de Deus e lançavam um olhar impassível sobre a agitação dos homens a seus pés. Eram chamados "estilitas".

Mas na Itália vivia um monge chamado Bento que, exatamente como Buda, não conseguia encontrar paz interior, apesar de levar uma vida ascética e solitária. Depois de meditar muito, concluiu que a observância da penitência não correspondia por si só aos ensinamentos de Cristo. Em outras palavras, não bastava querer ser bom em si mesmo, era preciso também agir e cumprir tarefas que fossem boas. Ora, quem passava a vida no alto de uma coluna não podia agir! A resposta, segundo Bento, estava no trabalho, e seu lema foi: "Ora e trabalha." Assistido por alguns monges que compartilhavam suas idéias, ele fundou então uma congregação que desejava viver de acordo com esse preceito. Essa congregação se chamou "ordem dos beneditinos".

Os lugares em que esses monges residiam eram mosteiros. Para ter o direito de entrar neles e se tornar um de seus membros, era preciso fazer três votos: renunciar a todos os bens, não se casar e obedecer em tudo ao superior do mosteiro, o abade.

Uma vez consagrado, o monge não dedicava sua vida apenas à oração, embora ela ocupasse um lugar importante na vida do mosteiro e o dia fosse marcado por vários ofícios religiosos. Segundo o preceito de Bento, o monge também devia se dedicar a tarefas que fossem boas. Para isso, era preciso, naturalmente, adquirir conhecimentos. Assim, na época os beneditinos foram os únicos a se dedicar a trabalhos de reflexão e pesquisa sobre a Antiguidade. Eles coletavam, para estudá-los, todos os velhos rolos de papiro ou pergaminho que conseguiam encontrar. Então os copiavam para difundi-los. Ao longo de anos e anos de trabalho minucioso, eles ilustraram as páginas desses manuscritos, desenhando iniciais magníficas com linhas sinuosas. Os textos que eles copiavam não eram só os da Bíblia ou da vida dos santos, mas também poemas gregos e latinos. Sem o trabalho desses monges, talvez hoje nós não conhecêssemos nenhum desses textos. Outras obras antigas também mereciam sua atenção: as que tratavam das ciências da natureza e da agricultura. Além do conhecimento da Bíblia, o mais importante, para eles, era saber cultivar a terra para que ela lhes desse – e também aos pobres – os cereais e outros legumes necessários à sua alimentação.

Naquele tempo de insegurança cada vez maior, quase todos os albergues tinham desaparecido. Quem se aventurava pelas estradas, encontrava como único refúgio noturno os mosteiros. Neles os viajantes eram sempre bem recebidos, e descobriam o silêncio, a atividade laboriosa dos monges e a vida contemplativa.

Os monges também se dedicavam à instrução das crianças que moravam nas vizinhanças do mosteiro. Ensinavam-nas a ler e a escrever, a falar latim e a compreender a Bíblia. Na maioria das vezes, em muitas léguas à sua volta, o mosteiro era o único lugar em que se preservava o conhecimento e a reflexão e em que a lembrança das culturas grega e romana não estava extinta.

Esses mosteiros não existiam apenas na Itália. De fato, os monges achavam importante construir mosteiros em regiões distantes e primitivas, para pregar o Evangelho, educar suas populações e explorar as florestas impenetráveis. Muitos mosteiros surgiram na Irlanda e na Inglaterra. Vivendo numa ilha, as populações desses países, como as de muitos outros, não tinham sido atingidas pelas tempestades das grandes migrações. Eram, em parte, constituídas por povos de origem germânica, os anglos e os saxões, que logo se converteram ao cristianismo.

Depois os monges partiram da Irlanda e da Inglaterra para evangelizar e instruir os reinos da Gália e da Germânia. Os germanos estavam longe de estar todos cristianizados. Mas uma de suas tribos, a dos francos, era comandada por um chefe poderoso, Clóvis, da família dos merovíngios, que havia abraçado a religião cristã. Homem inteligente e experiente, não tinha hesitado em recorrer à deslealdade e ao assassínio para acabar com os reis das diversas tribos francas, e logo conseguira se tornar senhor da metade da Alemanha e de uma grande parte da França atual (cujo nome vem, então, da tribo dos francos).

Em 496, Clóvis se fez batizar, convidando todo o seu povo a imitá-lo. Provavelmente ele achava que o deus dos cristãos era um demônio poderoso que o ajudaria a vencer suas batalhas, pois ele não era exatamente o que se pode chamar de um homem piedoso. Ao chegarem à Germânia, portanto, os monges tiveram muito o que fazer. De fato, eles realizaram muitas coisas. Além de fundarem mosteiros, ensinaram os francos e os alamães a plantarem vinhas e árvores frutíferas. Mostraram àqueles guerreiros bárbaros que havia outras coisas na Terra além da força física e da bravura no combate. Em várias ocasiões, desempenharam o papel de conselheiros dos reis cristãos dos francos, na corte dos merovíngios. Como sabiam ler e escrever melhor do que ninguém, transcreviam as leis e executavam todos os trabalhos de escrita do rei. Redigiam as cartas dirigidas aos outros reis, faziam os contatos com o papa em Roma. Em resumo, aqueles homens vestidos simplesmente com seu burel eram verdadeiros mestres do reino franco, que, na verdade, ainda não tinha nenhuma organização.

Outros monges vindos da Irlanda e da Inglaterra aventuraram-se até pelas grandes extensões selvagens e as densas florestas da Alemanha do Norte e pelo que se tornou hoje os Países Baixos. Essas regiões apresentavam muitos perigos para os monges que vinham evangelizar as populações de camponeses e de guerreiros que ainda nunca tinham ouvido falar em Cristo e continuavam muito apegadas às crenças de seus ancestrais. Elas adoravam Wotan, deus da tempestade, que não era venerado em templos, mas ao ar livre, muitas vezes sob árvores centenárias, consideradas sagradas. Certo dia, um monge cristão, chamado Bonifácio, veio pregar a boa nova sob uma dessas árvores. Quis provar aos germanos do Norte que Wotan era apenas um personagem lendário. Pegou então um machado para derrubar a árvore sagrada com as próprias mãos. Todos à sua volta esperavam que ele fosse fulminado por um raio caído do céu. A árvore caiu e nada do que temiam aconteceu. Depois disso, muitos perderam a fé no poder de Wotan e de seus outros deuses e quiseram ser batizados pelo monge. Mas outros, enfurecidos, atacaram Bonifácio e o mataram. Isso foi em 754.

Chegou então o momento em que o paganismo desapareceu da Germânia. Quase todos os germanos passaram a freqüentar simples igrejas de madeira, construídas pelos monges. Depois do serviço religioso, pediam conselhos aos monges. Queriam saber como cuidar do gado, como proteger as macieiras do ataque das pragas... Geralmente eram os mais primitivos e violentos que doavam lotes de terra aos mosteiros, persuadidos de que assim Deus lhes perdoaria os erros. Os mosteiros tornaram-se então muito ricos e poderosos. Mas os monges, em suas celas estreitas e despojadas, continuaram a levar uma vida humilde, dedicada à prece e ao trabalho, de acordo com os preceitos de Bento, seu santo fundador.

20 – Só há um deus, Alá, e Maomé é seu profeta

Você é capaz de imaginar o que é um deserto? Um deserto de verdade, queimado pelo sol, atravessado por longas caravanas de dromedários carregados de artigos raros? E areia por todo lado. Em raras ocasiões, vê-se ao longe o ápice de algumas palmeiras subindo ao céu. Indo até lá, encontramos um oásis banhado de frescor, com uma fonte de água esverdeada. Depois, continuamos a caminhar. Andamos durante horas. E mais uma vez damos com um oásis. Mas esse é muito maior. É uma verdadeira cidade, com suas casas brancas, de forma cúbica, habitadas por homens e mulheres vestidos de branco, de pele morena, cabelos pretos e brilhantes e olhos sombrios.

Ao primeiro olhar, percebemos que esses homens estão habituados às lutas. Montados em seus corcéis velozes, saem para caçar no deserto ou pilhar caravanas, e lutam uns com os outros, oásis contra oásis, cidade contra cidade, tribo contra tribo.

Saiba que a Arábia de hoje é assim e que certamente é pouco diferente do que era há séculos. No entanto, é nesse deserto surpreendente, povoado por um pequeno número de homens, que aconteceu uma coisa extraordinária, da qual vou falar agora.

Nos anos 600, na época em que os monges ajudavam camponeses simples a cultivar melhor suas terras e em que reis merovíngios reinavam sobre os francos, ninguém falava dos árabes. Estes criavam seus cavalos no deserto, moravam em tendas e brigavam entre si. Tinham uma crença religiosa elementar, que ocupava pouco seus pensamentos. Como os antigos babilônios, eles adoravam os astros, mas também uma pedra, que acreditavam ter caído do céu. Essa pedra encontrava-se num santuário chamado Caaba, situado numa dessas cidades de oásis, Meca, e os árabes com freqüência faziam peregrinações até lá, atravessando o deserto.

Naquele tempo, em Meca vivia um homem chamado Muhammad, ou Maomé, filho de Abdala. Embora fosse um notável, Abdala não era um homem rico. Mas era membro de uma das famílias encarregadas de cuidar do santuário da Caaba. Morreu jovem e deixou apenas cinco dromedários de herança para seu filho Maomé. Era muito pouco para se sustentar, e Maomé não pôde continuar vivendo na tenda como os filhos dos outros notáveis. Foi obrigado a trabalhar para gente rica e tornou-se pastor de um rebanho de cabras. Um pouco mais tarde, empregado por uma comerciante rica, uma viúva mais velha do que ele, tornou-se caravaneiro, fazendo para ela longas viagens de negócios, atravessando o deserto com suas caravanas de dromedários. Um dia, ele se casou com essa mulher e viveu muito feliz. O casal teve seis filhos, e além disso Maomé adotou seu jovem sobrinho Ali.

Maomé era um homem vigoroso e dinâmico, de cabelos e barba pretos, nariz aquilino e andar pesado e balançado. Era muito considerado em Meca. Seu apelido era "o Sincero". Desde muito jovem interessava-se pelos problemas religiosos e gostava de conversar tanto com peregrinos árabes que vinham a Meca recolher-se diante da Caaba como com cristãos da Abissínia, perto dali, e com judeus, muito numerosos nas cidades árabes dos oásis. Os relatos dos judeus e dos cristãos o impressionavam muito. Uns e outros lhe falavam dos ensinamentos de um deus único, invisível e onipotente.

À noite, à beira de uma fonte, também gostava que lhe contassem a história de Abraão e José, de Cristo e de Maria. E, certo dia, durante uma viagem, de repente ele teve uma visão. Você sabe o que é uma visão? É como um sonho, que a gente vive acordado. Maomé então teve a sensação de ver o arcanjo Gabriel aparecer diante dele e dizer, com voz trovejante: "Leia!" "Eu não sei ler", respondeu Maomé, gemendo. "Leia!", repetiu o arcanjo, mais uma vez, e mais uma. Depois ordenou-lhe que rezasse em nome de seu senhor, Deus. Profundamente abalado com essa visão, Maomé voltou para casa. Não compreendia o que lhe tinha acontecido.

Durante três anos, continuando a percorrer o deserto com suas caravanas, Maomé pensava sem cessar no que tinha acontecido. Ao final desses três anos, ele teve mais uma visão. Viu mais uma vez à sua frente o arcanjo Gabriel, com uma auréola de luz. Agitado e trêmulo, voltou para casa e se jogou na cama. Sua mulher veio ter com ele e o cobriu com seu manto. Deitado, mais uma vez ele ouviu a voz que lhe ordenava: "Levante-se e fique alerta!", depois: "Honre seu mestre!" Era uma mensagem que Deus dirigia a Maomé. Ordenou-lhe que alertasse os homens contra o inferno e que lhes anunciasse a grandeza de Deus, único e invisível. A partir desse dia, Maomé sentiu-se investido de uma missão. Ele era o Profeta, aquele que Deus havia escolhido para falar aos homens em seu nome. Começou a pregar em Meca o ensinamento de Deus, único e onipotente, Juiz supremo que havia escolhido a ele, Maomé, para ser seu mensageiro. Mas a maioria das pessoas zombou dele. Só sua mulher e alguns parentes e amigos acreditaram nele.

Os sacerdotes do santuário de Meca, os notáveis encarregados de guardá-lo, não só consideravam Maomé um louco. Também o viam como um inimigo perigoso e acabaram proibindo todos os habitantes de Meca de freqüentá-lo, de ter contato com sua família e de fazer comércio com seus adeptos. Afixaram essa proibição na Caaba. Naturalmente, foi um golpe terrível para a família e os amigos do Profeta, que durante anos viram-se condenados à miséria e à fome. Ora, Maomé ficara conhecendo em Meca alguns peregrinos vindos de uma outra cidade de oásis. Nessa cidade, que havia muito tempo era inimiga de Meca, viviam muitos judeus. Sua população, portanto, conhecia os ensinamentos de um deus único e dava atenção ao que Maomé pregava.

Ao saberem que Maomé pregava para tribos inimigas, que encontrava cada vez mais simpatia por parte delas, os notáveis de Meca, guardiães da Caaba, ficaram furiosos. Resolveram executar o Profeta por alta traição. Avisado da sentença, Maomé pediu a seus adeptos que fugissem de Meca e fossem buscar refúgio na cidade sua amiga. No dia em que os homens encarregados de matá-lo entraram em sua casa (16 de junho de 622), ele fugiu por uma janela de trás e rumou

Breve história do mundo

Uma construção típica da arquitetura árabe.

para essa mesma cidade. Essa fuga recebeu o nome árabe de "Égira", e os adeptos de Maomé começaram a contar os anos a partir dessa data, como os gregos a partir das Olimpíadas, os romanos da fundação de Roma e os cristãos do nascimento de Cristo.

Nessa cidade, que depois foi batizada de Medina, "a cidade do Profeta", Maomé foi recebido com entusiasmo. Todos corriam a seu encontro, oferecendo-se para hospedá-lo. Para não magoar ninguém, Maomé respondeu que ficaria onde seu dromedário o levasse. E foi isso que aconteceu. Instalado em Medina, Maomé começou a ensinar seus adeptos, que gostavam de ouvi-lo. Explicava-lhes que Deus tinha se manifestado aos homens por intermédio de Abraão e Moisés, que falara aos homens pela boca de Cristo e que, agora, ele, Maomé, tinha sido escolhido para ser seu profeta.

Ensinou-lhes que não deviam temer a Deus, que em árabe se diz Alá. Explicou-lhes que não havia razão para ter medo dos homens ou de qualquer outra coisa, pois Deus já havia decidido o futuro deles e o tinha escrito num grande livro. O que tiver de acontecer acontecerá, independentemente do que fizermos. Até mesmo a hora da nossa morte é definida no dia em que nascemos. Portanto devemos nos submeter à vontade de Deus. Em árabe, a submissão à vontade de Deus se diz *islam*, e daí vem o nome dado à religião ensinada por Maomé. Maomé também disse a seus fiéis que eles teriam de lutar por sua fé e que não era pecado matar um infiel. Que o guerreiro valente que morresse por sua fé, por Alá e por seu profeta iria para o paraíso, mas que o descrente (também chamado de infiel) ou o covarde iriam para o inferno. Em suas prédicas, Maomé contava a seus adeptos as visões e as inúmeras revelações que ele tivera (cuja transcrição deu origem ao Corão) e lhes fazia uma descrição idílica do paraíso:

"Nos jardins da delícia, colocados lado a lado em leitos de repouso, os fiéis estarão recostados, um de frente para o outro. Efebos imortais circularão em volta deles, levando crateras, jarros e taças cheias de uma beberagem límpida, com a qual eles não se excederão nem se embriagarão; encontrarão os frutos de sua escolha e a carne das aves que desejarem. Haverá huris de olhos grandes, semelhantes à pérola oculta, para recompensá-los por suas obras. Eles estarão no meio de jujubeiras sem espinhos, desfrutarão de sombras amplas, da água corrente de um riacho, de frutos em abundância." Ou ainda: "Deus os recompensará por sua paciência dando-lhes um jardim e roupas de seda. Lá não estarão submetidos nem ao sol ardente, nem ao frio glacial. Suas sombras estarão próximas e seus frutos inclinados a baixa altura, para serem colhidos."

Dá para entender que um povo pobre, que vivia num deserto incendiado pelo sol, pudesse ser sensível a uma imagem como essa do paraíso e que tenha se mostrado disposto a lutar e morrer para ser recebido nele.

Os medinenses lançaram então uma expedição contra Meca para vingar o Profeta e pilhar caravanas. Obtiveram uma primeira vitória e se apoderaram de butins fabulosos. Mas depois acabaram perdendo tudo. Os habitantes de Meca, por sua vez, também quiseram tomar Medina e a cercaram. No entanto tiveram de abandonar o cerco depois de dez dias. Certo dia, Maomé, acompanhado por dez homens armados, empreendeu uma peregrinação a Meca. Os habitantes dessa cidade, que tinham na lembrança um homem pobre e escarnecido, viram pela primeira vez o Profeta em todo o seu vigor, e muitos se converteram. Maomé conquistou a cidade, mas poupou seus habitantes, limitando-se a despojar o santuário de suas imagens idólatras. Seu prestígio e seu poder tornaram-se imensos. De toda parte, dos acampamentos de tendas e dos oásis, chegavam mensageiros para homenageá-lo. Pouco antes de sua morte, ele pregou diante de 40.000 peregrinos, lembrando-lhes que havia um só deus, Alá, que ele,

Ernst H. Gombrich

Maomé, era seu profeta e que era preciso combater os infiéis, ou seja, os descrentes. Pediu-lhes também que fizessem suas preces cinco vezes por dia, com o rosto voltado para Meca, que não bebessem vinho e que se mostrassem valentes. Maomé morreu em 632.

No Corão está escrito: "Combatam até o último dos infiéis." E num outro trecho: "Matem os idólatras onde quer que eles estejam; que eles sejam capturados, encurralados, procurados por toda parte. Mas, se eles se converterem, soltem-nos e deixem-nos viver em paz."

Os árabes seguiram as palavras do Profeta. Depois de matar ou converter os homens do deserto, eles partiram para outras regiões sob o comando dos sucessores de Maomé, os califas Abu Bakr e Omar (califa é o nome dado, depois da morte de Maomé, aos soberanos políticos e religiosos do Império Árabe). Os povos que viam chegar aqueles crentes animados por uma fé fanática ficavam paralisados de pavor. Seis anos depois da morte de Maomé, as tropas árabes, à custa de lutas violentas, já tinham conquistado a Palestina e a Pérsia, pilhando intensamente esses países. Outros exércitos dirigiram-se para o Egito, que ainda fazia parte do Império Romano do Oriente mas que se tornara um país pobre e melancólico. Depois de quatro anos de guerra, o Egito caiu por sua vez sob domínio árabe. A grande cidade de Alexandria teve o mesmo destino. Dizem que, no momento de sua queda, perguntaram ao califa Omar o que deveria ser feito da prestigiosa biblioteca que conservava então mais de 700.000 obras de poetas, escritores e filósofos gregos. Omar teria respondido: "Se essas obras contêm o que já está escrito no Corão, elas são inúteis; se trazem coisas diferentes do que está escrito no Corão, elas são nocivas." Qual é a verdade dessa frase? Não sabemos, mas não é impossível que houvesse pessoas que compartilhassem mais ou menos essa opinião. A destruição da grande e prestigiosa biblioteca de Alexandria foi, para nós, uma perda inestimável.

As guerras violentas se sucediam e o Império Árabe não parava de se espalhar. Era como se um imenso incêndio tivesse partido de Meca, como se Maomé tivesse jogado sobre o mapa do mundo uma tocha inflamada. Da Pérsia até a Índia, do Egito até todos os países da África do Norte, tudo estava a ferro e fogo. No entanto, depois da morte de Omar, os árabes se dividiram. Surgiram rivalidades para nomear os califas, que terminavam em sangue. Por volta de 670, exércitos árabes tentaram tomar Constantinopla, a velha capital do Império Romano do Oriente, mas seus habitantes se defenderam com extrema coragem, durante sete anos, até que os atacantes levantaram o cerco. Partindo da África, em seguida os exércitos árabes avançaram sobre a Sicília e a conquistaram. Mas não ficaram nisso. Chegaram à Espanha, então ocupada pelos visigodos, como você deve lembrar. Depois de um combate que durou sete dias, o chefe de exército Tariq saiu vencedor. O reino visigodo passou então a ser dominado pelos árabes.

Partindo da Espanha, os árabes chegaram ao reino dos francos e entraram em confronto com os bandos de camponeses germano-cristãos, levantados a pedido do rei e comandados por seu chefe, Carlos Martel (talvez seu nome seja derivado de "martelo", por causa de sua coragem no combate). Em 732, ele venceu os árabes em Poitiers, exatamente cem anos depois da morte do Profeta. Se na época Carlos Martel tivesse perdido a guerra, os árabes certamente teriam conquistado toda a França e a Alemanha e teriam destruído seus mosteiros. Talvez toda essa parte da Europa fosse muçulmana, como a maioria das pessoas que vivem hoje no que foi a Pérsia e a Mesopotâmia, na Índia (onde eles são numerosos), na Palestina, no Egito e na África do Norte.

Ao longo do tempo, os árabes perderam o ímpeto guerreiro e devastador que os animava na época de Maomé e das primeiras conquistas. Nas regiões ocupadas, eles começaram a aprender com os povos que tinham submetido e convertido. Com os persas, descobriram todo o fausto do Oriente, seus tapetes esplêndidos e seus tecidos, suas construções grandiosas, seus maravilhosos jardins e suas baixelas preciosas.

Ora, os muçulmanos eram proibidos de representar figuras humanas ou animais, para evitar a lembrança do culto dos ídolos. Então, eles decoraram seus palácios e suas mesquitas com magníficos entrelaçamentos de linhas de todas as cores, que foram chamados de "arabescos". Aprenderam ainda mais com os gregos que viviam nas antigas cidades do Império Romano do Oriente. Em vez de queimar livros, puseram-se a colecioná-los e lê-los. Apreciavam principalmente os textos do famoso mestre de Alexandre o Grande, Aristóteles, que eles traduziram para o árabe para poder estudá-lo melhor. Aristóteles lhes ensinou a explorar a natureza e a se interrogar sobre a origem de tudo. Muitos nomes dados às ciências que você estuda na escola, como química e álgebra, vêm do árabe. Este livro que você está segurando é de papel. Também devemos o papel aos árabes, que aprenderam a fabricá-lo com prisioneiros de guerra chineses.

Mas há duas coisas que eu agradeço particularmente aos árabes. Uma delas são seus contos maravilhosos, que você poderá descobrir nos *Contos das mil e uma noites*. A outra coisa é mais maravilhosa ainda, como acho que você também vai perceber. Ouça bem. Eu digo "doze". Por que, em vez de "doze" a gente não diz "um-dois" ou "um e dois" que significaria "três"? Você vai me responder que nesse caso "um" não significa "um", mas "dez". Você lembra como os romanos escreviam 12? XII. E 112? CXII. E 1.112? MCXII. Imagine como seria complicado multiplicar ou somar em algarismos romanos! Com os algarismos arábicos é muito mais fácil. Além de serem bonitos e fáceis de escrever, eles trazem uma novidade: o valor do algarismo depende do lugar que ele ocupa. Um algarismo colocado à esquerda de dois outros al-

garismos só pode ser uma centena. E o 100 se escreve colocando um "um" diante de dois zeros.
Você teria sido capaz de inventar uma coisa tão prática? Eu não, com certeza! Nós devemos essa invenção aos árabes, assim como a palavra "algarismo". Os árabes, por sua vez, devem a idéia aos indianos. Essa é a invenção que eu acho até mais maravilhosa que todos os contos que eles nos deixaram. E, se foi bom Carlos Martel ter vencido os árabes, também foi bom os árabes terem fundado um grande império, o que lhes permitiu conhecer os pensamentos e descobertas dos persas e dos gregos, dos indianos e até dos chineses, e fazer sua síntese.

21 – Um conquistador que também sabe governar

Lendo essas histórias, talvez você pense que é fácil conquistar o mundo ou fundar grandes impérios, já que a História está cheia dessas coisas. É verdade que antigamente não era muito complicado. Como explicar isso?

Para entender melhor, imagine uma época em que não havia jornais nem correio. A maioria das pessoas ignoravam o que acontecia num lugar que ficava a apenas alguns dias de viagem. Viviam em seus campos ou suas florestas, cultivavam a terra, e as pessoas mais próximas que conheciam pertenciam às tribos vizinhas. Ora, na maioria das vezes estavam em conflito com elas. Isso se traduzia por roubos de gado e incêndios de fazendas. Eram raptos, vinganças e combates o tempo todo.

O que se passava fora de seus pequenos domínios, as pessoas só sabiam vagamente, por ouvir dizer. Quando a algum desses campos ou dessas florestas chegava um exército composto por alguns milhares de homens, não havia muito o que fazer. Os vizinhos se davam por felizes quando o exército aniquilava a tribo inimiga, sem pensar que eles seriam as próximas vítimas. E, quando tinham a sorte de não ser esmagados por sua vez, mas apenas obrigados a se juntar ao exército para combater os vizinhos seguintes, acabava sendo uma vantagem. Dessa maneira, um exército crescia em número, e as tribos isoladas, até mesmo as mais valentes, tinham dificuldade cada vez maior para se defender. Era assim que os árabes às vezes procediam durante suas expedições guerreiras. Um célebre rei dos francos fez o mesmo. Agora ouça sua história.

Embora, antigamente, às vezes fosse mais fácil conquistar do que hoje, era mais difícil governar. Era preciso mandar mensageiros a todas as regiões conquistadas, inclusive as mais distantes, acabar com as rivalidades entre suas tribos e seus povos, tentar unir uns aos outros e fazê-los compreender que havia coisa mais importante do que passar o tempo todo se atacando e clamando por vingança. Para ser um grande chefe, era preciso ajudar os camponeses, que levavam uma vida miserável, instruir a população e salvaguardar as idéias e os escritos dos homens de um passado mais distante. Naquele tempo, um chefe digno desse nome tinha de se comportar como um verdadeiro pai de família para com seu povo e saber tomar todas as decisões.

Carlos I foi um desses chefes, daí o nome que recebeu: Carlos Magno (em latim, *magnus* quer dizer "grande"). Era neto de Carlos Martel, o dignitário da corte merovíngia que tinha expulsado os árabes do reino dos francos. Na época, os reis merovíngios tinham perdido toda a dignidade. Quando ocupavam o trono, com os cabelos flutuando sobre os ombros e a barba comprida, só repetiam os discursos que seus ministros lhes ditavam. Para se deslocar, não usavam cavalos, mas carroças puxadas por bois, à maneira dos camponeses. Iam também assim às assembléias do povo. De rei, então, os reis merovíngios só tinham o nome. Ora, eles tinham a seu serviço uma digna família de intendentes (hoje nós os chamaríamos de ministros), da qual provinha Carlos Martel. Este último teve um filho, Pepino, chamado de Pepino o Breve, porque era baixinho. Quando se tornou também intendente, Pepino já não aceitou ser um fantoche, pronunciando discursos que lhe eram soprados no ouvido. Quis adquirir o título de rei e, também, exercer uma verdadeira autoridade real. Depois de depor o rei merovíngio, proclamou-se rei dos francos, sobre um território que representava então mais ou menos a metade oeste da Alemanha atual e a parte leste da França atual.

Não vá imaginar que fosse um reino estável ou um Estado como concebemos hoje, com funcionários e eventualmente uma polícia. Esse reino já não tinha nada a ver com o Império Romano. Ao contrário do Estado dos primeiros romanos, sua população não constituía um povo unificado. Era um mosaico de tribos, que tinham dialetos e costumes diferentes e que, em sua maioria, não conseguiam se entender, como os dórios e os jônios da Grécia antiga.

Os chefes dessas tribos chamavam-se duques (do latim *ducere*, conduzir), porque marchavam para o combate à frente de seus exércitos, e a terra que ocupavam eram ducados. Na Alemanha, por exemplo, havia o ducado dos bávaros, o dos suábios, o dos alamães... O mais poderoso era o dos francos. Seu poder provinha da obrigação que tinham os outros ducados de lhe oferecer reforço em caso de guerra. Carlos Magno, tal como antes dele seu pai Pepino, soube tirar proveito dessa supremacia quando se tornou rei, em 768.

Carlos Magno começou por conquistar toda a França. Depois atravessou os Alpes e chegou à Itália, onde, conforme você deve lembrar, os lombardos tinham sido os últimos a se instalar, depois de numerosas invasões bárbaras. Ele expulsou o rei dos lombardos e atribuiu terras ao papa, tornando-se seu protetor para toda a vida. Então alcançou a Espanha, lutou contra os árabes, mas não realizou conquistas notáveis.

Ernst H. Gombrich

Depois de estender seu Império para o sul e para o oeste, Carlos Magno interessou-se pelo leste. Novas hordas de guerreiros asiáticos tinham invadido a região que corresponde à Áustria de hoje. Pareciam-se com os hunos, mas não tinham à frente um grande chefe como Átila. Ocupavam acampamentos entrincheirados, protegidos por várias muralhas circulares e concêntricas, os *rings*, que eram difíceis de invadir. Carlos Magno e seus exércitos tiveram de lutar durante oito anos contra os avaros, até os eliminar completamente. Ora, ao invadir a Áustria, os avaros, como antes fizeram os hunos, tinham expulsado outras tribos, as dos eslavos, que também haviam fundado uma espécie de reino, embora mais bárbaro e não tão claramente definido. Carlos Magno também lutou contra eles, obrigando uns a engrossar as fileiras de seus exércitos, outros a lhe pagar tributos anuais. Todavia, ao longo de todas essas empreitadas, ele nunca perdeu de vista o que achava ser o mais importante: juntar sob sua autoridade todos os ducados e todas as tribos de origem alemã, para dar origem a um povo único.

Então, toda a metade leste da Alemanha não fazia parte do reino dos francos. Ela era ocupada pelos saxões, cujos costumes eram tão guerreiros e bárbaros quanto os das tribos germanas no tempo dos romanos. Os saxões eram pagãos, e não queriam nem ouvir falar do cristianismo. Ora, Carlos Magno tinha o sentimento de ser o guia supremo de todos os cristãos e achava que, se necessário, era preciso obrigar as pessoas à fé, de certo modo aproximando-se das idéias de Maomé. Então ele travou uma longa luta, de cerca de trinta anos, contra Widukind, chefe dos saxões. De fato, um dia os saxões se rendiam, no dia seguinte retomavam as armas. Carlos Magno voltava à carga e devastava seu território. Mas, assim que virava as costas, os saxões voltavam a se libertar de sua autoridade. Ou então partiam para a guerra ao lado de Carlos Magno e depois, sem mais aquela, faziam meia-volta e atacavam suas tropas. Carlos Magno acabou pronunciando contra eles uma sentença terrível. Mandou degolar mais de 4.000 de seus homens. Apavorados, os sobreviventes aceitaram ser batizados, mas levaram muito tempo para adotar a religião do amor.

Carlos Magno tornou-se um monarca poderoso. Mas, como eu já disse, ele não era apenas um conquistador. Era também um homem que sabia governar e se preocupava com seu povo. Dava importância especial às escolas, e ele mesmo dedicou toda a vida a aprender. Falava o latim tão bem quanto o alemão e entendia o grego. Gostava de tomar a palavra e discursar, com sua voz límpida e clara. Interessava-se por todas as ciências e pelas artes da Antiguidade, tomava aulas de retórica e de astronomia com monges instruídos, ingleses e italianos. Parece que o mais difícil para ele era a escrita, pois sua mão era mais habituada a segurar a espada do que a pena que servia para traçar corretamente belas letras de linhas curvas.

As distrações preferidas de Carlos Magno eram caça e natação. Em geral vestia-se com simplicidade. Sua roupa consistia numa camisa de tecido simples e um longo calção apertado por ligas abaixo do joelho. No inverno, vestia um casaco de pele sobre o qual jogava uma grande capa azul. Trazia constantemente, pendurada a um boldrié, uma espada com punho de ouro ou de prata. Só em ocasiões especiais ele vestia um traje bordado de fios de ouro, calçados guarnecidos de pedras preciosas, uma capa presa ao ombro por uma fivela de ouro e uma coroa também de ouro, incrustada de pedras preciosas. Tente imaginar um homem vestido dessa maneira, de constituição robusta e imponente, recebendo emissários em seu palácio preferido de Aix-la-Chapelle! Esses emissários vinham de toda parte: de seu reino – ou seja, a França –, da Itália e da Alemanha, e também dos países eslavos e da Áustria.

Ernst H. Gombrich

Ele queria manter-se informado sobre tudo o que acontecia em seu reino e dava suas diretrizes. Nomeava juízes, que encarregava de redigirem leis. Também designava os bispos e até determinava o preço dos alimentos. Mas o que mais lhe importava era criar um bom entendimento entre todos os alemães. Seu objetivo não era apenas reinar sobre alguns ducados tribais. Desejava estabelecer a partir deles um verdadeiro reino unificado; e, quando algum duque se mostrava rebelde, como o bávaro Tassilon, ele o destituía. Imagine só. Foi nessa época que, pela primeira vez, utilizou-se uma palavra alemã única para designar a língua de todas as tribos germânicas. Já não se falava apenas de línguas franca, bávara ou alemânica, mas também de língua "thiudisk", ou seja, língua alemã.

Como se interessava por tudo o que era alemão, Carlos Magno mandou transcrever as antigas lendas de heróis, provavelmente nascidas das lutas travadas pelas tribos durante as invasões. Elas falavam de Teodorico (mais tarde chamado de Dietrich de Berna), de Átila, ou Etzel, rei dos hunos, de Siegfried, que matou o dragão e foi traiçoeiramente apunhalado pelo pérfido Hagen. Infelizmente, quase todas as lendas daquela época se perderam, e só puderam ser reconstituídas 400 anos depois, com base em ilustrações.

Ser rei dos alemães e monarca dos francos não era a única ambição de Carlos Magno. Sentia que tinha também uma outra missão: ser o protetor de todos os cristãos. Aliás, foi nessa qualidade que ele foi recebido em Roma pelo papa, que tantas vezes ele havia defendido contra os lombardos. Na noite de Natal do ano 800, quando Carlos Magno estava rezando na maior igreja de Roma, a basílica de São Pedro, o papa subitamente foi a seu encontro e colocou-lhe uma coroa na cabeça. Depois o papa e o povo se ajoelharam e o aclamaram como sendo o novo imperador romano, que Deus havia escolhido para assegurar a paz do Império. Carlos Magno deve

Breve história do mundo

> Quando os normandos iam para o mar,
> cada remador levava o escudo a seu lado,
> pois eles sempre partiam para lutar.

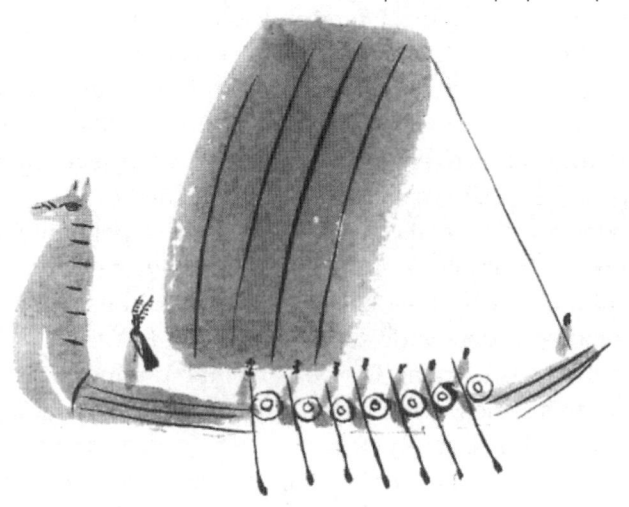

ter ficado muito comovido, pois provavelmente ele não desconfiava das intenções do papa a seu respeito. Ele se tornou o primeiro imperador alemão do Império Romano, que mais tarde recebeu o nome de Sacro Império Romano-Germânico. A missão de Carlos Magno era restabelecer o poder e a grandeza do antigo Império Romano, cujos senhores, agora, já não seriam romanos pagãos, mas germanos cristãos, cuja tarefa era tornarem-se guias da cristandade. Essa era a ambição de Carlos Magno, e durante muito tempo foi também a missão dos imperadores alemães que o sucederam. Mas esse projeto só se realizou, em grande parte, sob Carlos Magno. Emissários do mundo inteiro vinham à sua corte para lhe prestar homenagem. O poderoso imperador do Oriente em Constantinopla não foi o único a desejar entender-se com ele. Houve até mesmo o califa Harun al Rachid, grande príncipe árabe da distante Mesopotâmia, herói de muitos contos das *Mil e uma noites*. De seu maravilhoso palácio de Bagdá, perto da antiga Nínive, ele enviou ao imperador presentes suntuosos, trajes confeccionados com os mais belos tecidos, especiarias raras e um elefante. Ofereceu-lhe também uma clepsidra (relógio de água) com um mecanismo espantoso, jamais visto no reino dos francos. Para agradar ao imperador, Harun al Rachid até autorizou os peregrinos cristãos a visitar em silêncio o Santo Sepulcro em Jerusalém. Como você deve lembrar, na época Jerusalém estava sob dominação árabe.

Todas essas homenagens deviam-se principalmente à inteligência, à energia e à superioridade incontestável do novo imperador. Isso fica mais claro ainda quando consideramos o que aconteceu depois de sua morte, em 814. A situação não demorou a se degradar. Em pouco tempo o império se dividiu em três reinos, a Alemanha, a França e a Itália, cada um atribuído a um de seus netos.

Nos países que em outros tempos pertenceram ao Império Romano, continuava-se a falar as línguas romanas – francês e italiano – e os três reinos nunca mais se unificaram. Até mesmo os ducados de origem alemã se agitaram e voltaram a obter autonomia. Com a morte de Carlos Magno, os eslavos se emanciparam e fundaram seu próprio reino, um reino poderoso dirigido por seu primeiro grande rei, Svatopluk. As escolas fundadas por Carlos Magno na França e na Alemanha desapareceram, e logo o conhecimento da leitura e da escrita só subsistia em alguns mosteiros isolados. Tribos germânicas do Norte, os dinamarqueses e os normandos, conhecidos pelo nome de *vikings*, chegaram por mar, pilhando e devastando cidades costeiras. Os *vikings* eram quase invencíveis. Fundaram reinos a leste, na região dos eslavos da atual Rússia, e a oeste, nas costas da França de hoje. Há uma região da França que ainda leva o nome dos invasores normandos: é a Normandia.

Em um século, o Sacro Império Romano-Germânico, a grande obra de Carlos Magno, perdeu tudo, inclusive seu nome.

22 – Um combate para se tornar senhor da cristandade

Infelizmente, a história da humanidade não é nenhuma poesia maravilhosa. Os homens pouco se preocupam em mudar. As coisas ruins, principalmente, não param de se repetir. Apenas cem anos depois da morte de Carlos Magno, numa época em que tudo na Europa ia mal, hordas de cavaleiros voltaram a irromper, vindas de leste, como haviam feito os hunos e, depois, os avaros. De fato, não era de surpreender. Era mais fácil, portanto mais tentador, tomar o caminho que ia das estepes asiáticas para a Europa do que lançar uma expedição contra a China, protegida pela Grande Muralha de Qin Tsin Huangdi. Além disso, principalmente, nesse meio tempo a China tinha se tornado um Estado poderoso em que reinava a ordem, em que as grandes cidades se desenvolviam, em que a vida na corte imperial e entre os altos dignitários letrados era marcada por um refinamento e um nível de vida fora do comum.

Na Alemanha pesquisavam-se as antigas lendas guerreiras, que logo em seguida eram consideradas demasiado pagãs e lançadas ao fogo; na Europa os monges tentavam timidamente contar a história da Bíblia em rimas alemãs e latinas (por volta dos anos 800). Enquanto isso, na China viviam talvez os maiores poetas que já existiram. Com gestos rápidos e precisos, mergulhando seus pincéis na tinta preta (fabricada com negro-de-fumo), eles escreviam na seda versos concisos e simples, mas com uma simplicidade tão cheia de sentido que, depois de os ler uma só vez, ninguém conseguia esquecê-los.

As hordas de cavaleiros preferiram então voltar-se de novo para a Europa. Dessa vez eram os magiares. Seu caminho não foi impedido por nenhum papa, como Leão o Grande, ou imperador, como Carlos Magno. Assim, rapidamente eles conquistaram a Hungria atual e a Áustria, depois entraram na Alemanha, para pilhar e matar.

Diante do perigo, os duques de origem alemã, querendo ou não, foram obrigados a escolher um guia. Em 919, elegeram um rei, o duque Henrique da Saxônia, que finalmente conseguiu expulsar os magiares da Alemanha e mantê-los fora de suas fronteiras. Seu sucessor, o rei Oto, chamado Oto o Grande, não conseguiu aniquilá-los, como Carlos Magno fizera com os avaros, mas, depois de uma terrível derrota, em 945, obrigou-os a se fixarem na Hungria. Os húngaros de hoje são seus descendentes.

O rei Oto não se apropriou da região que tinha tomado dos magiares. Ele a entregou a um príncipe. Na Europa daquele tempo era comum isso acontecer. Em 976, o filho de Oto o Grande, Oto II, cedeu por sua vez uma parte da atual Baixa Áustria (região situada em torno de Wachau) a um nobre alemão, Leopoldo, da família dos Babenberger. Como todos os nobres a quem o rei cedia terras, Leopoldo mandou construir um castelo fortificado e reinou como príncipe sobre seu domínio. Pois, enquanto a concessão das terras fosse mantida pelo rei, o nobre não era considerado um simples súdito. Ele era senhor de suas terras.

Os camponeses que viviam nessas terras já não eram homens livres, como tinham sido em outros tempos os camponeses germânicos. Eles pertenciam à terra que o rei tinha atribuído a um senhor ou às terras que um nobre já possuía. Os camponeses pertenciam às terras que eles cultivavam, do mesmo modo que os carneiros e as cabras que pastavam nelas, os cervos, os ursos e os javalis que viviam nas florestas, os rios e as florestas, os pastos, os campos e pradarias. Esses camponeses eram chamados "servos". Não eram considerados cidadãos do reino. Não tinham direito de se deslocar conforme quisessem, nem de decidir se estavam ou não dispostos a cultivar. Em resumo, não tinham nenhuma liberdade.

Então eles eram escravos, como na Antiguidade? Não exatamente. Você sabe que, com o advento do cristianismo, a es-

Breve história do mundo

cravidão na Europa terminou. Esses homens sem liberdade não eram exatamente escravos, pois pertenciam à terra, que por sua vez pertencia ao rei, mesmo que ele a cedesse a um nobre. O nobre ou príncipe não tinha direito de vendê-los nem de matá-los, ao contrário do que acontecia com os donos de escravos de antes. Fora isso, tinha direito de exigir deles o que quisesse. Sempre que ordenasse, os servos tinham de cultivar suas terras e trabalhar para ele. Eram obrigados a lhe fornecer regularmente pão e carne para sua alimentação, pois o nobre não trabalhava no campo. No máximo ia à caça, quando tinha vontade. O domínio que o rei lhe cedera, chamado "feudo", era sua propriedade, e ele a transmitia ao filho por herança, a não ser que cometesse faltas graves para com o rei. Em troca do feudo, o senhor se comprometia com o rei a custear a formação de um exército com seus camponeses e outros senhores e a lutar pelo rei quando houvesse guerra. Ora, guerras havia com freqüência.

Antigamente, quase toda a Alemanha estava assim cedida a vários senhores. O rei só tinha poucas terras para si mesmo. O mesmo acontecia na França e na Inglaterra. A França tinha designado rei o duque Hugo Capeto, em 986. A Inglaterra, por sua vez, tinha sido conquistada em 1016 por um navegante dinamarquês chamado Cnut, que também reinava sobre a Noruega e sobre uma parte da Suécia, deixando os príncipes poderosos governarem seus feudos.

Com a vitória sobre os magiares, os reis alemães recuperaram seu poder. Oto o Grande, aquele mesmo que venceu os húngaros, conseguiu que os príncipes eslavos da Boêmia e da Polônia o reconhecessem como seu suserano. Isso significava que esses príncipes consideravam suas terras como feudos concedidos por ele, e que tinham a obrigação de constituir um exército quando ele ordenasse.

Poderoso, Oto o Grande lançou uma campanha contra a Itália, onde distúrbios violentos e lutas armadas se travavam entre os lombardos. Depois decretou que a Itália era um feudo alemão, entregando-o a um príncipe lombardo. Sentindo-se grato a ele por ter manifestado seu poder, restabelecendo um pouco de calma entre os príncipes lombardos, em 962 o papa coroou Oto o Grande imperador romano, exatamente como Carlos Magno fora coroado em 800.

Os reis alemães voltavam a ser então imperadores romanos e, como tais, protetores da cristandade. Eram senhores de um território que se estendia da Itália ao mar do Norte e do Reno até além do Elba, lá onde camponeses eslavos eram servos dos nobres alemães. O imperador não se contentou em conceder terras apenas aos príncipes. Concedeu-as também a padres, bispos e arcebispos. A partir de então, esses homens da Igreja já não exerciam apenas uma função religiosa. Tal como os nobres, eles reinavam sobre amplos territórios e partiam para a guerra à frente de seu exército de camponeses.

De início, o papa não contestou em nada esse estado de coisas. Além do mais, ele desejava manter boas relações com os imperadores alemães, que o protegiam, o defendiam e, ainda por cima, eram homens muito piedosos.

Mas logo a situação mudou. O papa deixou de aceitar que o imperador se desse ao direito de decidir qual dos seus sacerdotes seria bispo da região de Mainz, Trier, Colônia ou Passau. O papa dizia: "São funções eclesiásticas e cabe a mim, chefe supremo do clero, o direito de atribuí-las." Acontece que essas funções não eram unicamente eclesiásticas. O arcebispo de Colônia, por exemplo, era ao mesmo tempo padre espiritual e príncipe e senhor da região. Ora, o imperador achava-se no direito de decidir quem seria príncipe e senhor em seu próprio país. Pensando bem, você vai perceber que tanto o papa como o rei tinham razão. Conceder terras aos padres só podia levar a essa situação insolúvel, já que o papa era chefe supremo de todos os padres e o rei tinha poder sobre todas as terras de seu país. E essa situação só podia gerar um conflito entre o papa e o rei. Foi isso que acabou acontecendo. Esse conflito receberá o nome de "questão das investiduras". Em 1073, reinava em Roma um papa muito piedoso, Gregório VII. Quando era monge e se chamava Hildebrando, ele tinha lutado para defender a pureza e o poder da Igreja. Na mesma época reinava na Alemanha um rei franco, Henrique IV.

Para entender melhor o conflito entre eles, é preciso saber que o papa não se considerava apenas o primeiro padre da Igreja, mas também o mestre, investido por Deus, de todos os cristãos da Terra. Ora, o imperador alemão, como sucessor dos antigos imperadores romanos e de Carlos Magno, também se considerava protetor e ordenador supremo de todo o mundo cristão (é verdade que Henrique IV ainda não tinha sido proclamado imperador, mas ele achava que, na qualidade de rei alemão, tinha o direito de pretender a coroa imperial). Quem deveria ceder, o rei ou o papa?

Quando a briga se desencadeou, uma efervescência incrível agitou o mundo. De um lado havia os defensores do rei alemão Henrique IV, do outro os do papa Gregório VII. Todos tomaram partido, veementemente. Conhecemos cento e cinqüenta e cinco dos escritos polêmicos redigidos então pelos simpatizantes ou pelos adversários do rei e do papa. Em alguns desses escritos, o rei Henrique é descrito como um homem mau e raivoso, em outros o papa é apresentado como um homem sem coração e ávido pelo poder.

Acho que não se deve dar atenção nem a uns nem aos outros. Não podemos perder de vista que tanto o rei como o papa tinham razão. Não importa saber se o rei Henrique maltratava mesmo sua mulher (conforme escreviam seus detratores) ou se o papa Gregório não tinha sido eleito de acordo com o costume (conforme denunciavam os partidários do rei). Seria inútil remexer o passado para saber qual era a verdade e se os escritos contra o papa ou contra o rei eram ou não pura calúnia. Provavelmente uns e outros eram caluniosos, pois, quando as pessoas tomam partido, quase sempre elas são injustas. Vou lhe mostrar como é difícil, mais de 900 anos depois, saber a verdade.

Uma coisa é certa. A situação de Henrique IV não era fácil. Os nobres (ou seja, os príncipes alemães) aos quais tinha concedido territórios estavam contra ele. Esses nobres não queriam que seu rei se tornasse tão poderoso que passasse a lhes dar ordens. Mas foi o papa Gregório que desencadeou as hostilidades, banindo o rei Henrique da Igreja, em outras palavras, proibindo que todos os padres lhe dessem comunhão. Isso se chama "excomunhão". Depois os príncipes declararam que não reconheciam um rei excomungado e que iriam eleger outro rei. Para Henrique, a única saída era tentar fazer o papa desistir de sua terrível sentença. Sua sorte dependia disso. Se fracassasse, poderia dizer adeus a seu título de rei. Sozinho, sem exército, ele se pôs a caminho rumo à Itália, para negociar com o papa e obter a suspensão de sua excomunhão.

Era inverno, e os príncipes alemães, que pretendiam impedir a reconciliação do rei Henrique com o papa, ocuparam todas as estradas. Acompanhado por sua mulher, Henrique teve de fazer um desvio enorme. Com um frio glacial, passou pelo monte Cenis, provavelmente tomando o mesmo desfiladeiro que Aníbal, em outros tempos, para chegar à Itália.

No mesmo momento o papa estava a caminho da Alemanha, onde queria negociar com os inimigos do rei. Informado de que Henrique se encontrava naquelas paragens, ele fugiu e se refugiou num castelo chamado Canossa, na Emília, imaginando que o rei estivesse chegando com um exército. Qual não foi seu espanto, e também seu alívio, ao saber que Henrique vinha sozinho para solicitar seu perdão e pedir que suspendesse sua excomunhão. Conta-se que o rei se apresentou com trajes de penitente, com uma túnica rústica de burel, e

Breve história do mundo

que o papa o fez esperar durante três dias no pátio do castelo, descalço, na neve, atormentado pelo frio cortante do inverno, até lhe conceder sua piedade e suspender a excomunhão. Contemporâneos descreveram a cena do rei suplicando ao papa, com voz gemente, que lhe concedesse sua graça, graça essa que o papa, cheio de piedade, acabou por lhe conferir.

Ainda hoje falamos em "ir a Canossa" quando alguém é obrigado a se humilhar diante do adversário para pedir sua graça. Mas agora vou contar a mesma história tal como foi relatada por um amigo do rei. Ouça o que ele diz: "Quando Henrique percebeu a situação difícil em que se encontrava, imaginou secretamente um plano engenhoso: ir até o papa e apresentar-se de surpresa. Assim acertou dois alvos com o mesmo tiro. Conseguiu a suspensão de sua excomunhão e, ao mesmo tempo, aparecendo pessoalmente evitou o encontro do papa com seus inimigos, o que teria sido perigoso para ele."

Assim, para os amigos do papa, a ida a Canossa transformou-se numa vitória incrível; por outro lado, os partidários do rei consideraram que foi ele que levou vantagem.

Veja só como é preciso tomar cuidado antes de fazer qualquer julgamento sobre duas forças opostas. Mas nem a ida a Canossa nem a morte do rei Henrique (que nesse meio-tempo se tornara imperador) e a do papa Gregório acabaram com o conflito. É verdade que Henrique conseguiu a destituição de Gregório, mas aos poucos a vontade do papa acabou se impondo. Os bispos passaram a ser designados pela Igreja, sendo que o imperador só tinha o direito de dizer se essas designações lhe convinham ou não. Enfim, o papa tornou-se o único senhor da cristandade.

Você certamente se lembra de que os navegadores nórdicos, os normandos, tinham conquistado um território no litoral da França, hoje chamado Normandia. Logo eles se acostumaram a falar o francês, como seus vizinhos. Mas não tinham perdido o gosto pela aventura, pelas navegações intrépidas e pelas conquistas. Alguns deles chegaram até a Sicília, de onde expulsaram os árabes. Depois conquistaram o sul da Itália e de lá partiram para apoiar o papa contra os ataques de Henrique IV. Eles eram chefiados por Roberto Guiscardo. Outros atravessaram o estreito braço de mar que separa a França da Inglaterra, o canal da Mancha, e guiados por seu rei, Guilherme (chamado de Guilherme o Conquistador), em 1066 derrotaram o rei inglês (um dos descendentes do rei dinamarquês, Cnut). Quase todos os ingleses se lembram dessa data, pois foi a última vez que um exército inimigo pôs os pés na Inglaterra.

Guilherme mandou então fazer um recenseamento de todas as cidades e todas as propriedades, dividindo a maioria delas em feudos, que ele distribuiu entre os soldados de sua expedição. A partir de então, a nobreza da Inglaterra era normanda. E, como esses normandos vindos da Normandia falavam francês, até hoje a língua inglesa é uma mistura de alemão antigo e de língua romana.

23 – Cavaleiros cavalheirescos

Com certeza você já ouviu falar dos cavaleiros do tempo da cavalaria. Talvez também já tenha lido livros que falam de armaduras e escudeiros, de valentia e nobres corcéis, de escudos fulgurantes e castelos fortificados, de duelos e torneios em que as mulheres atribuíam as recompensas, de viagens aventurosas e de castelãs abandonadas, de cantores ambulantes (menestréis e trovadores) e de partidas para a Terra Santa. O mais maravilhoso é que tudo isso existiu de verdade. Essa evocação marcada por um certo romantismo não é pura invenção. Em outros tempos existiu um mundo em que tudo eram cores e aventuras, em que os homens tinham prazer em participar do jogo estranho e no entanto grandioso da cavalaria, um jogo que muitas vezes era muito sério. Mas quando foi que houve cavaleiros e como era essa época? Na verdade, cavaleiro era quem podia ter um belo cavalo de combate para ir à guerra. Quem não tinha meios era obrigado a andar a pé, e portanto não era cavaleiro. Os nobres, a quem o rei havia concedido feudos, eram cavaleiros. Quanto aos servos, tinham como função entregar-lhes aveia para alimentar seus cavalos. Os administradores dos nobres, os intendentes, a quem o príncipe concedia por sua vez uma parte de suas terras, eram bastante ricos para ter seu próprio cavalo, embora tivessem pouco poder. E com seu cavalo tinham de acompanhar o senhor quando este era chamado à guerra pelo rei. Assim, também eram cavaleiros. Só não eram cavaleiros os camponeses e os servidores pobres, como os valetes, que tinham de combater a pé.

Essa situação começou sob o imperador Henrique IV, ou seja, depois do ano 1000, e se manteve durante os séculos seguintes, não só na Alemanha como em toda a Europa.

No início, esses cavaleiros ainda não eram "cavalheirescos" como imaginamos. A cavalaria como tal foi se constituindo lentamente. Aos poucos, príncipes e nobres mandaram construir enormes castelos fortificados, imponentes e altivos, que ainda hoje podemos ver em algumas regiões da Europa. Lá eles reinavam como senhores, e ai dos que vinham incomodá-los! Os castelos em geral se erguiam no alto de montanhas escarpadas, que só podiam ser escaladas por um dos lados, por uma trilha eqüestre muito estreita.

Antes de chegar à imensa porta do castelo, geralmente havia um fosso largo, às vezes cheio de água. Para a travessia desse fosso havia uma ponte levadiça, que podia ser levantada a qualquer momento, puxando-se as correntes. Então o castelo se fechava e ninguém mais podia entrar. Do outro lado do fosso, erguiam-se muralhas largas, sólidas, com seteiras de onde se podiam atirar flechas e aberturas pelas quais se podia despejar pez fervente sobre os inimigos. Essas muralhas tinham ameias por trás das quais se podia observar o inimigo. Muitas vezes, depois dessa primeira muralha havia uma segunda, e até mesmo uma terceira, antes de chegar ao pátio do castelo. Desse pátio chegava-se aos recintos em que moravam o cavaleiro, sua família e seus homens. Um salão aquecido por uma lareira era reservado às mulheres, menos resistentes aos rigores do frio do que os homens.

A vida nesses castelos fortificados não era nada confortável. A cozinha era um recinto escurecido pela fuligem, pois nela se assava carne no espeto num grande fogão a lenha. Além das salas reservadas aos valetes e aos próprios cavaleiros, havia a capela, onde o capelão dizia missa, e um torreão imponente situado no centro do castelo, onde geralmente se armazenavam víveres e onde os cavaleiros se refugiavam quando os inimigos conseguiam vencer a montanha, o fosso, a ponte levadiça, a pez fervente e as três cinturas de muralhas... Os invasores chegavam então ao pé dessa torre, que os desafiava por sua altura, de onde os cavaleiros podiam se defender até que chegassem reforços.

Há mais uma coisa que não podemos esquecer: as masmorras. Eram uma espécie de porão fundo, estreito, escuro e gelado, no qual o cavaleiro jogava os inimigos capturados, condenados a morrer à míngua se não fosse dado nenhum resgate em troca de sua libertação.

Se você vir um castelo desse tipo, pelo menos em alguma gravura ou filme, não pense apenas nos cavaleiros com suas cotas de malha de ferro em torno dele, tentando tomá-lo de assalto. Observe também suas muralhas e suas torres e pense nos homens que as construíram. Imagine só! Muralhas no alto de precipícios, torres encarapitadas no cume de rochedos! Tudo isso foi construído por camponeses – os servos, os homens privados de liberdade e aos quais ninguém pedia opinião. Eles quebravam as pedras e as carregavam até o alto das escarpas, depois as içavam para colocar umas sobre as outras. Quando a força lhes faltava, suas mulheres e seus filhos vinham ajudá-los. Pois os cavaleiros podiam exigir tudo deles. É preciso reconhecer que era muito mais agradável ser cavaleiro do que servo! Os filhos dos servos tornavam-se servos, e os filhos dos cavaleiros, cavaleiros. Não era muito diferente do que acontecia na Índia antiga, com suas castas.

Já aos sete anos de idade, o filho do cavaleiro era mandado para um outro castelo, para aprender a conhecer a vida. Era chamado de donzel ou pajem. Ficava a serviço das castelãs, devendo segurar a cauda de seu vestido ou ler para elas, pois muitas vezes as mulheres não sabiam ler nem escrever. Os pajens, em geral, já tinham aprendido a ler e escrever. Aos catorze anos, o donzel era promovido a escudeiro. Já não era obrigado a ficar só dentro de casa. Passava a ter o direito de acompanhar o cavaleiro à caça ou à guerra, de carregar seu escudo e sua espada, de lhe entregar na luta uma segunda espada quando a primeira se quebrava. Mas também lhe devia obediência e fidelidade. Se desse provas de coragem e dedicação, era armado cavaleiro aos vinte e um anos. A cerimônia da colação era muito solene. Antes da sua realização, o escudeiro tinha de fazer jejum durante vários dias e orar na capela do castelo, onde recebia a comunhão pelas mãos do capelão. No dia da cerimônia, ele se ajoelhava entre duas testemunhas, vestido com sua armadura, mas sem o elmo, a espada e o escudo. Seu senhor então o nomeava cavaleiro, batendo-lhe nos ombros e na nuca com o lado da espada e pronunciando, depois, as seguintes palavras:

"Pela honra de Deus e de Maria,
Este golpe e mais nenhum.
Seja valente, honesto e leal,
Mais vale ser cavaleiro do que valete."

Só então o escudeiro podia se levantar. Já não era um escudeiro, mas um cavaleiro, que por sua vez poderia colar outros cavaleiros, que levaria seu próprio brasão no escudo – um leão, uma pantera ou uma flor – e que, na maioria das vezes, escolheria um belo lema para orientar sua vida. Entregavam-lhe solenemente a espada e o elmo, colocavam-lhe esporas douradas nos pés, amarravam-lhe o escudo no braço. Assim equipado, ele partia a cavalo, com o penacho flamejante flutuando ao vento, segurando a lança, vestido com seu manto longo de púrpura que recobria a cota de malha de ferro, acompanhado por um escudeiro, testemunha de sua dignidade de cavaleiro.

Pela solenidade da cerimônia você percebe que um cavaleiro era muito mais do que um guerreiro a pé. De certa forma, ele se tornava membro de uma congregação ou de uma ordem religiosa, do mesmo modo que um monge. De fato, para ser um bom cavaleiro não bastava ser valente. Tal como o monge que servia a Deus com suas preces e suas boas ações, o cavaleiro devia servir a Deus com sua força. Devia proteger os fracos e os indefesos, as mulheres, os pobres, as viúvas e os órfãos. Devia empunhar a espada para defender a justiça e servir a Deus em todos os seus atos, por menores que fossem. Devia obediência absoluta a seu senhor, seu suserano. Devia estar pronto a fazer tudo por ele. Não tinha direito de ser bruto nem covarde. Quando lutava, nunca devia se associar a um segundo combatente para atacar um inimigo isolado, mas combater um contra um. Não tinha o direito de humilhar os vencidos. Ainda hoje, quando alguém obedece a esses princípios, dizemos que é um "cavalheiro", pois age segundo os ideais cavalheirescos.

Quando um cavaleiro amava uma mulher, ele partia para a luta em sua honra e tentava enfrentar as aventuras mais audaciosas para que sua fama chegasse aos ouvidos da dama de seu coração. Aproximava-se dela respeitosamente e fazia tudo o que ela pedia. Também isso fazia parte do caráter cavalheiresco. Se hoje é natural que você deixe uma mulher passar na frente por uma porta ou se abaixe para pegar alguma coisa que ela deixou cair, pode estar certo de que em você sobrevive um pouco do ideal dos cavaleiros daquele tempo. Segundo esse ideal, um homem digno desse nome deve proteger os fracos e respeitar as mulheres.

Em tempo de paz, o cavaleiro dava prova de sua coragem e de sua habilidade em jogos que eram chamados de "torneios". Por ocasião desses torneios, cavaleiros de todo o reino se reuniam para medir forças. Montados a cavalo, dois cavaleiros avançavam um contra o outro, equipados com sua couraça e com uma lança de ponta acolchoada, e o vencedor era aquele que conseguia derrubar a arma do adversário. A esposa do senhor o recompensava dando-lhe um presente, geralmente uma coroa de flores. Para agradar às damas, o cavaleiro devia brilhar não apenas pelas suas proezas com as armas. Devia também se comportar com moderação e nobreza, não se exaltar nem proferir insultos, o que muitas vezes os guerreiros fazem. Mais uma coisa: ele devia cultivar certas artes próprias dos tempos de paz, como o jogo de xadrez e a poesia.

É interessante notar que freqüentemente os cavaleiros foram grandes poetas. Cantavam louvores à sua bem-amada, falando de sua beleza e de suas virtudes. Também gostavam de lembrar os feitos de outros cavaleiros de tempos mais antigos. Longas epopéias em versos contavam a história de Parsifal e dos paladinos, guardiães do Santo Graal (a taça em que Cristo bebera durante a Santa Ceia), a do rei Artur e de Lohengrin, ou a história infeliz de Tristão e Isolda. Contavam até mesmo a história de Alexandre o Grande e a da Guerra de Tróia.

Menestréis e trovadores percorriam o país, de castelo em castelo, cantando incansavelmente as velhas lendas de Siegfried, o matador de dragões, e de Teodorico, que se tornara

Dietrich de Berna, rei dos godos. Esses cantos, tais como existiam na Áustria, às margens do Danúbio, e tais como os conhecemos hoje, remontam a essa época da cavalaria, pois todos os que foram escritos na época de Carlos Magno desapareceram. Quando lemos a *Canção dos nibelungos* (nome dado à lenda de Siegfried), notamos que todos os antigos camponeses-guerreiros germânicos se comportam como verdadeiros cavaleiros, e que até mesmo o temível chefe dos hunos, Átila (o rei Etzel), que celebra luxuosamente seu casamento em Viena com Kriemhild, viúva de Siegfried, apresenta características nobres e cavalheirescas.

Você deve se lembrar de que o primeiro dever dos cavaleiros era lutar por Deus e pela cristandade. Pois eles encontraram uma grande oportunidade para fazê-lo. O túmulo de Cristo, em Jerusalém, assim como toda a Palestina, estava nas mãos dos árabes, chamados de "infiéis". No dia em que um pregador francês lembrou esse fato com muita veemência para os cavaleiros cristãos, e o papa, que se tinha tornado o grande senhor da cristandade depois da vitória sobre os reis alemães, pediu a esses mesmos cavaleiros que o ajudassem a libertar o túmulo, dezenas de milhares exclamaram entusiasmados: "É a vontade de Deus! É a vontade de Deus!"

Sob o comando de um duque francês, Godofredo de Bouillon, os cavaleiros partiram para a Palestina em 1096, passando pelo vale do Danúbio, por Constantinopla e pela Ásia Menor. Eles e os que os acompanhavam levavam uma cruz de pano vermelho presa ao ombro. Foram chamados de "cruzados". Na verdade, eles pretendiam libertar a terra em que Cristo tinha sido crucificado. Quando chegaram a Jerusalém, depois de passar por dificuldades incríveis e inúmeros combates, os cruzados devem ter sentido uma grande emoção em ver com os próprios olhos a Terra Santa de que a Bíblia tanto falava e devem ter derramado lágrimas ao beijar a terra que acabavam de pisar. Depois eles sitiaram a cidade,

Depois de uma viagem longa e perigosa, o exército dos cruzados se inclina com devoção diante de Jerusalém.

defendida com valentia pelas tropas árabes, e acabaram por conquistá-la.

Mas, depois que tomaram Jerusalém, eles já não se comportaram como cavaleiros, nem mesmo como cristãos. Massacraram todos os muçulmanos e se entregaram a atos incrivelmente bárbaros. Em seguida se penitenciaram e, descalços, cantando salmos, foram até o túmulo de Cristo.

Os cruzados fundaram o reino cristão de Jerusalém e o confiaram a Godofredo de Bouillon. Porém aquele reino minúsculo, indefeso, distante da Europa e rodeado por Estados muçulmanos, foi alvo freqüente de agressões armadas dos árabes, a cada vez levando pregadores franceses e alemães a exortarem os cavaleiros a empreender novas cruzadas. Nem todas tiveram êxito. As cruzadas, no entanto, trouxeram benefícios que os cavaleiros provavelmente não previram. No Oriente distante, os cristãos descobriram a cultura árabe, suas construções, seu senso de beleza e sua erudição. Apenas cem anos depois da primeira cruzada, na Itália, na França e na Alemanha desenvolveu-se uma paixão pelo estudo e pela leitura dos famosos escritos do mestre de Alexandre o Grande, Aristóteles, então traduzidos para o latim. Havia muitas indagações sobre a possível semelhança entre os ensinamentos de Aristóteles e os da Igreja, e escreviam-se em latim todas as suas reflexões, muitas vezes bem difíceis, em livros enormes. Tudo o que os árabes tinham aprendido ou descoberto ao longo de suas conquistas através do mundo os cruzados levaram para a França e para a Alemanha. Em várias áreas, o exemplo dos que eles consideravam inimigos fez daqueles guerreiros bárbaros da Europa verdadeiros cavaleiros "cavalheirescos".

24 – Imperador na época da cavalaria

Naquela época de conto de fadas, rica em cores e aventuras, reinava na Alemanha uma nova família de cavaleiros, os Hohenstaufen, que era o nome de seu castelo. Um de seus descendentes foi o imperador Frederico I. Como ele tinha uma barba comprida, de um vermelho flamejante, os italianos o apelidaram Barba-Roxa. Certamente você deve estar se perguntando por que a História manteve esse apelido italiano, uma vez que Frederico I era alemão. É simples. Freqüentemente o imperador ficava morando na Itália, e foi nesse país que ele mais se instruiu. A razão de sua atração pela Itália não era apenas a presença do papa, que tinha o poder de entregar a coroa imperial romana aos reis alemães. Frederico I também queria reinar sobre a Itália, pois precisava de dinheiro. Já estou adivinhando sua pergunta: ele não podia arranjar dinheiro na Alemanha? Não! Naquele tempo, quase não havia dinheiro na Alemanha.

Alguma vez você já se perguntou para que precisamos de dinheiro? Já sei a sua resposta: para viver, é claro! Mas não é isso. Você já comeu dinheiro? Entendeu, agora? Para viver, nós comemos pão e outros alimentos. Ora, quem cultiva trigo para fazer pão não precisa de dinheiro, assim como Robinson Crusoé em sua ilha deserta. Os que recebiam pão de graça também não precisavam de dinheiro. A situação na Alemanha era a seguinte: os servos cultivavam o campo e davam um décimo de sua colheita (o dízimo) para os cavaleiros e para os mosteiros, a quem eles pertenciam.

Certamente você vai dizer: mas como os servos faziam para conseguir arados, roupas e arreios para atrelar seus animais? Pois bem, em geral eles faziam trocas. Por exemplo, quando um camponês tinha um boi mas preferia ter seis carneiros para fazer uma roupa com sua lã, ele fazia uma troca com algum vizinho. Quando ele matava um boi e, durante as longas noites de inverno, esculpia os dois chifres fazendo duas belas taças, podia trocar uma delas por cânhamo cultivado pelo vizinho para sua mulher tecer um casaco. É isso que chamamos de troca ou "escambo". Portanto, na Alemanha, antigamente, o dinheiro era dispensável, pois quase todos eram ou servos, ou senhores. Quanto aos mosteiros, também eles podiam dispensar o dinheiro. Tinham muitas terras, que gente piedosa lhes dava ou lhes deixava de herança.

Além das grandes florestas e dos pequenos terrenos cultivados, não havia quase mais nada no vasto Império alemão. Havia muito poucas cidades. E só nas cidades é que se precisava de dinheiro, pois não dá para imaginar sapateiros, tecelões e copistas matando a fome e a sede com seus couros, seus tecidos e sua tinta! Eles precisavam de pão. Dá para imaginar você indo ao sapateiro e lhe dando pão em troca de um par de sapatos? E, já que você não é camponês, onde arranjaria o pão? Na padaria, é claro! Mas com o que você compraria o pão na padaria? Tudo bem, você poderia se oferecer para ajudar o padeiro. Mas e se ele não precisasse da sua ajuda? Ou se você já estivesse ajudando a vendedora de frutas? Como você vê, seria muito complicado viver de troca nas cidades.

Por isso as pessoas entraram em acordo para usar na troca alguma coisa que todo o mundo quisesse ter e aceitasse receber. Teria de ser uma coisa fácil de carregar para todo lado que a gente fosse e que, também, conservasse o valor quando ficasse guardada por algum tempo. O que mais preenchia essas condições era algum metal raro – ouro ou prata. Naquele tempo, a única coisa que tinha valor monetário era o metal, e as pessoas ricas levavam bolsas cheias de moedas de ouro penduradas na cintura. Assim, a partir de então era possível dar dinheiro ao sapateiro para comprar um par de sapatos. Com esse dinheiro, ele comprava pão do padeiro, que, por sua vez, usava o dinheiro para comprar trigo e farinha do camponês, que, para terminar, podia comprar um arado novo, que ele não poderia trocar pelo jardim do vizinho.

Conforme eu já disse, a Alemanha no tempo da cavalaria tinha tão poucas cidades que as pessoas podiam viver sem dinheiro. Em compensação, os italianos conheciam muito bem o dinheiro, que já circulava desde o tempo dos romanos. Na Itália sempre houve cidades grandes com muitos comerciantes, que, além de levar dinheiro com eles, também o depositavam em enormes cofres de madeira.

Algumas dessas cidades italianas eram à beira do mar, como Veneza, que aliás ficava no próprio mar, construída sobre um conjunto de ilhotas em que os habitantes tinham se refugiado no tempo dos hunos. Havia outras cidades portuárias muito importantes, como Gênova e Pisa. Os navios dos "burgueses" (nome dado aos habitantes das cidades ou burgos) navegavam até muito longe e traziam belos tecidos dos países do Sol levante, assim como especiarias raras e armas muito valiosas. Essas mercadorias eram desembarcadas nos portos e revendidas em cidades do interior, como Florença, Verona e Milão, onde com os tecidos se faziam roupas, bandeiras e tendas. Esses produtos, por sua vez, eram revendidos na França, principalmente em Paris, que tinha então cerca de 100.000 habitantes, na Inglaterra ou na Alemanha. Na verdade, poucos desses produtos eram vendidos na Alemanha, pois os alemães tinham muito pouco dinheiro para comprá-los.

Os habitantes das cidades, os burgueses, tornavam-se cada vez mais ricos. Ora, ninguém podia lhes dar ordens, pois eles não eram camponeses e portanto não pertenciam a nenhum feudo. Mas, como ninguém lhes concedia terras, eles também não eram senhores. Tal como na Antiguidade, eles governavam a cidade e distribuíam justiça, de tal modo que logo se tornaram tão livres e independentes quanto os monges e os cavaleiros. Por isso foram chamados de "terceiro estado", uma vez que a categoria dos camponeses não contava em nada.

Agora vamos voltar ao imperador Frederico Barba-Roxa, que precisava de dinheiro. Como imperador do Sacro Império Romano-Germânico, ele também queria reinar como verdadeiro soberano sobre a Itália, o que implicava que os "burgueses" italianos lhe pagassem impostos. No entanto estes últimos se recusavam. Estavam acostumados a ser livres e assim queriam continuar. Barba-Roxa então atravessou os Alpes com um exército. Em 1158, convocou os mais célebres juristas e exigiu que declarassem solenemente que, como imperador do Império Romano-Germânico, ele era sucessor dos imperadores romanos e tinha os mesmos direitos que eram os deles mil anos antes.

Mas os cidadãos italianos continuaram não querendo pagar nada. O imperador usou seu exército contra eles, particularmente contra a cidade de Milão, principal foco da rebelião. Conta-se que ele ficou tão enfurecido com a insubordinação dos milaneses que jurou que não voltaria a pôr a coroa imperial na cabeça enquanto não tivesse tomado a cidade. Barba-Roxa cumpriu a palavra. Esperou a cidade ser derrotada e totalmente destruída para dar um banquete, em que apareceu com sua esposa, ambos usando novamente a coroa.

Apesar de todos os seus feitos guerreiros, mal ele virou as costas à Itália para voltar à sua pátria, o vento da revolta voltou a soprar. Os milaneses reconstruíram sua cidade e continuaram não querendo ouvir nem falar em soberano alemão. Barba-Roxa teve que voltar seis vezes à Itália, mas suas campanhas acabaram lhe dando mais fama do que sucesso.

Era considerado o exemplo perfeito do cavaleiro. Transbordava vitalidade, e não apenas vitalidade física. Também era muito pródigo e tinha a arte de dar festas. Hoje em dia nós já não sabemos o que é uma festa de verdade. Naquele tempo a vida cotidiana era menos movimentada e mais monótona do que atualmente. Mas as festas eram de uma prodigalidade e de uma profusão de cores incríveis. Pareciam contos de fadas. Por exemplo, para a celebração da investidura de seus filhos como cavaleiros, em 1181, Frederico Barba-Roxa deu uma festa para a qual convidou 40.000 cavaleiros, acompanhados por seus homens e seus valetes. Ficaram alojados em tendas ornamentadas, e ele e seus filhos ocuparam a maior delas. Era uma tenda de seda, localizada no centro do acampamento. Por todo lado havia fogueiras nas quais eram assados no espeto bois inteiros, porcos e um número incrível de frangos. Havia gente vestida com trajes regionais vindos de todos os horizontes, menestréis e saltimbancos. Durante as refeições artistas ambulantes cantavam as mais belas lendas antigas. Devia ser extraordinário! O próprio imperador exibia sua força participando dos torneios com os filhos, sob os olhares de todos os nobres do Império. Festas como essa duravam vários dias, e sua lembrança se perpetuava em novas canções.

Como verdadeiro cavaleiro, Frederico Barba-Roxa também partiu em cruzada. Foi a terceira cruzada, da qual também participaram o rei inglês Ricardo Coração de Leão e o rei francês Filipe Augusto. Ela se realizou em 1189. Os dois reis viajaram por mar, Barba-Roxa viajou por terra. Desgraçadamente, ele se afogou ao se banhar num rio da Ásia Menor.

O neto de Frederico Barba-Roxa, Frederico II de Hohenstaufen, foi um homem ainda mais surpreendente. Ele foi educado na Sicília. Quando era criança, e portanto ainda não podia pretender o poder, a situação na Alemanha estava conturbada pelas rivalidades entre famílias poderosas que disputavam o título do novo soberano. Umas eram por um certo Filipe, último filho de Frederico Barba-Roxa, outras por um homem chamado Otto, da família dos Welf. Como as pessoas não chegavam a um entendimento, voltaram as brigas. Bastava que um fosse a favor de Filipe para que o vizinho se pusesse automaticamente do lado de Oto. Essas disputas entre os dois clãs (que, na Itália, receberão os nomes de "guelfos" e "gibelinos") duraram muitos anos, prolongando-se até muito depois da morte de Filipe e Otto.

Nesse ínterim, na Sicília Filipe tinha crescido. Aliás, ele tinha crescido muito, não só fisicamente como tambem intelectualmente. Seu tutor era um dos homens mais importantes da época, o papa Inocêncio III. Aquilo que Gregório VII, grande adversário do rei alemão Henrique IV (lembre-se da questão das investiduras), havia desejado em vão, Inocêncio III conseguiu. Ele tinha se tornado de fato o chefe de toda a cristandade. Dotado de inteligência e cultura excepcionais, ele soube impor seu poder não só a todos os cristãos como a todos os príncipes da Europa, poder que se estendeu até a Inglaterra. E, no dia em que o rei inglês João resolveu não mais lhe obedecer, ele o excomungou e proibiu que os padres lhe prestassem o serviço da missa. Os nobres ingleses, condes e cavaleiros, censuraram o rei e lhe retiraram quase todo o poder (daí ele ser chamado de João Sem Terra). Em 1215, João foi obrigado a prometer solenemente que não faria nada que fosse contrário à vontade deles. Comprometeu-se por escrito, num texto chamado em latim de *Magna Charta* (Grande Carta), a lhes conceder para sempre um grande número de direitos, dos quais, aliás, os cidadãos ingleses desfrutam até hoje. No entanto, a partir desse dia a Inglaterra passou a ter a obrigação de pagar tributos ao papa Inocêncio III. Isso bem mostra como era grande o seu poder.

O jovem Frederico II também era muito inteligente e, qualidade muito importante, extremamente amável. Para se tornar rei alemão, ele deixou a Sicília e foi para Constança. Praticamente sem escolta, numa viagem cheia de ciladas, ele atravessou a Itália a cavalo, depois passou pelas montanhas suíças. Foi então que seu adversário Otto de Welf partiu à frente de um exército para interceptar seu caminho. A situação de Frederico parecia desesperadora. No entanto, quando os burgueses de Constança o viram e entenderam que tipo de homem ele era, ficaram tão cativados que aderiram à sua causa e se apressaram a fechar as portas da cidade logo depois que ele entrou. Otto, chegando exatamente uma hora depois de Frederico, foi obrigado a se retirar com seu exército.

Frederico, que também soube conquistar a adesão de todos os príncipes alemães, tornou-se de uma hora para outra um monarca poderoso. Todos os senhores da Alemanha e da Itália tornaram-se seus vassalos. Essa situação gerou um novo conflito entre o novo imperador alemão e o papa, exatamente como, em outros tempos, entre Henrique IV e Gregório VII. Mas Frederico II era muito diferente de Henrique IV. Não tinha nenhuma intenção de ir a Canossa e de se rebaixar diante do papa, fazendo penitência. Estava intimamente convencido de que Deus o designara para se tornar senhor do mundo, convicção esta que o papa Inocêncio III também tinha com relação a si mesmo. Mas Frederico tinha uma vantagem: possuía o mesmo saber que Inocêncio III, pois este último fora seu tutor, e o mesmo saber que os alemães, pois era de sua família. Enfim, possuía o mesmo saber que os árabes da Sicília, pois havia crescido naquela terra em que, aliás, em seguida passara grande parte de sua vida. E foi dos conhecimentos adquiridos na Sicília que ele tirou o maior proveito.

Todos os povos já haviam reinado sobre a Sicília: os fenícios, os gregos, os cartagineses, os romanos, os árabes, os normandos, os italianos e os alemães, aos quais logo se juntaram os franceses. O que aconteceu deve ter sido mais ou menos como a Torre de Babel, com a diferença de que os homens, na Sicília, na verdade não tinham entendido nada. Ora, Frederico acabou entendendo quase tudo. Conhecia todas as línguas e muitas ciências. Sabia compor poemas e era um excelente caçador (escreveu um livro sobre caça com falcão, muito freqüente naquele tempo).

Frederico tinha sobretudo um conhecimento perfeito de todas as religiões. Só uma coisa ele não entendia: por que as pessoas passavam o tempo todo brigando. Ele gostava de conversar com os eruditos muçulmanos, embora continuando a ser um cristão fervoroso. Já irritado com as brigas pelo poder, o papa incriminou-o mais ainda quando foi informado de sua familiaridade com os árabes. Mas houve quem ficasse mais contrariado do que Inocêncio III: seu sucessor, o papa Gregório, homem de tanta influência quanto ele, mas talvez menos esclarecido. Gregório insistiu para que Frederico empreendesse uma cruzada, e este acabou por aceitar. No entanto, ele conseguiu sem combate o que os antigos cruzados tinham obtido à custa de muitas perdas: que os peregrinos cristãos tivessem o direito de ir ao túmulo de Cristo sem medo de serem agredidos e que toda a região em torno de Jerusalém pertencesse a eles. É claro que você quer saber como foi que isso aconteceu. É simples. Frederico negociou com o califa (ou sultão) da época e firmou um pacto com ele. Frederico e o califa ficaram muito satisfeitos por terem chegado a um acordo sem precisar brigar, mas o bispo de Jerusalém se zangou por não ter sido consultado. Foi se queixar ao papa, acusando o imperador de se entender bem demais com os árabes. O papa acabou acreditando que o imperador tinha mesmo se convertido à religião muçulmana e o excomungou. Mas o imperador Frederico não se importou, pois tinha a certeza de ter conseguido para os cristãos muito mais do que todos os outros antes dele. E pôs a coroa de Jerusalém na cabeça com suas próprias mãos, pois nenhum eclesiasta quis fazê-lo, já que todos se recusavam a contrariar a vontade do papa.

Em seguida Frederico pegou o barco para voltar à Sicília, carregando inúmeros presentes oferecidos pelo sultão: leopardos para caça e dromedários, pedras preciosas e todos os tipos de coisas incríveis. De volta à Sicília, ele se cercou desses presentes e chamou grandes artistas para lhe prestarem serviço. Quando queria esquecer o tédio do poder, Frederico se comprazia vendo tantas belezas. Todavia ele foi um verdadeiro soberano. Insatisfeito com a fórmula da concessão de terras, ele preferiu nomear funcionários. Em vez de receber terras, estes recebiam um salário mensal. Não se esqueça de que isso aconteceu na Itália, onde havia dinheiro.

O imperador era um homem muito diferente de seus contemporâneos, e ninguém, nem mesmo o papa, sabia exatamente o que lhe passava pela cabeça. Na longínqua Alemanha, ninguém se preocupava muito com aquele imperador estranho, de idéias tão esquisitas. Diante de tanta incompreensão, Frederico teve um fim de reinado muito difícil. Enfrentou a oposição até de seu próprio filho, que colocou os alemães contra ele. Seu conselheiro preferido passou para o lado do papa, deixando-o sozinho. O imperador desejava implantar uma grande quantidade de projetos muito sensatos, mas poucos se realizaram, pois ele já não tinha poder para os impor. Assim, mergulhou lentamente na tristeza e na amargura, até sua morte, em 1250. O filho de Frederico morreu em combate, ainda muito jovem, lutando pelo poder. Seu neto Conrado foi feito prisioneiro por seus inimigos, depois foi decapitado em Nápoles, aos vinte e quatro anos de idade. Esse foi o triste fim da grande família de cavaleiros e de soberanos, os Hohenstaufen.

Na época em que Frederico ainda reinava sobre a Sicília e brigava com o papa, uma grande desgraça se abatera sobre o mundo, e contra ela nenhum dos dois pudera agir, pois estavam divididos. Novas hordas tinham vindo da Ásia, e desta vez eram de homens dos mais poderosos, os mongóis. Nem mesmo a Grande Muralha de Qin Tsin Huangdi tinha sido capaz de detê-los. Comandadas pelo rei Gêngis Khan, essas hordas conquistaram primeiro a China, que foi pilhada e dizimada com selvageria. Fizeram o mesmo na Pérsia. Depois voltaram-se para a Europa, fazendo o mesmo caminho que os hunos, os avaros e os magiares. Realizaram massacres horríveis na Hungria e na Polônia. Em 1241, acabaram alcançando as fronteiras da Alemanha, onde invadiram e incendiaram a cidade de Breslau. Essas hordas matavam todos os que encontravam pela frente. Ninguém mais sabia como escapar delas. O Império dos mongóis tinha se tornado o maior já existente. Imagine só, ia de Pequim até Breslau! Ora, com o tempo suas tropas deixaram de ser hordas selvagens. Tinham se tornado exércitos de guerreiros muito bem treinados, comandados por generais de muita habilidade. Diante deles, a cristandade nada podia fazer. Tinham até conseguido aniquilar um grande exército de cavaleiros. Quando o perigo estava no auge, seu imperador morreu em algum lugar da Sibéria, e os guerreiros mongóis fizeram meia-volta, chamados pelas intrigas que envolviam a sucessão imperial. Mas em sua passagem eles devastaram todas as regiões que atravessaram.

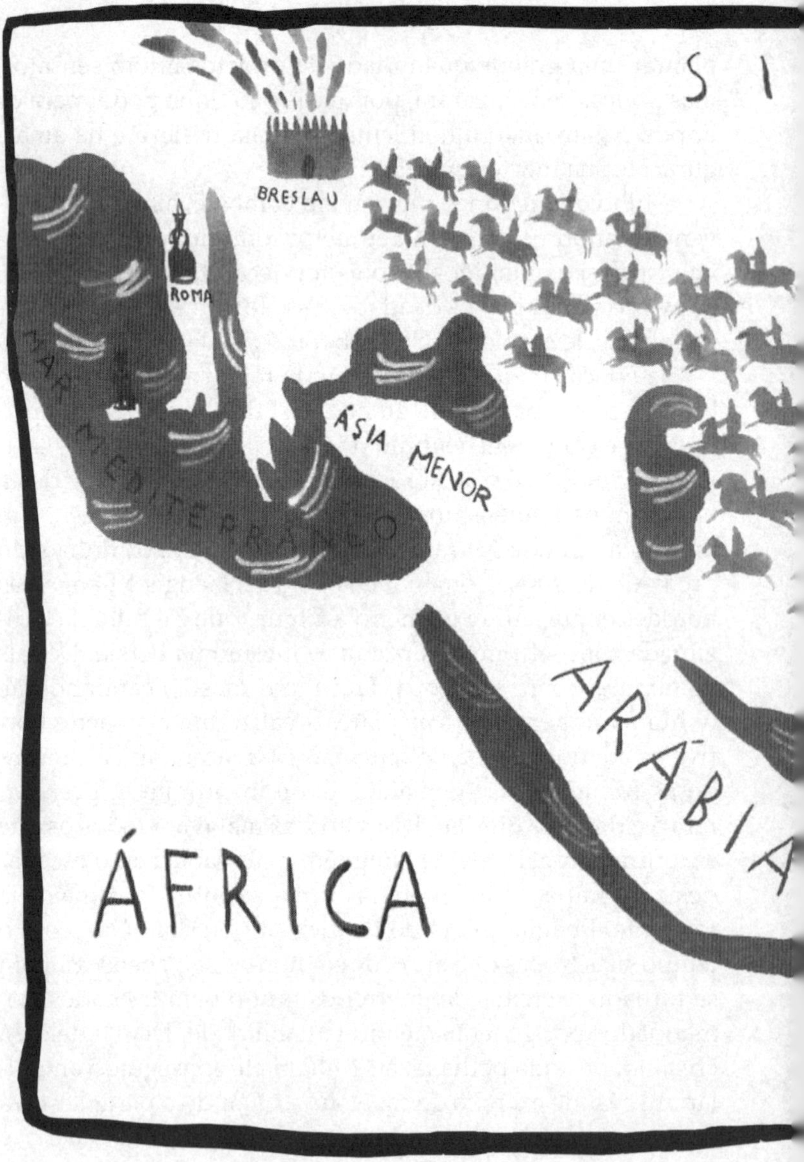
SI
BRESLAU
ROMA
MAR MEDITERRANEO
ÁSIA MENOR
ARÁBIA
ÁFRICA

O império dos guerreiros mongóis era tão forte que, depois da destruição de Breslau, toda a Europa se viu ameaçada.

Depois da morte do último Hohenstaufen, mais uma vez o caos voltou à Alemanha. A situação tornou-se pior ainda do que antes. Ninguém conseguia entrar num acordo quanto à escolha de um novo rei, de tal modo que não houve rei. Não havendo nem rei, nem imperador, nem qualquer outra pessoa que ocupasse o poder, seguiu-se a mais completa anarquia. Os mais fortes se apoderavam dos bens dos mais fracos. Falava-se então do "direito do mais forte", pois ninguém hesitava em recorrer aos punhos para lutar. Observe que o "direito do mais forte" não é direito coisa nenhuma. É um "não-direito", em outras palavras, uma total injustiça.

A população tinha consciência da situação e queria voltar aos tempos antigos. Mas em geral desejamos aquilo com que sonhamos, e muitas vezes acabamos confundindo sonho com realidade. Assim, as pessoas se convenceram de que o imperador Frederico não estava morto, mas estava preso por magia numa montanha, onde esperava, sentado. Então aconteceu uma coisa surpreendente. Talvez já tenha acontecido com você de alguém lhe aparecer ora sob os traços de uma pessoa, ora de outra, e talvez até sob os traços das duas ao mesmo tempo. Pois foi isso. As pessoas sonhavam ora com um grande soberano, sábio e justo, sentado nas profundezas da montanha de Kyffhäuser (era Frederico II da Sicília), que um dia iria voltar e acabaria fazendo entender o que ele queria, ora com um soberano de barba comprida (que era Frederico Barba-Roxa), tão poderoso que, depois de vencer todos os inimigos, criaria um reino tão maravilhoso e faustoso quanto a festa de outros tempos em Mainz.

Quanto mais a situação se deteriorava, mais as pessoas tinham esperança no milagre! Imaginavam seu soberano sentado na montanha, com os cotovelos apoiados numa mesa de pedra que sua barba flamejante acabara perfurando, tão longo era o tempo em que ele estava mergulhado em sono profundo. Dizia-se que ele só acordaria a cada cem anos e perguntaria a seu escudeiro se os corvos continuavam a dar voltas em torno da montanha. No dia em que o escudeiro respondesse: "Não, senhor, já não os vejo", ele se levantaria e quebraria com a espada a mesa perfurada por sua barba. Depois quebraria a montanha que o prendia com seu feitiço e sairia dela montado em seu cavalo, vestido com uma armadura cintilante, acompanhado por todos os seus homens. Você já imaginou a cara das pessoas nesse dia?

Afinal, não foi esse milagre que pôs um pouco de ordem no mundo, mas um cavaleiro enérgico, hábil e esclarecido, cujo castelo fortificado ficava na Suíça. Esse homem se chamava Rodolfo de Habsburgo. Em 1273, os príncipes o elegeram rei, na esperança de que, escolhendo um cavaleiro pobre e sem renome eles o manipulariam à vontade. Mas eles não sabiam da habilidade e da inteligência de Rodolfo. É verdade que no início, como tinha poucas terras, ele tinha pouco poder. No entanto ele soube aumentar seus domínios e, portanto, seu poder.

Rodolfo travou guerra contra Ottokar, o rei recalcitrante da Boêmia, e, depois de vencê-lo, confiscou uma parte de seu reino, a Áustria. Como rei, era um direito que ele tinha. Em 1282 concedeu essas terras a seus próprios filhos. Fazendo isso, ele instaurou o poder de sua família, os Habsburgo, nome de seu castelo na Suíça. Em seguida, essa família ampliou seu poder incessantemente, pela concessão de novos feudos a seus membros e por casamentos ou heranças, até que os Habsburgo se tornaram uma das famílias principescas de maior destaque e influência na Europa. É verdade que eles reinaram mais sobre seus feudos familiares (portanto, sobre a Áustria) do que sobre o Império alemão, embora tivessem os títulos de reis e imperadores alemães. Na Alemanha, o poder de fato estava nas mãos de outros senhores, os duques, os bispos e os condes. Era um poder quase tão ilimitado quanto o dos príncipes. Mas o verdadeiro tempo da cavalaria terminou com os Hohenstaufen.

Ernst H. Gombrich

25 – As cidades e os burgueses

Ao longo dos cem anos transcorridos entre a morte de Frederico Barba-Roxa, em 1190, e a de Rodolfo I de Habsburgo, em 1291, ocorreram mudanças extraordinárias na Europa. Como eu já disse, na época de Barba-Roxa havia cidades poderosas, principalmente na Itália, cujos habitantes ousavam opor-se ao imperador e até pegar em armas contra ele, ao passo que na Alemanha havia essencialmente cavaleiros, monges e camponeses. Mas, ao longo dos cem anos seguintes, a situação na Alemanha mudou muito. As cruzadas para o Oriente já tinham arrastado os alemães para longe de sua terra, permitindo que eles travassem relações comerciais com países distantes. Ora, para eles não se tratava de trocar bois por carneiros nem taças esculpidas por tecidos. Para isso seria preciso que também tivessem dinheiro. Desde que houvesse dinheiro, havia também mercados onde se podiam comprar todos os tipos de mercadorias. Esses mercados não podiam se instalar em qualquer lugar, mas em locais reservados, protegidos por muralhas e torres de vigia, mais freqüentemente nas proximidades de um castelo fortificado. Os que vinham fixar-se ali para fazer comércio tornavam-se burgueses. Já não eram ligados a um senhor feudal. Dizia-se então: "O ar da cidade liberta", pois os burgueses das cidades mais importantes não eram submetidos a ninguém a não ser o rei.

Não imagine que a vida de uma cidade na Idade Média fosse igual à de uma cidade de hoje. A maioria dessas cidades eram muito pequenas, com labirintos de ruazinhas tortuosas e casas de vários andares, mais altas do que largas. Nelas viviam comerciantes com suas famílias, em estreita promiscuidade. Quando se deslocavam de uma região para outra, em geral os comerciantes iam acompanhados de homens armados. Era necessário, pois na época muitos cavaleiros tinham perdido a noção de "cavalheirismo", transformando-se em verdadeiros bandidos. De seus castelos eles vigiavam a passagem dos comerciantes para roubá-los. Até o dia em que os habitantes das cidades ficaram fartos. Como tinham dinheiro, eles podiam se oferecer soldados. Começaram assim conflitos freqüentes com os cavaleiros, conflitos dos quais na maioria das vezes os burgueses saíam vencedores.

Os diversos artesãos – alfaiates, sapateiros, tecelões, padeiros, serralheiros, pintores, carpinteiros, talhadores de pedra e pedreiros – pertenciam cada um a uma associação de artesãos, chamada de "corporação" ou "guilda". Essas corporações, como por exemplo a dos alfaiates, eram quase tão fechadas e

Muralhas protegem a cidade medieval contra incursões de estranhos. No centro, uma catedral imponente afirma seu prestígio (aqui, o Mont-Saint-Michel).

Ernst H. Gombrich

tinham regras quase tão rigorosas quanto as dos cavaleiros. Não era qualquer um que podia se tornar mestre alfaiate. Para começar, precisava ser aprendiz durante um determinado número de anos, depois ser promovido ao nível de oficial, ou companheiro. Durante esses anos em que era oficial, ele se tornava itinerante, para descobrir outras cidades e outros modos de trabalho. Partia a pé e percorria inúmeras regiões, muitas vezes durante vários anos, até voltar para sua cidade ou encontrar uma outra em que se precisasse de um alfaiate. Na verdade as necessidades das cidades pequenas eram mínimas e a corporação cuidava para que não houvesse mais mestres alfaiates do que o trabalho a ser executado. No final desse período, o artesão devia mostrar sua habilidade (por exemplo, confeccionar um casaco), depois era solenemente proclamado "mestre" e admitido na corporação.

Tal como a cavalaria, as corporações tinham suas regras, seus jogos, seus estandartes e seus lemas, que naturalmente nem sempre eram respeitados, também como os dos cavaleiros. Essas regras exigiam que os membros de uma corporação ajudassem uns aos outros e que nunca fizessem concorrência, tentando tirar os clientes um do outro. Por outro lado, ninguém devia entregar mercadorias de má qualidade aos clientes. Cada um devia tratar bem seus aprendizes e colegas e, sobretudo, contribuir para a boa reputação do corpo profissional e da cidade aos quais pertencia. À imagem do cavaleiro, combatente de Deus, todos os membros de uma corporação eram, por assim dizer, artesãos de Deus.

De fato, assim como os cavaleiros tinham se sacrificado para defender o túmulo de Cristo, os burgueses e os artesãos muitas vezes sacrificavam todos os seus bens, sua energia e seu bem-estar para construir uma nova igreja em sua cidade. A nova igreja ou catedral tinha de ser maior, mais bonita e mais prestigiosa do que a mais imponente edificação de qualquer cidade vizinha. Toda a cidade compartilhava essa ambição e todos se entregavam com entusiasmo a essa tarefa. Encarregava-se o mais famoso arquiteto de desenhar as plantas. Os talhadores de pedra esculpiam estátuas, os pintores executavam obras para o altar e para os vitrais multicoloridos, que luziriam com todo o brilho no interior da igreja. Ninguém procurava saber quem era o empreiteiro, o arquiteto ou o construtor. O importante era a igreja ser obra de toda a cidade. Ela era, por assim dizer, o culto de todos prestado a Deus. Percebemos isso observando essas igrejas. Elas já não lembram em nada as igrejas pesadas, que pareciam castelos fortificados, construídas na Alemanha na época de Frederico Barba-Roxa. As torres majestosas e suas flechas graciosas se lançam acima de amplas naves em abóbada, em que toda a cidade podia tomar lugar para ouvir os pregadores. Pois, na época, haviam surgido novas ordens religiosas, menos preocupadas do que as anteriores em cultivar as terras ao redor de seu mosteiro e em retranscrever livros. Tão pobres quanto mendigos, esses novos monges corriam mundo para pregar o arrependimento e explicar a Bíblia às pessoas. Toda a cidade ia à igreja para ouvi-los, chorando seus próprios pecados e prometendo se corrigir e viver segundo os preceitos do amor ao próximo.

No entanto, tal como os cruzados que, em nome da piedade, tinham realizado terríveis massacres depois de tomar Jerusalém, muitos burgueses dessa época, em vez de interpretar esses sermões como um convite a se tornarem melhores e como um apelo a seu próprio arrependimento, viram neles uma condenação de todos os que não compartilhassem sua fé e passaram a odiá-los. Quanto mais pensavam aumentar sua piedade, mais os maltratavam. Suas principais vítimas foram os judeus. Ora, por incrível que pareça, ao contrário dos babilônios, dos egípcios, dos fenícios, dos gregos, dos romanos, dos gauleses ou dos godos, o único povo a não desaparecer ou a não se fundir com outros povos, desde a Antiguidade, foram os judeus. Embora seu Estado fosse constantemente destruído, só os judeus tinham sobrevivido ao correr dos séculos a despeito das condições terríveis, perseguidos e expulsos de um país para outro, e fazia 2.000 anos que eles esperavam seu salvador, o Messias. Para dar um exemplo dessas condições: eles eram proibidos de possuir terras para cultivar. A única profissão que eles tinham direito de exercer era a de comerciante. No entanto, mesmo esse direito tinha restrições. Eles só podiam se alojar em determinados bairros da cidade e usar determinadas roupas. Apesar disso, ao longo dos anos alguns conseguiram ganhar muito dinheiro, de tal modo que cavaleiros e burgueses contraíram empréstimos e se endividaram com eles. Essa situação só fez aumentar o ódio destes últimos pelos judeus, e muitas vezes eles não hesitavam em agredi-los para roubar seu dinheiro. Ora, os judeus não tinham nem poder para se defender nem o direito de fazê-lo, a não ser quando o rei ou os padres tomavam seu partido, o que raramente acontecia.

Algumas pessoas enfrentaram uma situação mais crítica ainda do que a dos judeus. Depois de meditar longamente sobre a Bíblia, elas duvidavam da validade de certos dogmas. Eram os "hereges", vítimas de perseguições assustadoras. Quem era considerado herege era queimado vivo em praça pública, exatamente como os cristãos no tempo de Nero. Em nome da heresia, cidades inteiras podiam ser destruídas e regiões inteiras devastadas. Organizavam-se cruzadas contra os hereges, semelhantes às que se faziam contra os muçulmanos. Seus instigadores eram aqueles mesmos que, para celebrar a glória de Deus e sua grande mensagem de amor, construíam imensas catedrais que se assemelhavam à magnificência do reino celeste, com suas torres altas e seus pórticos cobertos de imagens, seus vitrais que cintilavam de luminosidade na penumbra e seus milhares de estátuas.

A França teve cidades e igrejas antes da Alemanha. Na verdade, ela era mais rica e sua história tinha sido menos agitada. Os reis franceses logo souberam tirar proveito dessa situação, ligando a eles a nova categoria social dos burgueses, o terceiro estado. Nos anos 1300, eles quase já não concederam terras aos nobres, preferindo conservá-las e confiar sua gestão a burgueses em troca de uma remuneração (como Frederico II da Sicília tinha feito antes deles). Conseqüentemente, os reis franceses passaram a ter cada vez mais terras. Ora, você deve se lembrar de que antigamente ter uma terra implicava ter servos para cultivá-la, portanto ter soldados e poder. Pouco antes de 1300, os reis franceses já eram os soberanos mais poderosos, pois o rei alemão, Rodolfo de Habsburgo, acabava de afirmar o poder de sua família pela concessão de feudos. Os reis franceses não reinavam apenas sobre a França, mas também sobre o sul da Itália. Seu poder logo se tornou tão grande que eles conseguiram até obrigar o papa, em 1305, a deixar Roma para se instalar na França, onde ele ficou, por assim dizer, sob controle deles. Os papas residiram num grande palácio, em Avignon, rodeados por magníficas obras de arte, onde na verdade eram quase prisioneiros. Por isso, lembrando o cativeiro dos judeus em Babilônia (que, como você sabe, durou de 586 a 538 a. C.), a esse período se dá o nome de "cativeiro babilônico dos papas".

Mas os reis franceses quiseram mais. Você deve se lembrar de que sobre a Inglaterra reinava uma família normanda, que a tinha conquistado partindo da França, em 1066. Essa família, portanto, era francesa de nome, e por essa razão os reis franceses reivindicaram também a soberania sobre a Inglaterra. Ora, como a família real francesa não tinha nenhum filho que pudesse herdar o trono da Inglaterra, os reis ingleses, sob o pretexto de que tinham parentesco com os reis franceses e eram seus vassalos, também queriam reinar. A partir de 1339 começou uma guerra terrível, que durou cerca de cem anos. Não era uma guerra entre cavaleiros distintos, para quem combater era um ato nobre, mas uma guerra em que se enfrentavam exércitos importantes, compostos de burgueses franceses e ingleses que lutavam pela independência de seu país. Os ingleses ganharam cada vez mais terras e conquistaram territórios cada vez mais importantes na França. E tiveram maior sucesso ainda porque no final dessa guerra o rei francês que estava no poder era um homem estúpido e incapaz. Mas o povo francês não aceitava uma dominação estrangeira. Foi então que aconteceu o milagre. Uma simples pastora de dezessete anos, Joana d'Arc, declarou ter sido escolhida por Deus para eliminar o jugo estrangeiro e acabou conseguindo vestir a armadura e comandar os franceses à frente de um exército. Foi assim que ela expulsou os ingleses do país. Depois disso, ela declarou: "A paz só voltará se os ingleses estiverem na Inglaterra." Mas os ingleses se vingaram dela de uma maneira atroz. Eles a prenderam e a condenaram à morte por feitiçaria. Joana d'Arc foi queimada na fogueira na cidade de Rouen, em 1431. Não é de surpreender que ela tenha sido considerada feiticeira, pois parecia mesmo feitiçaria o fato de uma mocinha humilde, inculta e indefesa conseguir apenas com sua coragem e seu entusiasmo pôr fim a quase cem anos de luta e fazer um rei ser coroado.

    Você não imagina o quanto era movimentada essa época da Guerra dos Cem Anos. Nesse período anterior a 1400 as cidades desabrochavam, os cavaleiros já não se confinavam altivamente na solidão de seus castelos fortificados, mas preferiam viver na corte dos reis e dos príncipes abastados. Isso acontecia principalmente na Itália, mas também em Flandres e no Brabant (atual Bélgica). Havia então cidades muito ricas que faziam comércio de tecidos preciosos, como brocado e seda, e que tinham meios de obter o que quisessem. Os cavaleiros e os nobres apareciam nas festas da corte com os mais belos trajes, e eu bem que gostaria de estar presente quando eles dançavam com as damas no salão ou no jardim de flores, ao som do violino ou do alaúde. As mulheres usavam trajes ainda mais suntuosos e surpreendentes. Usavam chapéus pontudos exageradamente altos, parecendo pães de açúcar, aos quais se prendiam fitas finas, e elas se movimentavam, enfeitadas como bonecas adoráveis, preciosas e refinadas, com seus sapatos pontudos e seus vestidos longos costurados com fios de ouro. Imagino o quanto se sentiriam infelizes naquelas salas enfumaçadas dos velhos castelos fortificados! Viviam em castelos espaçosos, com uma quantidade imensa de cômodos com sacadas, torrinhas e ameias, cujas paredes eram ornadas de tapeçarias multicoloridas. Nesses lugares, era preciso usar uma linguagem castiça e floreada, e, quando um nobre conduzia sua dama à mesa de banquete suntuosamente arranjada, segurava-lhe a mão delicadamente, com dois dedos, afastando os outros o mais que pudesse. Havia muito tempo que a escrita e a leitura haviam se generalizado, pois eram necessárias aos comerciantes e aos artesãos. Muitos cavaleiros também escreviam poemas deliciosos, compostos com arte, dirigidos a suas graciosas damas.

Quanto ao estudo das ciências, já não era reservado a alguns monges, na quietude de suas celas. Pouco depois de 1200, a famosa universidade de Paris já tinha 20.000 alunos, vindos de todas as partes do mundo para se instruir e debater os pensamentos de Aristóteles e, também, sobre suas concordâncias ou discordâncias com os relatos da Bíblia.

Esse modo de vida, tanto na corte como na cidade, acabou chegando à Alemanha, especialmente à corte do imperador, então instalada em Praga. Depois da morte de Rodolfo de Habsburgo outras famílias de reis e de imperadores tinham sido eleitas. Desde 1310, era a família dos Luxemburgo. De fato, de Praga, os Luxemburgo quase já não reinavam sobre a Alemanha. O poder voltara às mãos dos senhores que tinham recuperado sua independência, como na Baviera, na Suábia, em Würtemberg ou na Áustria. A única diferença é que o imperador era o mais poderoso de todos. A região que pertencia

Ernst H. Gombrich

As rondas, como as rodas que as crianças fazem hoje, eram antigamente a dança dos nobres na corte.

propriamente à família dos Luxemburgo era a Boêmia. Desde 1347 seu soberano era Carlos IV, homem justo, mas que gostava de luxo. Em sua corte, encontravam-se cavaleiros tão distintos quanto na França e em seus palácios havia quadros tão belos quanto em Avignon. Em 1348 Carlos IV fundou uma universidade em Praga, a primeira do Império alemão.

Carlos IV tinha um genro, Rodolfo IV (apelidado "o Fundador"), cuja corte instalada em Viena era quase tão luxuosa quanto a sua. Observe que todos esses soberanos já não viviam em seus castelos fortificados isolados e já não empreendiam cruzadas aventurosas e que iam para longe. Seu castelo ficava no centro da cidade. Já por aí você percebe a importância que as cidades adquiriram. No entanto, era apenas o começo.

26 – Uma nova era

Já aconteceu de você abrir cadernos de escola antigos? Não é espantoso notar, ao folheá-los, o quanto a gente mudou? Ficamos surpresos ao ver o que escrevíamos, os erros que cometíamos, mas também ao ver as coisas boas. No entanto, em nenhum momento percebemos que estávamos mudando. O mesmo acontece com a história do mundo.

Como seria bom se, de repente, um arauto público passasse a cavalo pela cidade anunciando: "Ouçam todos, está começando uma nova era!" Na realidade as coisas não são assim. As mentalidades dos homens evoluem sem que eles percebam. Depois, de repente, eles tomam consciência disso, como você ao folhear os cadernos de escola. Então eles dizem, orgulhosos: "Nós somos a nova era!" E muitas vezes acrescentam: "Como as pessoas antes de nós eram bobas!"

É mais ou menos o que acontece depois de 1400 nas cidades italianas, mais especialmente nas grandes cidades ricas

Ernst H. Gombrich

do centro da Itália, e sobretudo em Florença. Esta tinha suas corporações e nela havia sido construída uma grande catedral. Mas, como na França e na Alemanha, a casta dos cavaleiros tinha quase desaparecido. Fazia muito tempo que os burgueses de Florença já não eram súditos do imperador alemão. Agora eram livres e autônomos, como foram em outros tempos os cidadãos de Atenas. E esses burgueses ricos, comerciantes e artesãos, passaram pouco a pouco a já não compartilhar os valores dos cavaleiros e artesãos da Idade Média.

Já não importava que um homem fosse combatente ou artesão de Deus, inteiramente dedicado a servi-lo e glorificá-lo. O essencial era ser um homem "completo", capaz, ou seja, pensar por si mesmo e agir sem pedir a opinião dos outros. Um homem que, em vez de interrogar os livros antigos para conhecer os usos e costumes de antigamente soubesse abrir os olhos e agir conforme julgasse. As duas palavras-chave eram: observar e agir. Ser nobre ou pobre, cristão ou herege estava em segundo plano. Os valores essenciais eram a autonomia de pensamento, a abertura de espírito, a capacidade de julgar, a cultura e a vontade de empreender. Havia pouca preocupação em saber qual era o status social, a profissão, o credo religioso e o país de origem de um homem. A principal questão era: que tipo de homem você é?

Assim, por volta de 1420, os florentinos de repente tomaram consciência de que eram diferentes dos homens da Idade Média. Seus valores, seus critérios de beleza já não eram os mesmos de seus ancestrais. Julgando que suas catedrais e suas esculturas eram austeras e duras e seus costumes fastidiosos, eles buscaram alguma coisa que correspondesse ao que apreciavam, algo que fosse livre, espontâneo, livre de constrangimento. Foi então que descobriram a Antiguidade, pois era mesmo uma descoberta. Pouco importava que os homens daquela época fossem pagãos. A única coisa que lhes interessava deles era sua abertura de espírito, sua curiosidade intelectual. Com total liberdade de pensamento, aqueles homens haviam debatido sobre tudo o que dizia respeito à natureza e ao mundo, argumentando e contra-argumentando, pois tudo lhes interessava. Tornaram-se a partir de então os novos modelos, sobretudo no campo das ciências.

Os florentinos passaram a procurar os livros latinos por toda parte, e esforçaram-se para escrever o latim tão bem quanto os antigos romanos. Também aprenderam o grego e saborearam as obras dos atenienses do tempo de Péricles. Logo passaram a se interessar mais por Temístocles e Alexandre, por César e Augusto, do que por Carlos Magno e Barba-Roxa. Era como se todo o tempo decorrido desde a Antiguidade tivesse sido um longo sono, como se a cidade livre de Florença fosse tornar-se uma nova Atenas ou uma nova Roma. De repente, as pessoas tinham a sensação de assistir ao renascimento da época distante das civilizações grega e romana. Elas mesmas tinham a impressão de estar renascendo em contato com as obras antigas. Por isso se falou de *Rinascimento*, ou seja, Renascença ou Renascimento. Os germânicos foram chamados de primitivos e considerados responsáveis pelo longo período que se passara desde a Antiguidade. Dizia-se que eram eles que tinham destruído o Império. A partir de então, os florentinos queriam empregar toda a sua energia em ressuscitar o espírito da Antiguidade.

Eles se entusiasmaram por tudo o que provinha da época romana, as estátuas magníficas, as construções grandiosas, coisas que na Itália subsistiam em ruínas. Antes, eram chamadas de "ruínas do período pagão", e as pessoas mais desconfiavam delas do que as olhavam. De repente, descobriu-se sua beleza. Tanto que os florentinos voltaram a construir com colunas.

Mas não se buscavam apenas as coisas antigas. A natureza começou a ser observada com novos olhos e sem idéias preconcebidas, como a viam os atenienses, 2.000 anos antes. Des-

Ernst H. Gombrich

cobria-se a beleza do mundo observando o céu e as árvores, os homens, as flores e os animais. As coisas eram pintadas tal como eram vistas, sem se recorrer ao estilo solene, grandiloqüente e religioso das histórias sagradas dos livros dos monges ou dos vitrais das catedrais. Adotava-se um estilo transbordante de cores, leve, espontâneo e livre de constrangimentos. Abrir os olhos e agir conseqüentemente eram, em arte, as palavras de ordem. Isso explica a presença em Florença, nessa época, dos maiores pintores e escultores.

Esses artistas não tentaram apenas ser excelentes em sua arte ficando sentados diante de suas obras para descrever o que viam do mundo. Queriam também compreender o que representavam. Em Florença houve especialmente um pintor para quem executar bons quadros não era suficiente, mesmo que se tratasse de belos quadros. Aliás, os dele eram dos mais belos. Ele queria conhecer perfeitamente as coisas que pintava. Esse pintor chamava-se Leonardo da Vinci. Era filho de uma empregada do campo e viveu de 1452 a 1519. Ele queria saber como era um homem quando chorava, quando ria, como era o interior do corpo humano, os músculos, os ossos, os ligamentos. Pedia para ver cadáveres nos hospitais e dissecava-os para estudá-los melhor, o que era totalmente incomum na época. Mas não era só isso. Ele também estudou com uma visão nova as plantas e os animais e indagou-se sobre o vôo dos pássaros. Foi levado então a se perguntar se os homens também não poderiam ser capazes de voar. Leonardo da Vinci foi o primeiro homem a explorar nos mínimos detalhes a possibilidade de construir uma espécie de pássaro artificial, em outras palavras, uma máquina voadora. Ele estava convencido de que algum dia isso seria possível. Interessando-se por tudo o que dizia respeito à natureza, não se limitou a consultar os escritos de Aristóteles ou os livros dos árabes. Ele sempre queria ter certeza de que o fruto de suas leituras correspondia à realidade. Quando queria compreender alguma coisa – por exemplo, por que a água forma remoinho ou por que o ar quente sobe –, ele fazia experiências.

Leonardo dava pouco crédito aos escritos científicos de seus contemporâneos e foi o primeiro a considerar que era necessário confirmar as observações da natureza por meio de experimentos. Em folhas soltas ou em cadernos, ele fazia croquis de tudo o que observava e os anotava, acumulando assim um número incalculável de documentos. Hoje, quando vemos seus croquis, admiramo-nos de que um só indivíduo tenha podido estudar e analisar tantas coisas, coisas sobre as quais ainda não se sabia nada ou sobre as quais apenas se tentava obter informações.

Poucos contemporâneos de Leonardo perceberam a importância das descobertas e das idéias inovadoras desse grande pintor. Ele era canhoto e tinha uma letra minúscula, difícil de decifrar. Talvez ele próprio não se queixasse disso, pois, naquele tempo, ter idéias que não eram tradicionais era arriscado. Por exemplo, em suas anotações pode-se ler a frase: "O Sol não se move." Nada mais. No entanto, entendemos que Leonardo já sabia que é a Terra que gira em torno do Sol, e não o Sol que todos os dias dá uma volta em torno da Terra, tal como se acreditava havia milhares de anos. É de imaginar que Leonardo se limitou a essa frase porque sabia que nada disso estava escrito na Bíblia e que muita gente acreditava que era preciso se ater, 2.000 anos depois, às concepções dos judeus sobre a natureza no momento em que a Bíblia tinha sido escrita.

O medo de ser tachado de herege não foi a única razão que levou Leonardo a guardar para si todas as suas invenções maravilhosas. Ele conhecia muito bem os homens e sabia que suas invenções só lhes interessavam na medida em que lhes permitissem destruir-se uns aos outros. Foi por isso, aliás, que ele escreveu: "Sei como é possível ficar muito tempo debaixo d'água sem se alimentar. Mas não publico nem explico a ninguém. Pois os homens são maus e recorreriam a esse meio para matar, mesmo no fundo do mar. Eles perfurariam o casco dos barcos para fazê-los afundar completamente." Infelizmente, nem todos os inventores que sucederam Leonardo foram tão grandes quanto ele, e a humanidade levou muito tempo para saber o que ele não queria mostrar.

Na época de Leonardo da Vinci vivia em Florença uma família de negociantes de lã e de banqueiros particularmente rica e poderosa: os Médicis. À semelhança de Péricles, em Atenas, entre 1400 e 1500 os Médicis ocuparam, quase sem interrupção, um lugar de destaque na administração da cidade. O mais influente foi Lourenço de Médicis, apelidado de "o Magnífico", pois soube usar de uma boa maneira sua fortuna imensa, protegendo os artistas e os cientistas. Quando ouvia falar em algum jovem bem dotado, acolhia-o imediatamente em sua casa e fazia com que recebesse instrução. Os costumes adotados na casa de Lourenço dão uma idéia do modo de pensar dos homens da época. À mesa, não havia etiqueta determinando que as pessoas mais velhas e mais nobres deveriam ocupar os lugares de honra. O primeiro a chegar sentava-se ao lado de Lourenço de Médicis, mesmo que fosse um simples aprendiz de pintor, e o último a chegar deveria se contentar em se sentar no fim da mesa, mesmo que fosse um embaixador.

Logo, essa nova exaltação dos florentinos a descobrir o mundo, a se interessar pelos homens abertos e cultos, pelas coisas bonitas, pelas ruínas e pelas obras dos romanos e dos gregos se difundiu. Pois, assim que se faz uma descoberta, outros homens se apressam em se apropriar dela. À corte do papa, novamente instalada em Roma, foram chamados grandes artistas que, segundo as novas normas, construíram palácios e igrejas e as ornaram com quadros e estátuas. Foi principalmente depois que ricos eclesiásticos da família dos Médicis se tornaram papas que os maiores artistas de toda a

Itália vieram a Roma executar suas obras-primas. Decerto, a nova maneira de ver as coisas nem sempre combinava com a antiga piedade. E os papas da época eram menos sacerdotes e mestres do cristianismo do que príncipes poderosos que almejavam conquistar a Itália e despendiam na capital quantias enormes para a realização de obras de arte. A idéia de um renascimento da Antiguidade começou lentamente a se propagar pelas cidades da França e da Alemanha. Aos poucos os burgueses, por sua vez, passaram a se interessar pela renovação do pensamento e das formas e a ler as novas obras latinas, que a partir de 1453 tinham se tornado mais fáceis de encontrar e mais baratas, pois um alemão acabava de inventar algo tão extraordinário quanto as letras do alfabeto inventadas pelos fenícios: a imprensa. Havia muito tempo na China, e algumas décadas na Europa, sabia-se passar tinta preta sobre pranchas de madeira gravadas, que em seguida eram prensadas sobre papel. Mas a descoberta do alemão Gutenberg consistia não em gravar pranchas inteiras, mas recortar isoladamente pequenos paralelepípedos de metal, cada um tendo em relevo, numa das faces, uma letra do alfabeto. Então era possível juntar esses caracteres móveis formando linhas, fixá-las num quadro e multiplicar as tiragens quantas vezes se desejasse. Quando se chegava à quantidade desejada, desmontavam-se os caracteres e formavam-se no quadro novas combinações. Era simples e barato. E muito mais simples e barato, é claro, do que quando se copiavam os livros a mão, incansavelmente, durante anos e anos de trabalho, como faziam em seu tempo os escravos romanos e gregos e os monges. Logo surgiu, na Alemanha e na Itália, uma quantidade impressionante de oficinas de impressão e de obras impressas, tanto bíblias como outros textos. Nas cidades e nos campos as pessoas passaram a devorar livros.

Houve uma descoberta que talvez tenha abalado o mundo mais ainda: a pólvora. Os chineses provavelmente a conheciam havia muito tempo, mas geralmente só a usavam para fogos de artifício. Foi apenas a partir dos anos 1300 que a pólvora entrou em uso na Europa e que passaram a ser empregados canhões para atirar nos castelos fortificados e nos homens. Pouco depois, os soldados foram equipados com imensos arcabuzes. Incômodos, difíceis de manipular, estes não permitiam atirar tão depressa quanto com arco ou balestra e flechas. Um bom arqueiro inglês era capaz de lançar 180 flechas em quinze minutos. O uso do arco só foi abandonado no dia em que um soldado teve a idéia de encher sua bombarda de pólvora e inflamá-la para lançar a bala. Já na Guerra dos Cem Anos chegaram a ser usadas peças de artilharia e armas de fogo, mas foi a partir de 1400 que sua utilização se generalizou.

Evidentemente, armas desse tipo não eram feitas para cavaleiros. Não era cavalheiresco atirar uma bala de longe contra um adversário! Lembre-se de que os cavaleiros tinham o hábito de se enfrentar a cavalo, um correndo de encontro ao outro para tentar derrubar sua lança. Mas, desde que passaram a ser usadas armas de fogo, eles foram obrigados a renunciar a suas cotas de malha e a substituí-las por couraças cada vez mais pesadas e espessas para se proteger dos projéteis dos exércitos inimigos. Cobertos dos pés à cabeça, esses homens presos dentro de sua armadura tinham dificuldade em se mexer. Evidentemente, isso lhes dava uma aparência assustadora, mas as couraças eram terrivelmente quentes e pouco práticas, e, apesar da valentia dos cavaleiros, havia menos razão para temê-los. Em 1476, um famoso príncipe-cavaleiro do ducado francês da Borgonha, chamado de Carlos o Temerário por causa de sua intrepidez, quis conquistar a Suíça com seu exército de cavaleiros encouraçados. Mas, perto de Murren, os camponeses livres e os cidadãos da Suíça, avançando a pé, abateram-se sobre esse exército, paralisado em seus movimentos. Derrubaram os homens dos cavalos, os dominaram e tomaram as tendas magníficas e os tapetes preciosos que eles tinham acabado de pilhar no caminho. Todas essas coisas ainda podem ser vistas hoje em Berna, capital da Suíça. A Suíça continuou livre e esse foi o fim dos cavaleiros.

Por essa razão deu-se o nome de "último cavaleiro" ao imperador alemão que reinava por volta de 1500. Ele se chamava Maximiliano e pertencia à família dos Habsburgo, cujo poder e cuja fortuna não tinham parado de crescer desde o rei Rodolfo. Desde 1438, os Habsburgo eram muito poderosos em seu próprio país, a Áustria. Seu poder era tão grande que todos os imperadores alemães eram dessa família. No entanto, tal como o último cavaleiro Maximiliano, a maioria tinha conflitos freqüentes com os nobres e os príncipes alemães que dispunham de poderes quase ilimitados sobre seus feudos e, muitas vezes, não queriam ir com o imperador para a guerra quando ele solicitava.

Desde que passou a haver dinheiro, cidades e a pólvora, a concessão de terras com seus servos em recompensa por serviços prestados na guerra caiu em desuso, tal como caiu em desuso, aliás, a cavalaria. Por isso, quando Maximiliano entrou em luta com o rei francês para disputar com ele suas possessões na Itália, ele apelou não para seus vassalos, mas para soldados pagos, que só guerreavam para ganhar dinheiro. Esses soldados eram chamados "lansquenetes". Homens grosseiros e cruéis, vestidos de maneira extravagante, seu maior prazer era pilhar. Eles não lutavam por sua pátria, mas por dinheiro, e atendiam a quem lhes pagava melhor. Portanto o imperador precisava de muito dinheiro. Como não tinha, era obrigado a pedir emprestado aos comerciantes ricos das cidades. Para isso, precisava esquecer os desentendimentos e se mostrar amável com eles, o que irritava os cavaleiros, que se sentiam cada vez mais deixados de lado.

Maximiliano tinha dificuldade em lidar com todas essas intrigas. Para ele seria preferível, como os cavaleiros de outros tempos, participar de torneios e descrever suas aventuras em poemas com belas rimas, dedicados à dama de seu coração. Ele era uma espantosa mistura de velho e novo. Gostava muito da nova arte. Aliás, solicitou ao maior pintor alemão da época, Albrecht Dürer, que tinha aprendido muito com os italianos e mais ainda sozinho, que realizasse pinturas e gravuras para glorificá-lo. Foram elas que, tal como as obras e construções dos grandes artistas italianos, "anunciaram" aos homens: "Ouçam todos! Começou uma nova era!" Se chamamos a Idade Média de noite estrelada, devemos chamar de aurora clara e luminosa essa nova era, que teve origem em Florença.

27 – Um Novo Mundo

O que chamamos até agora de história do mundo envolve apenas metade do mundo. A maioria dos acontecimentos ocorreram essencialmente em torno do Mediterrâneo – no Egito, na Mesopotâmia, na Palestina, na Ásia Menor, na Grécia, na Itália, na Espanha, na África do Norte – ou não muito longe dele –, na Alemanha, na França e na Inglaterra. Algumas vezes lançamos o olhar na direção do leste, para a China, império tão bem protegido, para a Índia, que na época de que falamos era governada por uma família real muçulmana. Mas não nos interessamos pelo que havia a oeste da velha Europa, além da Inglaterra, pois até então ninguém tinha se preocupado com isso. Alguns navegadores nórdicos tinham encontrado, certo dia, uma longínqua região selvagem, mas logo lhe voltaram as costas, pois não acharam nada que pudessem pilhar. Além dos *vikings*, poucos navegadores tinham coragem de se aventurar tão longe. Aliás, quem teria ousado se lançar num oceano desconhecido, talvez infinito, partindo da costa da Inglaterra, da França ou da Espanha?

Breve história do mundo

A grande travessia marítima do aventureiro Cristóvão Colombo é muito curta, comparada com a rota que ele queria percorrer. Percebemos isso observando o globo terrestre a partir do Pólo Norte.

Só uma invenção podia permitir uma aventura tão louca. Ora, essa invenção nós devemos (eu quase disse "naturalmente") aos chineses. É um simples pedaço de metal imantado que, suspenso livremente, orienta-se invariavelmente para o norte. Você já deve ter adivinhado: é a bússola. Havia muito tempo os chineses a utilizavam para se deslocar pelo deserto. Os árabes foram os primeiros a ouvir falar desse objeto mágico. Depois seu conhecimento foi transmitido aos europeus, na época de suas cruzadas, por volta de 1200. No entanto poucos o utilizavam. Tinham medo da bússola. Ela tinha algo de misterioso. Aos poucos, a curiosidade acabou vencendo o medo. Mas não foi só a curiosidade. Pensava-se que talvez houvesse tesouros insuspeitos nas regiões longínquas do outro lado do oceano, riquezas que os homens poderiam procurar. Nunca ninguém havia se aventurado a ir tão longe. O mar era muito vasto, muito desconhecido. Até onde daria para chegar?

Certo dia, um italiano originário de Gênova, homem sem fortuna e muito ambicioso, Cristóvão Colombo, teve uma idéia que logo se tornou obsessão. Estava convencido de que se alguém se deslocasse indefinidamente na direção oeste acabaria necessariamente chegando ao leste. Ora, a Terra não é redonda como uma bola? Pelo menos era isso que afirmavam certos livros da Antiguidade. Assim, tomando o rumo oeste, depois de percorrer a metade do mundo, inevitavelmente se chegaria ao leste, do outro lado do mundo, e se encontraria a China e a Índia. Esses países eram repletos de riquezas – ouro, marfim, especiarias raras – e, Colombo imaginava, de qualquer modo seria mais fácil chegar lá navegando à vela, com ajuda de uma bússola, do que atravessando um número infinito de desertos e de cadeias de montanhas temíveis, como fizera em outros tempos Alexandre o Grande ou como faziam comerciantes, com caravanas de camelos, para trazer à Europa a seda da China e outros tesouros. Colombo

estava persuadido de que, por via marítima, seria possível chegar à Índia em alguns dias, ao passo que eram necessários vários meses para fazê-lo por terra. Falou de seu projeto a quem quisesse ouvi-lo, mas todos riam na sua cara e diziam: é um louco! Colombo não se deixou abalar, repetindo incansavelmente: "Dêem-me navios, até mesmo um só navio, e tentarei a aventura. E da Índia, do País das Maravilhas, eu lhes trarei ouro!"
Colombo então voltou-se para a Espanha. Em 1469, dois reinos cristãos espanhóis tinham se unido graças ao casamento de seus soberanos, Isabel de Castela e Fernando de Aragão, que travavam uma luta sem trégua contra os árabes (que, conforme você deve lembrar, ocupavam a Espanha havia mais de 700 anos), para libertar não só Granada, sua magnífica capital, mas o país inteiro. Na corte da Espanha, assim como na de Portugal, ninguém se entusiasmou pelos projetos de Cristóvão Colombo. Todavia, aceitaram submeter o projeto ao parecer da famosa universidade espanhola de Salamanca. A resposta foi definitiva: o projeto não era realizável. Colombo passou então sete anos esperando, implorando incessantemente: "Dêem-me navios!" Finalmente resolveu deixar a Espanha para tentar a sorte na França. O acaso quis que, a caminho, ele encontrasse um monge que era o confessor da rainha Isabel de Castela. Ao ouvir o relato de seu projeto, o monge se entusiasmou. Foi falar com a rainha, que consentiu em chamar Colombo de volta. Dessa segunda vez Colombo quase pôs tudo a perder. O que ele pediu em troca, se o projeto desse certo, não era pouca coisa! Queria título de nobreza, ser representante do rei (em outras palavras, vice-rei) em todas as terras índias descobertas, ser nomeado almirante, ficar com a décima parte dos impostos recolhidos nas terras conquistadas, e muitas outras coisas. Ao receber a recusa da rainha, ele lhe voltou as costas e mandou dizer que ia se apresentar à corte francesa. Como? As terras descobertas por

Ernst H. Gombrich

Colombo caberiam então ao rei francês? Os espanhóis não podiam nem pensar nisso. A corte da Espanha voltou a chamar Cristóvão Colombo e lhe concedeu tudo o que pedia. Deram-lhe duas caravelas em más condições, imaginando que, se afundassem, não seria uma grande perda. Colombo fretou uma terceira.

Em 3 de agosto do ano de 1492, com todas as velas desfraldadas, o navegante deixou o porto espanhol. Dirigindo-se para oeste, sem nunca mudar de rumo, estava resolvido a chegar às Índias orientais. Teve de fazer uma longa escala numa ilha para consertar uma das caravelas. Depois continuou seu caminho, distanciando-se cada vez mais, rumo a oeste. Mas nada de aparecerem as Índias no horizonte! Seus homens começavam a ficar impacientes, depois a cair no desespero. Queriam fazer meia-volta. Colombo evitou lhes dizer a que distância já se encontravam de sua pátria. Preferiu mentir. Finalmente, em 11 de outubro de 1492, às duas da madrugada, um tiro de canhão partiu de um de seus navios para dar o sinal: "Terra à vista!"

Imagine a alegria e o orgulho de Colombo. Finalmente a Índia! Portanto, aquelas pessoas pacíficas na praia eram índios! É claro que você sabe que Colombo estava enganado. Ele não se encontrava na Índia, mas nas ilhas próximas à América. Agora você entende por que até hoje se fala em índios para designar as populações indígenas da América. E essas ilhas são chamadas de Índias ocidentais como lembrança do erro de Colombo. A Índia (ou as Índias orientais) ainda estava muito longe. A distância a ser percorrida era muitíssimo maior do que a que separava Colombo da Espanha. Para chegar até lá, ele ainda deveria navegar pelo menos dois meses, e antes de chegar provavelmente teria naufragado. No entanto, convencido de que estava na Índia, Colombo, em nome do rei da Espanha, tomou posse da terra que acabava de descobrir. Mesmo por ocasião de suas viagens seguintes,

Breve história do mundo

ele teimava em dizer que a região que tinha descoberto era a Índia. Nunca iria admitir que suas suposições, que ele achava geniais, estavam erradas, uma vez que a terra era bem maior do que imaginava e o caminho para a Índia por terra era bem mais curto do que a travessia do Atlântico e, depois, do oceano Índico. Ele fazia questão de ser vice-rei das Índias, país de seus sonhos!

Talvez você saiba que é a partir do ano de 1492, data em que o incrível aventureiro Cristóvão Colombo descobriu a América por acaso (digo "por acaso" porque a América, de fato, estava em sua rota), que se designam os Novos Tempos. Esta data é menos evidente do que a de 476, atribuída ao início da Idade Média. O ano de 476 correspondia a uma realidade, a do desmoronamento do Império Romano do Ocidente, com a destituição de seu último imperador, Rômulo Augústulo. Mas, em 1492, ninguém sabia, nem mesmo Colombo, que essa travessia teria conseqüências bem mais importantes do que o ouro encontrado naquela região desconhecida.

Ao voltar para a Espanha, evidentemente Colombo foi festejado como herói. No entanto, em suas viagens posteriores ele se tornou tão antipático, por excesso de ambição, orgulho, cobiça e fantasia, que o rei mandou prender seu almirante e vice-rei e repatriá-lo das Índias ocidentais com os pés acorrentados. Colombo conservou essas correntes até morrer, mesmo depois de recuperar as boas graças reais, sua honra e suas riquezas. Nunca pôde nem quis esquecer uma tal afronta.

Os primeiros navios espanhóis dirigidos por Colombo e seus homens só tinham aportado em ilhas habitadas por alguns "índios" miseráveis, de costumes simples e indulgentes. A única coisa que os aventureiros espanhóis queriam saber deles era a origem das jóias de ouro que alguns traziam no nariz. Os índios apontaram para oeste. Assim, finalmente, foi descoberto o continente americano. Pois o verdadeiro objetivo dos espanhóis era a descoberta do Eldorado, o "País do

Ouro". Imaginavam que fosse um lugar fabuloso, onde esperavam ver cidades com casas de telhado de ouro. Esses aventureiros, ou conquistadores, que partiam da Espanha para conquistar terras desconhecidas para o rei, com a intenção de constituir seu próprio tesouro, em geral eram homens rudes. Na verdade eram chefes de bandidos extremamente cruéis, sem escrúpulos, dispostos a todas as mentiras para enganar as populações indígenas, animados por uma cobiça devoradora e sempre prontos a se lançar nas mais loucas aventuras. Nada lhes parecia impossível e, para encontrar ouro, não recuavam diante de nada. Eram tão corajosos quanto desumanos. O mais triste é que esses homens, além de se dizerem cristãos, pretendiam estar agindo em nome do cristianismo quando cometiam atrocidades contra os pagãos.

Entre esses conquistadores, houve um, antigo estudante de direito chamado Fernando Cortés, cuja cobiça não tinha limites. Ele queria ir ao interior da região e pilhar todos os tesouros fabulosos de que tinha ouvido falar. Em 1519, deixou o litoral à frente de 150 soldados espanhóis, treze cavaleiros e alguns canhões. Os índios nunca tinham visto homens brancos, nem mesmo cavalos e armas de fogo. Ficaram em pânico com os tiros de canhão e acharam que os soldados espanhóis fossem feiticeiros poderosos ou até mesmo deuses. No entanto, muitas vezes se defenderam corajosamente, atacando os soldados em marcha durante o dia e aproveitando a noite para atacar seus acampamentos. Mas desde o início Cortés se vingou de maneira abominável, queimando suas aldeias e matando milhares de índios.

Pouco depois, emissários de um rei poderoso de um território mais distante vieram ao encontro de Cortés, trazendo presentes suntuosos de ouro e de penas coloridas, para lhe pedir que fosse embora daquele lugar. Mas os presentes do rei só fizeram aguçar a curiosidade e a cupidez de Cortés. À custa de aventuras incríveis, ele prosseguiu seu caminho e

Breve história do mundo

Depois de transpor o dique, Cortés e sua tropa de soldados entram na magnífica cidade do México, acolhidos pelo rei Montezuma.

obrigou muitos índios a acompanhá-lo, como tinham feito os grandes conquistadores. Acabou chegando ao reino do rei poderoso que lhe enviara emissários e presentes. Esse rei se chamava Montezuma; o nome de seu reino, e também o de sua capital, era México. Montezuma, respeitosamente, esperava Cortés e sua pequena tropa às portas da cidade, localizada numa ilha no meio de um lago imenso. Depois de transpor um dique de dezesseis quilômetros de comprimento, os espanhóis mal puderam acreditar em seus olhos, ao verem o fausto, a beleza e a imponência da capital, tão grande quanto as maiores cidades que eles conheciam. Tinha ruas principais muito largas e retilíneas, um grande número de canais e de pontes, praças e mercados em que, todos os dias, dezenas de milhares de pessoas iam comprar ou vender.

As cartas de Cortés ao rei da Espanha testemunham sua admiração e seu espanto. Nos mercados, segundo ele escrevia, negociava-se todo tipo de coisas: produtos comestíveis, jóias de ouro, de prata, de estanho, de latão, de osso, de con-

Ernst H. Gombrich

chas, de carapaça de lagosta e de penas, assim como pedras de construção, talhadas ou não, cal, tijolos, madeira de construção bruta ou aparelhada... Havia juízes permanentemente no mercado, prontos para interferir quando se declarava alguma desavença. Algumas ruas eram especializadas na venda de todos os tipos de pássaros e outros animais, outras na venda das mais diversas plantas. Com muitos detalhes, Cortés também falava na venda de produtos que nunca tinha visto: pigmentos para pintura, porcelana, frutas, hortaliças, biscoitos de cereais, e espantava-se por ver em todo lugar farmacêuticos, barbeiros, albergueiros. Falando da arquitetura, ele descreveu os templos monumentais, encimados por torres, tão vastas quanto algumas cidades, cujas salas eram decoradas com afrescos multicoloridos representando divindades gigantescas e assustadoras, às quais eram sacrificados seres humanos. Dizia-se fascinado pelas casas de moradia, grandes e espaçosas, que tinham belos canteiros de flores, canalização de água e contavam com a presença de vigias e alfandegueiros...

O palácio do rei Montezuma talvez tenha causado em Cortés um impacto maior ainda. Segundo ele, a Espanha jamais possuíra iguais. Aquele palácio tinha vários andares, guarnecidos de colunas e placas de jade, de onde se enxergava a uma distância a perder de vista. Suas salas eram imensas. Seu parque contava com inúmeros tanques de água e com um jardim zoológico em que viviam todas as espécies de animais enjaulados. Em torno de Montezuma havia uma suntuosa corte de altos funcionários que lhe demonstravam o maior respeito. Ele próprio, quatro vezes por dia, trocava de roupa, que era sempre diferente e nunca reutilizada. Todos se aproximavam dele curvando a cabeça, e o povo devia lançar-se ao chão e nunca olhá-lo de frente quando, carregado numa cadeira, percorria as ruas da Cidade do México.

Cortés recorreu a uma artimanha para prender aquele rei tão poderoso. Como que paralisado por tanta falta de respeito e tanta desenvoltura, Montezuma não ousou fazer nada contra os invasores brancos. Além do mais, havia no México uma antiga lenda segundo a qual Filhos do Sol, divindades de pele branca, um dia viriam do leste para se apossar de seu país. Ao ver os homens brancos, Montezuma pensou que eles fossem as tais divindades de que falava a lenda. Na realidade, eles eram seres diabólicos de pele branca. Aproveitando uma festa religiosa dada em um dos templos, eles atacaram a nobreza mexicana e mataram os pobres indefesos, desencadeando a fúria popular. Cortés então obrigou Montezuma, do alto de seu palácio, a pedir calma ao povo. No entanto, o povo não deu ouvidos a suas exortações e passou a atirar pedras em seu próprio rei, ferindo-o mortalmente. Seguiu-se uma terrível carnificina, durante a qual Cortés juntou toda a sua coragem para escapar ao massacre. Foi realmente um milagre ele ter conseguido fugir da cidade em revolta, com seu punhado de homens, e chegar ao litoral depois de atravessar o país inimigo, carregando doentes e feridos. Naturalmente, pouco depois ele voltou com outra tropa, espalhando fogo e sangue pela magnífica cidade. Era apenas o começo. Em seguida, lá e em outras regiões da América, os espanhóis exterminaram de maneira horrível os povos indígenas cuja civilização atingira tão alto grau de refinamento. Esse capítulo da história da humanidade é tão terrível e infamante para os europeus que prefiro não falar mais sobre ele.

Enquanto isso, os portugueses descobriram o verdadeiro caminho marítimo para as Índias orientais e se comportaram com a mesma barbárie que os espanhóis com relação aos índios da América. Indiferentes à antiga sabedoria do povo indígena, tinham apenas um objetivo: encontrar ouro, cada vez mais ouro. Passou a haver tanto ouro, proveniente da Índia e da América, que os burgueses europeus se tornavam cada vez mais ricos e os cavaleiros e senhores cada vez mais pobres. Desde que navios navegavam para oeste e voltavam tam-

Ernst H. Gombrich

bém pelo oeste, foram sobretudo as cidades portuárias européias situadas a oeste que se beneficiaram de um desenvolvimento prodigioso, tornando-se extremamente poderosas e influentes.

Depois da Espanha e de Portugal, países como a França, a Inglaterra e a Holanda se lançaram, por sua vez, na corrida pela conquista de terras de além-mar. A Alemanha, por outro lado, permaneceu recuada, por demais ocupada com seus próprios problemas.

28 – Uma nova fé

Você se lembra de que, a partir dos anos 1500, os papas de Roma passaram a se interessar mais pelo fausto e pelo poder do que pelo exercício de seu ministério, e que eles mandaram construir igrejas magníficas, apelando para os melhores artesãos e artistas. Depois que dois papas da família dos Médicis subiram ao poder (família que, como sabemos, já havia contribuído intensamente para o prestígio e o desenvolvimento artístico de Florença), passaram a ser construídos em Roma edifícios belos e monumentais. Decretou-se que a antiga basílica de São Pedro, erigida por Constantino o Grande e na qual Carlos Magno fora coroado imperador, não era suficientemente faustosa. Lançou-se a idéia de construir uma nova basílica, de proporções fenomenais e beleza inigualável. Mas o projeto era caro. Os papas da época não se preocuparam em saber de onde viria o dinheiro de que precisavam. Só uma coisa lhes importava: arranjá-lo para poder realizar seu projeto fantástico. Para lhes agradar, padres e monges passaram então a coletar dinheiro de uma maneira que não se adequava aos dogmas da Igreja. Pediram aos crentes que dessem dinheiro pelo perdão de seus pecados. Era a venda de "indulgências". É verdade que a Igreja ensinava que só o pecador arrependido seria absolvido, mas os vendedores de indulgências foram muito mais longe.

Naquele tempo vivia em Wittenberg, na Alemanha, um monge da ordem de Santo Agostinho, Martinho Lutero. Quando, em 1517, um desses vendedores de indulgências se apresentou na cidade para arranjar dinheiro para a nova basílica de São Pedro, cuja construção deveria se realizar naquele mesmo ano sob a direção do pintor mais famoso do mundo, Rafael, Lutero quis chamar a atenção para aqueles métodos, contrários à religião. Fez um grande cartaz, no qual inscreveu noventa e cinco teses, e o afixou à porta da igreja. As teses denunciavam o comércio da graça divina, em troca do resgate dos pecados. Para ele, não havia nada de mais terrível do que querer obter o perdão de Deus em troca de dinheiro. Sempre se considerara um pecador, que vivia, como todo pecador, no temor a Deus. Mas só uma coisa podia evitar a punição de Deus: sua graça infinita. E ele achava que essa graça não havia homem que pudesse comprar. Pois, se fosse assim, não seria graça. Diante de Deus, que sabe tudo e vê tudo, até mesmo um homem bom era pecador e merecia ser punido. Só sua fé na graça generosamente consentida por Deus poderia salvá-lo, nada mais.

A condenação das indulgências e do mau uso que se fazia delas suscitou brigas ásperas, reforçando as tomadas de posição de Lutero e levando-o a se tornar ainda mais agressivo, tanto em suas falas como em seus escritos. Fora a fé, todo o resto é supérfluo, ele dizia. Inclusive, portanto, a Igreja e os padres que, na missa, intercediam para que os crentes também tivessem sua parcela de graça divina. Essa graça não precisa de intermediários. Só a confiança absoluta e a fé de cada um em Deus podem salvar. Ter fé é acreditar nos grandes mistérios do Evangelho, é acreditar que, ao comungar, comemos o corpo de Cristo e bebemos seu sangue. Ninguém pode ajudar ninguém a obter a graça de Deus. Cada crente é,

Ernst H. Gombrich

por assim dizer, seu próprio padre. Os padres da Igreja são apenas professores e conselheiros. Por isso eles também podem viver como todos os outros homens e até se casar. O crente não deve se fiar nos dogmas da Igreja. Cabe a ele buscar na Bíblia as intenções de Deus. Pois, ainda segundo Lutero, a verdade só pode se encontrar na Bíblia. Lutero não foi o primeiro a pensar assim. Cem anos antes dele, um padre que vivia em Praga, chamado Jan Hus, tinha professado doutrina semelhante. Em 1415, ele foi convocado, em Constança, para uma assembléia dos altos dignitários da Igreja. E, apesar do salvo-conduto que recebera do Imperador, foi queimado por heresia. Seus inúmeros adeptos sustentaram longas guerras, provocando a desolação de metade da Boêmia, antes de serem impiedosamente exterminados.

A mesma coisa poderia ter acontecido a Lutero e a seus adeptos, mas os tempos haviam mudado. A invenção da imprensa permitira a difusão por toda a Alemanha dos escritos de Lutero, redigidos num estilo colorido, retumbante, às vezes até grosseiro. Muita gente lhe deu razão. Quando o papa foi informado disso, ameaçou excomungar Lutero. Mas Lutero já tinha tantos partidários que não se intimidou. Queimou publicamente a carta do papa (a "bula" papal), desta vez provocando sua excomunhão. Declarou então que ele e seus adeptos tinham saído definitivamente da Igreja, o que suscitou uma violenta reação na Alemanha. Muitos ficaram a seu lado, ainda mais porque o papa, com seu amor ao luxo e todas as suas riquezas, havia se tornado antipático. Além disso, vários príncipes alemães mostravam-se satisfeitos diante da perspectiva de verem diminuir o poder dos bispos e arcebispos, o que permitiria também que se apropriassem dos importantes bens fundiários da Igreja. Aderiram então à Reforma, nome dado à tentativa de Lutero de despertar a piedade dos primeiros cristãos.

Em 1519 (um ano antes da excomunhão de Lutero), o imperador Maximiliano, "o último cavaleiro", morreu, e seu neto, Carlos V, dito Charles Quint (Carlos Quinto), da família dos Habsburgo, também neto da rainha espanhola Isabel de Castela, tornou-se o novo imperador alemão. Tinha apenas dezenove anos e nunca tinha ido à Alemanha. Só tinha estado na Bélgica, na Holanda e na Espanha, países dependentes de sua coroa. Como rei da Espanha, ele também reinava sobre o novo continente americano, em que Cortés e outros depois dele haviam empreendido suas expedições de conquista, o que levava seus cortesãos a dizer que em seu Império "o sol nunca se punha". De fato, quando na Europa é noite, é dia na América. Esse Império imenso – que incluía a Áustria herdada dos Habsburgo, os Países Baixos herdados do duque de Borgonha Carlos o Temerário, a Espanha e o Império Alemão – tinha um único verdadeiro inimigo na Europa: a França. O reino da França era incomparavelmente menos vasto do que o Império de Carlos Quinto, mas, sob a sábia autoridade de seu rei, Francisco I, era mais unificado, mais sólido e mais rico. Os dois reis lutaram durante trinta anos, disputando a Itália, país mais rico da Europa. Os papas apoiavam ora um, ora outro. Finalmente, em 1527, os lansquenetes do imperador saquearam Roma e aniquilaram as riquezas da Itália.

No entanto, ao subir ao poder em 1519, Carlos Quinto era um jovem religioso, que tinha boas relações com o papa. Já por ocasião de sua coroação em Aix-la-Chapelle, ele havia manifestado a intenção de acabar o quanto antes com o herege Lutero. Até desejaria mandar prendê-lo, mas o príncipe da cidade de Lutero (Wittenberg), o duque da Saxônia, chamado Natan o Sensato, se opôs. Este último tornou-se em seguida o grande protetor de Lutero e conseguiu que ele não fosse morto.

Carlos Quinto ordenou que o monge recalcitrante comparecesse diante do Parlamento (também chamado "dieta"), que se reunia pela primeira vez. Isso aconteceu em Worms, em 1521 (donde o nome de "Dieta de Worms", registrado pela

História). Todos os príncipes e os grandes do Império se reuniram em sessão solene e faustosa. Lutero se apresentou, vestido com uma simples túnica de burel. Ele já havia anunciado que se retrataria se lhe mostrassem na Bíblia a prova de que suas afirmações estavam erradas. Como você sabe, a única palavra de Deus que Lutero reconhecia era a Bíblia. A assembléia dos príncipes e dos nobres não quis se deixar levar a uma briga de palavras com aquele eminente e apaixonado doutor em teologia. O imperador exigiu que ele voltasse atrás no que havia dito. Lutero lhe pediu um dia de reflexão. De fato, estava decidido a se manter fiel a suas convicções. Até escreveu a um amigo: "Uma coisa é certa: não retirarei uma vírgula do que disse e deposito minha confiança em Jesus Cristo." Um dia depois, apresentou-se novamente diante do Parlamento reunido e fez um longo discurso em língua alemã e latina, no qual explicou sua fé e acrescentou que sentia muito se, em seu ardor em se defender, tinha atingido algumas pessoas. Quanto a se retratar, isso lhe era impossível. O jovem imperador, que provavelmente não havia compreendido uma só palavra de seu discurso, pediu-lhe que concluísse dando uma resposta breve e clara. Lutero voltou a tomar a palavra em tom inflamado, repetindo que só o que estava na Bíblia poderia obrigá-lo a se retratar. "Minha consciência", disse ele, "é prisioneira da palavra de Deus e por isso não posso nem quero me retratar, pois é perigoso agir contra a própria consciência. Que Deus me conceda sua ajuda. Amém."

O Parlamento então editou uma lei banindo Lutero do Império, o que significava que ninguém mais estava autorizado a lhe dar de comer, a ajudá-lo ou a alojá-lo. Quem infringisse a lei seria também banido do Império, assim como qualquer pessoa que comprasse ou possuísse seus escritos. Se alguém o matasse não sofreria nenhuma sanção. A partir de então, Lutero era considerado um fora-da-lei. Foi aí que seu protetor, Natan o Sensato, mandou buscá-lo secretamente e transportá-lo até seu castelo, o Wartenburg, onde ele passou a viver sob nome falso. Aproveitando esse aparente cativeiro, Lutero traduziu a Bíblia para o alemão, a fim de que todos pudessem lê-la e refletir sobre ela. Não era uma empreitada fácil, pois naquela época nem todos os alemães falavam a mesma língua. Os bávaros expressavam-se em dialeto bávaro, os saxões em dialeto saxão, e assim por diante. Lutero empenhou-se então em encontrar uma língua que todos compreendessem. Podemos dizer, na verdade, que traduzindo a Bíblia Lutero criou a língua alemã, que, mais de 400 anos depois, corresponde sem grandes mudanças ao alemão de hoje.

Lutero permaneceu no castelo de Wartenburg até o dia em que soube, com desgosto, do efeito produzido por seus discursos e seus escritos. Seus adeptos, os luteranos, tinham se tornado mais fanáticos do que ele. Destruíam as imagens sagradas nas igrejas e professavam que era contrário ao espírito da Igreja batizar as crianças, pois, segundo diziam, era preciso esperar que o ser tivesse idade para decidir livremente se queria ser batizado ou não. Eles receberam o nome de "iconoclastas" ou "anabatistas". As doutrinas de Lutero tinham agido principalmente sobre os camponeses, que as interpretavam à sua maneira. Para eles, Lutero professava que os homens deviam obedecer apenas à consciência deles e a ninguém mais, que cabia a cada indivíduo, com toda a autonomia e toda a liberdade, lutar para obter a graça de Deus. Os camponeses, até então submissos, privados de liberdade e dependentes de seus senhores, compreenderam esse manifesto do homem livre, sem estar submetido a ninguém, como o direito a obter sua própria liberdade. Constituíram-se grupos de camponeses, armados de flagelos e de foices, que se lançavam contra os proprietários de terras, os mosteiros e as cidades. Depois de combater a Igreja, Lutero agora se contrapôs a todos esses iconoclastas, esses anabatistas, esses camponeses. Em discursos e escritos, denunciou violentamente o desvio de sua doutrina e contribuiu para reprimir e punir os exércitos de rebeldes. Essa divisão entre protestantes (nome dado aos discípulos de Lutero) serviu imensamente à grande Igreja Católica unificada.

Pode-se, de fato, falar em divisão, pois na época Lutero não foi o único a expressar e professar as idéias que conhecemos. O padre Zwinglio, em Zurique, tinha seguido caminho idêntico. Em Genebra, outro teólogo, Calvino, havia repudiado a Igreja. No entanto, apesar de suas afinidades, os adeptos de uns e de outros não conseguiam se entender e se apoiar. Foi então que o papado sofreu mais uma perda importante. Na Inglaterra reinava o rei Henrique VIII. Ele tinha se casado com uma tia do imperador Carlos Quinto, mas não gostava dela. Teria preferido se casar com uma dama de sua corte, Ana Bolena. A idéia de um divórcio não podia ser aceita de modo algum pelo papa, chefe supremo da Igreja. Em 1553, Henrique VIII rompeu com a Igreja romana e fundou em seu país sua própria Igreja, que lhe concedeu o divórcio. O rei continuou perseguindo os adeptos de Lutero, porém a Inglaterra se afastou para todo o sempre da Igreja Católica romana. Depois veio um dia em que Henrique VIII se cansou de Ana Bolena e mandou decapitá-la. Onze dias depois, ele voltou a se casar, mas sua terceira mulher morreu, escapando de ter o mesmo fim. O rei se divorciou da quarta mulher, casou-se com uma quinta, a qual também mandou decapitar. Sua sexta mulher morreu pouco tempo depois dele.

O imperador Carlos Quinto, por sua vez, estava cansado de seu imenso Império, sempre às voltas com distúrbios e objeto de combates em nome da religião. Tinha passado sua vida lutando ora contra os príncipes alemães, adeptos de Lutero, ora contra os reis da França e da Inglaterra e contra os turcos que, em 1453, partindo de leste, conquistaram Constantinopla, capital do Império Romano do Oriente. Depois disso, esses mesmos turcos devastaram a Hungria e chegaram às portas de Viena, capital austríaca, cercando-a em vão. Carlos Quinto acabou então se fartando de seu Império e até do sol que nele nunca se punha. Abdicou, entregando a coroa do reino da Áustria e a do Império da Alemanha a seu irmão Ferdinando e dando a Espanha e os Países Baixos a seu filho Filipe. Em 1556, velho e alquebrado, ele se retirou ao mosteiro espanhol de San Gerónimo de Yuste, onde se dedicou a trabalhos de relojoaria. Queria fazer com que todos os relógios batessem as horas ao mesmo tempo. Não conseguindo, teria dito: "E dizer que tive a pretensão de querer levar ao entendimento todos os homens do meu Império, ao passo que sou incapaz de harmonizar o toque de alguns relógios!" Ele morreu na solidão e na amargura. Quanto aos relógios do que fora seu Império, eles deram da hora da época informações cada vez mais discordantes.

29 – A Igreja militante

Em um dos combates travados entre o imperador Carlos Quinto e o rei francês Francisco I, um jovem nobre espanhol foi gravemente ferido. Ele se chamava Inácio de Loyola. Durante seus longos anos de dolorosa imobilização, ele refletiu muito sobre sua vida passada de jovem fidalgo e mergulhou na leitura da Bíblia e da vida dos santos. Veio-lhe assim a idéia de mudar de vida. Queria continuar combatendo, mas por uma causa muito diferente, a da Igreja Católica, tão ameaçada por Lutero, Zwinglio, Calvino e Henrique VIII.

Recuperado de seus ferimentos, ele não partiu para a guerra, para participar de um dos inúmeros combates que opunham luteranos e católicos. Foi para a universidade. Aprendeu e refletiu incansavelmente para se armar para a luta que queria travar. Querer exercer um domínio é ser capaz de dominar a si mesmo. Era esse seu pensamento. Treinou então, num esforço sobre-humano, o autodomínio. Um pouco conforme os ensinamentos de Buda, mas com um objetivo diferente. A exemplo de Buda, ele também queria se libertar de todo desejo. Mas não era para encontrar neste mundo o fim de todo sofrimento. Era para não obedecer a nenhuma outra vontade e a nenhum outro objetivo que não os da Igreja. Depois de anos de exercício espiritual, conseguiu chegar a não pensar em nada de preciso, ou em outros momentos, ao contrário, a se concentrar tanto em uma determinada coisa que era capaz de representá-la concretamente. Esses eram os princípios pedagógicos que impunha a si mesmo e a seus amigos. Quando todos sentiram que podiam controlar suas próprias representações mentais, Inácio de Loyola fundou com os amigos uma ordem, a que deu o nome de Companhia de Jesus. É a ordem dos jesuítas.

Esse pequeno grupo de homens instruídos e distintos ofereceu ajuda ao papa para defender a Igreja, oferta que foi aceita em 1540. Imediatamente eles partiram para a guerra, com a prudência e a determinação de um exército. Começaram a atacar, também eles, os desvios da Igreja que tinham provocado o conflito com Lutero. Durante uma grande assembléia com altos dignitários da Igreja, realizada em Trento, no sul do Tirol, de 1545 a 1563 (assembléia que foi chamada de Concílio de Trento), foram decididas mudanças e melhorias que levariam à recuperação do poder e da dignidade da Igreja. Os padres deixariam de ser apenas príncipes vivendo no luxo para voltar a ser servidores de Deus. A Igreja deveria se preocupar mais com os pobres e, sobretudo, em ensinar o povo. Foi nesse domínio que os jesuítas, homens cultos, pedagogos e além do mais servidores incondicionais da Igreja, deram sua maior contribuição. Como professores, podiam inculcar seu pensamento no povo e nas pessoas da alta sociedade, pois também ensinavam na universidade. Professores e pregadores da fé, sua influência atingiu regiões distantes, mas também as cortes reais, onde muitos deles desempenhavam o papel de confessores. Como eram homens muito inteligentes, conhecendo perfeitamente a alma humana, eles souberam aproveitar sua influência na corte para alterar o rumo das decisões dos grandes daquele mundo.

Todo esse esforço para despertar a antiga piedade dos homens, não os afastando da Igreja Católica mas renovando a própria Igreja, para lutar ativamente contra a reforma, recebeu o nome de Contra-Reforma. Naqueles tempos de guerras religiosas, os homens tinham se tornado austeros e rigorosos, quase tão austeros e rigorosos quanto Inácio de Loyola. O prazer dos burgueses de Florença em assistir a seus dirigentes viverem no fausto do poder havia desaparecido. Voltara a preocupação de saber se um homem era religioso e queria servir à Igreja. Os nobres já não vestiam trajes amplos e de cores vivas. A maioria deles parecia monges com suas roupas pretas moldando o corpo, o pescoço preso num colarinho branco. Seus rostos, terminados por uma barbicha em ponta, ostentavam um olhar grave e tenebroso. Todos aqueles fidalgos levavam uma espada à cintura e desafiavam ao duelo quem ferisse sua honra.

Aqueles homens de gestos calmos e comedidos e de uma cortesia aprimorada (seríamos tentados a dizer "afetada") eram quase todos combatentes obstinados, capazes de se mostrar impiedosos quando sua fé estava em questão. A Alemanha não foi a única a conhecer guerras entre príncipes católicos e protestantes. As guerras mais violentas ocorreram na França, onde os protestantes eram chamados de "huguenotes". Em 1572, a rainha da França convidou todos os nobres huguenotes para um casamento na corte. Depois, na Noite de São Bartolomeu, mandou assassiná-los. Isso dá uma idéia do quanto eram implacáveis e cruéis as guerras de então.

O chefe católico mais intransigente e mais impiedoso era o rei da Espanha, Filipe II, filho do imperador Carlos Quinto. O protocolo em sua corte era austero e solene. Tudo era submetido a regras rígidas: quem devia se ajoelhar diante do rei, quem podia manter o chapéu na cabeça em sua presença, em que ordem os convivas deviam se encaminhar para a mesa dos banquetes e os nobres para a missa.

Filipe II, por sua vez, era um soberano incansável que fazia questão de controlar as menores coisas e de redigir todas as cartas de próprio punho. Cercado pelos conselheiros, entre os quais havia muitos religiosos, começava a trabalhar de manhã muito cedo e só terminava tarde da noite. Sua principal razão de vida era a luta contra todas as formas de descrença. Em seu próprio país, mandou queimar na fogueira milhares de pessoas acusadas de heresia, entre as quais não havia apenas protestantes. Havia judeus e também muçulmanos, presentes na Espanha desde a época em que ela fora dominada pelos árabes. Filipe II considerava-se protetor e defensor da Igreja, exatamente como, em outros tempos, o imperador alemão. Nessa qualidade, ele se juntou à frota italiana para combater os turcos, cuja força em mar havia decuplicado desde que tinham tomado Constantinopla. Ele os venceu em Lepanto, em 1571, e destruiu sua frota, acabando definitivamente com sua força naval.

A luta de Filipe II contra os protestantes não se desenrolou tão bem. Embora tenha conseguido exterminá-los em seu próprio país, a Espanha, o mesmo não aconteceu fora dele. Como no tempo de seu pai, um outro território estava sob a dependência de sua coroa, os Países Baixos, ou seja, a Bélgica e a Holanda. Ora, os protestantes eram particularmente numerosos entre os burgueses das cidades ricas do Norte. Filipe II submeteu-os às piores coisas para dissuadi-los de sua fé, mas eles não cederam. Enviou então ao lugar, com o título de governador, um nobre espanhol ainda mais fanático e inflexí-

A execução de um nobre holandês pelos espanhóis.

vel do que ele, o duque de Alba. Sua aparência era exatamente a do tipo de guerreiro que Filipe apreciava: silhueta longilínea, porte rígido, rosto pálido e macilento iluminado por um olhar de aço e cavanhaque em ponta. Com sangue-frio, o duque de Alba condenou à forca um grande número de burgueses e nobres dos Países Baixos. Até que um dia o povo se revoltou. Eclodiu uma luta implacável, cujo resultado foi, em 1579, a libertação das cidades protestantes dos Países Baixos do jugo dos espanhóis e a expulsão de suas tropas. A partir desse dia, as cidades comerciais, tornando-se livres e independentes, puderam desenvolver um espírito de empresa que as levou, por sua vez, a tentar a sorte no além-mar, na Índia e na América. Essa não foi a pior derrota sofrida pelo rei Filipe II. Houve uma outra, ainda mais cruel. Na Inglaterra reinava então uma mulher, filha do rei Henrique VIII, o rei dos muitos casamentos. Essa mulher, a rainha Elizabeth I, era uma protestante convicta, muito inteligente, voluntariosa, determinada, mas também vaidosa e cruel. O que mais lhe importava era defender seu país contra os católicos, ainda muito numerosos na Inglaterra. Ela os perseguiu impiedosamente. Mandou prender a rainha católica da Escócia, Maria Stuart, mulher de grande beleza e de encanto incontestável, e depois mandou executá-la. Maria Stuart julgara ter também o direito legítimo de pretender a coroa da Inglaterra. Elizabeth também deu apoio aos burgueses protestantes dos Países Baixos em sua luta contra Filipe II. Este se enfureceu tanto com essa hostilidade para com a Igreja Católica que resolveu trazer a Inglaterra de volta ao catolicismo ou, se fracassasse, aniquilá-la.

O rei Filipe enviou então uma frota impressionante, chamada de Invencível Armada, composta por 135 navios. Mas a situação não era muito diferente daquela das antigas guerras persas. Os enormes navios espanhóis, muito carregados, deslocavam-se lentamente, o que, por ocasião do combate, os tornava vulneráveis. Os ingleses não deram tempo para que os espanhóis travassem uma batalha de fato. Aproximaram-se agilmente com suas embarcações leves e muito mais rápidas, bombardearam a frota e fizeram meia-volta imediatamente depois. Então lançaram sobre a frota espanhola navios sem tripulação, carregados de materiais inflamáveis. Em pânico, os espanhóis partiram para todos os lados. Muitos se perderam no mar ao largo da Inglaterra, onde naufragaram, vítimas do mau tempo. Apenas metade dos navios voltou a seu porto, não podendo nem mesmo acostar na Inglaterra.

Breve história do mundo

Depois de ser atingida pela tempestade, a frota de guerra espanhola foi destruída pelos navios em chamas lançados contra ela pelos ingleses.

Filipe não deixou transparecer sua amarga decepção. Conta-se até que ele teria felicitado calorosamente o comandante geral da frota, dizendo: "Eu o enviei contra os homens, não contra os elementos desenfreados."

Mas os ingleses já não se contentaram em perseguir os navios espanhóis em suas zonas marítimas. Também atacaram seus navios mercantes, ao longo das costas da América e da Índia. Depois de algum tempo, os ingleses e os holandeses haviam expulsado os espanhóis de muitas das ricas cidades portuárias desses países. Na América do Norte, onde colônias espanholas tinham sido implantadas, eles fundaram estabelecimentos comerciais (ou feitorias), exatamente como os fenícios, em sua época. E muitos ingleses, fugindo das perseguições das guerras religiosas, vieram instalar-se ali para viver em maior liberdade.

Nos portos e nas feitorias da Índia, os verdadeiros patrões não eram os Estados inglês e holandês, mas comerciantes desses dois países que se tinham agrupado para negociar e exportar para a Europa os tesouros da Índia. Essas sociedades comerciais, às quais se deu o nome de Companhias das Índias Orientais, pagavam mercenários para lançar expedições punitivas quando os indianos não se mostravam cordatos ou quando pediam um preço muito alto por seus produtos. O tratamento infligido aos indianos da Índia não era melhor do que o que os conquistadores espanhóis haviam infligido aos índios da América. Também na Índia, a conquista das regiões costeiras pelos comerciantes ingleses e holandeses se fez sem muita dificuldade, pois a desunião reinava entre os príncipes indianos. Logo a língua falada na América do Norte e na Índia foi a de uma pequena ilha a noroeste da França. Essa ilha é a Inglaterra! Mais uma vez, acabava de nascer um Império. E, assim como o latim tinha se tornado a língua internacional no tempo do Império Romano, agora esse papel cabia ao inglês.

30 – Uma época horrível

Se eu quisesse, poderia escrever muito mais capítulos ainda sobre as guerras entre católicos e protestantes. Mas não faço questão, pois foi uma época horrível. Por outro lado, a situação tinha se tornado tão confusa, que ninguém mais sabia na realidade a favor de quem ou contra quem estava lutando. Os imperadores da Alemanha da família dos Habsburgo, que reinavam ora a partir de Praga ora a partir de Viena e que, na verdade, só tinham poder sobre a Áustria e uma parte da Hungria, eram homens religiosos que desejavam restabelecer a soberania da Igreja Católica no Império. No início, no entanto, haviam tolerado os serviços religiosos dos protestantes. Mas um dia a declaração das hostilidades partiu da Boêmia.

Em 1618, protestantes descontentes jogaram três enviados do imperador pela janela do castelo de Praga. Eles caíram sobre um monte de lixo e dois se saíram sem grandes danos. No entanto, esse episódio desencadeou uma guerra atroz que durou trinta anos. Trinta anos! Imagine só! Quem tinha dez anos quando soube da defenestração dos três homens só conheceu a paz aos quarenta – desde que tenha tido a sorte de sobreviver! Pois logo aquilo já não parecia guerra, mas uma abominável matança, à qual se entregavam bandos de soldados de todas as nacionalidades, soldados mal pagos, de costumes bárbaros, cujo único prazer era matar e pilhar. Nesse exército inscreveu-se toda a canalha dos diferentes países, composta de seres vis e cruéis, essencialmente atraídos pelo butim. A fé já fora esquecida havia muito tempo. Protestantes se engajavam nos exércitos católicos, católicos nos exércitos protestantes. Todos eram quase tão ignóbeis para com o país pelo qual supostamente lutavam quanto para com seus inimigos. Quando instalavam seus acampamentos, iam buscar o que comer e sobretudo o que beber nas casas dos campone-

Ernst H. Gombrich

Os mercenários destruíam os povoados durante a Guerra dos Trinta Anos.

ses que ficavam nas proximidades. Quando um camponês recusava, eles o extorquiam ou o matavam. Com sua aparência incrível, suas roupas multicoloridas e suas plumas enormes, eles pululavam pelos campos e, por puro sadismo, incendiavam, assassinavam, torturavam homens indefesos. Nada os detinha. Os únicos que eles seguiam cegamente eram seus generais, quando estes sabiam se fazer estimar. Um desses generais, mais estimado do que outros, chamava-se Wallenstein. Ele lutava para o imperador. Era um nobre dono de terras sem fortuna, dotado de energia e inteligência excepcionais. Com seus exércitos, foi até a Alemanha do Norte para tomar as cidades protestantes. Hábil estrategista, ele estava prestes a dar fim à guerra em favor do imperador e da Igreja Católica. Mas um novo país entrou no conflito. A Suécia, cujo rei protestante, Gustavo Adolfo, era um homem de influência e extremamente religioso. Sua ambição era salvar a religião protestante e fundar um grande império protestante controlado pela Suécia. Os suecos já tinham conquistado a Alemanha do Norte e marchavam para a Áustria quando Gustavo Adolfo morreu numa batalha, em 1632 (portanto no décimo quarto ano da guerra). Facções de seu exército chegaram mesmo assim às portas de Viena, onde fizeram terríveis devastações.

A França também tinha entrado na guerra. Com certeza você vai achar que, sendo católicos, os franceses tomaram o partido do imperador, contra os protestantes da Alemanha do Norte e da Suécia. Ora, é preciso saber que fazia muito tempo que essa longa guerra tinha perdido todo caráter religioso e que todos os países tentavam tirar proveito do caos. Como o imperador da Alemanha e os espanhóis representavam na época as duas maiores forças da Europa, os franceses, aconselhados por seu ministro de inteligência excepcional, o cardeal Richelieu, quiseram aproveitar a ocasião para enfraquecê-los e, por conseguinte, fazer da França o país mais forte da Europa. Por isso, na verdade, os soldados franceses lutaram contra os soldados do imperador.

Nesse ínterim, o general Wallenstein havia conquistado seus títulos de glória. O exército o venerava, os soldados combatiam por ele e pela realização de seus objetivos. Em compensação, mostravam indiferença pelo imperador e pela religião, o que reforçava cada vez mais o sentimento de Wallenstein de ter se tornado o verdadeiro dono da situação. Sem ele e sem seus soldados, o imperador não era nada. Então ele tomou a frente e começou a negociar com o inimigo as condições de um tratado de paz. Por mais que o imperador lhe desse ordens, ele já não fazia caso delas. Mas, em 1634, no momento em que o imperador resolveu lançar contra ele um mandado de prisão, Wallenstein acabava de ser assassinado por um antigo amigo.

A guerra, no entanto, ainda durou catorze anos, uma guerra cada vez mais insensata e confusa. Povoados inteiros foram incendiados, cidades foram saqueadas, mulheres e crianças assassinadas, despojadas, sem que se visse o fim daquilo tudo. Os soldados roubavam os animais dos camponeses e saqueavam seus campos. A fome, as mais graves epidemias, o aparecimento de lobos somavam-se aos desastres da guerra e devastavam regiões inteiras da Alemanha. Ao final de todos esses anos de terríveis sofrimentos e depois de deliberações intermináveis e confusas, os emissários dos diversos soberanos acabaram por concluir um acordo e, em 1648, assinaram um tratado de paz cujas cláusulas diziam que as coisas permaneceriam mais ou menos na mesma situação de antes da Guerra dos Trinta Anos. Os países convertidos ao protestantismo continuariam protestantes. Os países dependentes do Império – Áustria, Hungria e Boêmia – continuariam católicos. Depois da morte de Gustavo Adolfo, a Suécia perdeu quase todo o poder e só conservou de suas conquistas os territórios do Norte da Alemanha e ao longo do mar Báltico. Só os emissários do ministro francês Richelieu conseguiram impor a obtenção para a França de algumas praças-fortes alemãs próximas ao rio Reno. A França era o verdadeiro vencedor de uma guerra que nem a envolvia.

A Alemanha tinha sido quase totalmente devastada. Apenas metade da população havia sobrevivido e vivia numa terrível miséria. Muitos emigraram para a América, outros tentaram engajar-se em exércitos estrangeiros, uma vez que só conheciam o ofício das armas.

À desgraça e ao desespero desses anos horríveis juntou-se uma onda de loucura que se apoderou de um número crescente de pessoas. Foi o medo dos poderes ocultos e maléficos – medo de magia e de feitiçaria. Você se lembra de que na Idade Média as pessoas eram supersticiosas e acreditavam em todos os tipos de fantasmas. Mas as conseqüências não iam muito longe.

A situação começou a se agravar no tempo daqueles papas que gostavam de poder e luxo, a época que chamamos de Renascença e que assistiu à construção da basílica de São Pedro e ao comércio das indulgências. Aqueles papas não eram homens piedosos, mas eram muito supersticiosos. Temiam o diabo e todas as formas de magia. Esses mesmos papas, cujos nomes passaram para a posteridade por eles terem favorecido, por volta dos anos 1500, a realização das mais belas obras de arte, também ordenaram uma caçada impiedosa aos magos e feiticeiras, principalmente na Alemanha.

Você deve estar se perguntando como é possível perseguir uma coisa que não existe. É justamente isso que é terrível. Quando numa cidade uma mulher era vista com antipatia ou quando alguns a achavam estranha ou desconcertante, logo se dizia: "É uma feiticeira! É ela a responsável pela chuva" ou "O burgomestre está com dor nas costas por culpa dela!" Aliás, os alemães ainda empregam uma expressão que significa "golpe da bruxa" para designar dor nas costas. Então a tal feiticeira era presa e submetida a um interrogatório. Perguntavam se ela tinha feito um pacto com o diabo. Espantada, é claro que ela respondia que não. Mas a resposta não satisfazia, e a mulher era torturada e martirizada da maneira mais cruel, até que, quase morta de dor e desespero, ela acabava dizendo o que queriam que dissesse. Era seu fim, pois havia confessado que era feiticeira! Muitas vezes, sob tortura, também chamada de "questão", perguntavam-lhe se não havia outras feiticeiras na cidade com quem ela havia praticado seus sortilégios. Algumas, por fraqueza, davam todos os nomes que lhes passavam pela cabeça, só para pôr fim ao martírio que sofriam. Isso provocava novas prisões, novas torturas para arrancar uma confissão e novas condenações à fogueira. O medo do diabo e da feitiçaria tornou-se ainda mais exacerbado durante os anos terríveis da Guerra dos Trinta Anos. Em todas as regiões, fossem elas católicas ou protestantes, milhares e milhares de pessoas foram queimadas na fogueira, apesar das adjurações de alguns padres jesuítas. Naquele tempo, as pessoas viviam constantemente com medo das forças ocultas e maléficas e das obras do diabo. Só o medo pode explicar as atrocidades infligidas a milhares de inocentes.

O mais espantoso é que, na mesma época em que o povo se mostrava tão supersticioso, havia gente que não se esque-

Ernst H. Gombrich

cia das reflexões de Leonardo da Vinci e de outros ilustres personagens de Florença, gente que se empenhava sempre em abrir os olhos e conhecer o mundo tal como ele era. Essas pessoas encontraram a verdadeira "fórmula mágica" que lhes permitia conhecer o que tinha acontecido e o que iria acontecer, que lhes dizia como determinar a composição de uma estrela que se encontrava a bilhões de quilômetros ou em que momento um eclipse do Sol iria ocorrer e de onde poderia ser visto. Essa fórmula mágica era o cálculo, um conhecimento adquirido havia muito tempo. Mas as pessoas se tornavam cada vez mais conscientes das muitas coisas que podiam ser calculadas na natureza, como a oscilação de um pêndulo com 98 cm de comprimento por 1 mm, que dura exatamente um segundo, e as razões desse fenômeno. Falava-se então das "leis da Natureza". Leonardo da Vinci já estava convencido de sua existência, pois dizia: "A Natureza não infringe as leis." Sabia-se portanto com precisão que todo fenômeno natural, uma vez observado e calculado matematicamente, se repetiria invariavelmente de maneira idêntica e que nunca poderia ocorrer de maneira diferente. Era uma descoberta extraordinária, bem mais "mágica" do que o poder atribuído às feiticeiras. A partir daí, tudo na natureza – as estrelas e as gotas de água, a queda das pedras, as vibrações das cordas de um violino – já não era atribuído a uma intervenção misteriosa e inexplicável que amedrontava os homens. Quem conhecia as fórmulas matemáticas certas possuía a fórmula mágica para todas as coisas. Podia dizer à corda de um violino: "Para fazer soar um lá, você deverá oscilar 435 vezes por segundo e ter tal comprimento e tal tensão."

O primeiro a compreender o poder extraordinário do cálculo aplicado aos fenômenos da natureza foi um italiano, Galileu Galilei. Ele havia dedicado longos anos à pesquisa, observação e descrição, quando um dia alguém chamou sua atenção para o fato de que em seus escritos havia uma frase que correspondia a um desenho sem comentários de Leonardo da Vinci. Essa frase dizia que o Sol não se move, mas que é a Terra que gira em torno do Sol, e os planetas junto com ela. Ora, essa constatação tinha sido proclamada publicamente em 1453, ou seja, apenas alguns anos depois da morte de Leonardo da Vinci, por Copérnico, um sábio de origem polonesa. Ele chegara a essa conclusão pouco tempo antes de morrer, depois de muitos anos de cálculos, mas os religiosos, tanto católicos como protestantes, tinham acusado suas afirmações de hereges e anticristãs. Eles se referiam à passagem do Antigo Testamento em que, durante um combate, Josué pede a Deus que não deixe cair a noite antes que ele tenha vencido seus inimigos. A Bíblia diz que "o Sol parou e a Lua deteve seu curso, até que a nação se vingasse de seus inimigos". Era a prova de que era o Sol que se deslocava. Uma teoria que afirmasse a imobilidade do Sol só podia ser herege, contrária ao espírito da Bíblia. Assim, em 1632, quando ia completar 70 anos, e depois de ter dedicado toda a vida à pesquisa, Galileu compareceu diante de um tribunal de eclesiásticos, chamado Inquisição. Deram-lhe a escolha entre ser queimado vivo como herege ou abjurar suas teorias sobre a rotação da Terra em torno do Sol. Galileu aceitou assinar uma declaração na qual admitia ser um mísero pecador por ter professado que a Terra girava em torno do Sol, o que lhe permitiu escapar da fogueira, diferentemente do que aconteceu com muitos de seus antecessores. No entanto, depois de assinar, diz-se que ele murmurou em voz baixa: "Mas ela gira."

Apesar dessas idéias preconcebidas, o número de pessoas atentas às reflexões e aos métodos de trabalho de Galileu, aos resultados de suas pesquisas e às perspectivas que elas abriam não deixou de crescer. E, se hoje somos capazes, graças a essas fórmulas matemáticas, de obrigar a natureza a fazer o que queremos, se temos aviões, foguetes, rádio e tudo o que está ligado à técnica, nós o devemos a homens como Galileu, que definiram as leis matemáticas da natureza numa época em que ser cristão era quase tão perigoso quanto no tempo de Nero.

31 – Um rei infeliz e um rei feliz

A Inglaterra foi a única grande potência que não participou da Guerra dos Trinta Anos. Já sei o que você está dizendo: que sorte tinham esses ingleses! De fato, eles também tiveram seus anos de tormenta, mas que terminaram de maneira menos trágica do que na Alemanha. Talvez você se lembre de que o rei inglês João Sem Terra tinha sido obrigado a prometer oficialmente à nobreza, na *Magna Charta*, que nem ele nem seus sucessores fariam nada sem antes solicitar o acordo dos nobres e dos barões. Durante quase quatrocentos anos, os reis ingleses respeitaram esse compromisso. Mas certo dia surgiu um novo rei, neto de Maria Stuart, a rainha decapitada. Ora, esse rei, Carlos I, não quis respeitar a carta. Não lhe agradava ter de pedir a opinião dos nobres e dos burgueses eleitos do Parlamento. Preferia governar a seu belprazer, e seu prazer era gastar dinheiro.

O povo inglês ficou muito insatisfeito com isso. Viviam então na Inglaterra muitos protestantes extremamente religiosos e intolerantes, chamados de "puritanos". Eles condenavam o luxo e os prazeres da vida, fossem eles quais fossem. Um nobre sem fortuna havia tomado a frente de sua luta contra o rei. Oliver Cromwell – assim ele se chamava – era um homem muito religioso, mas também um guerreiro corajoso, enérgico e implacável. Com suas tropas, que tinham uma fé tão fervorosa quanto a dele e eram submetidas a um treinamento rigoroso, ele travou várias batalhas contra o rei, acabando por prendê-lo e fazê-lo comparecer diante de uma corte marcial. O rei foi condenado à morte e decapitado em 1649 por não ter respeitado os compromissos dos reis e por ter feito mau uso do seu poder. Cromwell então reinou sobre a Inglaterra assumindo não o título de rei, mas o de "*lord*-protetor do país". Ele não se contentou com o título, mas de fato exerceu essa função. Tudo o que Elizabeth havia obtido – as colônias inglesas na América e as feitorias na Índia, a constituição de uma frota operacional e o grande comércio marítimo – ele considerava da maior importância. Cromwell usou então toda a sua perspicácia e energia com o único fim de reforçar o poder da Inglaterra em todos os domínios e enfraquecer o mais possível seus vizinhos, os holandeses. Quando, quase imediatamente depois de sua morte, o poder voltou às mãos dos reis (a partir de 1688, a realeza foi de origem holandesa), esse poder se exerceu sem grande dificuldade. A Inglaterra continuou sua ascensão. Por outro lado, nenhum outro rei, e isso até nossos dias, jamais ousou infringir os compromissos estabelecidos pela *Magna Charta* em 1215.

Os reis franceses tiveram menos problemas. Diferentemente dos ingleses, eles não estavam presos a nenhum compromisso escrito. Além disso, beneficiavam-se de um país próspero e muito populoso, que não corria o risco de soçobrar, mesmo sob os golpes de terríveis guerras religiosas. E, sobretudo, a França tivera como verdadeiro dirigente, durante a Guerra dos Trinta Anos, o cardeal de Richelieu, que fez por seu país tanto quanto Cromwell pela Inglaterra, e talvez até mais. Ele soubera impor sua visão aos cavaleiros e aos nobres e fora suficientemente hábil e esperto para aos poucos lhes retirar o poder. Como um bom jogador de xadrez, ele soubera explorar todas as situações e, de uma pequena vantagem, tirar imediatamente uma maior. Acabara por se atribuir todos os poderes e, como você já deve ter percebido, por impor o poder da França sobre a Europa. Por sua ação, contribuíra para o enfraquecimento do imperador alemão durante a

Guerra dos Trinta Anos. Ora, a Espanha então estava empobrecida, a Itália desmembrada e a Inglaterra ainda não estava no apogeu de sua força, de modo que, por ocasião da morte de Richelieu, a França aparecia como o único país verdadeiramente influente. Um ano depois da morte do cardeal, em 1643, um novo rei francês subiu ao trono, Luís XIV. Na época ele tinha apenas cinco anos e iria bater o recorde mundial do reinado mais longo. De fato, reinou até 1715, portanto durante setenta e dois anos. Evidentemente, ele não governou durante sua menoridade. Mas resolveu assumir o governo quando morreu seu tutor, o cardeal Mazarin, que havia desempenhado mais ou menos o mesmo papel que Richelieu. Ordenou, por exemplo, que nenhum passaporte fosse concedido a um francês sem sua autorização. Todas as pessoas da corte caçoaram, achando que essa medida fosse um capricho do jovem monarca, convencidas de que logo ele a deixaria de lado. Mas estavam enganadas. Para Luís XIV, ser rei significava muito mais do que um acaso que o fizera nascer rei. Era como se tivesse sido escalado para desempenhar o papel principal numa peça de teatro, ao qual se dedicou durante toda a vida. Nenhum homem antes dele, nem depois, aprendeu tão bem esse papel nem o desempenhou até seus últimos dias, com tanta dignidade e pompa, e incansavelmente.

    Luís XIV se assenhoreou de todos os poderes exercidos até então por Richelieu e Mazarin. Aos nobres não restou nenhum outro direito além daquele de vê-lo desempenhar seu papel. O espetáculo cheio de magnificência começava já às oito horas da manhã com o famoso "levantar do rei", quando o rei se dignava a se levantar. Acompanhados pelo camareiro e pelo médico, os príncipes da família real entravam em seu quarto de dormir. Depois de o saudar com uma genuflexão, apresentavam-lhe solenemente duas perucas, cacheadas e empoadas, semelhantes a crinas ondulantes. Ele escolhia uma, a seu bel-prazer, depois vestia um suntuoso roupão e sentava-se ao lado de sua cama. Só nesse momento os nobres mais elevados na hierarquia, os duques, eram autorizados a entrar no quarto. Em seguida, enquanto lhe faziam a barba, entravam por sua vez os secretários, seus oficiais e funcionários. Depois abriam-se as portas de seu quarto e uma coorte de dignitários, marechais, governadores, príncipes da Igreja e favoritos do rei apareciam em trajes de gala para serem apresentados à cerimônia do vestir de Sua Majestade! Tudo era determinado nos menores detalhes. A maior honra era poder apresentar ao rei sua camisa, previamente aquecida. Essa honra cabia ao irmão do rei ou, em sua ausência, a quem ocupasse depois dele a posição mais alta. O primeiro valete de quarto e um duque seguravam, respectivamente, a mão direita e a esquerda. O rei vestia então a camisa. Segundo um protocolo imutável, a cerimônia prosseguia até o rei surgir, com meias de seda multicoloridas, calção de seda até o meio da coxa, colete de cetim de cor, echarpe cor do céu, espada de lado e gibão bordado, realçado por uma gola de renda, que um alto dignitário lhe apresentava numa bandeja de prata. Então, sorridente, o rei deixava o quarto, com chapéu de plumas na cabeça e bengala na mão, e entrava no salão, sob o olhar fascinado e respeitoso da assistência, dirigindo a cada um o cumprimento convencionado, recolhendo as palavras elogiosas dos que lhe declaravam que ele era mais belo do que o deus-sol Apolo e mais forte do que o herói Héracles da Grécia antiga. Chegavam até a lhe dizer que ele era como o sol de Deus, cujos raios e cujo brilho mantinham tudo vivo. Como você vê, parecia até o tempo dos faraós, que se proclamavam Filhos do Sol. A única diferença era que os egípcios da Antiguidade acreditavam mesmo nisso, ao passo que no caso de Luís XIV era uma espécie de jogo. Tanto ele como os outros tinham consciência de que estavam representando um número de um espetáculo, perfeitamente ensaiado e maravilhoso de se ver.

Ernst H. Gombrich

No terraço do castelo, as belas damas e os senhores da corte conversavam em linguagem floreada.

Depois da missa matinal, o rei entrava em sua antecâmara e dava as ordens do dia. Começavam então muitas horas de trabalho de verdade, às quais o rei se obrigava diariamente, fazendo questão de cuidar de todos os assuntos do Estado. O resto do dia era dedicado a vários lazeres, como caçadas, bailes, representações de peças de autores ilustres interpretadas por atores de renome, para diversão da corte e do rei. O levantar do rei não era o único momento solene e cansativo do dia. Um protocolo do mesmo tipo regia as refeições e o deitar-se do rei, cujo cerimonial se tornara um balé com coreografia extremamente complexa. Incluía exageros dos mais aberrantes. Por exemplo, quem passava diante da cama do rei tinha de se inclinar, como um católico na igreja, diante do altar, mesmo que ela estivesse vazia. Quando o rei jogava cartas ou conversava, toda uma assembléia de pessoas se mantinha infalivelmente a uma distância respeitosa em torno dele, haurindo suas afirmações hábeis e espirituosas como se fossem revelações.

Os homens da corte só aspiravam a uma coisa: vestir-se como o rei, saber como ele segurar a bengala, pôr o chapéu, sentar ou andar. As mulheres, por sua vez, só se preocupavam em lhe agradar. Para atrair sua atenção, usavam golas de renda, vestidos amplos e farfalhantes confeccionados com os mais belos tecidos e jóias magníficas. A vida então só se desenrolava na corte, nos mais luxuosos castelos que já existiram, pois Luís XIV tinha uma verdadeira paixão, a construção de castelos. Mandou construir, nas proximidades de Paris, em Versalhes, um castelo que tinha quase a área de uma cidade. Nele há uma quantidade incrível de salas, abarrotadas de ouro e adamascado, lustres de cristal, milhares de espelhos, móveis torneados, veludo e seda, quadros grandiloqüentes, muitos dos quais representam o rei caracterizado como Apolo, recebendo as homenagens de todos os povos da Europa. Mais extraordinário ainda do que o castelo é o parque. Sua concepção é feita à imagem da vida da corte, suntuosa, minuciosamente elaborada e igualmente teatral. Nenhuma árvore tinha a liberdade de crescer à vontade, nenhum arbusto podia conservar sua forma natural. Toda a vegetação era podada, talhada para produzir copas retilíneas, sebes curvilíneas, vastos gramados com canteiros de flores em espiral, aléias com rotundas e, aqui e ali, estátuas, tanques e fontes. Desde que viviam na corte, os duques outrora poderosos perambulavam no parque com a esposa, pisando o pedregulho branco e conversando em linguagem preciosista e castiça a maneira como o embaixador sueco recentemente fizera reverência ao rei, ou assuntos fúteis como esse.

    Não sei se você percebe o custo de um castelo desse e da vida que se levava nele. O rei tinha duzentos empregados domésticos só para lhe prestar serviço, e tudo o mais era compatível com isso. Mas os ministros de Luís XIV eram homens inteligentes, em sua maioria de origem humilde, aos quais ele delegou poderes em razão de seu próprio talento. E esses homens souberam como arranjar dinheiro. Empenharam-se em desenvolver trocas comerciais com o estrangeiro e em favorecer o mais possível as indústrias e o artesanato franceses, e também carregaram os camponeses de impostos e taxas de todos os tipos. Enquanto a corte se fartava com as mais refinadas iguarias, servidas em baixelas de ouro e de prata, os camponeses viviam de restos, no verdadeiro sentido da palavra, e de ervas selvagens.

Na verdade, o que custava mais dinheiro não era a vida da corte. Muito mais dispendiosas eram as guerras que Luís XIV travava constantemente, na maioria das vezes com o único objetivo de aumentar seu poder tomando províncias dos Estados vizinhos. Possuindo um exército poderoso, muito bem equipado, ele atacou a Holanda e a Alemanha, da qual tomou, por exemplo, a cidade de Estrasburgo, sem nenhum pretexto válido. Considerava-se o senhor de toda a Europa. E, num certo sentido, era mesmo. Todos os grandes da Europa tentavam imitá-lo. Logo os príncipes alemães, mesmo os que possuíam apenas um pedaço mínimo de terra, passaram a ter castelos de proporções gigantescas como o de Versalhes, com ouro e adamascado, aléias com sebes podadas, fidalgos com perucas empoadas e damas com vestidos amplos, cortesãos e homens eloqüentes.

Todos os grandes, portanto, imitavam o "Rei-Sol" em tudo, com exceção de uma coisa: eles eram aquilo que o rei representava, reis de opereta um pouco ridículos, que se pavoneavam em trajes fulgurantes. Luís XIV era muito mais do que isso. Para que você não seja obrigado a apenas acreditar na minha palavra, veja o que ele escrevia mais ou menos com estas palavras a seu neto, quando este partiu para subir ao trono da Espanha: "Não conceda nunca seus favores aos homens que mais o bajulam, acredite mais nos que ousam lhe desagradar para seu bem. Nunca descuide dos assuntos de trabalho em favor do prazer, estabeleça para você uma regra de vida que delimite os momentos dedicados à diversão e ao lazer. Ouça o mais possível antes de tomar uma decisão. Faça o possível para aprender a discernir os seres superiores, para poder utilizá-los quando precisar deles. Seja amável com todos, nunca diga coisas que magoem." Isso resume bem os princípios do rei da França Luís XIV, essa admirável mistura de vaidade, delicadeza, prodigalidade, grandeza, indiferença, frivolidade e ardor no trabalho.

32 – O que acontecia na mesma época no leste da Europa

Enquanto Luís XIV mantinha sua corte em Paris e em Versalhes, mais uma desgraça veio atingir a Alemanha. Eram os turcos. Você lembra que, mais de duzentos anos antes (em 1453), eles tinham tomado Constantinopla, criando depois um grande Império Muçulmano, o Império Otomano. Dele faziam parte o Egito, a Palestina, a Mesopotâmia, a Ásia Menor e a Grécia, ou seja, todo o antigo Império Romano do Oriente, cujos brilho e magnificência tinham quase desaparecido. Depois eles tinham transposto o Danúbio e, em 1526, derrotado o exército húngaro. Quase todos os nobres húngaros, e também o rei, morreram no combate. Os turcos tinham conquistado a metade da Hungria e tentado tomar Viena, mas, não conseguindo, tiveram de se retirar. Conforme você também deve lembrar, sua força marítima tinha sido aniquilada em 1571 pelo rei Filipe II da Espanha e seus aliados venezianos. No entanto, continuaram sendo um povo forte, e Budapeste era governada por um paxá turco. Ora, muitos húngaros, que depois da morte de seu rei estavam submetidos à autoridade do imperador, eram protestantes. Assim, eles se voltaram contra ele nas guerras religiosas. Depois da Guerra dos Trinta Anos, a situação não melhorou e, em várias ocasiões, os nobres húngaros se rebelaram, até o dia em que pediram a seus vizinhos turcos que viessem ajudá-los.

O sultão – outro nome dado ao governador turco – atendeu ao pedido com presteza. Fazia muito tempo que ele desejava

Ernst H. Gombrich

Um paxá do exército turco com sua guarda oriental às portas de Viena.

uma guerra, pois achava que o poder de seus soldados e de seus guerreiros tinha crescido muito e temia ser dominado por eles. Portanto, não lhe desagradava mandá-los para longe. Se seus soldados voltassem vencedores, tanto melhor; se caíssem em combate, pelo menos estaria livre deles. Veja só que homem simpático! Em 1683, ele organizou então um poderoso exército, convocando homens dos quatro cantos do Império. Os paxás da Mesopotâmia e do Egito vieram com seus soldados, tártaros e árabes. Gregos, húngaros e romenos juntaram-se a eles e todos se reuniram em Constantinopla. De lá partiram para lutar contra a Áustria sob o comando do primeiro-ministro, também chamado grão-vizir, Qara Mustafá. O exército era formado por mais de 200.000 homens, bem equipados, constituindo um espetáculo colorido, com seus trajes tradicionais, seus turbantes e suas bandeiras nas quais se via seu símbolo, uma lua crescente.

Os exércitos do imperador que estavam na Hungria não conseguiram resistir ao ataque. Bateram em retirada e deixaram os turcos chegarem até Viena. Como todas as cidades da época, Viena tinha fortificações. Logo trataram de prepará-las, armazenando víveres e reunindo canhões, a fim de que os 20.000 soldados pudessem resistir ao cerco da cidade até a chegada do imperador e de seus aliados. Na verdade, o imperador e sua corte retiraram-se imediatamente para Linz, depois para Passau (na Baviera). Quando os vienenses avistaram ao longe as aldeias e os arredores da cidade incendiados pelos turcos, cerca de 60.000 pessoas puseram-se em fuga, abarrotando as ruas com filas intermináveis de charretes e carroças.

Finalmente os cavaleiros turcos chegaram às portas de Viena. O imenso exército rodeou a cidade e deu tiros de canhão contra as muralhas para tentar destruí-las. Conscientes do perigo que corriam, os vienenses se defenderam com uma energia sobre-humana. Um mês se passou. Os turcos atira-

Ernst H. Gombrich

vam incansavelmente e abriam nas muralhas brechas cada vez mais perigosas, sem que nenhuma ajuda surgisse no horizonte. Outro flagelo se abateu sobre a cidade. Declararam-se epidemias de peste e de cólera, provocando quase mais mortes do que as balas de canhão dos turcos. Além disso, a ameaça de uma escassez de víveres aumentava. Era uma felicidade quando, arriscando suas vidas, alguns soldados conseguiam sair da cidade para trazer de volta alguns bois. Nos últimos tempos, pagavam-se 20 a 30 *kreuzers* (antiga moeda austríaca) pela compra de um gato, o que era muito, principalmente para fazer um assado tão pouco apetitoso. Quando as muralhas já ameaçavam desmoronar, as tropas imperiais finalmente chegaram para socorrer os vienenses. Imagino seu suspiro de alívio! As tropas imperiais vindas da Áustria e da Alemanha não foram as únicas a lhes dar ajuda. O rei polonês Johann Sobieski, com quem o imperador anteriormente tinha assinado um pacto de aliança contra os turcos, tinha se declarado disposto a participar do combate, em troca de importantes concessões. Entre outras coisas, ele reivindicava a honra do comando geral, honra que o imperador disputava com ele, de tal modo que perderam um tempo precioso em transações intermináveis. O exército de Sobieski acabou chegando à altura de Viena e partiu para atacar os turcos. Depois de combates violentos, os turcos fugiram, sem ter tempo nem mesmo para desmontar suas tendas e levá-las. Pelo menos foi um butim do qual os soldados vencedores puderam se apossar. O acampamento turco tinha 40.000 tendas e parecia uma cidadezinha muito bonita, com suas ruelas muito retas.

Depois da derrota de Viena, os turcos foram recuando cada vez mais. Dá para imaginar que, se eles tivessem conseguido tomar Viena, teria sido quase tão grave quanto se os árabes muçulmanos, cerca de mil anos antes, tivessem vencido Carlos Martel nas batalhas de Tours e de Poitiers.

As tropas imperiais saíram em perseguição aos turcos, enquanto os homens de Sobieski voltavam a seu país. O general que comandava as tropas austríacas era Eugênio de Savóia, um francês perfeito em todos os sentidos. No entanto o rei Luís XIV não quisera saber dele em seu exército, achando-o muito apagado. Ora, nos anos seguintes, o príncipe Eugênio se cobriu de glórias, empurrando os turcos para cada vez mais longe, tomando deles uma grande quantidade de territórios que tinham conquistado. Foi assim que o sultão teve de abandonar a Hungria, depois a Áustria.

Como a corte imperial, em Viena, tinha ganhado muito poder e muito dinheiro, começaram a ser construídos na Áustria, como em outros lugares, castelos magníficos e uma grande quantidade de mosteiros num estilo completamente novo, ao qual se deu o nome de "estilo barroco". Quanto aos turcos, seu poder continuou a declinar, pois subitamente viram-se diante de um novo inimigo, a Rússia.

Até agora ainda não tínhamos ouvido falar na Rússia. Era uma imensa região virgem, coberta de florestas, com imensas estepes na parte norte. Os senhores reinavam sobre seus camponeses miseráveis com uma crueldade incrível e o rei reinava sobre os senhores com uma crueldade talvez mais incrível ainda. Um desses soberanos, por volta dos anos 1580, até recebeu o nome de Ivan o Terrível (ao qual se acrescentou o título czar, derivado do latim *caesar*). Seu apelido era tristemente justificado. Comparado com ele, Nero era um exemplo de doçura. Naquele tempo, os russos não se preocupavam com a Europa e com o que lá acontecia. Estavam bastante ocupados em brigar entre si e matar uns aos outros. Embora fossem cristãos, não estavam sujeitos à autoridade do papa. Seu chefe espiritual era um bispo ao qual se dava o nome de "patriarca" do Império Romano do Oriente, em Constantinopla. Portanto, eles tinham poucas relações com o Ocidente.

Ernst H. Gombrich

Em 1689 (seis anos depois do cerco de Viena pelos turcos), um novo soberano subiu ao trono da Rússia. Seu nome era Pedro, sendo chamado de Pedro o Grande. Ele não era menos bárbaro nem menos cruel do que seus antecessores. Não era menos dado à bebida nem se deleitava menos com os sofrimentos que infligia a seu povo. Mas tinha posto na cabeça a idéia de fazer de seu império um Estado segundo o modelo dos Estados ocidentais, como a França, a Inglaterra ou o Império Alemão. E sabia muito bem do que precisava para isso: dinheiro, comércio, cidades. Quis então saber como os outros países tinham conseguido obtê-lo e fez longas viagens. Na Holanda, viu as grandes cidades portuárias com seus imensos navios que navegavam até a América e a Índia para fazer comércio. Resolveu que teria navios iguais e, evidentemente, quis saber como construí-los. Sem perder muito tempo com reflexões, engajou-se como aprendiz de carpinteiro naval junto de um mestre construtor de barcos holandês. Depois de aprender o ofício, voltou para sua terra, acompanhado por um cortejo de trabalhadores especializados em construção naval.

Mas ainda faltava uma coisa: a cidade portuária. Que não fosse por isso! Ordenou que se construísse uma, que certamente seria no litoral, exatamente como as que tinha visto na Holanda. Mas no norte da Rússia no litoral só havia terras pantanosas, inabitadas. Na verdade essas terras pertenciam à Suécia, contra a qual Pedro o Grande estava em guerra. Não importava! Ele mandou deportar em massa camponeses de regiões longínquas e os obrigou a secar os pântanos e fincar estacas. Lançaram-se à tarefa 80.000 trabalhadores. Logo surgiu da terra uma verdadeira cidade portuária. Pedro o Grande deu-lhe o nome de São Petersburgo. Em seguida, quis que os russos se tornassem verdadeiros europeus. Não queria que continuassem usando sua larga túnica tradicional, barba e cabelos compridos. A partir de então, todos teriam de se vestir como franceses ou alemães. E ai de quem se mostrasse insatisfeito ou se insurgisse contra as inovações de Pedro o Grande, pois a sanção era imediata: depois de ser chicoteado, era executado. Imagine só: o próprio filho do rei foi torturado até morrer, por ordem do pai. Pedro o Grande não era um personagem simpático. No entanto, alcançou seus objetivos. Decerto demorou algum tempo para que os russos se tornassem europeus. Contudo foi a partir de então que a Rússia entrou no jogo europeu pela conquista do poder.

Isso começou com Pedro o Grande. Ele partiu para a guerra contra a Suécia, que, depois das conquistas de Gustavo Adolfo durante a Guerra dos Trinta Anos, se tornara o Estado mais poderoso do norte da Europa. Na época de Pedro o Grande, o soberano sueco não tinha a piedade nem a perspicácia de Gustavo Adolfo. Chegando ao poder em 1697, o jovem rei Carlos XII era um dos aventureiros mais incríveis que já existiram. Seria digno de figurar nos romances de Karl May ou nas histórias extravagantes do mesmo gênero. Tudo o que ele fez parece ficção. Ele era tão fantástico quanto temerário, e isso significava muito. Lutou com seu exército contra Pedro o Grande e venceu um adversário cinco vezes mais forte do que ele. Depois conquistou a Polônia e entrou na Rússia sem esperar a ajuda de um outro exército sueco, que estava a caminho para encontrá-lo. Ele avançou mais pela Rússia, sempre à frente de suas tropas, atravessando rios e pântanos, sem nunca encontrar os cossacos russos. Chegou o outono, depois o inverno, com o frio glacial da Rússia, sem que Carlos XII tivesse oportunidade de dar provas de sua coragem ao inimigo. Quando seu exército estava meio morto de fome, de frio e de exaustão, os russos finalmente surgiram e o aniquilaram. Isso foi em 1709. Conseguindo fugir, Carlos XII encontrou refúgio na Turquia. Lá ficou durante cinco anos, durante os quais tentou, em vão, impelir os turcos a entrarem na guerra contra a Rússia. Finalmente, em 1714, che-

Ernst H. Gombrich

garam-lhe rumores da Suécia, sua pátria, segundo os quais ninguém mais queria saber de um rei que vivia aventuras na Turquia e, por isso, os grandes tinham intenção de eleger um novo rei.

Imediatamente Carlos XII vestiu o uniforme de um oficial alemão e, acompanhado por apenas uma pessoa, imediatamente deixou a Turquia para ir até Stralsund, na Alemanha do Norte, então possessão sueca. Foram dezesseis dias de corrida desenfreada através de um país inimigo. Cavalgavam de dia, à noite dormiam em alguma mala postal, expostos a todos os perigos. O comandante da fortaleza, que ele mandou acordar, não quis acreditar em seus olhos quando viu o rei, que todos julgavam estar em algum lugar da Turquia. Quando a cidade ficou sabendo da notícia, inflamou-se de entusiasmo por aquele golpe ousado, ao passo que Carlos XII mergulhou num sono profundo, que parecia não ter fim. Seus pés estavam tão inchados que tiveram de cortar seus sapatos para tirá-los. E, de repente, ninguém mais pensava em eleger um novo rei. Mal tinha voltado à Suécia, Carlos XII lançou-se em novas aventuras guerreiras. Ele se indispôs com a Inglaterra, a Alemanha, a Noruega e a Dinamarca. Primeiro quis entrar em guerra contra a Dinamarca. Mas, em 1718, quando sitiava uma cidade fortificada dinamarquesa, ele morreu. Houve quem dissesse que seus próprios súditos o teriam matado, fartos de estarem sempre em guerra.

Pedro o Grande, então, estava livre pelo menos de um inimigo. Dando prosseguimento à sua ambição, o czar aumentou o poder do Império, ampliando-o na direção dos quatro pontos cardeais, abrangendo a Europa, a Turquia, a Pérsia e os países asiáticos.

33 – Tempos realmente novos

Se você pudesse falar com um homem da época da ocupação turca, certamente ficaria admirado com sua linguagem prolixa e afetada, permeada de inúmeras palavras francesas e latinas, de citações latinas que nem você nem eu saberíamos de onde foram tiradas, de construções de frases complicadas. Também ficaria admirado com sua maneira de fazer mesuras. Acho que você teria a sensação de que por baixo daquela peruca venerável decerto havia uma cabeça que gostava de boa comida e bom vinho e de que aquele senhor vestido de rendas, bordados e seda – desculpe a expressão! – cheirava mal sob seu perfume, pois não se lavava nunca, por assim dizer.

Por outro lado você ficaria realmente abismado quando ele começasse a expressar suas opiniões, ou seja, que se devem educar as crianças a varadas, casar as meninas mal saídas da infância com homens que elas não conhecem; que o camponês veio ao mundo apenas para trabalhar e seu único direito é ficar calado; que os mendigos e vagabundos só servem para ser chicoteados e depois acorrentados e expostos ao escárnio em praça pública; que se devem enforcar os ladrões, esquartejar publicamente os assassinos, condenar à fogueira as feiticeiras e outros magos daninhos que infestam perigosamente o país; que é preciso sair à caça dos hereges, persegui-los ou lançá-los no fundo de uma masmorra; que o cometa avistado recentemente no céu é presságio de tempos de desgraça e que convém andar com uma braçadeira vermelha para se imunizar contra a peste que já fez muitas vítimas em Veneza; que o senhor Fulano de Tal, um amigo inglês, fez negócios mirabolantes vendendo negros da África como escravos à América, e que é uma grande perspicácia desse homem venerável considerar que os índios feitos prisioneiros na América são inaptos para o trabalho...

Ernst H. Gombrich

Pense que essas afirmações não saíam apenas da boca de homens grosseiros e estúpidos. Também eram sustentadas por homens de todas as condições e nacionalidades, de inteligência e piedade inegáveis. Só a partir de 1700 as coisas começaram a evoluir lentamente. A miséria horrível acarretada pelas tristes guerras religiosas na Europa levaram algumas pessoas a se questionar. Perguntava-se se não seria mais importante julgar um homem por sua natureza profunda, por sua bondade, por seu humanismo do que por suas convicções religiosas. Não seria preferível que os homens se entendessem uns com os outros a despeito de suas divergências de opinião e religião? E se os homens se respeitassem mutuamente e tolerassem as convicções uns dos outros? Era a primeira vez que se falava em uma noção tão revolucionária, a noção de tolerância. Para os que se expressavam assim, só podia haver divergências de opinião no campo da religião. Todos os homens dotados de razão eram unânimes em reconhecer que 2 mais 2 são 4. A razão (o "bom-senso humano", como também se dizia) era portanto o que podia e devia aproximar todos os homens. No âmbito da razão, pode-se discutir e tentar persuadir os outros, apelando para argumentos lógicos. Mas deve-se respeitar e tolerar a fé dos outros, pois ela pertence ao âmbito do irracional.

Esses homens, portanto, já não davam importância apenas à religião, mas também à razão, que é a faculdade de julgar os homens e a natureza de maneira clara e refletida. Eles se lembraram então das obras dos gregos e dos romanos da Antiguidade e daquelas dos florentinos do tempo da Renascença. Inspiraram-se mais ainda nos escritos de homens audaciosos que, como Galileu, tinham se dedicado à busca das fórmulas matemáticas da natureza. Nesse campo, não havia lugar para divergência de opiniões religiosas. Só havia lugar para experimentação e provas tangíveis. Só a razão contava para compreender e explicar as leis da natureza, o mundo dos astros, etc., a razão outorgada a todos os homens, quer pobre ou ricos, quer tenham a pele branca, preta, amarela ou vermelha.

Conseqüentemente, dizia-se, já que todos os homens são dotados de razão, eles têm fundamentalmente o mesmo valor. Você deve se lembrar de que isso era o que já ensinava o cristianismo: todos os homens são iguais perante Deus. Mas os que pregavam a tolerância e a razão foram mais longe ainda. Não se limitaram a afirmar que todos os homens tinham o mesmo valor. Reclamaram também tratamento igual para todos, salientando que, todo homem, sendo criatura de Deus e por ele dotado de razão, tem direitos que ninguém pode nem deve tirar dele. Todo ser tem direito de decidir sobre sua vida e sua atividade profissional, de ser livre para fazer e seguir o que sua razão e sua consciência lhe ditam. Esses homens enunciaram muitas outras coisas.

Consideraram, por exemplo, que as crianças não deviam ser educadas a varadas e que se deveria usar a razão para levá-las a compreender por que uma determinada coisa é boa ou má. Que os criminosos também eram seres humanos, que decerto cometeram um erro, mas que era possível ajudá-los a se corrigir. Que era abominável queimar a ferro em brasa a testa ou a face de um homem, porque um dia ele agiu mal, marcando-o pelo resto da vida para que todos dissessem ao vê-lo: é um criminoso. Segundo eles, havia uma coisa que impedia escarnecer um homem em público: a dignidade humana.

Todo esse pensamento, que se propagou a partir de 1700, principalmente na Inglaterra, depois na França, inaugurou o que se chamaria de filosofia das Luzes, ou Iluminismo, porque pretendia combater o obscurantismo da superstição pela "luz" ou "iluminação" da razão.

Muita gente, hoje, acha que esse Iluminismo só pregava o que era evidente e que naquela época tinha-se uma visão simplista dos grandes mistérios da natureza e do mundo. Está certo. Mas é preciso compreender que o que é evidente para nós, nos dias de hoje, não o era naquele tempo e que os defensores dessa filosofia demonstraram muita coragem, empenho e perseverança ao martelar incansavelmente as mentes de seus contemporâneos até levá-los a admitir evidências que hoje nós herdamos. É preciso pensar também que a razão não fornece, e nunca fornecerá, a chave de todos os mistérios. Graças a ela, no entanto, nós esclarecemos muitos deles. Ao longo dos duzentos anos seguintes, as pesquisas e as descobertas foram em maior número do que as realizadas durante os dois mil anos anteriores. Em sua vida, registre principalmente os três princípios fundamentais da filosofia das Luzes: a tolerância, a razão e a benevolência para com os outros. Isso implica que não se torture um homem suspeito de ter cometido um delito para que, meio inconsciente, ele acabe confessando o que se espera; que se rejeite a crença na existência de feiticeiras e sua condenação à fogueira (as últimas condenações de feiticeiras foram pronunciadas na Alemanha em 1749 e na Suíça em 1783); que se lute contra as doenças não recorrendo a vagos métodos supersticiosos, mas fazendo pesquisas científicas para analisar suas causas e, principalmente, inculcando a higiene; que se elimine a idéia de que possa haver servos e escravos; que se exija que todos os membros de um Estado sejam tratados segundo as mesmas leis e que as mulheres tenham os mesmos direitos que os homens. Tudo isso foi obra de cidadãos e escritores corajosos que ousaram lutar por suas idéias. A palavra "ousar" não é forte demais. Mesmo que, em suas lutas, esses homens às vezes tenham se mostrado injustos e incompreensivos para com os antigos e para com as heranças do passado, não devemos esquecer que eles travaram uma dura batalha para fazer triunfar suas idéias de tolerância, razão e sentimentos humanitários para com os outros.

Essa batalha teria durado mais tempo ainda e teria custado sacrifícios ainda maiores se, na Europa, alguns monarcas não tivessem lutado na linha de frente pelas idéias do Iluminismo. Um deles foi o rei da Prússia, Frederico o Grande. Você deve se lembrar de que, naquela época, o título de imperador devolvido aos Habsburgos havia várias gerações só tinha um valor honorífico. Os Habsburgo só exerciam poder de fato sobre a Áustria, a Hungria e a Boêmia. Na Alemanha, o poder estava nas mãos dos príncipes da Baviera, da Saxônia e de vários outros Estados, pequenos e grandes. As regiões que, desde a Guerra dos Trinta Anos, menos se preocupavam com o imperador católico em Viena eram as regiões protestantes da Alemanha do Norte. De todos esses Estados protestantes alemães, o mais forte era a Prússia. Desde o reinado de seu grande soberano Frederico Guilherme I, de 1640 a 1688, a Prússia tinha aumentado, com as terras tomadas da Suécia na Alemanha do Norte. E, em 1701, o príncipe prussiano se proclamara rei da Prússia. Era um Estado guerreiro, de uma disciplina rigorosa, em que os nobres consideravam uma honra suprema serem oficiais do exército de elite do rei.

Em 1740 subiu ao trono Frederico II, da família dos Hohenzollern, sendo o terceiro rei da Prússia. A posteridade deu-lhe o nome de Frederico o Grande. Indiscutivelmente ele foi um dos homens mais cultos de seu tempo. Tinha amizade com alguns franceses (entre os quais Voltaire) cujos escritos defendiam as idéias do Iluminismo, e ele próprio escrevia, de acordo com essas mesmas idéias, expressando-se em língua francesa. Embora fosse rei da Prússia, ele desprezava a língua e as tradições alemãs, que na verdade tinham decaído muito desde as calamidades da Guerra dos Trinta Anos. Por outro lado, ele se propunha a tornar o Estado alemão um Estado modelo e a provar a pertinência dos pensamentos de seus amigos franceses. Como ele próprio gostava de dizer, considerava-se o primeiro servidor do Estado, seu valete e não seu proprietário. Por esse motivo, cuidava de tudo nos menores detalhes e tentava impor idéias novas por toda parte. Uma de suas primeiras medidas foi a supressão da tortura. Também aliviou as obrigações de servidão mais pesadas dos camponeses para com seus senhores. Estava permanentemente empenhado em que todos os habitantes de seu reino, tanto os mais pobres como os mais poderosos, fossem tratados com eqüidade. Naquele tempo, isso não tinha nada de evidente.

Mas sua maior ambição era transformar a Prússia num Estado mais poderoso e anular totalmente o poder do imperador da Áustria. Achava que iria consegui-lo facilmente. Desde 1740, a Áustria era administrada por uma mulher, a imperatriz Maria Teresa. Quando ela tomou o poder, com apenas vinte e três anos, Frederico imaginou que tivesse chegado o momento de se apropriar de um território pertencente ao Império da Áustria. Com seu exército perfeitamente treinado, atacou a província da Silésia e a anexou à Prússia. Desde então, e durante quase toda a vida, ele não parou de lutar contra a imperatriz da Áustria. Sempre deu muito valor a seu exército, treinado com muito rigor, e fez dele o melhor do mundo.

Mas Maria Teresa revelou ser uma adversária muito mais tenaz do que ele imaginara inicialmente. No entanto, ela não tinha alma guerreira. Era antes de tudo uma mulher muito piedosa e boa mãe de família, tendo trazido ao mundo dezesseis filhos. Embora Frederico o Grande fosse seu inimigo jurado, Maria Teresa inspirou-se nele em muitos aspectos, executando muitas reformas. Também ela aboliu a tortura, aliviou a carga dos camponeses e interessou-se particularmente pela instauração de um sistema de ensino de qualidade. Tinha o sentimento de ser uma verdadeira mãe para seu país e nunca teve a pretensão de saber tudo melhor do que ninguém. Soube cercar-se de bons conselheiros, alguns dos quais à altura do grande Frederico, não apenas nos campos de batalha como também em todas as cortes européias, que conquistaram para sua causa nas longas guerras que opuseram Frederico da Prússia à Áustria. Até mesmo a França, que havia séculos aproveitava a menor oportunidade para combater o Império Alemão, tomou o partido da Áustria, e Maria Teresa deu a mão de sua filha Maria Antonieta ao futuro rei da França, Luís XVI, como penhor de sua nova amizade.

Frederico acabou cercado de países inimigos por todos os lados: a Áustria, a França, a Suécia e a Rússia, que se tornara um país grande e poderoso. Sem esperar que esses países lhe declarassem guerra, ele ocupou a Saxônia, que também lhe era hostil, depois desencadeou uma guerra implacável contra a Áustria e seus aliados, com apoio unicamente da Inglaterra. Foi a Guerra dos Sete Anos. A perseverança de Frederico acabou por compensá-lo, apesar da supremacia das forças inimigas, e essa longa guerra terminou com vantagem para ele, pois lhe foi concedida a Silésia.

A partir de 1765, Maria Teresa dividiu o poder com seu filho José, que a sucedeu depois de sua morte, com o nome de José II, imperador da Áustria. O novo imperador revelou-se um defensor mais extremado da filosofia do Iluminismo do que sua mãe e Frederico II, e todas as suas ações foram ditadas unicamente por seus três princípios fundamentais: tolerância, razão e sentimentos humanitários para com o próximo. Assim, por exemplo, ele aboliu a pena de morte e a servidão dos camponeses. Autorizou também os protestantes da Áustria a exercerem seu culto e, embora católico fervoroso, despojou a Igreja de uma parte de seus bens e de suas riquezas. Homem doente, José tinha a sensação de que não governaria por muito tempo e apressou-se em agir com ardor, precipitação e impaciência incríveis. Essa avalanche de reformas era muito rápida, aos olhos de seus súditos, cujos hábitos seculares eram alterados por elas. Embora muitos admirassem o imperador, o povo preferia sua mãe, mulher mais piedosa e comedida.

Enquanto na Áustria e na Alemanha triunfavam as idéias do Iluminismo, na América os cidadãos de inúmeras colônias inglesas já não queriam ser súditos britânicos e pagar impostos à Inglaterra. Um homem tomou a frente de seu movimento pela independência. Chamava-se Benjamin Franklin. Burguês modesto, especializado no estudo das ciências da natureza – foi ele que inventou o pára-raio –, era um homem simples e correto. Sob seu comando e o de um outro americano, George Washington, as colônias e as cidades portuárias inglesas da América se confederaram para dar origem ao primeiro Estado livre do Novo Mundo, os Estados Unidos. Depois de anos de guerra, elas expulsaram as tropas inglesas do continente americano. Depois adotaram as novas maneiras de pensar que prevaleciam na Europa, adotando, em 1776, uma constituição baseada no reconhecimento dos Direitos do Homem, na Liberdade e na Igualdade – o que não as impediu de obrigar escravos negros a trabalhar em suas plantações!

34 – Uma revolução muito violenta

Todos os países tinham aderido às idéias do Iluminismo e os soberanos as tinham colocado em prática em sua maneira de governar. Até mesmo a imperatriz da Rússia, Catarina II a Grande, trocava correspondência regularmente com os instigadores dessas novas idéias. Só os reis da França faziam de conta que nada sabiam e nada tinham a ver com elas. Luís XV e Luís XVI, sucessores do Rei-Sol, foram homens incompetentes, que se contentaram em imitar seu grande antecessor quanto às manifestações exteriores de poder. Mantiveram a pompa e o luxo, as despesas insensatas para financiar as festas e as representações de óperas, a construção de novos castelos e de parques imensos, com aléias podadas simetricamente, as suntuosas librés de seda e renda das coortes de criados e outras pessoas da corte... Eles não se preocupavam em saber de onde vinha o dinheiro. Homens sem fé nem lei tornaram-se ministros das finanças e recorriam a todos os meios, até os mais vis, para obter as quantias de dinheiro colossais de que precisavam, condenando os camponeses a trabalhar como escravos e esmagando os burgueses com impostos. Enquanto isso, na corte do rei, os nobres dilapidavam esse dinheiro no jogo ou em todos os tipos de fantasias, entre risos e brincadeiras, que nem sempre eram muito sutis.

Quando um nobre deixava o castelo do rei para voltar às suas terras, a desgraça dos camponeses só piorava. A exemplo do que tinha vivido na corte, o nobre organizava com seu séquito caças à lebre ou à raposa, e os cascos dos cavalos pisoteavam as terras que os camponeses tinham lavrado com o suor de seu rosto. Ai do camponês que ousasse se queixar! Podia se dar por feliz se o senhor não o chicoteasse com as próprias mãos. Pois um nobre possuidor de terras era juiz em seu território e podia punir os camponeses conforme bem entendesse. Se gozasse dos favores do rei, podia receber deste último um papel no qual estavam escritas estas simples palavras: "O sr. ... está condenado à prisão. Assinado: Luís XV." O próprio nobre podia então escrever o nome de quem lhe desagradasse, por uma razão ou por outra, e fazê-lo desaparecer.

Esses nobres circulavam pela corte, empolados e perfumados, empertigados e amaneirados, farfalhando seus trajes de seda e renda. Estavam cansados do fausto pretensioso da época de Luís XIV. Preferiam as conversas levianas e afetadas, tinham substituído as perucas pesadas por perucas leves e empoadas arrematadas, na nuca, por uma trança. Dominavam admiravelmente a arte de fazer mesuras e a de dançar, só sendo superados, nesse aspecto, por suas damas. Estas comprimiam os seios num espartilho apertado e usavam saias amplas e bufantes que lembravam sinos, denominadas crinolinas. Todos esses belos cavalheiros e essas belas damas perambulavam pelas aléias de buxo dos castelos reais, esquecendo suas terras e deixando seus camponeses morrerem de fome. Mas, como aquela natureza por demais sofisticada começava a entediá-los, acabaram imaginando um novo jogo, o da "simplicidade" e "naturalidade", que consistia em morar em encantadores pavilhões construídos no parque do castelo e se dar nomes de pastores e pastoras extraídos das lendas gregas. Isso era, para eles, o supra-sumo da naturalidade e da simplicidade.

Foi nesse meio colorido, elegante, preciosista e extremamente refinado que entrou Maria Antonieta, filha de Maria Teresa da Áustria. Ela era muito jovem – tinha apenas catorze anos – quando se casou com o futuro rei da França. Na verdade, imaginou que aquilo que via era o que devia ser. Mostrou-se mais endiabrada do que todos os outros, lançando-se desenfreadamente em bailes à fantasia e outras festas, dignas de um conto de fadas, ela mesma também fazendo teatro, representando maravilhosamente o papel de pastora. Achou que a vida na corte dos reis da França fosse de fato maravilhosa. No entanto, seu irmão mais velho, José II, e também sua mãe, Maria Teresa, muitas vezes a alertaram, aconselhando-lhe que levasse uma vida mais simples e que não irritasse mais ainda um povo miserável com seus gastos excessivos e suas futilidades. Em 1777, o imperador José escreveu-lhe uma longa carta para repreendê-la. "As coisas não podem continuar assim", ele dizia, "e a revolução será terrível se você não tomar cuidado."

Ora, tudo continuou da mesma maneira durante mais doze anos. A revolução, então, foi terrível. A corte tinha acabado com o dinheiro do país. Não sobrava mais nada para financiar os rombos diários causados por tanto luxo. Em 1789, o rei Luís XVI decidiu convocar os estados gerais, assembléia com representantes das três ordens – nobreza, clero e burguesia (como você deve lembrar, chamada de terceiro estado) – para consultá-los sobre como arranjar dinheiro.

As propostas e exigências dos representantes da nobreza, do clero e do povo não agradaram ao rei, que, por intermédio de seu mestre-de-cerimônias, ordenou-lhes que saíssem do recinto em que se realizava a sessão. Elevou-se então a voz de um homem de inteligência viva e apaixonada. Seu nome era Mirabeau. Interpelando o mestre-de-cerimônias, ele disse: "Vá dizer aos que o enviaram que estamos aqui por vontade do povo e que só sairemos pela força das baionetas."
Nunca ninguém havia se dirigido ao rei da França daquela maneira. Perplexos, os ministros do rei perguntaram-se como deveriam reagir. Enquanto eles meditavam, os deputados das três ordens deliberavam sobre os meios de reparar uma situação econômica catastrófica. Ninguém pensou em destituir o rei. Seu único desejo era introduzir na França as mesmas reformas que outros soberanos já haviam instituído em seus Estados. Mas o rei, embora fosse um homem fraco e indeciso, não estava acostumado a que lhe ditassem o que deveria fazer. Por exemplo, ele achava tão normal dedicar-se à sua atividade favorita, os trabalhos manuais (particularmente a serralheria), que nunca ninguém ousaria contrariá-lo. O rei então chamou suas tropas para expulsar os deputados da Assembléia. Ao saber dessas medidas, o povo de Paris se enfureceu. Sua última esperança eram as deliberações daquela sessão. Vindo de toda parte, o povo acorreu à prisão do Estado, a Bastilha, onde homens do Iluminismo já tinham estado encarcerados e onde, acreditava-se, estavam presos muitos homens inocentes. De imediato o rei não ousou mandar atirar no povo, para não aumentar sua insatisfação. O povo se apoderou da fortaleza e massacrou seus funcionários. Depois, transbordante de alegria, desfilou pelas ruas de Paris expondo triunfalmente os prisioneiros libertados. Ora, revelou-se depois que os prisioneiros eram criminosos comuns.

Ernst H. Gombrich

Enquanto isso, as três ordens reunidas na Assembléia acabavam de tomar uma decisão incrível: impor os princípios do pensamento do Iluminismo, especialmente o que estipulava que, sendo a razão comum a todos os homens, todos os homens eram iguais e deviam ser tratados de maneira igual diante da lei. Os deputados da nobreza deram o exemplo, renunciando voluntariamente a todos os seus privilégios, suscitando o entusiasmo geral. Declarou-se assim que qualquer cidadão francês poderia pretender qualquer cargo, que todos tinham os mesmos direitos e os mesmos deveres no seio do Estado, definindo-se assim o que foi chamado de Direitos do Homem. Foi proclamado também que a partir de então o poder estava nas mãos do povo, o rei sendo apenas seu representante.

Tente imaginar o que significava a decisão que a Assembléia acabava de tomar: era o soberano que estava a serviço de seu povo, e não mais o povo a serviço do soberano. Isso significava que o soberano já não poderia abusar do poder. Ao ler essas declarações na imprensa, os parisienses interpretaram a noção de soberania do povo de maneira diferente. Acharam que, a partir de então, o poder pertencia a todas as pessoas que povoavam as ruas e praças públicas, a quem se chamava "povo". Quando o rei, sempre insensato, iniciou negociações secretas com as cortes estrangeiras pedindo ajuda para reprimir seu próprio povo, verdureiras e pequenos-burgueses de Paris avançaram sobre Versalhes. Massacraram a guarda do castelo, irromperam nas salas suntuosamente decoradas com portas de cristal, espelhos e tapeçarias, e obrigaram o rei, sua mulher Maria Antonieta, seus filhos e seu séquito a acompanhá-los até Paris. Lá, pelo menos, a família real estaria sob o controle do povo.

Certa noite, o rei e sua família tentaram fugir para o estrangeiro. Mas inúmeras complicações e inabilidades ocorreram ao longo da organização da fuga. Parecia uma saída para um daqueles bailes à fantasia da corte. O rei e sua família foram reconhecidos sob os disfarces e colocados sob vigia. A Assembléia constituinte, por sua vez, transformada em Assembléia nacional depois que as três ordens foram dissolvidas, deu prosseguimento à sua onda de reformas. Todos os bens da Igreja Católica foram confiscados, assim como os bens dos nobres que, com medo da revolução, tinham fugido para o estrangeiro. Depois a Assembléia decretou que o povo deveria eleger novos representantes, encarregados de votar as leis.

Essas medidas provocaram, em 1791, uma corrida de jovens, vindos dos quatro cantos da França, para ocupar cadeiras na Assembléia. Mas os reis e soberanos da Europa não quiseram mais assistir impassíveis ao espetáculo de um rei cujo poder vinha sendo minado a cada dia, ou até abolido. Na verdade, eles não eram entusiastas da idéia de apoiar Luís XVI. Por um lado, não tinham muita consideração pelo comportamento que ele havia adotado; por outro lado, como potências estrangeiras, não viam com maus olhos o enfraquecimento do poder da França. Apesar disso, a Prússia e a Áustria enviaram algumas tropas para proteger o rei. O povo francês, então, se enfureceu mais ainda. O país inteiro se levantou contra aquela interferência estrangeira que ele não havia solicitado. Principalmente, acusou de alta traição os nobres e os partidários do rei, certo de que eles estavam mancomunados com aqueles defensores estrangeiros da causa real. À noite, hordas populares se precipitavam contra as casas de milhares de nobres e os prendiam e executavam. Os excessos dos rebeldes cresciam. Seu único objetivo era fazer tábua rasa do passado.

Isso começou com uma nova moda no trajar. Os partidários da Revolução eliminaram as perucas, as calças bufantes até o joelho e as meias de seda. Passaram a usar gorros vermelhos terminados em ponta e calças longas e estreitas, como as que usamos hoje. Era mais prático e mais barato. Assim vestidos, percorriam as ruas aos gritos de: "Morte à nobreza! Liberdade, igualdade, fraternidade!" Na verdade, os chamados jacobinos, o partido mais violento, tinham uma concepção muito particular do que era fraternidade. Eles pegaram não só os nobres, mas também todos os que não compartilhavam suas opiniões, e mandaram decapitá-los. Para aplicar essa sentença, foi inventada uma máquina que cortava as cabeças imediatamente: a guilhotina. Foi instituída uma nova jurisdição, batizada de "tribunal revolucionário", que dia após dia condenava à morte milhares de pessoas, as quais depois eram decapitadas pela guilhotina nas praças públicas de Paris.

Os líderes dessas massas populares fanatizadas eram pessoas notáveis. Um deles, Danton, orador brilhante, homem impetuoso, intrépido e sem nenhuma reserva, discursava para o povo com sua voz possante e o incitava a prosseguir a luta contra os partidários da monarquia. Um outro desses líderes chamava-se Robespierre. Era o oposto de Danton. Advogado, sabia manter a cabeça fria, tinha aparência rígida e comedida. Fazia discursos intermináveis, nos quais evocava os heróis da Antiguidade grega e romana. Subia à tribuna da Assembléia, sempre vestido de maneira solene, agitando o ar com gestos largos, como daqueles professores severos e aterradores. Do alto da tribuna, falava em virtude, sempre em virtude. Da virtude de Catão o Velho, da virtude de Temístocles, da virtude do coração humano em geral e do ódio que ele tinha do vício. E, já que se devia odiar o vício, era preciso decapitar os inimigos da França para assegurar o triunfo da virtude! E quem eram os inimigos da França? Todos aqueles que não compartilhavam suas opiniões. Foi assim que Robespierre, em nome da virtude do coração humano, mandou decapitar centenas de adversários. Mas não pense que ele era hipócrita. Estava convencido de que aquela fosse a verdade.

Breve história do mundo

Além disso, não adiantava querer corrompê-lo com presentes ou comovê-lo com lágrimas. Aquele "Incorruptível", como o apelidaram, era um homem aterrador. Aliás, era mesmo o terror que ele queria impor. Os que ele visava eram os que chamava de inimigos da razão.

Chegou o dia em que o rei Luís XVI também foi levado ao tribunal do povo e condenado à morte por ter recorrido a estrangeiros contra seu próprio povo. Pouco tempo depois, Maria Antonieta também foi guilhotinada. Diante da morte, o rei e a rainha demonstraram mais dignidade do que tiveram durante a vida. Os países estrangeiros ficaram horrorizados com sua execução e mandaram tropas a Paris. Mas nunca mais o povo deixaria que lhe tomassem a liberdade. Todos os homens do país foram convocados a pegar armas e as tropas alemãs foram expulsas. Enquanto isso, em Paris e sobretudo nas cidades da província ampliava-se o reino do Terror.

Robespierre e os deputados decretaram que o cristianismo era a sobrevivência de uma superstição antiga e promulgaram uma lei abolindo Deus. A partir de então, não se faria mais nenhum culto a Deus, mas à Razão. Para celebrar esse novo culto, foi organizado um grande cortejo que desfilou ao som de música pelas ruas de Paris, tendo à frente a jovem noiva de um impressor, vestida com um longo vestido branco e um amplo manto azul, símbolo da "deusa Razão". Algum tempo depois, Robespierre julgou que era preciso avançar mais no domínio da virtude. Promoveu a promulgação de uma nova lei decretando a existência de Deus e a imortalidade da alma, apresentando-se como sacerdote do "Ser supremo", novo nome dado a Deus. A partir de então, só aparecia com uma pluma no chapéu e um buquê na mão. Devia ser muito engraçado, e imagino que muita gente tenha estourado de rir.

Num dado momento o poder de Robespierre começou a declinar. Danton estava cansado das execuções diárias e pediu que se dessem provas de clemência e compaixão. A réplica de Robespierre foi imediata: "Só os criminosos pedem clemência para com outros criminosos." E Danton também foi condenado à morte. Mas foi a última vitória de Robespierre. Pouco depois, quando ele fazia um de seus discursos intermináveis, no qual declarava que as execuções tinham apenas começado, que na França ainda havia muitos inimigos da liberdade, que o vício continuava a triunfar e que a pátria estava em perigo, pela primeira vez ninguém aplaudiu. Houve um silêncio mortal. Alguns dias depois, Robespierre foi decapitado.

Os inimigos da França tinham sido derrotados. Os nobres, se não tinham escolhido voluntariamente tornar-se simples burgueses, tinham sido decapitados ou expulsos da França. A igualdade diante da lei fora obtida. Os bens da Igreja e dos nobres tinham sido entregues aos camponeses, libertados da servidão feudal. Qualquer um na França podia exercer a profissão de sua escolha ou obter um cargo. O povo estava cansado da guerra civil e queria ordem e paz, para finalmente desfrutar de sua vitória extraordinária. O tribunal revolucionário foi suprimido e, em 1795, foi eleito um governo de cinco membros, um "diretório", encarregado de administrar o país de acordo com os novos princípios.

Nesse ínterim, as idéias da Revolução Francesa tinham se propagado para além das fronteiras, suscitando grande entusiasmo nos países vizinhos. Até a Bélgica e a Suíça adotaram uma república baseada nos princípios dos Direitos do Homem e da igualdade, e todas essas repúblicas foram apoiadas militarmente pelo governo francês. Num desses exércitos de intervenção servia um soldado cujo poder logo iria superar o da Revolução inteira...

35 – O último conquistador

Sempre gostei da história do mundo porque todos os acontecimentos extraordinários que ela relata não são ficção, eles existiram de verdade. Além do mais, esses acontecimentos nos fazem mergulhar em aventuras muito mais loucas e surpreendentes do que todas as que poderíamos imaginar. Agora vou contar uma dessas aventuras, tão louca quanto incrível, mas tão real quanto você e eu. Não faz muito tempo que isso aconteceu. Meu avô na época tinha a idade que você tem hoje.

Bem, vamos começar a história. Não muito longe da Itália há uma ilha montanhosa, ensolarada e pobre, chamada Córsega. Na ilha de Córsega vivia um advogado com sua mulher e seus oito filhos. Essa família tinha um nome italiano: Buonaparte. Em 1769, quando nasceu seu segundo filho, Napoleão, a ilha tinha acabado de ser vendida à França, pelos genoveses. Seus habitantes, os corsos, estavam muito descontentes, o que deu origem a muitos conflitos com as autoridades francesas. O jovem Napoleão decidiu que queria ser oficial e, quando ele tinha dez anos, seu pai o mandou para uma escola militar na França. O menino era pobre, seu pai tinha dificuldade em ajudá-lo financeiramente, e isso reforçou seu temperamento triste e taciturno. Ele não brincava com os colegas de classe. Mais tarde Napoleão contaria que na escola havia um canto em que ele costumava se isolar e dar asas a seus devaneios. Quando os colegas queriam ocupar aquele canto, ele se defendia com todas as forças. "Eu já tinha o instinto", ele diria, "de que minha vontade tinha de vencer a dos outros e de que o que me agradava devia me pertencer."

Ele acumulou muitos conhecimentos, beneficiando-se, ainda por cima, de uma memória fenomenal. Aos dezessete anos, tornou-se subtenente do exército francês, onde foi apelidado de "o pequeno cabo", por ser baixinho. Na época ele quase passava fome. Lia muito e prestava atenção em tudo. Três anos depois, em 1789, quando eclodiu a Revolução Francesa, a Córsega quis se libertar da soberania francesa. Bonaparte foi para a Córsega e lutou contra os franceses. Mas acabou voltando para Paris porque, como escreveu numa carta, só em Paris se podiam fazer grandes coisas. Ele tinha razão. Foi em Paris que, para ele, tudo começou. O acaso quis que um compatriota de Bonaparte servisse como oficial superior num exército designado pelos revolucionários para acabar com a insubmissão da cidade de Toulon. Aquele homem levou com ele o jovem tenente, então com vinte e cinco anos, e não teve do que se arrepender. Bonaparte deu tão bons conselhos sobre a maneira de dispor os canhões e sobre os alvos a serem atingidos que a cidade logo caiu. Isso lhe valeu a promoção a general. Naquele período de distúrbios e incertezas, esse fato ainda não podia ser prenúncio de uma longa carreira, pois ser simpatizante de um partido significava ser adversário do partido contrário. Quando o governo que o tinha promovido a general – ou seja, os amigos de Robespierre – foi derrubado, Bonaparte também foi preso. É verdade que logo ele foi libertado, mas foi destituído de seu grau de general e expulso do exército por ter compactuado com os jacobinos. Nesse momento de sua vida, completamente desprovido de recursos, parecia não haver nenhuma esperança de um futuro melhor. Mais uma vez o acaso quis que uma pessoa de suas relações o recomendasse, em Paris, aos cinco membros do Diretório, que lhe confiaram a missão de reprimir uma manifestação violenta de jovens nobres. Sem hesitar, Napoleão mandou atirar contra os insurretos e dispersou os manifestantes. Em reconhecimento, ele voltou a ser nomeado general e recebeu o comando de um pequeno exército que deveria partir para a Itália a fim de propagar, lá e em outros países, as idéias da Revolução Francesa.

O resultado da missão parecia dos mais incertos. Faltava tudo ao exército confiado a Napoleão. Na época, a França vivia mergulhada na pobreza e na desordem. Antes de partir para a campanha, o general Bonaparte (cujo nome de família tinha sido afrancesado) discursou para os soldados com palavras simples: "Soldados! Vocês estão mal alimentados e quase nus. O governo lhes deve muito mas nada pode fazer por vocês. A paciência e a coragem que vocês têm muito os honram, mas não lhes dão nem vantagem nem glória. Vou conduzi-los às mais férteis planícies do mundo: lá vocês encontrarão cidades grandes, províncias ricas; encontrarão honra, glória e riquezas. Soldados da França, será que lhes falta coragem e persistência?" Bonaparte sabia encontrar as palavras certas para inflamar o espírito de seus soldados e lançá-los ao ataque a potências inimigas superiores à sua. Assim, ele avançava, obtendo uma vitória atrás da outra. Apenas algumas semanas depois de iniciada a campanha da Itália, para estimular sua chama guerreira ele bradou: "Soldados! Em quinze dias vocês conseguiram seis vitórias, tomaram vinte e uma bandeiras, cinqüenta e cinco canhões, conquistaram a parte mais rica do Piemonte. Despojados de tudo, vocês superaram tudo. Ganharam batalhas sem canhões, atravessaram rios sem ponte, fizeram marchas forçadas sem sapatos, acamparam em bivaques sem aguardente e muitas vezes sem pão. Tenho certeza de que todos desejam, ao voltar para suas cidades, poder dizer com orgulho: fiz parte do exército que conquistou a Itália!"

Essas palavras não foram inúteis. Em pouco tempo, o exército conquistou a Itália do Norte, onde Bonaparte instituiu uma república de acordo com o modelo da França e da Bélgica. É preciso acrescentar que, durante a campanha da Itália, cada vez que Bonaparte dava com objetos de arte e manuscritos preciosos que lhe agradavam, ele os enviava em comboio para Paris, o que aumentara seu prestígio. Depois da Itália, ele avançou com seu exército mais para o norte, na direção da Áustria. Censurava o imperador por ter lutado contra ele na Itália. Os emissários do imperador vieram de Viena para um encontro com ele na cidade de Leoben, na Estíria. Na sala de deliberações, tinha sido prevista uma poltrona em plano mais alto para o ministro plenipotenciário do imperador. Bonaparte disse então: "Retirem essa poltrona, não posso ver um trono sem que me dê vontade de me sentar nele." Ele obrigou o imperador a ceder para a França todas as regiões da Alemanha que se encontravam a oeste do Reno. Depois voltou para Paris. Mas em Paris não tinha o que fazer. Propôs então ao governo uma empreitada das mais temerárias. Na época, os maiores inimigos da França eram os ingleses. Ora, a Inglaterra se tornara poderosa graças às suas possessões na América, na África, na Índia e na Austrália. A fraqueza do exército francês não permitia pensar em um ataque direto contra a Inglaterra e, além do mais, sua frota não tinha navios suficientes. No entanto, atacar uma possessão inglesa estava dentro do possível.

Assim, Bonaparte conseguiu que o enviassem com seu exército ao Egito, então sob dominação inglesa. Tal como Alexandre o Grande, ele sonhava em conquistar o Oriente. Levou também eruditos encarregados de estudar os vestígios do passado. Chegando ao Egito, dirigiu-se aos muçulmanos egípcios fazendo-se passar por um profeta, como Maomé. Declarou-lhes em tom solene que lia em seus corações seus "sentimentos mais secretos", que sua vinda já estava prevista "desde que o mundo existe" e que, aliás, ela estava inscrita também "no sagrado Corão, em mais de vinte passagens". E acrescentou que, por mais que eles se esforçassem, nada poderiam fazer contra ele, pois também estava escrito que tudo o que empreendesse daria certo.

É verdade que, no início, os acontecimentos pareciam lhe dar razão. Em 1798, ele venceu uma grande batalha contra os exércitos inimigos, ao pé das pirâmides, e também algumas outras, pois em terra ele era um estrategista fora do comum.

Mas no mar os ingleses eram amplamente superiores, e o famoso almirante Nelson quase destruiu totalmente a frota francesa no porto de Asboukir, na costa egípcia. Uma epidemia de peste se declarou no exército de Bonaparte e ele recebeu de Paris a notícia de que o governo estava dividido. Pensou então que chegara a oportunidade de desempenhar um papel importante na França. Sem ter recebido ordens para isso, abandonou seus soldados e embarcou em segredo para a França. Quando desembarcou em Fréjus, como general coberto de glórias, a alegria foi geral. Todos depositavam suas esperanças nele. Um homem tão eficaz em país inimigo certamente o seria mais ainda para devolver a ordem a seu próprio país. A confiança de que ele desfrutava lhe fez ter a audácia de, em 1799, apontar seus canhões para a sede do governo de Paris, mandar seus granadeiros expulsarem os eleitos pelo povo da sala de deliberações e de conferir a si mesmo o poder supremo. Seguindo o modelo dos romanos do antigo Império, ele se proclamou "cônsul".

Como cônsul, levou uma vida suntuosa na antiga residência dos reis da França e fez voltarem muitos nobres condenados ao exílio. Empenhou-se principalmente em pôr a França em ordem, ou seja, em fazer com que tudo corresse, em todos os lugares e momentos, de acordo com sua vontade. Nesse sentido, atingiu seu objetivo. Mandou reunir num volume as leis que regiam a nova sociedade, ao qual deu seu nome, o Código Napoleão. Durante uma nova campanha na Itália, mais uma vez ele venceu a Áustria. Era idolatrado por seus soldados, e todos os franceses tinham veneração por ele, pois havia trazido a seu país glória e conquistas. Foi nomeado cônsul vitalício. Mas a ambição de Bonaparte não parou aí. Queria ser mais. E, em 1804, proclamou-se imperador. Imperador dos franceses! O papa em pessoa viajou até Paris para consagrá-lo. Pouco depois, Napoleão I proclamou-se também rei da Itália. Os outros países começaram a temer o poder daquele

REINO DA GRÃ-BRETANHA

OCEANO ATLÂNTICO

IMPÉRIO DA FRANÇA

REINO DE PORTUGAL

JOSÉ BONAPARTE

NAPOLEÃO BONAPARTE

REINO DA ESPANHA

MAR MED

ÁFRICA

Neste mapa, vê-se claramente o poder de Napoleão I, aquele homem baixinho, originário da Córsega, que tinha distribuído os membros de sua família por toda a Europa, tal como um jogador de xadrez coloca suas peças no tabuleiro.

recém-chegado à cena política, e a Inglaterra, a Áustria, a Rússia e a Suécia assinaram um pacto de aliança contra ele. Napoleão não se deixou impressionar. Não tinha medo dos exércitos inimigos, mesmo que fossem importantes. Chegou até a ir a seu encontro e, no inverno de 1805, em Austerlitz, na Morávia, obteve uma vitória esmagadora sobre as tropas aliadas inimigas. Naquele momento, Napoleão tornou-se dono de quase toda a Europa. Ofereceu a cada membro de sua família o que poderíamos chamar de uma "lembrancinha". Em outras palavras, deu um reino a cada um. Seu genro recebeu a Itália; seu irmão mais velho, Nápoles; seu irmão caçula, a Holanda; seu cunhado, uma parte da Alemanha; e suas irmãs receberam ducados italianos. Era um belo itinerário para a família do advogado corso que, apenas vinte anos antes, em sua ilha longínqua, fazia refeições tão pobres!

Até mesmo na Alemanha Napoleão adquiriu todos os poderes, pois os príncipes alemães, que havia muito tempo tinham rejeitado a autoridade do imperador austríaco, tornaram-se seus aliados. Depois o imperador Francisco, em Viena, abdicou do título de imperador da Alemanha, acabando assim com o Sacro Império Romano-Germânico, que começara com a coroação de Carlos Magno em Roma. Era o ano de 1806. A partir de então, Francisco de Habsburgo passou a deter só o título de imperador da Áustria.

Depois Napoleão lançou uma campanha contra os Hohenzollern e, em alguns dias, aniquilou os exércitos prussianos. Entrou em Berlim em 1806 e, de lá, editou suas leis para a Europa. Uma de suas medidas mais importantes foi proibir todos os países europeus de vender ou comprar produtos da Inglaterra, país inimigo da França. Em outras palavras, decretou o "bloqueio continental" da Inglaterra. Como não tinha frota capaz de vencer militarmente aquele país tão poderoso, Napoleão esperava vencê-lo daquela maneira. Diante da recusa dos outros Estados a segui-lo, lançou uma nova campanha contra a Alemanha e lutou contra os russos, aliados da Prússia. E, em 1807, pôde oferecer a seu irmão mais novo uma parte da Alemanha, com o título de rei. Depois foi a vez da Espanha. Ele a conquistou e deu a coroa a seu irmão José, antes rei de Nápoles, e atribuiu o reino de Nápoles a um cunhado. Ora, chega um momento em que os povos já não aceitam ser tratados indefinidamente como simples presentes de família. Os espanhóis foram os primeiros, a partir de 1808, a recusarem a soberania dos franceses. Não houve combates propriamente ditos, mas uma insurreição permanente, difícil de ser reprimida, pois o povo estava cansado dos abusos cometidos pelos soldados franceses. Depois da Espanha veio a Áustria, cujo imperador já não queria se submeter às injunções de Napoleão. Em 1809, mais uma guerra eclodiu. Napoleão lançou suas tropas contra Viena. Pela primeira vez na vida, ele foi derrotado perto de Viena, em Aspern, por um valente general, o arquiduque Carlos. Mas, alguns dias depois, em Wagram, ele aniquilou o exército austríaco. Entrou em Viena, instalou-se no palácio imperial de Schönbrunn e obrigou o imperador Francisco a lhe conceder a mão de sua filha Maria Luísa. Não foi uma decisão fácil para a família imperial dos Habsburgo, que reinava em Viena havia mais de quinhentos anos. Napoleão não era de família principesca. Na verdade, não passava de um reles tenente, que se tornara unicamente por seus méritos o dono e senhor de toda a Europa.

Em 1810, Maria Luísa teve um filho, ao qual Napoleão deu o título de "rei de Roma". O Império napoleônico era então bem maior do que fora o de Carlos Magno, considerando-se que todos os reinos de seus irmãos, irmãs e generais só se sustentavam em seu nome.

Por outro lado, ele não deixava de lhes enviar cartas injuriosas quando faziam alguma coisa que lhe desagradava. Por exemplo, escreveu para seu irmão, rei da Vestfália: "Vi uma ordem do dia sua que o torna objeto de riso da Alemanha e da França. Você não tem nenhum amigo à sua volta que lhe diga a verdade? Você é rei e irmão de imperador: qualidades ridículas na guerra! É preciso ser soldado, e mais uma vez soldado, não é preciso nem ministro, nem corpo diplomático, nem pompa, é preciso acampar na vanguarda, estar noite e dia a cavalo, marchar na vanguarda para receber notícias, ou então não sair do serralho. Você faz guerra como um sátrapa." A carta terminava assim: "E, por Deus! Tenha inteligência suficiente para escrever e falar conforme convém!" Veja só como o imperador tratava seus irmãos, reis da Europa! Mas ele tratava os povos com mais rigor ainda. O que eles pudessem pensar ou sentir lhe era totalmente indiferente. Só uma coisa lhe importava: que eles lhe fornecessem dinheiro e principalmente soldados. Mas os povos mostravam-se cada vez menos conciliadores. Depois dos levantes dos espanhóis vieram os dos camponeses do Tirol, região que Napoleão havia tomado do imperador da Áustria e oferecido ao reino da Baviera. Os tiroleses lutaram contra os soldados franceses e bávaros até que Napoleão mandou prender e fuzilar seu chefe, Andreas Hofer.

Até mesmo na Alemanha toda a população se indignou com tanta violência e arbitrariedade. E, pela primeira vez na sua história, os principados alemães, cuja maioria estava sob autoridade francesa, tomaram consciência de que tinham um destino comum. O sangue que corria em suas veias era alemão, e não francês. Pouco importava que relações o rei da Prússia mantinha com o rei da Saxônia ou se o rei da Baviera tinha se aliado ao irmão de Napoleão. Unidos na adversidade, uma mesma vontade os animou: libertar-se daquela tutela estrangeira. Pela primeira vez na História, todos os alemães, estudantes e poetas, camponeses e nobres, se ligaram unanimemente contra a vontade de seus príncipes para conquistar sua liberdade. Mas não foi coisa fácil. Napoleão era poderoso. O maior poeta alemão, Goethe, bradou: "Contentem-se em chacoalhar suas correntes. O homem [Napoleão] é grande demais para vocês!" É verdade que, durante muito tempo, o heroísmo e o entusiasmo opostos à violência de Napoleão foram desesperadamente inúteis. Mas a ambição de Napoleão era incomensurável, e foi ela que acabou por acarretar sua queda. Homem insaciável, queria aumentar cada vez mais seu poder. Para ele, o que havia adquirido até então era apenas o começo. Chegou a vez da Rússia. O pretexto invocado foi que os russos não tinham respeitado sua proibição de fazer comércio com os ingleses. Aquilo merecia uma punição.

Napoleão reuniu 600.000 homens, recrutados em todos os países do Império, número jamais alcançado por um exército na história do mundo. Com esse exército gigantesco, ele partiu em campanha contra a Rússia, em 1812. Mergulhou cada vez mais no interior do país, sem nunca precisar travar uma batalha. À medida que avançava, os russos recuavam, como já haviam feito diante das tropas de Carlos XII da Suécia. Chegando às portas de Moscou, Napoleão finalmente entrou em confronto com o poderoso exército russo e venceu a batalha. Eu já ia dizendo "naturalmente", pois, para Napoleão, a arte do combate parecia tão evidente quanto a resolução de charadas para um espírito habituado a esse exercício. Depois de estudar a disposição das tropas inimigas, ele entendeu imediatamente para onde deveria enviar as suas para cercá-las e vencê-las. Então entrou em Moscou, mas encontrou uma cidade quase vazia. A maioria de seus habitantes tinha fugido. Era fim do outono. Napoleão instalou-se no Kremlin, o velho castelo imperial, esperando poder ditar suas condições. Certo dia, chegou-lhe a notícia de que os arredores de Moscou estavam em chamas. Naquela época, muitas casas eram de madeira. O fogo se propagou e devastou três quartos da cidade. Tudo indicava que o incêndio havia sido provocado pe-

Ernst H. Gombrich

Fugindo de Moscou devorada pelas chamas, o Grande Exército de Napoleão bate em retirada, numa fila interminável e miserável, através das vastas planícies geladas da Rússia.

los próprios russos, para pôr os franceses em dificuldade. Todos os esforços para apagá-lo foram vãos. Os russos tinham acertado. Como o inimigo poderia alojar 600.000 homens e encontrar víveres se Moscou estava totalmente destruída? Napoleão foi obrigado a tomar a decisão de bater em retirada. Mas o tempo tinha passado, era inverno e fazia um frio terrível. Além disso, ao entrar na Rússia o exército napoleônico, em sua passagem, havia pilhado e destruído todos os meios de subsistência, de modo que a volta através da imensidão gelada e despovoada da vasta planície da Rússia se transformou num pesadelo. A cada dia aumentava o número de soldados abandonados à beira do caminho, mortos de frio e fome. Milhares de cavalos tinham morrido. Foi então que surgiram os cavaleiros russos, os cossacos. Eles atacaram o exército de Napoleão pela retaguarda e pelos flancos. Os soldados franceses se defenderam com a força do desespero. Até conseguiram atravessar um grande rio, o Berezina, enquanto caía uma tempestade de neve e os cossacos os cercavam. Aos poucos, no entanto, suas últimas forças se esgotaram, só deixando lugar ao desespero. Apenas um vigésimo dos soldados sobreviveram a essa terrível derrota e, exaustos e doentes, chegaram à fronteira alemã. Sem esperar o fim da retirada, Napoleão deixou o exército com roupas emprestadas para voltar às pressas para Paris, num trenó de camponês.

A primeira coisa que fez foi reivindicar novas tropas, pois, como sua posição havia enfraquecido, todos os países tinham se levantado contra ele. Conseguiu mais uma vez formar um exército forte, agora constituído por soldados jovens. Contra os povos insubmissos ele estava enviando a juventude da França. Lançou assim uma campanha contra a Alemanha. Para pôr fim à guerra, o imperador da Áustria enviou seu chanceler, Metternich, para negociar com Napoleão os termos de um tratado de paz. As deliberações duraram um dia inteiro. Dirigindo-se a Napoleão, Metternich disse: "Se esse jovem exército que hoje o senhor comanda fosse derrubado, o que aconteceria depois?" Diante dessas palavras, Napoleão empalideceu de cólera, depois seu rosto corou e ele respondeu bruscamente: "O senhor não é um soldado e não pode saber o que se passa no coração de um soldado. Cresci nos campos de batalha e para um homem como eu a vida de um milhão de soldados não significa nada." Mais tarde, relatando essa cena, Metternich acrescentou que Napoleão, em sua fúria, jogou o chapéu do outro lado do recinto.

Metternich não se abaixou para pegar o chapéu. Mantendo a calma, respondeu: "Por que só diz essas palavras a mim, entre estas quatro paredes? Abra as portas e faça com que sejam ouvidas por toda a França." Napoleão rejeitou as condições de paz do imperador da Áustria, explicando a Metternich que ele não tinha outra escolha. Se quisesse continuar sendo imperador dos franceses, precisava mostrar-se como vencedor e, portanto, continuar o combate. Em 1813, houve uma batalha em Leipzig, opondo o exército de Napoleão às forças aliadas inimigas. No primeiro dia, Napoleão resistiu. Mas no dia seguinte, subitamente abandonado pelas tropas bávaras que lutavam a seu lado, ele perdeu a batalha e teve de bater em retirada. Perseguido em sua fuga por um numeroso exército bávaro, conseguiu derrotá-lo, e se apressou em voltar para Paris.

Os pressentimentos de Napoleão eram acertados. Voltando como vencido, os franceses o destituíram. Deram-lhe a soberania sobre a ilha de Elba, para onde ele se retirou. Por sua vez, os príncipes e o imperador que o tinham levado à derrota reuniram-se em Viena para negociar e fazer a partilha da Europa. Para eles, os princípios do Iluminismo, e mais especialmente o da Liberdade, eram os grandes responsáveis, na Europa, pelas desordens e por suas vítimas, desde os combates da Revolução Francesa até Napoleão. Quiseram então fazer tábua rasa da Revolução. Metternich era o mais empenhado em querer voltar à situação pré-revolucionária para que a Europa nunca mais tivesse que viver tais conturbações. Condenou principalmente a liberdade de expressão e proibiu qualquer publicação que não tivesse obtido a aprovação do governo e do imperador.

Na França, a Revolução tinha sido totalmente apagada. O irmão do rei Luís XVI subira ao trono com o nome de Luís XVIII (o de Luís XVII tinha sido atribuído ao filho de Luís XVI, que também morreu na Revolução). Esse novo Luís reinou sobre a França com sua corte como se os vinte e quatro anos da Revolução e do Império nunca tivessem existido. Cercou-se da mesma pompa e manifestou pelo povo a mesma incompreensão que seu infeliz irmão. A insatisfação dos franceses aumentou. Quando Napoleão soube disso, deixou secretamente a ilha de Elba (em 1815) e desembarcou na França com um punhado de soldados. Luís XVIII enviou um exército para interceptar seu caminho. Mas, assim que viram Napoleão, todos os soldados correram para ele. Logo os soldados das outras guarnições vieram juntar-se a eles. Depois de alguns dias de marcha, carregado em triunfo aos gritos de "Viva o Imperador!", Napoleão chegou a Paris. Na véspera, Luís XVIII havia fugido.

Diante dessa notícia, os príncipes que prosseguiam suas negociações em Viena se espantaram e declararam Napoleão inimigo da humanidade! Sob o alto comando do duque inglês Wellington, foi constituído um exército na Bélgica, composto essencialmente de ingleses e alemães; Napoleão partiu imediatamente para lutar contra eles. O confronto ocorreu perto de Waterloo. Foi uma batalha terrível. No início, Napoleão parecia estar vencendo. No entanto, um de seus generais se enganou quanto a uma ordem que tinha recebido e encaminhou suas tropas na direção errada. O comandante das tropas prussianas, general Blücher, agrupou seus homens exaustos, que na véspera haviam sofrido uma derrota, e no fim da tarde, aos gritos de "tudo vai mal, mesmo assim temos que ir", lançou seus homens de novo na batalha. Foi a última derrota de Napoleão, que fugiu com seu exército. Mais uma vez foi destituído e teve que deixar a França.

Napoleão resolveu embarcar num navio inglês, entregando-se assim, voluntariamente, a seus mais antigos inimigos, os únicos que ele nunca havia vencido. Esperava deles uma acolhida magnânima, declarando que desejava viver sob suas leis como simples cidadão. Mas ele mesmo nunca lhes tinha dispensado essa magnanimidade, e os ingleses o trataram como prisioneiro de guerra. E, para terem certeza de que nunca pudesse voltar, eles o fizeram subir no mesmo navio e o mandaram para longe, para uma pequena ilha deserta perdida no meio do oceano, a ilha de Santa Helena. Lá Napoleão viveu os dez últimos anos de sua vida, destituído de todo poder, abandonado por todos, dedicando seus dias a ditar suas memórias e a brigar com o governador da ilha, que o proibia de passear sem vigilância. Assim terminou a existência daquele homem baixinho, de tez pálida, dotado de uma energia e de uma lucidez que nenhum outro soberano jamais teve. Quanto às grandes potências do passado, as velhas e religiosas casas principescas, elas recuperaram seu poder sobre a Europa. Metternich, o homem austero e intransigente que não se abaixara para pegar o chapéu de Napoleão, passou a ditar de Viena os destinos da Europa por intermédio de seus emissários, esforçando-se por fazer a Revolução recuar.

36 – O homem e a máquina

Conforme desejavam, Metternich e os religiosos soberanos da Rússia, da Áustria, da França e da Espanha puderam fazer vigorar (nós diríamos "restaurar") as instituições anteriores à Revolução. Ressurgiram cortes suntuosas, com nobres ostentando no peito enormes condecorações e novamente investidos de poderes. Os burgueses estavam afastados da política, mas muitos se davam bem assim. Ocupavam-se da família, interessavam-se por literatura e principalmente por música. Nos últimos cem anos, a música deixara de se limitar ao papel de acompanhamento dos bailes, canções e cantos religiosos. Tornara-se a linguagem artística mais capaz de falar aos homens. No entanto, esse período de calma e desfrute, ao qual na França se dá o nome de Restauração, era apenas a face aparente das coisas. Havia uma idéia dos filósofos do Iluminismo que ninguém mais, nem mesmo Metternich, poderia proibir, e nem mesmo se pensava nisso. Era a idéia herdada de Galileu segundo a qual tudo na natureza podia ser observado sob um ângulo racional e matemático. Ora, justamente essa idéia da filosofia das Luzes deu origem a uma revolução inimaginável, que derrubou os antigos modos de pensar e de governar com uma violência muito maior do que a dos jacobinos e sua guilhotina.

Graças a esse conhecimento matemático da natureza, foi possível entender e também explorar suas energias, que foram domesticadas para servirem ao homem e, muitas vezes, substituírem seu trabalho.

A história das inúmeras invenções que se seguiram não é tão simples quanto se poderia imaginar. Tudo começava, geralmente, com uma idéia que se julgava realizável. Tentava-se então concretizá-la, experimentá-la. Muitas dessas idéias eram abandonadas até o dia em que alguém voltasse a se apropriar dela. O verdadeiro inventor era quem tivesse energia e perseverança suficientes para levar a idéia a termo e torná-la utilizável por todos. As maiores descobertas, que transformaram nossa vida e que, todas elas, datam dessa época foram a máquina a vapor, o barco a vapor, a locomotiva e o telégrafo.

A máquina a vapor foi descoberta primeiro. Já nos anos 1700, o cientista francês Papin entregou-se a experiências, mas foi preciso esperar até 1769 para que um simples mecânico, o inglês Watt, patenteasse uma verdadeira máquina a vapor. No início, ela foi utilizada apenas para acionar os sistemas de bombeamento nas minas, mas logo se pensou na possibilidade de aplicá-la à propulsão de veículos e navios. Em 1788 e em 1802, um inglês a experimentou em barcos e, em 1803, o mecânico americano Fulton fabricou uma roda acionada por vapor, o que levou Napoleão a dizer que "essa experiência era capaz de revolucionar o mundo". Em 1807, o primeiro barco a vapor impelido por uma grande roda de pás, rangendo ruidosamente e cuspindo nuvens de fumaça, fez a viagem de Nova York a uma cidade vizinha.

Mais ou menos na mesma época, na Inglaterra, tentou-se aplicar a propulsão a vapor a veículos terrestres. Em 1802, depois da invenção dos trilhos de estrada de ferro, conseguiu-se fazer funcionar uma máquina, mas só em 1814 é que a primeira locomotiva de verdade foi construída, pelo inglês Stephenson. A primeira linha de estrada de ferro foi aberta em 1821, ligando duas cidades inglesas. Dez anos depois, a França, a Alemanha, a Áustria e a Rússia também se equiparam. E, dez anos mais tarde, quase todos os países da Europa tinham grandes redes ferroviárias. As estradas de ferro subiam montanhas, atravessavam túneis, transpunham rios. Viajava-se dez vezes mais depressa do que com a mais veloz das diligências.

A descoberta do telégrafo elétrico passou pelo mesmo processo. Em 1753, um pesquisador vislumbrou sua possibilidade. Depois de 1770, fizeram-se várias tentativas, mas só em 1837 o pintor e físico Morse conseguiu enviar um breve telegrama a seus amigos. Foi preciso esperar mais dez anos para que o telégrafo fosse introduzido nos diversos países.

Outras máquinas mudaram o mundo ainda mais, as que exploraram as forças da natureza para substituir a mão-de-obra humana. Pense, por exemplo, na fiação e na tecelagem. Antigamente, essas tarefas eram confiadas a trabalhadores manuais. Ao aumentar a necessidade de tecidos (mais ou menos na época de Luís XIV), criaram-se fábricas, mas o trabalho continuou sendo manual. A idéia de explorar os conhecimentos que se tinham da natureza desenvolveu-se lentamente. As datas coincidem com as das grandes invenções: a primeira máquina de fiar foi experimentada em 1740, aperfeiçoou-se a partir de 1783 e só em 1825 tornou-se utilizável de fato. Os teares mecânicos surgiram quase ao mesmo tempo. Os ingleses foram os primeiros a fabricá-los e utilizá-los. Para fazer funcionar as fábricas e as máquinas utilizavam-se carvão e minério de ferro, o que dava uma grande vantagem aos países que possuíam um e outro.

Todas essas invenções provocaram transtornos incríveis nas vidas dos homens, que estavam confusos, pois não subsistia quase mais nada dos sistemas antigos. Você deve se lembrar do esquema rígido, perfeitamente estruturado, das corporações da Idade Média. Essas corporações se mantiveram até a época da Revolução, e mesmo depois dela. Um oficial artesão certamente tinha mais dificuldade do que na Idade Média para se tornar "mestre", mas pelo menos tinha a possibilidade e a esperança de consegui-lo. Ora, de repente essa ordem de coisas mudou completamente. Homens eram proprietários dessas máquinas. Para utilizá-las não era preciso passar por um longo período de aprendizagem, pois elas faziam quase tudo sem a intervenção do homem. Além disso, bastavam algumas horas para executar um trabalho. O proprietário de um tear contratava alguns operários (que podiam ser mulheres ou crianças) que eram capazes de fornecer mais trabalho do que cem mestres-tecelões de outros tempos. Você deve estar perguntando o que acontecia com os tecelões de uma cidade que adquiria um tear. A resposta é a seguinte: a cidade já não precisava deles. Tudo o que tinham aprendido ao longo de muitos anos se tornava inútil. A máquina fazia o mesmo trabalho mais depressa e melhor e, ainda por cima, por um custo muito menor. Evidentemente, uma máquina não precisa comer nem dormir como um ser humano. Ela não precisa descansar. Graças à máquina, o fabricante economizava o que cem tecelões poderiam pretender para ter uma vida feliz e agradável. Era ele que tirava maior proveito da máquina. Você deve estar replicando que o fabricante, de qualquer modo, precisava de operários para pôr as máquinas em funcionamento. Claro que precisava, mas de um número menor de operários e sem uma formação especial.

O mais grave é que esses tecelões ficaram sem trabalho, condenados a morrer de fome, uma vez que as máquinas os substituíam. Ora, antes de morrer de fome com toda a família, é claro que o tecelão se dispunha a tentar tudo. Dispunha-se a trabalhar por um salário, por mais baixo que fosse, contanto que lhe desse possibilidade de viver, mesmo que precariamente, e a exercer qualquer atividade que fosse. O proprietário de uma máquina podia então se permitir convocar os cem tecelões meio mortos de fome e lhes dizer: "Preciso de cinco pessoas para cuidar da minha fábrica e do trabalho de minhas máquinas. Por quanto vocês aceitariam fazer isso?" Então um deles dizia, por exemplo: "Quero tanto, para poder ser tão feliz quanto antes." Um outro replicava: "Se eu ganhar o suficiente para comprar diariamente um filão de pão e um quilo de batatas, já está bom." O terceiro, não querendo perder sua última chance de sobreviver, dizia: "Pois eu aceito por meio filão de pão." Quatro outros se manifestavam imediatamente: "Nós também." E o fabricante concluía: "Tudo bem, vou tentar com vocês. Quantas horas por dia querem trabalhar?" "Dez horas", dizia um. "Doze", dizia o segundo, para ter certeza de que não perderia a oferta de emprego. "Eu posso trabalhar dezesseis", exclamava o terceiro. Sua vida dependia daquilo. "Tudo bem", dizia o fabricante, "está contratado. Mas o que minha máquina vai fazer enquanto você estiver dormindo? Ela não precisa de sono!" Em pânico, o tecelão rapidamente respondia: "Posso mandar vir meu filho de oito anos." O fabricante perguntava: "E o que vou dar para ele?" "Um dinheirinho para ele comprar um pão com manteiga." Era bem possível que o fabricante respondesse: "Ora, seu garoto pode muito bem dispensar a manteiga." E assim terminava a negociação. Em compensação, os outros noventa e cinco tecelões continuavam condenados a morrer de fome, a menos que fossem tentar a sorte em algum outro fabricante, na esperança de serem contratados.

Não pense, por isso, que todos os fabricantes eram indivíduos tão abomináveis quanto esse que acabei de descrever. No entanto, é preciso reconhecer que os indivíduos mais abomináveis, ou seja, os que pagavam menos eram os que podiam vender a preços mais baixos e, portanto, tinham toda a chance de dominar o mercado. Com essa concorrência, os outros fabricantes eram obrigados a tratar seus operários da mesma maneira.

O povo estava desesperado. Do que adiantava aprender alguma coisa, para que se dar ao trabalho de fazer belos artigos à mão? As máquinas produziam a mesma coisa cem vezes mais depressa, muitas vezes até com maior regularidade, e por um preço cem vezes menor! Os tecelões, os ferreiros, os marceneiros da época afundavam numa miséria cada dia maior, correndo de uma fábrica para outra à procura de um emprego por alguns tostões. Alguns atacaram as máquinas que lhes roubavam trabalho, destruíram fábricas e teares mecânicos, mas sua revolta foi inútil. Em 1812, a Inglaterra instituiu a pena de morte contra todo aquele que destruísse alguma máquina. E o mercado continuava sendo inundado por novas máquinas, superiores às primeiras, capazes de executar o trabalho não mais de cem, mas de quinhentos operários, e a miséria geral só aumentava.

Surgiram pessoas, então, que achavam que aquilo não podia continuar. Julgavam injusto que um homem, sob pretexto de ser proprietário de uma máquina, de que talvez fosse herdeiro, pudesse tratar todos os outros homens como nem mesmo um senhor ousaria tratar seus camponeses. Consideravam que bens como as fábricas e as máquinas, cuja propriedade conferia a seu detentor um poder tão grande sobre o destino de outros homens, não deviam pertencer a uma só pessoa, mas ao conjunto dos homens, patrões e operários. A esse pensamento deu-se o nome de "socialismo". Imaginaram-se muitas possibilidades para montar um sistema que permitisse, por uma organização socializante do trabalho, acabar com a miséria e a fome dos operários. Pensou-se que a solução não estava na atribuição de um salário consentido pelo fabricante, mas na participação do operário nos lucros do fabricante.

Entre esses socialistas, que eram numerosos na França e na Inglaterra nos anos 1830, houve um particularmente célebre. Esse erudito, nascido em Triers, na Alemanha, chamava-se Karl Marx. Sua teoria era um pouco diferente das teorias dos outros. Ele dizia que não se devia perder tempo imaginando o que aconteceria se as máquinas pertencessem ou não aos operários. Os operários é que deviam, sem demora, lutar para tomar posse das máquinas, pois era evidente que nunca o fabricante cederia sua fábrica por vontade própria. Por outro lado, era inútil e estúpido um punhado de operários se rebelarem contra um tear mecânico e tentar destruí-lo, já que ele tinha sido inventado. A chave do sucesso estava na solidariedade entre todos os operários. Se os cem tecelões, em vez de procurar um trabalho cada um por si, entrassem em combinação para em seguida dizer de uma só voz: não trabalharemos mais de dez horas na fábrica e queremos dois filões de pão e dois quilos de batata para cada um de nós, o fabricante seria obrigado a concordar. No entanto, as reivindicações isoladas não tinham possibilidade de dar certo e de fazer o fabricante ceder, pois não podemos esquecer que, para pôr os teares em funcionamento, o fabricante não precisava de operários qualificados. Ele podia recrutar operários que, sem nenhuma formação, estavam dispostos a aceitar um trabalho a qualquer preço. Porém Marx dizia que o sucesso seria obtido se todos os operários unissem suas forças. A palavra de ordem era: "Operários, unam-se!" E essa palavra de ordem não se dirigia apenas aos trabalhadores de uma certa região ou mesmo de um certo país, mas a todos os trabalhadores do mundo. Essa união lhes daria peso suficiente para exigir um determinado salário e para, um dia, tornarem-se os proprietários das fábricas e das máquinas. Eles acabariam fazendo surgir um mundo novo, no qual não haveria nem possuidores nem despojados, ou seja, nem exploradores nem explorados.

Ora, Marx explicava que, dada a situação, já não havia tecelões, sapateiros ou ferreiros propriamente ditos. O operário não precisava saber o que produzia a máquina cuja alavanca ele acionava duzentas vezes por dia. A única coisa que lhe interessava era receber um salário semanal que lhe permitisse pelo menos não morrer de fome, como seus infelizes companheiros desempregados. O proprietário também já não precisava ter aprendido a atividade profissional da qual vivia, uma vez que não se tratava de produtos "artesanais", fabricados a mão, mas de produtos "manufaturados", fabricados por uma máquina. Por isso Marx considerava que, na verdade, já não havia profissões e que a sociedade dividia-se, de fato, em duas categorias: os possuidores e os despojados ou, para usar suas próprias palavras, os "capitalistas" e os "proletários". Essas duas classes sociais estavam em conflito permanente. Os proprietários queriam produzir o máximo e ao menor preço possível, pagando o menos possível aos operários (ou seja, aos proletários). Os operários, por sua vez, não paravam de instar o proprietário da máquina (o capitalista) a lhes conceder o mais possível de seus ganhos. Essa luta de classes só podia levar a massa operária, majoritária, a se apropriar dos bens da minoria que os possuía, não para se tornar proprietária, mas para acabar com a noção de propriedade e, portanto, com a noção de classe social. Esse era o objetivo de Karl Marx, um objetivo que lhe parecia próximo e fácil de atingir.

Em 1847, Marx lançou seu famoso apelo aos trabalhadores (intitulado *Manifesto do Partido Comunista*), mas a situação não evoluiu de modo nenhum no sentido que ele vislumbrava e, inclusive até hoje, ocorreram muitas outras coisas. Naquela época, com muito poucas exceções, os proprietários das máquinas não detinham o poder, que na maioria dos casos ainda estava nas mãos daqueles nobres com o peito cheio de medalhas, que, com a ajuda de Metternich, tinham readquirido autoridade. Ora, esses nobres eram os grandes adversários dos burgueses ricos e dos proprietários de fábricas. Aferravam-se a restabelecer um Estado baseado nas mesmas regras e estruturas que no passado, um Estado em que cada um retomasse o papel que lhe era definido por suas origens sociais. Na Áustria, por exemplo, ainda havia camponeses transmitidos por herança a seus proprietários de terra e cujo status não era diferente daquele dos servos da Idade Média. Os artesãos eram submetidos a regras ancestrais extremamente rigorosas e aos novos fabricantes ainda eram impostas inúmeras normas herdadas das antigas corporações. Ora, os burgueses que tinham investido na construção de fábricas e de máquinas e tinham enriquecido não quiseram deixar que os nobres ou o Estado lhes ditassem regras. Queriam agir conforme lhes conviesse, convencidos de que era essa a melhor solução para todos. Achavam que, se os empreendedores tivessem campo livre e se pudessem exercer sua imposição sem limitações de leis e convenções, surgiria o melhor dos mundos. Achavam que o mundo avançaria sozinho, contanto que não se atrapalhasse seu curso. Foi assim que, em 1830, os burgueses franceses se rebelaram e derrubaram os descendentes de Luís XVIII.

Em 1848, Paris passou por uma nova revolução, que se propagou por outros países, durante a qual os burgueses tentaram obter plenos poderes na condução do Estado a fim de que ninguém mais resolvesse lhes ditar o que deveriam fazer com suas fábricas e suas máquinas. Em Viena, Metternich foi deposto e o imperador Ferdinando obrigado a abdicar. O Antigo Regime estava definitivamente extinto. Os homens usavam calças compridas pretas tipo chaminé, quase tão sem graça quanto as de hoje, e colarinhos brancos engomados, com uma gravata larga, com um nó que formava dois cachos debaixo do pescoço. No mundo todo surgia um número cada vez maior de fábricas, e as estradas de ferro transportavam cada vez mais mercadorias de um país para outro.

37 – Do outro lado do mar

Com o desenvolvimento das estradas de ferro e do barco a vapor, o mundo pareceu tornar-se menor. Ir de navio para a China ou para a Índia já não era uma aventura perigosa e incerta. A América estava quase ao alcance da mão. Por isso, a partir de 1800 é ainda menos possível do que antes limitar a história do mundo à história da Europa. Precisamos levar em conta também a situação dos países exteriores à Europa, mais particularmente a China, o Japão e os Estados Unidos.

Breve história do mundo

Antes de 1800, a China ainda se parecia mais ou menos com o que ela tinha sido sob o reinado da família dos Han (que se situava em torno do nascimento de Cristo). Era um país poderoso, muito povoado, em que reinavam a ordem e a paz, com camponeses trabalhadores e burgueses cultos, entre os quais se encontravam poetas e pensadores. Os chineses então nada sabiam dos problemas das guerras de religião e dos distúrbios que agitavam constantemente a Europa. Para eles, tratava-se de algo bárbaro, incompreensível. Eles viviam sob o poder de imperadores estrangeiros, que os tinham obrigado, como sinal de submissão, a usar trança, mas essa família de soberanos vindos do coração da Ásia, os manchus, compartilhavam as idéias e os sentimentos dos chineses. Tinham aprendido e punham em prática os ensinamentos de Confúcio, assegurando assim a prosperidade do Império.

Às vezes, missionários jesuítas, cuja erudição todos conhecem, iam a China para evangelizar a população. Geralmente eram bem acolhidos, pois o imperador queria aprender com eles as ciências conhecidas na Europa, mais particularmente a astronomia. Mercadores europeus traziam porcelanas da China, e na Europa toda tentava-se imitar seu incomparável refinamento. Na verdade, mesmo depois de séculos de pesquisas, os europeus nunca o conseguiram. O Império Chinês, com seus milhões e milhões de burgueses cultos, tinha um sentimento de superioridade com relação à Europa, conforme testemunha uma carta do imperador da China ao rei da Inglaterra, datada de 1793. Este último lhe pedira permissão para mandar um emissário à corte imperial e comerciar com a China. O imperador Qian Long, célebre erudito e bom soberano, lhe respondeu: "Sire, viveis muito longe, do outro lado dos mares. Apesar disso, impelido por vosso humilde desejo de saborear os abençoados frutos de nossa cultura, enviastes uma delegação que me entregou muito respeitosamente vossa missiva. Embora me afirmais que vossa

Ernst H. Gombrich

veneração por nossa família celestial vem acompanhada pelo desejo de assimilar nossa cultura, sabei que nossos costumes e nossas leis morais são tão diferentes dos vossos que será absolutamente impossível transplantá-los em vosso país, mesmo que vosso emissário se mostrasse capaz de se impregnar dos princípios fundamentais de nossa cultura. Por mais que fosse um aluno bem dotado e aplicado, nem por isso daria certo.

"Reinando sobre o vasto mundo, só tenho em vista uma coisa: governar com perfeição e cumprir os deveres do Estado. Os objetos raros e preciosos não me interessam. Não tenho o que fazer com os produtos de vosso país. Nosso Império celestial possui tudo em abundância e nada lhe falta no interior de suas fronteiras. Por isso não temos necessidade de trocar os produtos dos bárbaros estrangeiros pelos nossos. Mas, uma vez que o chá, a seda e a porcelana do Império celestial são de absoluta necessidade para os povos europeus e para vós, permito que as trocas comerciais limitadas exclusivamente à minha província de Cantão sejam mantidas. Não esqueço o quanto é longínqua vossa ilha perdida, isolada do mundo por vastas extensões de água, e aceito fechar os olhos para vosso desconhecimento perdoável dos costumes do Império celestial. Que se obedeça fremindo às minhas ordens."

Eis o que escrevia o imperador da China ao rei da pequena ilha da Inglaterra. Mas ele subestimava a combatividade e a selvageria dos habitantes daquela ilha distante, que eles mostraram algumas décadas depois lá chegando com seus barcos a vapor. Fazia um bom tempo que a limitação do comércio à província de Cantão já não lhes bastava, sobretudo depois que tinham descoberto um produto que agradava particularmente ao povo chinês. Era um veneno, uma droga perigosa: o ópio. Quando se queima o ópio e se respira sua fumaça, durante um tempo breve têm-se belos sonhos. Mas depois o ópio provoca uma doença grave. Quem se habitua ao ópio não consegue largá-lo. É como beber pinga, ou pior ainda. Os ingleses quiseram então vender grandes quantidades de ópio aos chineses. Sabendo o quanto aquilo podia ser perigoso para o povo, a administração chinesa, em 1839, opôs-se energicamente. Os ingleses voltaram com seus barcos a vapor, mas dessa vez também trouxeram canhões. Subindo os rios chineses, eles metralharam cidades tranqüilas e reduziram a cinzas palácios magníficos. Completamente desarmados, como que paralisados, incapazes de reagir, os chineses foram obrigados a fazer o que os brancos lhes ordenavam: pagar-lhes impostos colossais e autorizar a venda ilimitada de ópio e outros produtos. Pouco depois, uma outra rebelião eclodiu na China, cujo instigador foi um príncipe meio louco, que se fazia chamar de Dai-Ping, o "Soberano da Paz". Os europeus o apoiaram, os franceses e os ingleses formaram expedições no interior do país, atirando em cidades, humilhando os príncipes. Finalmente, em 1860, conquistaram violentamente a cidade de Pequim, capital da China, onde, para se vingar da contra-ofensiva chinesa, eles pilharam e incendiaram o magnífico palácio do imperador, o Palácio de Verão, repleto de obras de arte extraordinárias datadas de épocas muito antigas. Esse vasto império, milenar e pacífico, mergulhou no caos e em total confusão, sendo obrigado a partir de então a se dobrar às exigências dos negociantes europeus. Foi assim que os europeus agradeceram aos chineses estes lhes terem ensinado o uso da bússola, a fabricação do papel e, infelizmente, também a da pólvora.

Durante os mesmos anos, a situação do Império do Japão, composto por um conjunto de ilhas, poderia ter conhecido a mesma sorte. O Japão era, então, semelhante à Europa da Idade Média. O verdadeiro poder estava nas mãos dos nobres e dos cavaleiros, mais particularmente nas mãos de uma família que cuidava do *mikado* (nome dado ao imperador do

Japão), mais ou menos como faziam os ancestrais de Carlos Magno com os reis merovíngios. Pintar, construir casas, compor poemas era um saber que os japoneses tinham aprendido com os chineses, séculos antes. Eles se mostravam capazes de realizar coisas maravilhosas. Mas o Japão não era um país tão plácido, grande e suave quanto a China. Os nobres poderosos das diversas regiões e das diversas ilhas lutavam uns contra os outros em desafios cavalheirescos. Por volta de 1850, os nobres menos afortunados se aliaram para tirar o poder dos senhores do reino. Quer saber como eles fizeram? Não podiam consegui-lo sem a ajuda do *mikado*, um fantoche sem poder, obrigado a ficar todos os dias sentado no trono durante várias horas. Os nobres despojados entraram então em luta contra os poderosos proprietários do país em nome do imperador, a quem queriam devolver o poder dos que o tinham precedido nos tempos antigos.

Isso aconteceu na época em que os primeiros emissários europeus voltaram ao Japão depois que este, durante mais de duzentos anos, havia proibido qualquer presença estrangeira em seu território. Quando os emissários brancos descobriram a vida daqueles milhares de cidades japonesas com suas casas de bambu e papel, seus jardins ornamentais, seus pagodes com telhados coloridos de pontas arrebitadas, suas mulheres encantadoras com os cabelos presos na cabeça como uma peça montada, seus cavaleiros de maneiras afetadas e comedidas levando o sabre na cintura, tiveram a impressão de estar assistindo a um espetáculo ao mesmo tempo maravilhoso e estranho. Com suas botinas imundas, eles pisaram os tapetes preciosos dos palácios sobre os quais os japoneses só caminhavam descalços. Não se empenhavam em se adaptar aos costumes ancestrais daquela gente que consideravam primitiva, como a maneira de cumprimentar e de tomar chá. Tanto que logo passaram a ser detestados. Um dia, no campo, quando um príncipe passava em sua liteira, um grupo de viajantes americanos não se afastou conforme o costume. Os homens do séquito principesco ficaram tão furiosos que se lançaram sobre eles violentamente, provocando a morte de uma mulher. Imediatamente, é claro, chegaram navios de guerra ingleses para atacar a cidade a tiros de canhão. Os japoneses acharam que teriam a mesma sorte que os chineses. Mas, nesse ínterim, a revolução contra os grandes do país havia triunfado. O imperador recuperara um poder ilimitado. Assessorado por conselheiros inteligentes, que nunca apareciam em público, ele resolveu usar seu poder para no futuro proteger seu país contra a arrogância dos estrangeiros. Sem jamais renunciar aos usos e costumes do Japão, ele desejou conhecer as últimas invenções dos europeus e escancarou as portas do país para os estrangeiros.

Contratou oficiais alemães para formarem um exército moderno, ingleses para construírem uma frota igualmente moderna. Mandou japoneses à Europa para estudarem a nova medicina e todas as ciências graças às quais o poder dos países europeus havia aumentado tanto nos últimos anos. Inspirou-se no modelo alemão para introduzir a escolaridade obrigatória, a fim de preparar melhor seu povo para a luta. Os europeus estavam encantados. Pensavam que, afinal, aquele pequeno povo japonês mostrara bom senso ao abrir seu país. Apressaram-se em vender aos japoneses tudo o que eles pediam e a lhes ensinar tudo o que sabiam. Em algumas décadas, os japoneses aprenderam a dominar as técnicas das máquinas de guerra e de paz dos europeus. No final, agradeceram gentilmente a estes últimos, mostrando-lhes a porta e dizendo: "Agora sabemos tanto quanto vocês. É a vez de nossos navios a vapor saírem ao mar para conquistar o mundo e fechar negócios e de nossos canhões atirarem contra as suas cidades tranquilas se alguém se aventurar a humilhar um japonês." Os europeus ficaram estarrecidos, e estão até hoje, pois os japoneses são os melhores alunos que já houve em toda a história do mundo.

Ernst H. Gombrich

Ao longo desses anos, durante os quais o Japão começou a se libertar, ocorreram na América do Norte acontecimentos da maior importância. Você deve se lembrar de que as colônias inglesas que tinham dado origem às cidades portuárias da costa leste da América tinham se desligado da Inglaterra em 1776 para fundar uma confederação de Estados livre e autônoma. Ora, os colonos ingleses e espanhóis continuavam impelindo as tribos indígenas cada vez mais para oeste, massacrando-as. Decerto você já leu livros sobre os indígenas e pode bem imaginar o que aconteceu então. Fazendeiros faziam construções de madeira fortificadas, derrubavam densas florestas e lutavam; caubóis guardavam rebanhos imensos; aventureiros e exploradores de ouro vinham povoar as terras selvagens do Oeste. Por toda parte surgiam novos estados em regiões tomadas de tribos indígenas. É fácil imaginar que a exploração dessas terras era precária. Mas, principalmente, eram regiões diferentes umas das outras. A economia das regiões tropicais do Sul baseava-se em vastas plantações de cana-de-açúcar e de algodão. Os colonos tinham propriedades imensas. O trabalho era feito por escravos comprados na África. Esses escravos eram muito maltratados.

Milhares de escravos negros trabalhavam nas plantações do Sul dos Estados Unidos da América, sob o olhar implacável de um feitor, sempre pronto a chicoteá-los.

Mais ao norte, a situação era outra. Lá o clima não é tão quente e lembra o da Europa. Havia camponeses e cidades, mais ou menos como na Inglaterra, antiga pátria dos imigrantes, só que tudo era em escala maior. Nas regiões do Norte, não havia necessidade de escravos. Era mais fácil cada um fazer o trabalho pessoalmente, e também era mais barato. Então os burgueses dos estados do Norte, a maioria deles cristãos fervorosos, começaram a achar que era uma vergonha para os Estados Unidos, fundados com base no reconhecimento dos Direitos do Homem, tratar os escravos como no tempo da Antiguidade pagã. Os estados do Sul replicavam que precisavam desses escravos negros, sem os quais eles morreriam. Diziam que os brancos nunca poderiam fazer aquele trabalho debaixo de tanto calor e que, além do mais, os "negros" não tinham nascido para ser livres, e assim por diante. Em 1820, houve um acordo: os estados que estivessem ao sul de uma determinada linha teriam direito a possuir escravos. Por outro lado, a escravidão seria proibida nos estados que ficassem ao norte dessa linha.

A longo prazo, no entanto, prevaleceu a vergonha de comerciar escravos. Evidentemente, a possibilidade de acabar com a escravidão parecia mínima, pois os estados do Sul, com suas plantações imensas, eram muito mais poderosos e ricos que as regiões rurais do Norte e estavam firmemente decididos a não ceder. No entanto, acabaram por encontrar alguém mais forte do que eles, na pessoa do presidente Abraham Lincoln. Esse homem teve um destino excepcional. Simples camponês, ele foi criado num estado do centro do país. Em 1832, lutou contra um chefe indígena, Falcão Negro, depois se tornou empregado do correio de uma pequena cidade. Em suas horas de folga, dedicava-se ao estudo das leis do país e acabou se tornando advogado e deputado. Nessa qualidade, lutou contra a escravidão e enfrentou a hostilidade dos proprietários de plantações sulistas. Apesar disso foi eleito presidente em 1861, o que levou os estados do Sul a romper com os do Norte e a criar uma nova confederação de estados escravagistas. Imediatamente, 75.000 homens apresentaram-se como voluntários para lutar ao lado de Lincoln. A situação do Norte era extremamente crítica, sobretudo por causa da ajuda oferecida aos estados escravagistas pela Inglaterra, que no entanto havia algumas décadas tinha abolido a escravidão em suas próprias colônias. Seguiu-se uma terrível guerra civil, chamada Guerra de Secessão. Mas a valentia e a tenacidade dos camponeses do Norte acabaram vencendo e, em 1865, Lincoln pôde entrar na capital dos estados do Sul sob os aplausos e gritos de alegria dos escravos libertados. Onze dias depois, ele foi assassinado por um cidadão sulista durante um espetáculo teatral. No entanto completara sua obra. Os Estados Unidos da América, novamente unificados e livres, logo se tornaram um dos países mais poderosos e ricos do mundo. E, pelo visto, os escravos não lhes fizeram falta.

38 – Dois novos impérios na Europa

Conheço muita gente que viveu a infância quando ainda não havia nem a Alemanha nem a Itália. Não é espantoso? Esses dois Estados grandes e poderosos, que hoje têm um papel tão importante, não são tão velhos assim. Depois das revoluções de 1848, quando a Europa estava equipada com novas redes ferroviárias e telegráficas, quando as cidades, agora industriais, se desenvolviam e inúmeros camponeses iam instalar-se nelas, quando os homens usavam chapéus altos e pincenês engraçados presos a um cordãozinho preto, a Europa ainda era apenas um mosaico de numerosos pequenos ducados, reinos, principados, repúblicas, aliados ou opostos uns aos outros por acordos extremamente complicados.

Entre os países europeus, três potências tinham papel predominante, sem falar na Inglaterra, que na época estava mais preocupada com suas colônias na América, na Índia e na Austrália do que com seus vizinhos. No centro da Europa ficava o Império da Áustria. Desde 1848, seu soberano, instalado em Viena, era o imperador Francisco José. Quando ele já era velho e eu ainda uma criança, eu o vi passar de carruagem no parque do castelo de Schönbrunn, e me lembro muito bem de seus funerais. Era um imperador no verdadeiro sentido da palavra. Reinava sobre povos e países diferentes. Era Imperador da Áustria, mas também rei da Hungria, conde elevado à categoria de príncipe do Tirol, e tinha ainda uma quantidade de outros títulos herdados do passado, entre os quais o de rei de Jerusalém e de protetor dos lugares sagrados, que remontava à época das cruzadas. Inúmeras regiões italianas também estavam sob sua autoridade, ao passo que outras tinham como soberanos pessoas de sua família. A estas acrescentavam-se croatas, sérvios, tchecos, eslovenos, eslovacos, poloneses e muitos outros povos. Por essa razão, aliás, o valor por extenso das notas de dinheiro austríacas estava escrito em todas essas línguas. Até mesmo nos principados alemães, o imperador da Áustria tinha por seu próprio nome uma certa autoridade, mas lá a situação era mais complicada. O Império Alemão já não existia desde que Napoleão, em 1806, tinha aniquilado o que restava do Sacro Império Romano-Germânico. Os diversos países de língua alemã tinham se associado para formar o que se chamava então Confederação Germânica, de que faziam parte não só a Prússia, a Baviera, a Saxônia, Hanover, Frankfurt, Brunswick e muitas outras regiões como também a Áustria. Essa Confederação Germânica constituía uma organização incrivelmente complexa e multiforme. Cada pequeno território tinha seu príncipe e cada principado se diferenciava dos outros por sua moeda, seus selos, pelos uniformes de seus funcionários. Já não era prático no tempo em que, por exemplo, uma viagem de coche de Berlim a Munique levava muitos dias. Mas, depois que por estrada de ferro essa mesma viagem passou a levar menos de um dia, tornou-se quase insuportável.

A situação era completamente diferente à direita e à esquerda da Alemanha, da Áustria e da Itália. No mapa não havia toda essa confusão.

A oeste, havia a França. Pouco depois da revolução de 1848, o Império fora restabelecido. Um descendente do grande Napoleão soubera despertar habilmente as lembranças da glória de antigamente e, embora por muito tempo não se tratasse de um homem competente, ele foi eleito primeiro presidente da República e depois imperador dos franceses, com o nome de Napoleão III. Apesar de todas as guerras e revoluções, na época a França era um país particularmente rico e poderoso, com grandes cidades industriais.

A leste, havia a Rússia. Ora, o czar não era estimado naquele país em que reinava a violência. É preciso saber que muitos cidadãos russos tinham vindo estudar nas universidades francesas ou alemãs e que eram homens modernos, que compartilhavam as idéias de seu tempo. Em compensação, o Império Russo e seus funcionários eram ainda muito medievais. Imagine: só em 1861 a servidão dos camponeses, ou pelo menos seu princípio, foi abolida e uma existência humanamente digna foi prometida a 23 milhões de camponeses!

Prometer e cumprir uma promessa são duas coisas bem diferentes. De fato, para exercer a autoridade na Rússia, recorria-se ao *knut*, o chicote. Quem ousasse expressar uma idéia livremente, por mais inofensiva que fosse, era deportado para a Sibéria, quando não acontecia coisa pior. Os estudantes e burgueses formados dentro dessas novas idéias odiavam o czar a ponto de fazê-lo viver com medo permanente de ser assassinado. Era aliás o que quase tinha acontecido com vários czares, apesar da vigilância cerrada da qual eles se cercavam.

Mapa da Europa central antes do nascimento da Itália e do Império Alemão. Quando pequenos territórios se agruparam para fundar esses dois poderosos Estados, o Império Turco se fragmentou em um grande número de países autônomos.

Além da imensa Rússia e de uma França poderosa, habituada à guerra, parecia impossível encontrar na Europa outros países que tivessem alguma importância. A Espanha perdera todo o poder depois que suas colônias da América do Sul começaram a se tornar independentes dela, em 1810. A Turquia era correntemente citada na imprensa sob o nome de "homem doente", pois não conseguia manter suas possessões na Europa. Os diversos povos cristãos que ela dominara em outros tempos tinham lutado com o apoio entusiasta da Europa, conseguindo pouco a pouco recuperar a liberdade. Os primeiros foram os gregos, seguidos pelos búlgaros, pelos romenos e pelos albaneses. Os russos, os franceses e os austríacos disputavam entre si o resto da Turquia européia e Constantinopla, o que deixou os turcos felizes, pois nenhum dos três Estados queria ceder aos outros dois aquele maná extraordinário. Por isso o país continuou sendo turco.

Depois de séculos e séculos, a França e a Áustria continuavam disputando entre si as soberanias italianas. Mas os tempos mudaram. Graças à estrada de ferro, os italianos estavam menos distantes uns dos outros e, a exemplo das cidades alemãs, também tinham tomado consciência de que não eram apenas florentinos, genoveses, venezianos ou napolitanos, e sim, sobretudo, italianos. Queriam decidir sozinhos seu destino. Nessa época, só um pequeno Estado, ao norte da Itália, era livre e independente. Estendia-se ao pé das montanhas outrora transpostas por Aníbal. Em razão de sua situação geográfica, tinha o nome de Piemonte (ao pé do monte). O Piemonte, portanto, e a ilha de Sardenha formavam juntos um reino, pequeno mas forte, cujo soberano era Vítor Emanuel. Este tinha como ministro um certo Camilo Cavour, homem muito inteligente e esperto, que sabia exatamente o que queria. E ele queria aquilo a que todos os italianos aspiravam havia muito tempo, aquilo por que tantos homens haviam derramado seu sangue antes e depois da revolução de 1848, em combates audaciosos mas freqüentemente temerários e mal organizados: fazer da Itália um Estado único. O próprio Cavour não era um guerreiro. Não acreditava na força das conjurações secretas e das agressões arriscadas às quais anteriormente havia recorrido o fantástico e corajoso Garibaldi, com seus jovens companheiros de luta, para conquistar a liberdade de seu país. Cavour procurava um meio mais eficaz, e o encontrou.

Conseguiu convencer o vaidoso imperador dos franceses, Napoleão III, a entrar na luta pela liberdade e unidade dos italianos, dando a entender que poderia tirar vantagem disso. Entrando na luta pela liberdade de um país que não lhe pertencia, Napoleão III estaria prejudicando no máximo a Áustria, que tinha possessões na Itália, e essa perspectiva não lhe desagradava. E encarnar a imagem de um libertador, tornando-se herói de um grande povo europeu, era uma idéia que o seduzia. Graças às hábeis conversas de Cavour, graças aos ataques audaciosos do impetuoso combatente pela liberdade que era Garibaldi, mas ao preço de muitas vítimas, o objetivo dos italianos foi atingido. Nas duas guerras contra a Áustria, em 1859 e em 1866, os exércitos austríacos saíram vitoriosos várias vezes. Mas no final, graças à força militar de Napoleão III, o imperador Francisco José foi obrigado a renunciar a suas possessões na Itália – as regiões de Milão e Veneza. Em outras regiões foram feitas votações, e todas elas mostraram que a vontade do povo era fazer parte da Itália. Os duques abdicaram. Em 1866 a Itália estava unificada. Só um Estado ainda não fazia parte dela: a capital, Roma, que pertencia ao papa e que Napoleão III, para não entrar em conflito com ele, não queria ceder aos italianos. Tropas francesas protegeram a cidade e a defenderam contra os múltiplos ataques dos partidários de Garibaldi.

Em 1866, a Áustria teria vencido sua luta ferrenha contra os italianos se Cavour não tivesse tido a inteligência de levantar contra ela um adversário que tinha o mesmo objetivo que ele. Tratava-se da Prússia, cujo ministro, na época, era Bismarck.

O barão de Bismarck, pertencente à nobreza rural da Alemanha do Norte, dotado de uma vontade de poder, de uma lucidez, de uma firmeza e de uma perseverança excepcionais, que nunca perdia de vista seu objetivo e não temia expressar abertamente suas idéias e convicções para o rei da Prússia, Guilherme I, atribuíra a si mesmo a tarefa prioritária de fazer da Prússia um país poderoso e, por seu intermédio, fazer da incrível complexidade da Confederação Germânica um grande Império Alemão. Para ele, o único meio de chegar a seus fins era dotar-se de um exército forte e poderoso. Deve-se a ele a famosa afirmação de que as grandes questões da História não se resolvem "com discursos" mas com "ferro e sangue". Será que isso é sempre verdade? Não sei. Mas, nesse caso, a História lhe deu razão. Em 1862, quando os deputados do povo prussiano não quiseram dar-lhe a verba necessária para constituir esse exército, ele conseguiu convencer o rei a fazer valer seu poder e desprezar a constituição e a vontade dos deputados. Evidentemente, o rei teve medo de sofrer a mesma sorte que Luís XVI e Carlos I da Inglaterra, que não tinham mantido seus compromissos. Durante uma viagem de trem, ele expressou seu temor e disse a Bismarck: "Imagino perfeitamente o que vai acontecer. Você será decapitado debaixo da minha janela, na praça da Ópera, e depois será minha vez." Bismarck limitou-se a responder: "E daí?" "Ora, seremos mortos!", replicou o rei. "Sim", disse Bismarck, "seremos mortos, mas haverá morte mais digna do que essa?" Foi assim que, contrariando a vontade dos eleitos pelo povo, Bismarck impôs a constituição de um poderoso exército, equipado com muitos fuzis e canhões, que pouco depois se mobilizou para enfrentar a Dinamarca.

Com esse exército excepcional, e de acordo com a vontade de Cavour e com seus próprios projetos, Bismarck lançou uma campanha contra a Áustria, no momento em que ela era atacada na Itália. Seu objetivo era excluir o imperador da Áustria da Confederação Germânica para que a Prússia se tornasse o país mais poderoso e pudesse colocar-se à frente da Alemanha. Em Königgrätz, na Boêmia, depois de uma batalha violenta, Bismarck aniquilou as tropas austríacas e o imperador Francisco José foi obrigado a ceder. A Áustria saiu da Confederação Germânica. Bismarck não quis arrasar ainda mais o derrotado e não reclamou dele nenhuma cessão de território. Os generais e os oficiais do exército prussiano ficaram furiosos, mas Bismarck foi inflexível. Não queria romper completamente com os austríacos. Mas firmou acordos secretos com todos os Estados alemães, estipulando que eles se comprometiam a apoiá-lo militarmente em caso de conflito. Claro que ninguém sabia disso.

Ora, o desenvolvimento dessa potência militar do outro lado do Reno, a Prússia, deixou Napoleão III preocupado. O imperador dos franceses, que acabava de sofrer uma derrota numa guerra secundária no México, em 1867, se apavorou com aquele vizinho armado até os dentes. Os franceses nunca tinham visto com bons olhos o fortalecimento da Alemanha. Em 1870, Napoleão III enviou um embaixador ao rei Guilherme da Prússia, que estava em temporada na cidade termal de Ems, fazendo exigências incríveis. Pedia que o rei e sua família renunciassem por escrito a pretensões territoriais (no caso, o trono da Espanha), pretensões que nem sequer haviam sido expressas. Sem acordo do rei, Bismarck obrigou Napoleão a declarar guerra. Contrariando todas as expectativas dos franceses, todos os Estados alemães participaram da guerra, e logo ficou claro que as tropas alemãs estavam mais bem equipadas e mais bem comandadas do que as francesas.

Depois de prender uma grande parte do exército francês em Sedan, onde estava também Napoleão III, os alemães apressaram-se a marchar para Paris, que eles sitiaram durante meses. A derrota da França acarretou a retirada das tropas francesas que davam proteção ao papa em Roma, e o rei da Itália pôde entrar na cidade. A ligação entre todos esses acontecimentos era então muito complicada. Durante o cerco de Paris, Bismarck persuadiu os diversos reis e príncipes alemães a oferecer ao rei da Prússia, que estava em Versalhes, o título de imperador alemão. Você vai ver de que maneira curiosa isso aconteceu. O rei Guilherme preferia o título de "imperador da Alemanha" ao de "imperador alemão", e quase deu tudo errado. Finalmente, na grande galeria dos espelhos de Versalhes, foi proclamada a criação do Império Alemão. Furioso por não ter obtido o título que desejava, o novo imperador passou ostensivamente e intencionalmente diante de Bismarck, na presença de toda a assistência, sem estender a mão ao fundador do Império. Isso não impediu que Bismarck continuasse a lhe prestar serviços fielmente.

Durante os meses de cerco, uma violenta rebelião dos operários havia eclodido em Paris (a Comuna), provocando uma repressão mais violenta ainda, havendo mais mortes do que por ocasião da Revolução de 1789. A França saiu enfraquecida por algum tempo e teve de assinar acordos de paz. Teve de conceder uma parte de seu país à Alemanha – a Alsácia e a Lorena – e lhe pagar uma grande quantia de dinheiro. Descontentes com o imperador Napoleão III por ter dirigido tão mal o país, os franceses o derrubaram e fundaram uma república. A partir de então, nunca mais quiseram ouvir falar em reis nem em imperadores.

Bismarck era então chanceler, ou seja, primeiro-ministro do Império Alemão unificado, e governava com grande autoridade. Opositor ferrenho das idéias socialistas professadas por Karl Marx, sabia no entanto que os operários viviam em condições terríveis. Assim, defendia a idéia de que só se podia combater a propagação dos princípios marxistas atenuando a miséria dos operários, a fim de lhes tirar a vontade de se revoltar contra o Estado. Criou então caixas de seguro para os operários doentes ou acidentados que, até então, eram fadados a morrer por falta de assistência. De fato, ele se empenhou principalmente em combater a miséria sob todas as formas. Mas os operários ainda eram obrigados a trabalhar doze horas por dia, inclusive aos domingos.

Com suas sobrancelhas cerradas e seu olhar firme e decidido, logo Bismarck se tornou um dos homens mais ilustres da Europa, e até seus inimigos o consideravam um grande estadista. Quando os povos da Europa quiseram começar a distribuir o mundo entre si, um mundo que se tornara pequeno graças às novas tecnologias, eles se reuniram em Berlim, em 1878, e foi Bismarck quem presidiu às conversações. Mas houve um desentendimento entre o novo imperador alemão, Guilherme II, e Bismarck. Já não suportando suas divergências de pontos de vista, o imperador destituiu seu chanceler. Envelhecido, Bismarck retirou-se para as terras de seus ancestrais, onde ainda viveu por alguns anos, continuando, de longe, a alertar os novos dirigentes alemães contra qualquer ato irrefletido.

39 – A luta por uma nova partilha do mundo

Chegamos agora à época em que meus pais eram jovens e sobre a qual, graças ao testemunho deles, tenho informações mais precisas. Eles contavam que, naquele tempo, cada vez mais lares tinham gás, depois luz elétrica e telefone. Os primeiros bondes elétricos surgiram nas cidades, em seguida os automóveis. Os bairros operários se multiplicaram, assim como fábricas equipadas com máquinas possantes, que ocupavam milhares de trabalhadores e executavam tarefas que, antigamente, talvez precisassem de centenas de milhares de operários.

Já estou adivinhando sua pergunta. O que se fazia com essas grandes quantidades de tecidos, calçados, conservas ou baterias de cozinha produzidas todos os dias, aos vagões, nessas fábricas enormes? Naturalmente, uma parte de tudo isso podia ser vendida no próprio país. As pessoas que tinham emprego podiam comprar muito mais roupas ou sapatos do que os operários dos tempos passados. Mas a qualidade era inferior e os produtos duravam menos. As pessoas eram obrigadas a renová-los com freqüência e, portanto, voltavam a comprá-los. Apesar disso, é claro que seus salários não eram suficientes para comprar tudo o que as novas máquinas, contaminadas pelo gigantismo, produziam. Então o que fazer? Se vagões inteiros de tecidos ou de qualquer outro produto permaneciam imobilizados porque não encontravam compradores, era inútil continuar produzindo diariamente e em grande quantidade. Mas a interrupção da produção condenava a fábrica ao fechamento, o que condenava os operários ao desemprego, e o desemprego tirava dos operários o poder de compra. Chegava-se a uma situação de impasse. Quando a situação é essa, fala-se em "crise econômica". Para evitar essa crise, era importante que os países pudessem vender a maior parte possível da produção de suas fábricas. Se isso não se conseguia dentro do próprio país, era preciso tentar a sorte no estrangeiro. Não na Europa, onde a multiplicação das fábricas já era quase geral, mas em países que não as tinham ou em que as pessoas ainda viviam sem roupas nem calçados.

Era o que acontecia, por exemplo, na África. De repente, assistiu-se a uma verdadeira corrida de todos os países industrializados para as regiões consideradas primitivas. Subitamente, até mesmo as populações mais rudes adquiriram a seus olhos um novo interesse. Os europeus precisavam delas não apenas para vender seus produtos, mas também porque seus países possuíam mercadorias que não havia na Europa, como algodão para a fabricação de tecidos ou petróleo para a produção de gasolina. Quanto mais a Europa importava "matérias-primas" das colônias, mais as fábricas funcionavam com pleno rendimento e mais crescia seu anseio por encontrar países onde se comprasse sua superprodução. Outro ponto de interesse era que aqueles que não encontravam trabalho

Breve história do mundo

em seu próprio país podiam emigrar para essas terras distantes. Em suma, possuir colônias tornava-se muito importante para os países europeus. Ninguém se preocupou em pedir a opinião das populações autóctones. Você deve imaginar que às vezes elas eram muito maltratadas quando lhes dava vontade de atirar com seus arcos e flechas contra as colunas de soldados.

Nessa partilha do mundo, os ingleses naturalmente foram os melhores. Fazia algumas centenas de anos que eles já detinham possessões na Índia, na Austrália e na América do Norte e colônias na África, das quais a mais importante era o Egito. Os franceses também tinham buscado territórios no estrangeiro. Possuíam uma grande parte da Indochina e alguns territórios na África, entre os quais o deserto do Saara, vasto mas pouco disputado. Os russos não tinham colônias no alémmar, mas seu Império era imenso e eles tinham poucas fábricas. Desejavam estender sua influência sobre toda a Ásia, até o mar, e de lá fazer comércio. Mas esbarraram nos bons alunos dos europeus, os japoneses, que lhes disseram: "Alto lá!"

Numa guerra entre a Rússia e o Japão, que eclodiu em 1905, o poderoso império do czar perdeu contra o pequeno Japão convertido às novas idéias e foi obrigado a recuar. Mas os japoneses também construíam cada vez mais fábricas e, por sua vez, queriam territórios estrangeiros para neles vender seus produtos e permitir que suas ilhas superpovoadas se expandissem para novas terras.

Os últimos a querer participar da partilha do mundo foram, naturalmente, os Estados mais recentes, Itália e Alemanha. Enquanto estavam fragmentados, não puderam interessar-se por isso. Agora queriam recuperar o que não tinham podido fazer durante séculos. Depois de muitas lutas, a Itália obteve algumas faixas de terra na África. A Alemanha era mais poderosa e tinha mais fábricas. Para a Alemanha Bismarck conseguiu adquirir alguns territórios nada desprezíveis, principalmente na África, e ilhas no oceano Pacífico.

311

Chegou-se a uma situação em que já nenhum país podia adquirir tantas colônias quantas desejasse. Quanto mais colônias havia, mais fábricas os países construíam. Quanto mais as construíam, mais elas se aperfeiçoavam e mais produziam. Era preciso, então, estar sempre correndo atrás de novas colônias. Essa busca não era apenas uma questão de vontade de poder ou de dominação, mas uma necessidade econômica real. Ora, o mundo já estava partilhado e distribuído. Para adquirir novas colônias, ou pelo menos para que vizinhos mais fortes não roubassem aquelas que cada um já tinha era preciso lutar ou, pelo menos, ostentar a ameaça de que se estava disposto a lutar. Então cada Estado constituiu exércitos fortes e equipou frotas de guerra, repetindo incansavelmente: "Não tentem me atacar!" Os países que vinham consolidando seu poder há séculos achavam-se com plenos direitos. Mas não se aceitava que o novo Império Alemão, com suas fábricas eficazes, quisesse participar da partilha, construindo uma grande frota de guerra e tentando impor-se na Ásia e na África. Fazia tempo que se esperava um terrível conflito. Para preveni-lo, os Estados se dotaram de exércitos cada vez mais fortes e construíram encouraçados cada vez mais imponentes.

Afinal, a guerra não eclodiu onde há anos era esperada. Uma disputa poderia, a qualquer momento, acender o estopim na África ou na Ásia. A causa foi outra. Ela veio do único Estado da Europa que não possuía nenhuma colônia, a Áustria. Esse velho Império, composto por um mosaico de povos, não ambicionava conquistar territórios longínquos. Por outro lado, precisava de gente que pudesse comprar a produção de suas fábricas. Também tentava, como no tempo das guerras contra os turcos, anexar mais países a leste, aqueles países que se tinham libertado recentemente da tutela turca e ainda não tinham suas próprias fábricas. As pequenas populações recém-libertadas, como os sérvios, tiveram medo daquele grande Império e não quiseram vê-lo estender-se mais. Na primavera de 1914, quando o herdeiro da coroa imperial austríaca, o arquiduque Francisco Ferdinando, estava viajando por uma dessas regiões recém-conquistadas, a Bósnia-Herzegovina, ele foi assassinado por um sérvio na capital, Sarajevo.

Os generais e políticos austríacos acharam então que a guerra contra a Sérvia, num prazo mais ou menos curto, seria inevitável e que era preciso humilhá-la sem demora para fazê-la pagar por aquele assassínio odioso. A Rússia interferiu, temendo que a Áustria se aproximasse demais de sua fronteira. A Alemanha tomou partido da Áustria, ligada a ela por um pacto de aliança. E, quando a Alemanha entrou na guerra, todas as antigas hostilidades se reacenderam. Os alemães quiseram começar por aniquilar seu mais perigoso inimigo, a França, e, passando pela Bélgica, que se mantivera neutra, marcharam sobre Paris. A Inglaterra, temendo uma vitória da Alemanha, que faria dela o país mais poderoso, entrou também no conflito. Logo o mundo todo estava em guerra contra a Alemanha e a Áustria (foi a chamada "Grande Guerra" ou "Primeira Guerra Mundial"). Esses dois países viram-se então cercados pelos exércitos da "Entente", nome dado aos exércitos unidos por um pacto de aliança contra as assim chamadas "potências da Europa central", ou seja, Alemanha e Áustria.

As importantes tropas russas fizeram um primeiro avanço, mas foram imobilizadas em alguns meses. Até então o mundo nunca tinha assistido a uma guerra como aquela. Milhões e milhões de homens se enfrentavam. Até africanos e indianos foram mobilizados. Os exércitos alemães foram detidos não muito longe de Paris, às margens do rio Marne. Esse episódio determinou uma virada na guerra. Em seguida, raramente houve verdadeiras batalhas, no sentido antigo do termo. Os exércitos cavaram trincheiras, enterraram-se e mantiveram-se frente a frente ao longo de quilômetros e quilômetros. Durante dias inteiros, milhares de canhões atiravam contra trincheiras inimigas, e os soldados, arrastando-se através de redes de arame farpado e trincheiras abertas, lançavam-se ao ataque de terras incendiadas e devastadas, juncadas de milhares de mortos. Em 1915, foi a vez de a Itália declarar guerra contra a Áustria, embora antes tivesse firmado com ela um pacto de aliança. Assim, houve batalhas também nas montanhas geladas do Tirol, e as famosas proezas guerreiras de Aníbal ao atravessar os Alpes pareciam brincadeira de criança ao lado das façanhas daqueles soldados rasos, corajosos e resolutos.

Houve combates aéreos com aviões, lançaram-se bombas sobre cidades tranqüilas e pacíficas, afundaram-se navios civis, houve combates sobre a água e debaixo dela, exatamente como Leonardo da Vinci imaginara em sua época. Inventaram-se armas que matavam diariamente milhares de pessoas ou as mutilavam para o resto da vida, sendo a mais temível um gás que envenenava o ar. Os que o respiravam eram condenados a morrer em meio a sofrimentos terríveis. Deixava-se o vento levar esses gases tóxicos na direção do inimigo ou então lançavam-se obuses de gás que espalhavam seu veneno ao explodir. Foram construídos veículos blindados, os tanques, que avançavam lenta e decididamente sobre qualquer obstáculo, fosso ou muro, demolindo e esmagando tudo ao passar.

Uma miséria assustadora abateu-se sobre a Alemanha e a Áustria. Já não se encontravam alimentos, roupas e carvão em quantidade suficiente, e não havia iluminação. As mulheres tinham de esperar durante horas, no frio, para comprar um simples pedaço de pão e algumas batatas meio podres. Houve um dia, porém, em que a esperança voltou. Em 1917, estourou uma revolução na Rússia. O czar abdicou, mas o governo burguês que subiu ao poder quis prosseguir a guerra.

Breve história do mundo

Durante a Primeira Guerra Mundial, a terrível prova de destruição já não é realizada entre homens batalhando contra homens, mas por máquinas enfrentando máquinas.

Ora, o povo era contra. Seguiu-se mais uma rebelião, e os trabalhadores das cidades industriais, sob o comando de seu líder, Lênin, tomaram o poder. Distribuíram as terras agrícolas entre os camponeses, confiscaram os bens dos ricos e dos nobres e tentaram governar o antigo Império segundo os princípios de Karl Marx. Os estrangeiros interferiram. Ao longo das lutas que se seguiram, mais uma vez milhões de homens morreram. Os sucessores de Lênin ainda reinaram por muito tempo na Rússia.

A possibilidade que os alemães tiveram então de retirar algumas tropas da frente oriental não serviu para muita coisa, pois algumas tropas novas entraram em guerra contra eles. Eram os americanos, que também resolveram interferir. Apesar da supremacia americana, os alemães e os austríacos ainda agüentaram por mais de um ano e, num último lampejo de energia, quase obtiveram a vitória na frente ocidental. Finalmente, venceu a exaustão. Em 1918, quando o presidente americano Wilson declarou que queria uma paz justa, dando a cada povo o direito de decidir sua sorte, algumas tropas das potências da Europa central abandonaram a luta. A Alemanha e a Áustria não tiveram outra escolha senão assinar o armistício. Os sobreviventes voltaram para casa, sendo acolhidos por famílias famintas.

Foi então que, naqueles países exauridos, eclodiu a revolução. O imperador da Alemanha e o imperador da Áustria abdicaram, os diversos povos do império da Áustria – os tchecos, os eslovacos, os húngaros, os poloneses, os eslavos do sul – tornaram-se autônomos e fundaram Estados. O fim da guerra seria marcado por um tratado de paz de acordo com as modalidades enunciadas por Wilson, e a negociação se desenrolou nos antigos castelos reais de Versalhes e Saint-Germain, e no Trianon. Quando os embaixadores da Alemanha, da Áustria e da Hungria chegaram a Paris, ficaram sabendo que não poderiam participar das negociações, sob pretexto de que a Alemanha era responsável pela guerra e devia pagar o preço disso. Retiraram-lhe todas as colônias e os territórios que ela havia tomado da França em 1870 e obrigaram-na a pagar anualmente quantias exorbitantes aos vencedores. Ela teve até de declarar solenemente e por escrito que assumia inteira responsabilidade pela guerra. A sorte reservada aos austríacos e aos húngaros não foi melhor. Eis como foram cumpridas as promessas de Wilson (veja minha explicação no capítulo anterior, à página 303).

Durante a guerra, onze milhões de homens e mulheres tinham morrido e regiões inteiras tinham sido devastadas de maneira até então desconhecida. A partir de então, uma terrível miséria e um profundo desespero se abateram sobre o mundo.

Os homens tinham avançado muito no controle da natureza. Veja só. Hoje, você pode instalar um telefone no seu quarto e falar de tudo com um australiano, do outro lado da Terra. Pode ouvir no rádio um concerto realizado em Londres ou uma conferência sobre engorda de gansos proferida em Portugal.

Constroem-se edifícios gigantescos, mais altos do que as pirâmides do Egito ou do que a basílica de São Pedro de Roma; fabricam-se aviões enormes, cada um deles capaz de abater mais gente do que toda a Armada de Filipe II da Espanha. Há remédios para combater as doenças mais graves e sabe-se uma grande quantidade de coisas extraordinárias. Foram descobertas fórmulas para todos os tipos de manifestações naturais, tão estranhas e surpreendentes que pouca gente as entende. No entanto, essas fórmulas estão certas. As estrelas percorrem exatamente a trajetória calculada por essas fórmulas. A cada dia sabe-se um pouco mais sobre a natureza e sobre os homens. Mas a miséria, uma miséria terrível, continua existindo. Muitos milhões de pessoas não conseguem encontrar trabalho em nosso planeta e, todos os anos, milhões delas morrem de fome. Todos nós temos esperança de um futuro melhor. É preciso que ele aconteça, sem falta!

Imagine agora que estejamos voltando pelo "rio do Tempo", sobrevoando-o de avião. Muito longe, no meio da névoa, talvez você entreveja as cavernas dos caçadores de mamutes e as estepes em que cresceram os primeiros cereais; e aqueles pontos, lá longe, são as pirâmides e a torre de Babel. Naquela planície, em outros tempos, os judeus faziam seus rebanhos pastarem, e naquele mar os fenícios navegavam. O que você vê brilhar como um astro branco, com o mar de ambos os lados, é a Acrópole, símbolo da arte grega. E ali, muito mais ao longe, são as grandes extensões de florestas em que os ascetas indianos vêm meditar e onde Buda conheceu a revelação. Mais longe ainda, é a Grande Muralha da China e, mais além, as ruínas ainda enfumaçadas de Cartago. Naqueles gigantescos funis de pedra os romanos faziam os cristãos serem devorados pelas feras. Aquelas imensas nuvens no horizonte é a tempestade das invasões bárbaras. Naquelas florestas à margem do rio, os primeiros monges converteram os germanos e lhes deram instrução. Partindo daquele deserto distante, os árabes conquistaram o mundo, aqui reinou Carlos Magno. Nesta coluna ergue-se ainda o castelo fortificado em que o papa e o imperador disputaram o domínio do mundo. Vemos castelos do tempo da cavalaria e, mais perto de nós, cidades com catedrais maravilhosas. Veja, lá está Florença e ali a nova basílica de São Pedro, origem da briga entre a Igreja e Lutero. A Cidade do México desaparece entre as chamas, a invencível Armada sofre uma cruel derrota ao largo da Inglaterra. A fumaça irrespirável que você está vendo provém das aldeias incendiadas e das fogueiras do tempo da Guerra dos Trinta Anos. Aquele castelo suntuoso no meio de um parque imenso é o castelo de Luís XIV, em Versalhes. Aqui está o acampamento dos turcos diante de Viena e, um

Breve história do mundo

pouco mais perto, os castelos de Frederico o Grande e de Maria Teresa. De longe, das ruas de Paris, chegam-nos os gritos de "Liberdade, igualdade, fraternidade", e já vislumbramos, do outro lado, a vermelhidão do incêndio de Moscou e o campo nevado em que o grande Exército do último conquistador, Napoleão I, foi arrasado. Muito perto de nós, sobem as fumaças das chaminés de fábrica e ouvimos o apito dos trens. O palácio de verão de Pequim está em ruínas e navios de guerra deixam os portos japoneses, tendo em suas bandeiras o emblema do Sol levante. Aqui soam ainda os tiros de canhão da Primeira Guerra Mundial. Gases tóxicos se espalham sobre o país. E ali, da escotilha aberta de um observatório, um telescópio gigante orienta o olhar de um pesquisador na direção dos mundos de estrelas situadas a distâncias inimagináveis. Mas, abaixo de nós e à nossa frente ainda há neblina, uma neblina impenetrável. Só sabemos de uma coisa: o "rio do Tempo" continua a correr indefinidamente na direção de um mar desconhecido.

Mas vamos fazer nosso avião voar mais baixo sobre o rio. Quando estamos muito perto dele, percebemos que se trata de um rio de verdade, e suas ondas são ruidosas como as ondas do mar. O vento é forte, a crista das ondas é coberta de espuma. Ao ritmo das ondas, gotículas sobem à superfície e depois desaparecem. A crista da onda as carrega por um instante, depois elas voltam a cair, como engolidas, e desaparecem. Saiba que cada um de nós não é nada mais do que essa gota cintilante, minúscula, sobre as ondas do tempo que correm debaixo de nós para mergulhar na névoa indefinível do futuro. Nós emergimos da água, olhamos à nossa volta e, antes mesmo de percebermos, já desaparecemos. É impossível nos ver no grande rio do Tempo. Constantemente novas gotas vêm à tona. E o que chamamos de nosso destino nada mais é do que nossa luta no meio dessa multidão de gotas, o tempo de um simples subir e descer da onda. Esse instante é breve, mas queremos aproveitá-lo. Vale a pena.

Ernst H. Gombrich

40 – O pequeno pedaço de história do mundo que eu vivi – Um retrocesso

Aprender a História nos livros e vivê-la pessoalmente são duas coisas muito diferentes. Foi o que eu quis mostrar nas páginas anteriores, comparando o olhar que se lança para o passado da humanidade com a vista que se pode ter ao voar muito alto num avião. Às margens do rio do Tempo só vemos alguns detalhes. Mas, como você pôde ler, temos uma vista diferente do rio quando nos aproximamos e distinguimos suas ondas. Há algumas que enxergamos muito nitidamente, há outras que não enxergamos de jeito nenhum. Comigo aconteceu a mesma coisa. O capítulo anterior terminava com a terrível Guerra Mundial de 1914-1918. Posso dizer que a vivi, mas eu só tinha nove anos quando ela terminou. Por isso, para falar nela, também consultei livros.

Mas, neste último capítulo, gostaria de contar o que eu mesmo vivi realmente. E, quanto mais reflito sobre isso, mais me parece estranho. Houve muitas mudanças no mundo depois de 1918. Porém algumas dessas mudanças ocorreram tão imperceptivelmente que hoje elas nos parecem óbvias.

Quando eu era criança, por exemplo, não havia televisão, nem computador, nem viagens espaciais, nem energia atômica. Mas esquecemos depressa a mudança mais importante. De fato, a população mundial é hoje muito maior em número do que era na minha juventude. No final da Primeira Guerra Mundial, nosso planeta tinha cerca de 2 bilhões de habitantes. Hoje tem mais do que o dobro. É difícil ter idéia do que representam esses números. Mas vamos tentar. Sabemos que a circunferência da Terra é de cerca de 40 milhões de metros. Imaginemos que as pessoas façam uma fila, não importa onde, diante de um guichê. Digamos que sejam duas pessoas por metro. Isso significa que uma fila de 80 milhões de pessoas esperando pacientemente já daria uma volta em torno

Breve história do mundo

da Terra. Quando eu era criança, a fila de espera daria vinte e duas voltas em torno da Terra. Hoje, os quatro bilhões e meio de pessoas formariam uma fila que daria mais de cinqüenta voltas em torno da Terra!

Enquanto a população não parava de aumentar em proporções consideráveis, a Terra que nós ocupamos diminuía imperceptivelmente, a cada dia. Evidentemente, não devemos tomar a palavra "diminuía" ao pé da letra. Digamos que as tecnologias, especialmente a aeronáutica, reduziam cada vez mais o tempo necessário para percorrer as distâncias entre as várias partes do globo. Isso eu também vivi. Quando ouço, num aeroporto, o alto-falante anunciar sucessivamente um vôo para Nova Delhi, depois para Nova York, Hong Kong ou Sidney, e quando vejo multidões ruidosas se preparando para partir, não posso deixar de pensar na minha juventude. Naquele tempo, apontavam-se as pessoas com o dedo, dizendo: "Aquele ali já foi aos Estados Unidos!" ou "Ele já foi à Índia!"

Hoje há poucos lugares do mundo aos quais não se possa chegar em algumas horas. Mesmo os lugares distantes que não conhecemos hoje nos parecem muito mais próximos do que na minha infância. Quando em qualquer lugar do globo acontece alguma coisa importante, logo ficamos sabendo pelo jornal, pelo rádio ou pela televisão. Os habitantes da Cidade do México não sabiam que Jerusalém tinha sido destruída e, na China, provavelmente nunca ninguém ouviu falar nas conseqüências da Guerra dos Trinta Anos. Na época da Primeira Guerra Mundial a situação já era diferente. Aliás, mesmo o nome "guerra mundial" deve-se ao fato de tantos Estados e povos terem participado das lutas.

Evidentemente, isso não quer dizer que todas as notícias que recebemos de todos os cantos do mundo sejam certas. Aprendi por experiência própria que não se deve acreditar em tudo o que está escrito no jornal. Vou dar um exemplo. Como fui testemunha, quando criança, da Primeira Guerra Mundial, eu achava que podia acreditar no que me contavam na época. Por isso, o capítulo anterior, "A luta por uma nova partilha do mundo", não é tão imparcial quanto eu desejaria. Minha conclusão sobre o papel do presidente americano Wilson, tal como eu imaginava então, não corresponde exatamente à realidade. Eu escrevi que Wilson tinha feito promessas aos alemães e aos austríacos, promessas essas que não foram cumpridas. Eu achava que minhas lembranças estavam corretas, já que pertenciam a um período que eu tinha vivido, e mais tarde repeti o que todo o mundo acreditava na época. Evidentemente, eu deveria ter confirmado o que estava dizendo, o que na verdade todos os escritores deveriam fazer. Se é certo que o presidente Wilson fez uma proposta de paz no início do ano de 1918, o problema na verdade é que a Alemanha, a Áustria e seus aliados ainda tinham esperança de conseguir ganhar a guerra, e por isso não lhe deram ouvidos. Só dez meses mais tarde, depois de terem perdido a guerra à custa de muitos prejuízos, esses países quiseram voltar à proposta de paz do presidente americano – mas então já era tarde.

Na verdade, foi um erro grave e lamentável da minha parte. Isso prova, no entanto, que minha ignorância de então era comum entre os povos derrotados, convencidos de que tinham sido impelidos à miséria por um engodo. E esse estado de espírito facilitou a tarefa de agitadores ambiciosos e fanáticos que souberam explorar esse engano e transformá-lo numa sede de vingança desmedida. Não gosto de citar os nomes desses agitadores, mas todos sabem que estou falando sobretudo de Adolf Hitler. Hitler tinha sido soldado raso durante a Primeira Guerra Mundial e também estava persuadido de que o exército alemão nunca teria sido derrotado se não fosse esse suposto engodo. Porém, a seus olhos, Wilson não tinha sido o único responsável. Ele também denunciava o papel desempenhado pela propaganda inimiga, que levara os alemães e os austríacos a deixar seus soldados caírem na frente de batalha. Hitler considerava, portanto, que a melhor maneira de lutar contra o adversário seria superá-lo na arte da propaganda. Orador excepcional quando se tratava de falar às multidões, ele soube atrair milhares de pessoas. Ele sabia principalmente que a melhor maneira de mobilizar o povo e de impeli-lo à revolta seria lhe apresentar um bode expiatório, responsável por sua miséria. E esse bode expiatório foram os judeus.

O destino desse povo, que remonta à noite dos tempos, foi muitas vezes lembrado neste livro. Houve o episódio em que os judeus se isolaram dos outros povos, o da perda de sua pátria depois da destruição de Jerusalém (página 44) e o de sua perseguição na Idade Média (página 192). Embora eu mesmo seja descendente de uma família judia, nunca imaginei que esses episódios trágicos pudessem se repetir em minha época.

Devo confessar aqui outro erro cometido nesta História, e que talvez não se deva a mim. No capítulo "Tempos realmente novos", escrevi que esses tempos só começaram quando o pensamento dos homens se afastou da brutalidade dos tempos antigos, e que as idéias e os ideais do Iluminismo no século XVIII se propagaram de maneira tão ampla que a partir daquele momento foram considerados óbvios. No momento em que escrevi isso pareceu-me impensável que ainda se pudesse cometer a baixeza de perseguir pessoas de religião diferente, de arrancar confissões sob tortura ou de violar os Direitos do Homem. Ora, o que naquela época eu achava inconcebível no entanto aconteceu. Um retrocesso tão aflitivo parece superar qualquer compreensão. Todavia, tudo isso acontece tanto entre jovens como entre adultos. É só abrir os olhos para o que acontece na escola. Quantas vezes jovens estudantes se mostram intolerantes. Quantos, por exemplo, zombam dos professores porque acham suas roupas antiquadas. A partir do momento em que esse jovens perdem a noção de respeito, as portas estão abertas para todos os abusos. Um jovem também pode se tornar o saco de pancada dos colegas de classe sob o pretexto de que é um pouco diferente dos outros, pela cor dos cabelos ou da pele, por sua maneira de falar ou pelos hábitos de alimentação. Ele se torna objeto de todas as torturas morais ou físicas, sem ter como se defender. É evidente que nem todos os jovens têm essa crueldade e falta de solidariedade para com o próximo, mas, como ninguém quer ser estraga-prazeres, todos, em graus diferentes, se tornam cúmplices e uivam porque os outros estão uivando (segundo o ditado "uivar com os lobos"), a ponto de quase não reconhecerem a si mesmos.

Infelizmente, os adultos não se comportam melhor. Sobretudo quando estão mal (ou acham que estão mal) e não têm o que fazer. Eles se reúnem entre verdadeiros ou supostos companheiros de infortúnio, desfilam pelas ruas ao mesmo passo e repetem em coro os *slogans* mais delirantes, que lhes dão uma sensação de importância. Fui testemunha de ataques a estudantes judeus na universidade de Viena por partidários de Hitler (chamados "camisas negras"), e no momento em que eu escrevia este livro Hitler já tinha tomado o poder na Alemanha. Todos nós tínhamos a impressão de que a queda do governo austríaco era apenas uma questão de tempo. Minha sorte foi ter sido convidado para ir para a Inglaterra um pouco antes da entrada das tropas de Hitler na Áustria, em 1938, pois logo depois todo austríaco que cumprimentasse dizendo apenas "bom dia" e não "Heil Hitler!", como na Alemanha, corria sério perigo.

De fato, logo essa falta foi considerada ato criminoso pelos adeptos do nazismo. Ela traduzia uma infidelidade para com aquele que chamavam de "Führer" e a quem se devia total obediência. Era obrigatório obedecer a todas as ordens que pudessem levar à vitória, mesmo que contrariassem as leis de humanidade. Na verdade, a História conhecera situações semelhantes, algumas delas evocadas em meu livro, como a que se refere aos primeiros adeptos de Maomé (página 147). Os jesuítas também foram censurados por terem colocado a obediência acima de tudo. Evoquei também, brevemente, a vitória do comunismo sob o comando de Lênin, na Rússia, mostrando partidários convictos não se permitindo nenhuma indulgência para com seus adversários. Sua frieza na perseguição de seus objetivos não tinha limites e milhões de vítimas pagaram o preço dela.

Nos anos que se seguiram à Primeira Guerra Mundial, a tolerância desapareceu a olhos vistos, na Alemanha, na Itália ou no Japão. Os políticos explicavam aos seus concidadãos que não tinham recebido seu quinhão na "partilha do mundo", ao passo que tinham tanto direito quanto os outros de reinar sobre outros povos. Lembraram aos italianos que eles eram descendentes dos antigos romanos, aos japoneses suas guerras contra a nobreza e aos alemães os antigos germanos, Carlos Magno, Frederico o Grande... Invocaram a idéia de que nem todos os homens tinham o mesmo valor. Assim como há raças de cães melhores para caça do que outras, pretendiam pertencer à melhor raça humana feita para reinar.

Conheço um velho sábio budista, um monge, que um dia disse a seus compatriotas: "Gostaria de saber por que todas as pessoas acham ridículo, até mesmo lamentável, aquele que diz de si mesmo: 'Eu sou o homem mais inteligente, mais forte, mais corajoso e mais bem dotado do mundo.' Se, por outro lado, essa mesma pessoa substituir o 'eu' pelo 'nós' e declarar: 'Nós somos os homens mais inteligentes, mais fortes, mais corajosos e mais bem dotados do mundo', sua pátria o aclamará com entusiasmo e dirá que ele é um 'patriota'." Ora, isso nada tem a ver com patriotismo. Pode-se gostar da própria pátria sem por isso ter de afirmar que o resto do planeta é habitado por gente que não vale nada. Mas, quanto maior era o número de pessoas que ouviam com complacência esse tipo de bobagem, mais a paz se via ameaçada.

No dia em que a isso se acrescentou uma grave crise econômica, condenando ao desemprego um número impressionante de pessoas na Alemanha, a guerra apareceu como a melhor solução. Os desempregados se tornariam soldados ou operários nas fábricas de armamentos. E, graças à guerra, os tratados de Versalhes e de Saint-Germain, que tinham suscitado tanto ódio, seriam abolidos. Imaginava-se também que os países democráticos ocidentais – a França, a Inglaterra e os Estados Unidos – tinham tomado gosto pela paz e relaxado a vigilância (em outros termos, tinham "amolecido") e que, portanto, não teriam vontade de se defender. É verdade que na época ninguém queria a guerra e fez-se tudo para não dar a Hitler um pretexto que lhe permitisse precipitar o mundo numa tragédia. Infelizmente, não é difícil encontrar um pretexto e dar destaque ao que se chamaria de um "incidente" que, em outros tempos, facilmente se resolveria. Foi o que Hitler fez, e, em 1º de setembro de 1939, o exército alemão entrou na Polônia. Eu já estava na Inglaterra e me lembro da profunda tristeza, mas também da determinação, dos que foram obrigados a partir para a guerra. Dessa vez, ninguém teve vontade de entoar cantos guerreiros, ninguém sonhava com glórias guerreiras. Os que partiam para lutar só estavam cumprindo um dever, pois era preciso acabar com aquela loucura.

Minha tarefa foi, então, escutar a rádio alemã e traduzir suas transmissões para o inglês para saber o que se falava e o que se calava para os ouvintes alemães. As circunstâncias quiseram, então, que eu vivesse os seis anos daquela guerra horrível, de 1939 a 1945, dos dois lados ao mesmo tempo, por assim dizer, embora, na verdade, de uma maneira diferente. Onde eu estava, eu via a determinação, mas também a aflição, a angústia ao pensar nos homens que estavam na frente de batalha, as conseqüências dos ataques aéreos e as preocupações ligadas às vicissitudes da guerra. Na rádio alemã, eu ouvia os gritos de triunfo e os desencadeamentos de injúrias. Hitler acreditava no poder da propaganda, e essa confiança pareceu justificada enquanto os sucessos dos dois primeiros anos de guerra superaram suas mais loucas esperanças. Ele tinha invadido a Polônia, a Dinamarca, a Noruega, a Holanda, a Bélgica, a França, uma grande parte da Rússia e dos Bálcãs, e só a Inglaterra, aquela pequena ilha à beira da Europa, ainda resistia. Mas aquela situação não podia durar eternamente, pois a rádio alemã anunciava regularmente, ao som de trombetas, o número de navios que levavam víveres aos ingleses que tinham sido afundados por submarinos.

Mas quando, sem declaração de guerra, em dezembro de 1941 os japoneses atacaram a frota americana ancorada no porto de Pearl Harbor, arrasando-a quase totalmente enquanto Hitler declarava guerra aos Estados Unidos, quando as tropas alemãs foram expulsas da África do Norte no outono de 1942 e derrotadas pelos soviéticos diante de Stalingrado em janeiro de 1943, quando, enfim, a força aérea, a Luftwaffe, se mostrou impotente para evitar os terríveis bombardeios aliados sobre as cidades alemãs, foi preciso render-se às evidências: não se obtinha uma vitória apenas com belas palavras e ao som de trombetas. Quando Winston Churchill subira ao poder na Inglaterra, num momento em que a situação parecia desesperadora, ele havia declarado: "Não prometo nada a não ser sangue, suor e lágrimas." Nós acreditamos nele, porque nos fazia vislumbrar um lampejo de esperança. Por outro lado, não sei quantos ouvintes alemães deram atenção, depois disso, aos discursos e às promessas que eu ouvia na rádio alemã ao longo do dia.

Só sei que nem os ouvintes alemães, nem nós tínhamos notícia do mais horroroso dos crimes perpetrado pelos alemães durante essa guerra. Permito-me aqui uma triste comparação com um episódio evocado anteriormente (página 215). A propósito dos conquistadores espanhóis do México, eu dizia que "lá e em outras regiões da América, os espanhóis exterminaram de maneira horrível os povos indígenas cuja civilização atingira tão alto grau de refinamento". E eu acrescentava: "Esse capítulo da história da humanidade é tão terrível e infamante para os europeus que prefiro não falar mais sobre ele."

Eu teria preferido também silenciar sobre as atrocidades cometidas ao longo de nosso século, pois este livro se dirige a jovens leitores, os quais em geral desejamos poupar do pior. Mas um dia esses jovens se tornarão adultos. É preciso, pois, que eles aprendam, por meio da História, que o fanatismo e a intolerância podem transformar homens em bárbaros. Assim, durante os últimos anos da Segunda Guerra Mundial, milhões de homens, mulheres e crianças judias, de todos os países da Europa ocupados pelo exército alemão, foram expulsos de suas pátrias. Em sua maioria, eles foram deportados para o leste e assassinados.

A rádio alemã, evidentemente, não falou de tudo isso a seus ouvintes, e no início, como muitas outras pessoas, eu não quis acreditar quando, no fim da guerra (em 1945), ficamos sabendo desses fatos inimagináveis. Infelizmente, as provas desse genocídio monstruoso são abundantes e, embora já tenha sido perpetrado há muitos anos, é extremamente importante que não seja esquecido e que não se faça de conta que ele nunca existiu.

Na diversidade dos povos de nosso planeta, é cada vez mais necessário aprender o respeito pelo outro e a tolerância, ainda mais que as conquistas tecnológicas nos levam a nos aproximar cada vez mais uns dos outros.

A importância do fenômeno tecnológico também nos foi demonstrada pela Segunda Guerra Mundial. As reservas quase inesgotáveis da indústria de armamentos americana, de que também dispunham a Inglaterra e a União Soviética, tornaram o resultado inevitável. Por mais que os soldados alemães se defendessem com a força do desespero, os ingleses e os americanos conseguiram desembarcar, no verão de 1944, na costa da Normandia e reprimir as tropas alemãs. Ao mesmo tempo, os soviéticos forçaram o recuo de outra tropa do exército alemão, que já não tinha condições de se defender, e acabaram entrando em Berlim em abril de 1945, no momento em que Hitler se suicidava. Desta vez não houve tratado de paz. Os vencedores resolveram ocupar militarmente a Alemanha e, durante dezenas de anos, uma fronteira estritamente vigiada a dividiu em duas partes, uma submetida à autoridade da União Soviética, outra à das democracias ocidentais.

É verdade que a derrota da Alemanha não acabou com a guerra mundial, pois os japoneses que, nesse ínterim, haviam conquistado regiões da Ásia, ainda estavam longe de ser derrotados. E, como não havia perspectivas de terminar o conflito, os americanos recorreram a uma arma totalmente nova, a bomba atômica.

Pouco antes da eclosão da guerra, encontrei por acaso um jovem físico que falava de um artigo publicado pelo grande cientista dinamarquês Niels Bohr. Esse artigo tratava da possibilidade teórica de construir uma "bomba de urânio", cujo poder de destruição superaria de longe tudo o que se pudera usar até então. Por ocasião do nosso encontro, ambos dissemos ter esperança de que uma arma como aquela pudesse ser lançada no máximo sobre uma ilha deserta, com a única finalidade de demonstrar aos amigos e aos inimigos que os antigos conceitos de guerra e combate já não vigoravam. Embora inúmeros cientistas, ao trabalharem com empenho, durante essa guerra, na realização dessa arma, certamente alimentassem a mesma esperança que nós, essa esperança foi frustrada. Em agosto de 1945, as cidades japonesas de Hiroshima e Nagasaki foram as primeiras vítimas dessa arma de conseqüências nocivas inimagináveis, e o Japão foi obrigado a admitir-se vencido.

Ernst H. Gombrich

Todos tínhamos consciência de que aquela invenção inaugurava na história do mundo uma nova era, sendo a importância da descoberta da energia atômica mais ou menos comparável à do fogo. Mas, se o fogo permite aquecer e também destruir, suas destruições não são nada ao lado das que poderiam ser provocadas pela multiplicação das armas atômicas. É de esperar que essa multiplicação torne impossível uma nova utilização dessa arma contra seres humanos. Todos sabemos que as duas maiores potências, os americanos no Ocidente e os russos no Oriente, possuem uma quantidade impressionante dessas armas, mas eles mesmos têm consciência de que não sobreviveriam se viessem a utilizá-las. É claro que o mundo evoluiu desde o final da última guerra. Nesse meio-tempo, a maioria das populações que pertenciam ao Império Britânico tornaram-se autônomas. Infelizmente, nem por isso elas estão se entendendo. No entanto, apesar dos combates sem trégua e das ameaças de crise nas diferentes partes do globo depois de 1945, uma terceira guerra mundial foi evitada, pois sabemos muito bem que isso poderia significar o fim da história do mundo. É um consolo frágil, mas é melhor do que nada.

Evidentemente, essa situação totalmente nova levou muitos a condenarem violentamente as realizações da ciência que nos levaram à beira do abismo. Essas pessoas, no entanto, não deveriam esquecer que, sem a ciência e a tecnologia, não teria sido possível reparar em parte os estragos e as destruições da guerra mundial e que, graças a elas, foi possível voltar a uma vida normal bem antes do que se imaginava.

Quero ainda, aqui, fazer uma pequena correção e um esquecimento que lamento. Meu capítulo "O homem e a máquina" (páginas 284-93) talvez não esteja errado, mas ele mostra apenas um aspecto das coisas. Embora seja inegável que a substituição do trabalho manual pela utilização de máquinas provocou muita miséria, eu deveria ter acrescentado que, sem as novas técnicas de produção em massa, teria sido absolutamente impossível alimentar, vestir e alojar uma população em constante crescimento. O aumento da natalidade e a redução da mortalidade infantil se devem em grande parte ao progresso da ciência, que, por exemplo, favoreceu a higiene desenvolvendo as instalações de água corrente. É incontestável que a crescente industrialização da Europa, da América e do Japão nos fez perder muitas belas coisas, mas não esqueçamos as bênçãos – sim, eu disse bênçãos mesmo – que, por outro lado, ela ofereceu.

Ainda me lembro perfeitamente do que se falava, na minha juventude, sobre a "gente pobre". Os que se distinguiam dos "burgueses" das grandes cidades não eram apenas os mais desprovidos, os mendigos e os sem-moradia. Incluíamse entre eles, também, os operários e operárias, que se reconheciam de longe por suas roupas. As mulheres levavam um lenço na cabeça para se proteger do frio, e nenhum operário vestia camisa branca, para a sujeira não aparecer. Isso mesmo! Falava-se então do "cheiro dos pobres", pois a maioria dos citadinos moravam em apartamentos mal arejados, com no máximo um ponto de água corrente no patamar. Uma casa burguesa (e não apenas de gente muito rica) tinha geralmente uma cozinheira, uma arrumadeira e muitas vezes uma babá. Essas mulheres certamente viviam melhor do que se tivessem ficado em suas casas, mas esse bem-estar era relativo. Por exemplo, elas só tinham direito a um "dia de folga" por semana e eram qualificadas como "criadas". Já em minha infância começava-se a ter mais consideração por elas, chamando-as de "empregadas domésticas". No entanto, quando cheguei a Berlim para fazer a universidade, muitas vezes ainda se via na entrada dos prédios uma placa na qual se lia: "Reservado exclusivamente aos patrões", o que me deixava um pouco pesaroso. Os empregados domésticos e os entregadores tinham de subir por uma escada dos fundos e não tinham nem o direito de subir pelo elevador, mesmo que estivessem muito carregados.

Agora tudo isso não passa de um pesadelo. Decerto ainda há muita miséria, infelizmente, e bairros muito pobres nas cidades da Europa e da América, mas a maioria dos operários de fábricas, e até mesmo desempregados, vivem melhor hoje do que muitos cavaleiros da Idade Média em seus castelos fortificados. Eles se alimentam melhor, têm sobretudo uma saúde melhor e, via de regra, vivem mais tempo. Em todas as épocas os homens sonharam com uma "idade de ouro". Mas, agora que para muitos essa idade parece ter chegado, ninguém se dá conta disso.

Nos países do Leste, aos quais os exércitos soviéticos haviam imposto o sistema comunista, a situação do pós-guerra foi muito diferente. A reação veio sobretudo da população da Alemanha Oriental. Depois de assistir durante anos à melhoria do nível de vida dos países vizinhos, um dia ela passou a se recusar a arcar com os pesados sacrifícios que o sistema econômico comunista exigia. E, em 1989, o impensável aconteceu, de maneira totalmente inesperada. Os alemães do Leste conseguiram forçar a abertura da fronteira que separava as duas Alemanhas, e o país foi reunificado. O movimento se propagou pela União Soviética, onde o sistema político desmoronou, e pelos outros países da Europa oriental.

Na primeira versão deste livro, eu concluía o capítulo dedicado à Primeira Guerra Mundial com esta frase: "Todos nós esperamos um futuro melhor. É preciso que ele venha sem falta!" Será que esse tempo chegou de fato? Para muita gente que povoa nosso planeta, ele ainda está longe. Em razão do grande aumento da população na Ásia, na África e na América do Sul, nessas regiões ainda reina a miséria, uma miséria que há não muito tempo ainda parecia normal nos países europeus. Ora, não é fácil para os europeus darem a atenção necessária a essas regiões, pois, como sempre, a intolerância ca-

Breve história do mundo

minha de mãos dadas com a miséria. Mas os avanços na difusão das informações atingiu a consciência das nações mais ricas e as tornaram um pouco mais atentas. Quando, num país distante, um terremoto, uma inundação ou uma seca intensa fazem inúmeras vítimas, milhares de pessoas pertencentes aos países ricos empenham toda a sua energia e todos os seus meios para prestar sua ajuda. Isso não existia antigamente. Essa é a prova de que podemos ter esperança de um futuro melhor.

Ernst H. Gombrich

Ernst Hans Gombrich nasceu em Viena, na Áustria, em 30 de março de 1909. Fez seus estudos secundários no liceu clássico da Theresianischen Akademie de Viena. Depois estudou história da arte e da arqueologia, de 1928 a 1933, na universidade de Viena, onde foram seus professores Julius von Schlosser, Emanuel Loewy e Hans Tietze. Sua primeira obra publicada é sobre uma patena de marfim da alta Idade Média. Defendeu sua tese de doutorado "Giulio Romano, arquiteto", que foi publicada logo depois. Ao final de seus estudos, colaborou com o conservador Ernst Kris na coleção de artes decorativas do Kunsthistorisches Museum de Viena. Ernst Kris, membro do Círculo dos Amigos de Freud, iniciou-o nos problemas da psicologia da arte, realizando com ele um estudo sobre a história e a teoria da caricatura.

Não vislumbrando nenhuma perspectiva de emprego na Áustria, Ernst Gombrich partiu para a Inglaterra em 1936. Fritz Saxl, diretor da Biblioteca Warburg, confiou-lhe a tarefa de prosseguir os trabalhos de seu fundador, Aby Warburg.

Quando a guerra eclodiu, Ernst Gombrich trabalhou no serviço de escutas (o "Monitoring Service") da British Broadcasting Corporation, onde acompanhou durante seis anos as transmissões de rádio alemãs, traduzindo-as para o inglês. Depois da guerra, voltou ao Warburg Institute, onde trabalhou até se aposentar, no outono de 1976. Paralelamente, acumulou vários títulos de "professor universitário estrangeiro", entre os quais o de "Slade Professorship" em Oxford (1950-1953) e em Cambridge (1961-1963). Também deu aulas na Slade School of Art da universidade de Londres e, durante um semestre, em Harvard (1959).

Ao terminar seus estudos, ainda em Viena, ele havia escrito esta *História do mundo* para crianças, que foi traduzida para cinco idiomas. Pediram-lhe então que escrevesse uma *História da arte*, que foi reeditada dezesseis vezes, com uma tiragem total de quase dois milhões de exemplares, e traduzida para dezoito idiomas.

Seus trabalhos científicos, inicialmente relacionados com a tradição da Biblioteca Warburg, referiam-se aos problemas da iconografia da Renascença (*Botticelli's Mythologies*). O convite para realizar, em Washington, as "Mellon Lectures" (1956) o fez voltar-se para as questões ligadas à psicologia da arte (*Art and Illusion*, 1960). Seus artigos e conferências sobre a arte da Renascença foram reunidos em três volumes (*Norm and Form*, 1966; *Symbolic Images*, 1972; *The Heritage of Apelles*, 1976). Uma obra sobre as reflexões a respeito da história da arte intitula-se *Meditations on a Hobby Horse* (1963). Outras obras foram publicadas em alemão: *Wahrnehmung und Wirklichkeit* (1977), *Kunst und Fortschritt* (1978), *Aby Warburg, eine intellektuelle Biographie* (1981), *Ornament und Kunst* (1982), *Die Krise der Kulturgeschichte* (1983), *Bild und Auge* (1984), *Norm und Form* (1985), *Kunst und Kritik* (1993), *Das forschende Auge, Kunstbetrachtung und Naturwahrnehmung* (1994), *Schatten, Ihre Darstellungen in der westlichen Kunst* (1994). As obras de Gombrich traduzidas para o português são: *Arte e ilusão, História da arte, Norma e forma* e *Breve história do mundo*.

1ª **edição** Outubro de 2001 | 1ª **reimpressão** Fevereiro de 2012
Diagramação Studio 3 Desenvolvimento Editorial | **Fonte** Palatino | **Papel** Offset 75g
Impressão e acabamento Imprensa da Fé